D1152995

Een glas melk

HERBJØRG WASSMO

Een glas melk

Uit het Noors vertaald door
Paula Stevens

DE GEUS

Oorspronkelijke titel *Et glass melk takk*, verschenen bij Gyldendal
Oorspronkelijke tekst © Gyldendal Norsk Forlag AS 2006
Nederlandse vertaling © Paula Stevens en De Geus BV, Breda 2007
Omslagontwerp Robert Nix
Omslagillustratie © Aino Kannisto, *Green Pullover*, 2003; c/o Beeldrecht,
Amsterdam 2007
Druk GGP Media GmbH, Pößneck
ISBN 978 90 445 1137 6
NUR 302

Een glas melk

I

Dorte deed de vuilnisbak open. De stank sloeg haar tegemoet. Oude schillen hadden bij meer dan twintig graden liggen rotten. De boer moest zijn knecht snel sturen om ze op te halen, anders werden de dieren ziek. Ze liet het afval erin vallen. De deksel had een keer zo'n knauw gekregen dat hij niet meer op de opening paste. Een grote spleet nodigde insecten en ander ongedierte uit om in deze voorraadkamer te kruipen. In de struik erboven had een spin zijn web gespannen. Drie vliegen hingen verstijfd te wachten tot ze werden verteerd. Maar de spin was nergens te bekennen. Misschien was hij een plotselinge dood gestorven. 'Vogels moeten ook leven', zou haar vader gezegd hebben. En op het moment dat ze dat dacht, was het alsof hij haar een ansichtkaart uit de hemel stuurde.

Toen Dorte weer boven kwam, stond Vera met een grimmig gezicht het aanrecht te boenen en haar moeder schonk kokend water op de versgemalen koffie. Haar bleke gezicht was rood-gevlekt. Haar blouse hing open. Je zou denken dat er geen knopen meer aan zaten. Maar er ontbraken nooit knopen aan de kleren van haar moeder. De zwarte onelegante rok kwam tot halverwege haar kuiten. Haar heupen en ronde buikje waren allang verdwenen. De laatste tijd was haar lichaam uitgehold, vooral in het midden, net als de staande klok zonder uurwerk van oom Josef. Soms, als ze 's avonds erg moe was, leek haar gezicht op een appel die al een poos op de grond lag.

'Het gebed is het enige waar een mens uiteindelijk op kan vertrouwen. Het gebed is de navelstreng die ons met God verbindt', zei haar moeder terwijl ze haar rug rechtte.

Vera gooide haar hoofd in haar nek zodat haar haren wapperden en ze trok een moordlustig gezicht.

'Bidden!' riep ze met schelle stem. 'Alsof je daarop kunt vertrouwen! *Hij* neemt niet eens de moeite om ons een paar luttele *litas* te geven – voor een nieuwe jurk of voor de huur! We hadden nooit het huis in Wit-Rusland moeten verkopen en naar dit gat moeten verhuizen, met alleen maar zatlappen en zeikwijven!' Ze boende het aanrecht droog op de maat van haar woorden. Daarna spoelde ze het doekje uit in de zinken teil en wrong het uit tot ze witte knokkels had, vouwde het demonstratief in vieren en kletste het over de kraan.

'Wil je alsjeblieft het water weggooien?' vroeg haar moeder terwijl ze haar met verdrietige verbazing aankeek. Alsof het nu pas tot haar doordrong dat ze een kind had voortgebracht dat in staat was zulke godslasterlijke taal uit te slaan.

Vera leegde de teil zo bruusk dat het water wraak nam door tot hoog op de muur te spatten. Meteen daarna verdween ze achter het kamerscherm om haar lange blonde haren te borstelen. Ze had haar mooie blouse aangetrokken en de korte rok die onderaan opwipte als ze liep. Ze zou vanavond dus wel weer uitgaan.

'Doe je haar in een vlecht of een paardenstaart, liefje', zei haar moeder zacht maar beslist.

Vera gaf geen antwoord, maar deed niet wat haar moeder zei. Ze pakte haar tasje en jas van het haakje naast de deur en wilde gaan. Haar moeder legde haar hand op Vera's schouder, maar daar was ze niet van gediend. Ze schudde hem af alsof het een lastig insect was. Er gleed een schaduw over haar moeders gezicht. Een schaduw die deed denken aan koude winterdagen bij de rivier. Stil, wit – en vol van een verdriet waar je niet over kon praten.

Ze hoorden Vera op de trap. Ze liep niet bepaald geruisloos.

'Sommige mensen rouwen meer met hun lichaam dan met hun hoofd. En aangezien daden duidelijker zijn dan gedachten, valt Vera's verdriet meer op', zei haar moeder toen ze alleen waren. Haar stem was in suiker gedoopt, maar haar gezicht was uitdrukkingsloos.

Dorte had altijd moeten horen dat Vera en zij zo verschillend van aard waren. Haar moeder dacht dat Vera het gemis van hun vader op een woedender manier verwerkte dan Dorte, maar ze zei dat dat niet betekende dat het verdriet van de een minder was dan dat van de ander. Voor Dorte was het verdriet niet groot of minder groot. Meer alsof je glassplinters doorslikte.

Vera uitte haar verdriet vaak door te straffen of te kwetsen. Of ze bleef urenlang weg zonder dat haar moeder wist waar ze was. Dortes verdriet leek daarentegen meer op een vleermuis in de winter. Die klampte zich met krampachtige klauwen vast op een donkere plek, liet het hoofd hangen. Zo natuurlijk dat je zou kunnen denken dat het bij het seizoen hoorde.

Haar moeder was al voordat ze naar Litouwen verhuisden begonnen met bidden. Eerst vond Dorte het vervelend. Maar nu hoorden de goddelijke gesprekken bij de alledag. Als psalmen die je niet helemaal begreep, of het kraken van een oude trap. Deze ochtend had haar moeder de Moeder van God om vergiffenis gevraagd omdat Vera de avond tevoren veel te laat was thuisgekomen en daarom een standje verdiende. Haar moeder legde uit dat er zoveel verleidingen op de loer lagen voor jonge mensen. Iets wat de Maagd Maria volgens Dorte allang wist. Vera zelf kreeg geen vergiffenis en vroeg daar ook niet om, ze lag met gesloten ogen op bed en deed alsof ze sliep.

Dorte had zich aangewend om veel meer in deze gebeden te leggen dan de woorden die werden gezegd. Zo kwam ze erachter wat haar moeder over Vera en haar wist. Bijvoorbeeld dat hun moeder hen had horen praten over hoe fijn het zou zijn om weg te gaan. Hiervandaan. Naar het westen. Eigenlijk zou hun moeder dat moeten begrijpen, want ze had zelf ook de plek verlaten waar ze vandaan kwam. Maar het leek alsof ze de dingen die ze zelf had gedaan, niet gepast vond voor Vera en Dorte.

Hun vader had hun van kindsbeen af Litouws geleerd, omdat dat zijn moedertaal was. Haar moeder sprak die taal ook, maar als ze bad, deed ze dat altijd in het Russisch. Dat ze zich tot de Maagd Maria wendde, was waarschijnlijk alleen uit beleefdheid. Uiteindelijk bad ze 's ochtends altijd het Onze Vader, op het krukje naast het gasfornuis, terwijl ze koffie maalde. Het leek of die twee de belangstelling voor het eerste kopje koffie van de dag deelden. Hij zat in zijn hemel te wachten tot het water kookte zodat haar moeder het over de gemalen koffiebonen kon schenken. Als het koud was, moest God wachten. Dan trok haar moeder haar ochtendjas met het nepbontkraagje aan en bleef ze onder de dekens op de slaapbank liggen.

Vaak gingen de gebeden erover hoe dankbaar ze moesten zijn omdat ze bij oom Josef mochten wonen. Haar moeder zei er niet bij dat ze de oude man overal mee hielp. En extra veel deed als ze de huur niet konden betalen. Schoonmaken, kleding herstellen, eten koken, de moestuin bijhouden, sneeuwruimen. De kippen moesten ook gevoerd worden, en soms geslacht en geplukt. Af en toe besprak haar moeder dingen met God die ze strikt genomen niet hoorde te weten. Bijvoorbeeld dat Dorte samen met Nikolai, de zoon van de bakker, achter de schutting had gestaan en had gedaan alsof ze het niet merkte toen hij haar stevig om haar middel vastgreep en haar tegen zich aandrukte. Maar Dorte had het wel gevoeld! Alsof ze vloeibaar was. Alsof haar huid maar één functie had, aangeraakt te worden.

Haar vaders oom, Josef, was een magere pezige man die het grootste deel van de tijd op een stoel voor het raam zat te wachten tot zijn zoon terugkwam uit Vilnius. De zoon was degene die huur wilde hebben. De oude man had vooral behoefte aan hulp en nam het niet zo nauw met het geld.

'Die kamers staan anders toch leeg', zei Josef altijd.

De mensen hier noemden hem een *litvak*, oftewel Jood. De mensen vertelden vreselijke verhalen over hoe hij van hot naar her was gevlucht en een gevangenschap had overleefd. Een van de onderwijzers had – zonder het met zo veel woorden te zeggen – laten doorschemeren dat het de schuld van de Joden was dat de Russen in 1944 waren gekomen. Hij noemde hen communisten. Ze hadden ook over Romas Kalanta geleerd, de jonge held die zichzelf in 1972 in brand stak om tegen de Russische overheersing te protesteren. Zelfverbranding was ongetwijfeld prachtig, maar niets voor haar. Oom Josef zelf vertelde niets, daarom begreep Dorte niet hoe de mensen zo zeker konden weten wat er zich had afgespeeld.

Zijn vrouw, Anna, wist niet altijd wie ze waren. Er was iets kapotgegaan in haar hoofd. Ze reageerde vaak geschrokken en onvriendelijk als ze kleren kwamen brengen die haar moeder had versteld, of eten dat haar moeder had gekookt. Vera weigerde naar haar toe te gaan, dat moest Dorte altijd doen. Zo ook deze avond.

Ze liep balancerend met de pan met lauwe aardappelpuree de trap af en hielp de oudjes het eten op te warmen. De geur van ingemaakte gegiste augurk in dilleazijn verspreidde zich vanuit de aardewerken kruik in de gang door het hele huis. Haar moeder vulde altijd blauwige drieliterweckpotten, schroefde de metalen deksel erop en zette ze weg in de kelder. Maar toch sloeg de dillelucht je tegemoet als je de deur opendeed.

Josef vroeg haar voor te lezen uit een beduimeld exemplaar van de *Lietuvos rytas*. Dat deed ze met alle plezier, want op die manier kon ze oefenen in het lezen in het Litouws. Een taal spreken was één ding, lezen en schrijven was iets heel anders. Dat had ze al begrepen zodra ze op een Litouwse school begon.

Oude Josefs witte haar krulde in vochtige lokken rond zijn eivormige hoofd. Als hij niet zo gerimpeld was geweest en niet zo'n slungelig oud lichaam had gehad, zou je hem voor een pasgeborene kunnen houden. Hij hield zijn nek altijd een beetje gebogen en hij had vaak een vlek op de voorkant van zijn overhemd. Haar moeder dacht dat hij zijn pruimtabak nogal slordig uitspuugde. Zijn bril stond zo op zijn neus dat hij zowel dóór de glazen kon kijken als eroverheen. Als Dorte hem niet zo goed gekend had, zou ze denken dat hij boos was.

'Ik hoorde Vera daarnet de deur hard dichtslaan', zei hij, toen ze even stopte met voorlezen.

'Ja...'

'Je moeder heeft het niet gemakkelijk!'

Daar had Dorte niets op te zeggen, dus vroeg ze of ze verder moest lezen. Josef knikte en vouwde zijn handen in zijn schoot. Hij sloot zijn ogen en liet haar doorgaan.

Anna zat meestal naar de grond te kijken. De tafel fungeerde als een solide houten hek dat voorkwam dat ze viel als ze het opeens in haar hoofd kreeg om aan de wandel te gaan en ze vergat om eerst op te staan. Af en toe richtte ze zich op en deed ze haar mond open, alsof ze iets wilde zeggen. Maar doorgaans vergat ze het weer en bleef ze wat op haar tanden sabbelen. Ze hield zich meestal aan haar vlecht vast, die aan één kant langs haar hoofd hing. Dik en glanzend, alsof iemand er vloerlak op had gesmeerd om hem zo te houden. Haar gezicht had bijna altijd dezelfde uitdrukking: pas op of ik sla je! Dorte had nog nooit meegemaakt dat ze dat ook deed, maar ze vond het niet prettig om naar haar te kijken.

Ze kon zich maar beter op de krant richten. Maar plotseling, midden in een artikel over president Paksas die zou worden afgezet, kwam de gedachte bij haar op dat het onrechtvaardig was dat haar vader moest sterven, terwijl Anna, wier hoofd zo kapot was, mocht blijven leven. Daardoor begon ze veel te snel te lezen.

'Nee, nee… Wat zei je nu?' klaagde Josef met de stem van iemand die nooit iets krijgt.

Toen moest ze alles herhalen, zonder helemaal te begrijpen of het terecht was dat de president moest aftreden of niet.

'Oom Josef', zei ze uiteindelijk. 'Dit is een oude krant. Ik heb dit al eerder voorgelezen.'

'Dat weet ik wel! Ik vind het leuk om het steeds weer te horen!' verklaarde hij triomfantelijk.

Even later werd Anna zo onrustig dat hij haar naar bed moest brengen. Dorte vouwde de krant op, nam de pan waarin ze het eten had gebracht mee en wenste hun welterusten.

Toen ze bovenkwam, stond haar moeder de overhemden van de dominee te strijken. Die moesten morgen afgeleverd worden. Ze vertrok haar mond tot een naar links gerichte trechter en blies haar haren uit haar verhitte gezicht. Daarna wierp ze Dorte een vluchtig glimlachje toe.

'Hebben ze gegeten?'

'Ja.'

'Heb je de borden afgewassen en in de kast gezet?'

'Ja.'

'Heb je Josef voorgelezen?'

'Ja, over de president.'

'Zei hij nog iets over zijn zoon, dat die zou komen?'

Haar moeder noemde nooit de naam van die zoon. Zo hield ze op afstand dat hij behoorlijk vervelend kon zijn als ze de huur niet kon betalen.

'Nee, daar zei hij niets over.'

Dorte haalde wasgoed uit de mand en vouwde het op zonder dat haar moeder dat gevraagd had.

'Ik ben blij dat jij die rust in je hebt. Dat je niet alles zo zwaar opneemt', zei haar moeder terwijl ze de laatste mouw van het overhemd van de dominee opvouwde. Die moest met de manchet op de voorkant liggen, de rest moest op de rug worden gevouwen, dat luisterde erg nauw.

'Zal ik dit laken besprenkelen?'

'Ja, als je dat zou willen doen.'

Dorte vulde een fles en spreidde het laken uit op het aanrecht.

'Vera kan niet veel aan. Ze vindt het vreselijk dat we geen geld hebben', zei haar moeder.

Het was Dorte niet duidelijk of ze tegen haar praatte of tegen God. Daarom zei ze niets.

Om tien uur hadden ze alles opgeruimd. Haar moeder gaapte, wond de klok op en maakte zich klaar om naar bed te gaan. Maar tegen middernacht liep ze nog steeds heen en weer tussen de twee ramen zonder te zeggen waar ze allebei aan dachten. Dat Vera nog steeds niet thuis was. Dorte kon het niet aanzien, ook al zat ze lekker in haar vaders stoel met een atlas op haar knieën.

'Mamma! Kunnen we haar niet beter gaan zoeken?'

'Ja!' zei haar moeder terwijl ze haar zwarte sjaal pakte. Soms was ze net een opwindpop, je hoefde alleen maar het wachtwoord te zeggen en ze kwam in beweging.

Ze hadden net hun jas aangetrokken, toen ze Vera op de trap hoorden. Lichte voetstappen, heel anders dan toen ze vertrok. Ze verscheen in de deuropening. Ze had blozende wangen en haar blouse was van voren gekreukeld. Haar mond leek op de rozen in de tuin van de dominee. Die waren zo zwaar en rood dat ze door het hek ondersteund moesten worden.

'Pappa zou dit nooit goedgevonden hebben', zei haar moeder.

'Wat weet jij daar nou van? Hij is al twee jaar dood! Ik ben achttien en ik doe wat ik wil!'

In plaats van Vera terecht te wijzen, bleef haar moeder plotseling staan met haar sjaal in de hand, als een vogel die op één poot luistert of hij wormen hoort.

'Is het al zo lang geleden?' zei ze verbaasd. Ze hing haar sjaal weer aan het haakje en begon de slaapbank uit te trekken – zonder verder nog iets te zeggen.

Toen Dorte haar moeder een keer had helpen schoonmaken bij de dominee, had hij gezegd dat als je haar moeder hoorde praten, je begreep dat ze uit een beschaafd gezin kwam. Dat meende hij ongetwijfeld, maar eigenlijk had hij een hekel aan alles wat Russisch was. Vooral als hij naar drank rook. En hij had gelijk. Haar moeder was opgegroeid in een groot huis met een voortuin aan de rand van de stad die destijds Leningrad heette. Maar daar praatte ze bijna nooit over.

Toen Vera en zij in het bed achter de kast lagen, klonk de stem van hun moeder zacht en vriendelijk, maar duidelijk door de kamer: 'Lieve Maria, Moeder van God, je weet dat Vera het hier te benauwd vindt als de maan en de sterren buiten schijnen. En de muziek en het dansen! We hebben er niets op tegen dat ze vrienden heeft en lacht en van het leven geniet. Maar ze ziet de gevaren niet. Ze is onschuldig en weet niet wat mensen soms moeten verdragen. Daarom vindt ze het niet prettig als ik laat merken dat ik meer weet en haar wil beschermen. Jij, mijn God, weet dat nog beter dan ik en je herinnert je vast wel dat ik, in mijn jeugd, ook opstandig was en dacht onkwetsbaar te zijn. Maar ik ben goed weggekomen, omdat jij in jouw genade de liefde op mijn pad bracht. Jij hebt mijn geliefde tot je genomen, maar me ook het verstand gegeven om te begrijpen dat verbittering kwaad doet. Ik bad niet zo vaak als zou moeten, voordat het verdriet kwam. Het verdriet heeft me geadeld. Dus dank ik je en bid: maak het Vera niet te moeilijk! Maak haar maandelijkse dagen wat lichter! Geef haar geen groter verdriet dan ze kan dragen! Maar liefde! En als je een mogelijkheid ziet – ze heeft ook werk nodig! Amen!'

2

Met een stem die overliep van minachting noemde Vera het dorp waar ze woonden een kluwen huisjes langs een weg. In het midden stond een rooms-katholieke kerk, waar haar moeder niets aan had. Zij was Russisch-orthodox. Een school, twee cafés en een kapsalon. Een begrafenisonderneming met tralies voor alle ramen, zodat je zou kunnen denken dat de eigenaar de dorpelingen ervan verdacht lijken te willen stelen. Een bakker die in zijn oude auto zijn waren naar de winkels in de naburige dorpjes bracht. Een benzinestation omgeven door schroot, een kiosk die ook wodka verkocht en een zogenaamde supermarkt waar Vera af en toe werkte. Ze kenden niemand toen ze hier met hun rammelende huisraad op een vrachtwagen aankwamen, ze hadden alleen de brieven van de oude oom Josef.

De vrouw van de bakker runde het ene café van het dorp. Aangezien je er drank kon kopen, vond haar moeder het niet prettig als Vera en Dorte er 's avonds naartoe gingen. De vrouw van de bakker verkocht ook frisdrank en koffie. Ja, en brood en gebak, uiteraard. De broden waren grijs en roken naar karwij en biergist. Omdat ze Russische was, serveerde ze gouden *vatrosjka's* met een zoete kaasvulling. Die smaakten heerlijk bij een glas melk. De vrouw van de bakker verspreidde een vage geur van kaneel.

Op sommige avonden was het er vol. Jongelui en volwassen mannen kwamen er bij elkaar. De meeste jongeren hadden nadat ze de school hadden verlaten geen werk kunnen vinden. Er waren er niet veel die familie in de stad hadden bij wie ze konden logeren als ze ergens in de leer gingen of een vervolgopleiding gingen volgen. Dus bleven ze thuis en pakten al het werk aan dat ze konden krijgen.

Het café lag twee treden lager dan de straat, in het huis van de bakker. Soms kon je de kneedmachine horen, door de muur van de bakkerij heen, die ook daar beneden was. Het rook er naar kelder en tabak, ook al stond de deur naar de bakkerij vaak open en deed de vrouw van de bakker haar best om te luchten en het schoon te houden. Op de ene muur zat behang met een bruin-rood, zichzelf steeds herhalend patroon. Twee ramen lieten licht binnen en hadden gewone woonkamergordijnen die open werden gehouden door een versleten embrasse die er oorspronkelijk niet bij hoorde.

Soms was de zoon, Nikolai er ook. Of hielp hij mee. Hij had net als zijn moeder een gezicht dat straalde als een zon, ongeacht het weer. Hij zei niet veel, maar hij liet zijn ogen zo duidelijk over Dortes gestalte glijden dat ze het gevoel had dat hij iets aardigs tegen haar zei. Ze ging alleen overdag naar het café, vanwege haar moeder. Nu was het bijna avond, maar toen ze zag dat Nikolai er in zijn eentje stond, liepen haar voeten er bijna als vanzelf naartoe. Ze knikte en ging zitten op de stoel die het dichtst bij de bar stond, met haar rug naar de deur. Hij liep naar het hok dat als keuken dienstdeed en kwam terug met een glas melk, zonder dat ze daar om gevraagd had. Zijn gezicht stond ernstig, toch zag ze dat hij eigenlijk glimlachte. Ze zei dankjewel en glimlachte terug.

Terwijl hij met iets achter de bar bezig was, verloor hij haar niet uit het oog, net zoals zij hem niet uit het oog verloor. Hij schoof vooral dingen zinloos heen en weer. En deed iets vaags met een vaatdoekje. Ze had nog nooit iemand zo onhandig een vaatdoek zien vasthouden. Hij verfrommelde hem als het ware in zijn vuist, alsof niet het doekje, maar zijn hand het werk moest doen.

Om ervoor te zorgen dat hij zich niet bespied voelde, bekeek ze hem van onder geloken ogen, of wanneer hij zich een beetje afwendde. Ze vouwde een krant die er lag open, maar las niet echt. Ze waren de enigen in het café, toch praatten ze niet met elkaar.

Toen ze het glas melk allang ophad en de avond zijn blauwe jas voor het raam hing, stond ze op. In plaats van te knikken maakte ze een knicksje. Ze bloosde van schaamte. Hij knikte met een serieus stralend gezicht, zoals altijd. Maar vandaag liet hij opeens het doekje vallen, riep iets door de deur naar de bakkerij en pakte zijn jas die op een stoel lag. Omdat ze dat niet verwacht had, kwam ze ook niet op de gedachte dat dat vreemd was. Hij deed immers niets verkeerds, opende alleen de deur voor haar alsof ze dat zo afgesproken hadden. De duisternis en de schaduwen van de bomen maakten hen onzichtbaar voor andere mensen dan zijzelf. Op dit tijdstip zaten veel mensen achter de gordijnen.

'Je hebt er toch niets op tegen dat ik met je meeloop?' vroeg hij enigszins buiten adem tijdens het lopen.

Ze kon geen antwoord geven, maar schudde haar hoofd. Op datzelfde moment besefte ze dat het zo donker was dat hij dat niet kon zien, en dus misschien zou denken dat ze er wel iets op tegen had. Daarom keek ze hem aan en glimlachte even. De meelvlek op zijn wang was niet meer te zien. Binnen in het café was die heel duidelijk geweest. Maar uit zijn ogen straalde een licht, ook in het donker. Een beetje onrustig, als lantaarns van bootjes in de nacht.

Hij bracht haar helemaal naar huis, tot op de binnenplaats. Daar bleven ze staan, roerloos. Toen vond hij blijkbaar dat hij iets moest doen. Hij drukte haar tegen zich aan en liet zijn handen over haar rug dwalen. Daarna ook over haar billen. Het voelde alsof ze zich in een poel met zonverwarmd water liet zakken. Als een liefkozende tinteling op haar dijen en buik, ook al waren zijn handen daar helemaal niet in de buurt. Dat zou ze ook verboden hebben. Haar borsten sloten zich aan en deden ook mee aan dit merkwaardige genot. Ze vergat bijna adem te halen. Dat leek nu niet nodig. Hij liet zijn hand over de voorkant van haar blouse glijden. Dat maakte het allemaal ondraaglijk heerlijk. Ze stond daar in het donker, in de geur van koekjes en brood. Na een poosje voelde het daar beneden aan als vochtig mos. Was dat al eerder gebeurd?

Op dat moment kwam er iemand de trap af. Gelukkig hoorden ze de voetstappen voordat iemand de deur uit kwam, en Nikolai verdween voordat iemand wist dat hij er geweest was. Behalve haar moeder.

'Daar ben je, liefje!' zei ze. Ze stapte de buitenplee binnen zonder te laten merken dat ze iets wist.

Zo kreeg Dorte even tijd om tot zichzelf te komen terwijl ze de trap op liep en haar jas ophing.

'Ik geloof niet dat Vera het prettig vond dat ik die avond met

17

God heb gepraat – over dat ze zo'n moeilijke menstruatie heeft', zei haar moeder toen zij ook boven kwam.

'Nee, dat houdt ze liever voor zich.'

Die ochtend had Vera gegild dat haar moeder en God haar privacy hadden geschonden. Haar moeder beweerde zoals altijd dat er geen mus ter aarde kon vallen zonder dat God dat wist. En Dorte begreep dat vergeleken bij die gedachte, de gedachte aan alles, groot en klein, dat in de loop der tijden ter aarde was gestort, Vera's menstruatiebloed nogal verbleekte.

Haar vader had anders dan haar moeder niet zo'n moeite gehad om de mensen rechtstreeks aan te spreken. Dorte had het gevoel dat ze hem veel beter kende. Zelfs nu hij er niet meer was. Wat ze zich het best herinnerde, was niet hoe hij eruitzag of wat hij deed, maar dat hij in de versleten oorfauteuil zat, die met de kwastjes aan de armleuningen – en tegen hen praatte. Hij werd niet boos als ze niet luisterden, integendeel, hij praatte rustig verder. Zijn stugge snor wipte op en neer, alsof die tegen elke woord protest aantekende. Maar dat merkte hij niet. Hij was een onstuitbare veilige rivier – van woorden.

Na hem werd het stil. Zelfs de lucht stond stil. Het was half juli, bijna dertig graden. De tuinen en akkers veranderden in woestijnen. Alsof de natuur het al een poosje wist. Dat haar vader op de ochtend van de achttiende juli dood in zijn bed zou liggen, naast haar moeder. Doodstil, zonder 'Goedemorgen!' te roepen, zoals hij anders altijd deed.

De schreeuw van haar moeder was Dortes droom binnengedrongen. Ze liep in een weiland margrietjes te plukken, maar had zo'n haast dat ze alleen maar de bloempjes meenam, zonder steel. Op een of andere manier wist Dorte, zonder helemaal wakker te zijn, dat haar moeders schreeuw te maken had met iets wat erger was dan wat ze ooit had meegemaakt. Maar dat haar vader dood was? Nee, geen sprake van! Ook niet toen Vera en zij naast het bed stonden en hem zagen. Ook al kaatste de schreeuw van haar moeder tegen de ruiten waardoor het ochtendlicht zich terugtrok.

Dorte kon zich niet herinneren wat ze zelf gedaan had, maar Vera bleef even staan en rende toen naar de buren om hulp te halen. Daar werd haar vader niet levend van, maar ze had het in ieder geval geprobeerd.

Eerst had haar moeder de dood van haar vader beschouwd als iets tegennatuurlijks, wat het uiteraard ook was, daarna was ze volkomen apathisch geworden. Het was alsof elke gedachte, elke beweging uit huis verdween. Als ze niet zulke goede buren hadden gehad, hadden Vera en Dorte hem eigenhandig moeten begraven. Maar in dergelijke situaties sloeg men in het dorp de handen ineen. In ieder geval zolang het niemand iets kostte. Na de bescheiden begrafenis veranderde hun moeder weer. Het zwijgende, praktische nam bezit van elke hoek. Nestelde zich in het behang en de gordijnen, vlijde zich in de messenlade en het beddengoed.

In Dorte was iets gebarsten. Net als in het verhaal van haar vader over een gletsjerspleet waar mensen in vielen en nooit meer uit konden komen. Ze was nog nooit op een gletsjer geweest. Toch zag ze zichzelf bevriezen. Soms werd ze 's nachts wakker omdat de spleet haar dreigde te verstikken. Ook al kwam ze na een poosje altijd weer op adem, het ging nooit helemaal over, maar herhaalde zich. Toen begreep ze dat dit de rest van haar leven zou duren. De spleet was er – in alles wat ze deed, ook al dacht ze er niet meteen aan. Als ze bijvoorbeeld 's nachts wakker werd en boven de po hurkte. Het nare zinloze van het feit dat je de witte bak vulde met een vloeistof uit het diepste, verborgene van je lichaam – terwijl haar vader onder de grond moest liggen. Gewoon moest wegrotten.

Ze kon dat soort gedachten aan niemand uitleggen. Maar wie weet, ooit. Aan Nikolai.

'Vera heeft het niet gemakkelijk', zei haar moeder terwijl ze het strijkijzer op het rooster zette.

'Nee?'

'Ze denkt aan pappa. En als ze ongesteld is, wordt het nog erger.'

Haar moeders handen waren rood en gezwollen. Dat was altijd zo als ze op dezelfde dag had gewassen en gestreken. Zo ging het als het droogzaam weer was. Ze moest strijken voordat het wasgoed helemaal droog was, dan hoefde ze het niet te besprenkelen. Ze boog zich over de strijkplank en verzonk in diepe gedachten die ze niet met Dorte deelde. Dat duurde soms een paar minuten, daarna was het alsof ze opeens weer tot zichzelf kwam en ze de draad weer oppakte waar ze was gebleven.

'Je zou een vriendin moeten hebben, Dorte', zei ze zonder uit te leggen waarom. Dus moest Dorte maar wachten tot ze het uitlegde in een gebed. Vera had vrienden, maar haar moeder was niet op allemaal even dol. Daarom was het wat vreemd dat ze dit zei.

'Je zou meer naar plekken moeten gaan waar jongelui elkaar ontmoeten. Waar is dat?' vroeg haar moeder terwijl ze de strijk-plank inklapte.

'Weet ik niet.'

'Gaat Vera naar het café van de bakker om mensen te ont-moeten?'

'Nee, naar het andere.'

'Dan denk ik dat dat van de bakker het beste is voor jou', constateerde haar moeder. 'Ik zal je wat geld geven zodat je er een keer naartoe kunt gaan. Maar niet 's avonds.'

Dorte bloosde en wendde zich af.

'Hoe heet hij? De zoon van de bakker?' vroeg haar moeder schijnbaar afwezig.

'Nikolai', fluisterde Dorte en ze wist niet waar ze moest kijken. Maar haar moeder zei niet dat ze hen op de binnenplaats had gezien. Daar was ze zo dankbaar voor dat ze zich voornam vaker te bidden – om haar moeder een plezier te doen.

3

De zomer kookte over in zijn eigen warme stof. De nevel boven de rivier werd zwaarder en opdringeriger. De bladeren vielen van de bomen en de moestuin verdorde. De zon had een rode gloed achter zijn gele schijf en hing steeds lager aan de hemel. Alsof hij geen zin meer had zich vast te houden. Die indruk wekte haar moeder ook. Haar gebeden waren binnenkort de enige gesprekken die ze nog voerde. Vera had al twee maanden geen werk meer gehad. Alleen een invalbaantje achter de kassa in de supermarkt. Maar dat was nu ook afgelopen.

'Ik zie maar één uitweg en dat is dat je met mij trouwt om onder de pannen te zijn', had de kruidenier glimlachend gezegd toen hij vertelde dat hij haar niet meer nodig had.

Dat meende hij natuurlijk niet, want hij was in de veertig en al getrouwd. Maar Vera barstte in woede uit toen ze het vertelde. Daarna begon ze haar lange haar te borstelen alsof het haar vijand was. Ze stond bij de gebarsten aluminium wasbak met haar rug naar de spiegel. Geladen door het fanatieke borstelen verhieven de buitenste haren zich als een regenboog onder het licht van de plafonnière. Uiteindelijk vormden ze een aureool rond haar hoofd. Dorte bleef ernaar staan kijken.

'Wat sta je te staren?' viel Vera uit.

'Je hebt zulk mooi haar', mompelde Dorte bedremmeld en ze begon de tafel af te ruimen.

Dat was nu al een poos geleden. Vera ging vaak na sluitingstijd naar het kantoortje van de kruidenier om te vragen of hij nog invalkrachten nodig had. Maar ze praatte er nooit meer over. Dorte had het geluk gehad werk te vinden op de akkers van de boer die de etensresten ophaalde. Maar toen kwam er een familielid uit een naburig dorp langs die dat baantje de rest van het seizoen kreeg. Haar moeder verstelde kleren en maakte schoon bij mensen. Maar dat betaalde niet goed. Sommige mensen wachtten zo lang met betalen dat het gratis werd.

'Dat kunnen we wel vergeten', zei haar moeder als Vera wilde weten of die of die al betaald had.

'Kun je ze geen rekening sturen, net als de kruidenier?' vroeg Vera boos.

Op dat soort uitspraken gaf haar moeder nooit antwoord. Want het leidde toch tot niets. Als Vera in zo'n bui was, deed Dorte alsof ze niet hoorde dat er iemand aan het woord was. Bovendien had ze andere dingen aan haar hoofd. Nikolai zou naar Kaunas vertrekken om banketbakker te worden. Vreselijk duur, maar hij zou bij zijn oom logeren. Een weduwnaar met een onhandelbare dochter die Nikolais moeder in het café zou helpen om zo wat fatsoen te leren. Ze zouden van huis ruilen, zoals Nikolai het noemde.

Dorte wist niet hoe ze het zonder hem moest redden, want ze was erg vertrouwd geraakt met zijn handen. En de bekende geur van gebak. Hij had een rustgevend effect op haar. Ondanks het feit dat hij een volwassen man was, met de gevaren die dat met zich meebracht. Hij deed nooit moeilijk over waar hij haar wel of niet mocht aanraken, zoals andere jongens volgens Vera wel deden. Als Dorte hem op een bepaalde manier aankeek, begreep hij dat hij van die plek beter kon afblijven. Het werd een probleem als het donker was. Ze dacht dat hij wel begreep dat ze alles hadden kunnen doen, als het aan haar lag. Maar je moest je aan de regels houden. Een fatsoenlijk mens zijn. En dan waren de gebeden van haar moeder er nog.

Dorte bewoog haar vingertoppen over zijn gezicht in plaats van iets te zeggen. Zijn ademhaling vertelde haar altijd wanneer er gevaar dreigde. Dan streek ze met het puntje van haar wijsvinger over zijn mond of zijn oogleden. Soms zuchtte hij als een verongelijkt hondje voordat hij zich gewonnen gaf. Maar hij probeerde haar nooit te dwingen. En na een poosje werd zijn ademhaling weer normaal.

Hij nam vaak een zak met gebak mee als ze met elkaar afspraken.

'O, geweldig!' riep ze dan altijd uit en ze schudde hem dankbaar de hand.

'Dat is voor je moeder', zei hij laconiek, alsof het niets was.

Dorte stelde het op prijs dat het hem niet leek te deren dat zij geen 'goede partij' was, zoals dat heette.

Na een poosje gingen de gesprekken tussen hen ook beter.

Op een dag vroeg hij waarom ze zo'n mooie, maar ongebruikelijke naam had.

'Dat wilde mijn vader. Hij kende iemand die overleed, en die heette Dorte', stamelde ze.

'Was hij gek op haar?'

'Nee', fluisterde Dorte ontzet. En besefte meteen dat dat wel het geval geweest moest zijn.

Dorte begreep dat haar moeder er niets op tegen had dat ze met Nikolai naar de rivier ging. Natuurlijk mocht ze niet weten dat ze elkaars huid en ademhaling kenden. In het begin mocht Dorte nooit langer dan een uur wegblijven. En ze moest thuis zijn voordat het begon te schemeren. Na een poosje ging ze met haar moeder de discussie aan wanneer de schemering concreet gezien inviel. De schemering bij het water was niet hetzelfde als die in het donkere dorp. Dat wilde haar moeder uiteindelijk ook wel inzien. Ook omdat Nikolai vertelde dat haar vader bij zijn vader op school had gezeten.

Toen Dorte dat 's avonds aan tafel vertelde, kreeg haar moeder kleur op haar wangen en begon ze over haar eigen familie te praten, iets wat ze anders nooit deed. Ze zei Leningrad, en Vera verbeterde dat een paar keer in Sint-Petersburg, maar ze liet zich niet van de wijs brengen. Ze vertelde hoe haar grootvader een hogere functie in het systeem kreeg en hoe het hele leven van de familie van de ene dag op de andere veranderde. Na eerst in een bescheiden appartement te hebben gewoond, verhuisde het gezin naar een groot paleis met veel kamers en mooie spullen. Dorte had nooit begrepen wat dat 'systeem' eigenlijk was. Maar aangezien haar grootvader advocaat was, moest het iets te maken hebben met de Russische wetten waar iedereen een hekel aan had, maar waar niet over gesproken werd. Het was alsof haar moeder een stukje van haar verleden had teruggekregen. Alleen maar omdat die twee vaders bij elkaar op school hadden gezeten.

Dorte liep nog met blote voeten in haar schoenen. Ze liep naar de bakker – al had ze geen geld om iets te bestellen. Ze had er een prettiger gevoel bij nu haar moeder het zelf had voorgesteld. Op een dag dook Nadia op. Een ouder meisje uit het buurdorp dat af en toe langskwam omdat ze verliefd was op Nikolai. Daarom kon Dorte haar niet aardig vinden. Ze had een moderne spijkerbroek aan en een blouse met een lage hals en kant van voren. Ze droeg gouden schoentjes die haar rode teennagels bloot lieten. Ze ging zonder iets te vragen bij Dorte aan tafel zitten. Dorte werd er onrustig van. Was bang dat Nikolai Nadia's kleren mooi zou vinden en misschien met haar mee zou lopen als ze vertrok. Maar zijn moeder stond achter de bar. Een hoofd met bruine krullen, net als hij, en hetzelfde gezicht. Als een ernstige zonsopgang.

'Is Nikolai al naar Kaunas vertrokken?' riep Nadia over de bar heen.

'Nog niet', antwoordde zijn moeder bedaard.

'Ik ga ook weg, maar dan het land uit!'

'Kijk aan.'

'Je moet iets van de wereld zien voor het te laat is', verklaarde Nadia, die een pruilmondje trok en een sigaret opstak. Alsof ze Nikolai de kamer in probeerde te zuigen.

Terwijl Nadia verder praatte, bedacht Dorte dat zij nooit toestemming zou krijgen om er zo bij te lopen. Al zou ze uiteraard graag zo'n spijkerbroek willen hebben. Nadia kon daar zitten zuigen wat ze wilde. Nikolai bracht brood en gebak naar de naburige dorpen en zag haar niet. Maar Dorte moest toegeven dat het prettig was om met haar te praten, want ze sprak Russisch.

'Mijn opa was een Rus. Hij is uit Rusland verjaagd omdat hij een held was', verklaarde Nadia toen Dorte vroeg waar ze de taal zo goed had leren spreken. Maar waarom een held werd verjaagd, wilde ze niet zeggen.

'Mooie blouse', zei Dorte beleefd.

'Ja, hè? Uit Zweden.'

'Uit Zweden?' riep Dorte verbaasd uit.

'Ja, dat is een voorschot. Ik heb een baan gekregen in een café in

24

Stockholm. Maar ik ga er niet graag alleen naartoe... Het is tenslotte een vreemd land. Ja, ik ga wel samen met Liudvikas, maar toch.'

'Wie is Liudvikas?'

'Iemand die ik ken. Zijn neef doet zaken in Stockholm. Hij kan je aan werk helpen. Jij bent toch ook klaar met school, en werkloos?'

'Ja.'

'Kom dan mee!'

'Mijn moeder laat me echt niet weggaan.'

'Waarom niet?'

'Ze vindt me denk ik nog te jong', zei Dorte, zonder te zeggen dat ze het nooit gevraagd had.

'Maar je moet toch werk hebben. Hier moet je alles aanpakken wat je krijgen kunt, voor een hongerloontje. In Zweden verdien je evenveel in een maand als hier in twee, drie jaar.'

'Dat is niet waar!' riep Dorte uit.

'Natuurlijk is dat waar. En het is zo'n mooi rijk land! Iedereen is beleefd en vriendelijk, want iedereen heeft een baan. Zelfs de politie is in Zweden beleefd op straat!'

'Ben je er dan geweest?'

'Ja, één keer. Een paar dagen. Ik droom er 's nachts nog van. Al die winkels! Je kunt er alles kopen. Fantastisch mooie kleren. Alles volgens de laatste mode. Ooit open ik een modewinkel in Stockholm!' zei Nadia dromerig terwijl ze haar gouden schoenen en rode nagels zo ver mogelijk naar voren stak.

'Verstaan ze daar Russisch?'

'Nee, niet echt, maar je leert heel snel Zweeds.'

'Ik heb al Litouws geleerd, dat is wel genoeg.'

'Je hoeft er niet zo lang te blijven. In twee, drie maanden heb je genoeg geld verdiend om in Vilnius naar school te gaan of een appartement te kopen, als je dat wilt. Zo lang red je het wel met gebarentaal.'

'Hoelang ben jij van plan er te blijven?'

'Tja, dat hangt ervan af hoe het bevalt... Misschien een paar maanden. Misschien langer... Het hangt ervan af of ik genoeg geld verdien om een winkel te beginnen.'

'Hebben ze nog meer mensen nodig in dat café?'

'Nee, maar de neef van Liudvikas weet vast wel iets anders. Zal ik het vragen?'

'Nee, dat hoeft niet. Ik mag toch niet.'

Nadia hield op over Zweden. In plaats daarvan vertelde ze dat ze zo'n goede prijs had bedongen voor kleren die ze in een winkel in Janava had gekocht. Dorte knikte beleefd. Het drong tot haar door dat haar kennis van winkels nogal tekortschoot.

Toen ze thuiskwam, werd ze in de deuropening opgewacht door Vera. Met ongeborsteld haar en zonder make-up.

'De zoon van Josef heeft mamma een brief gestuurd!'

'Een brief?'

'Ja. Hij wil de huur meteen hebben, of we moeten verhuizen. Kijk!'

Dorte nam de brief aan. De letters zwommen eerst wat heen en weer over het papier. Toen begreep ze dat hij beweerde dat Josef en Anna het zich niet konden veroorloven om hen in huis te hebben. Alsof het huis er niet al gewoon stond. Alsof zij de oudjes niet hielpen met alles wat hun zoon verzuimde te doen.

'Drie maanden! Dat heeft mamma voor ons verborgen gehouden, dat het zo veel was.'

'Voor God ook!' fluisterde Dorte ontsteld.

'God kan naar de hel lopen!' brieste Vera. 'Hij heeft ons pappa afgenomen!'

'Vera!' riep Dorte terwijl ze op de dichtstbijzijnde stoel ging zitten.

Er stond een pan koolsoep op het aanrecht. Die moest naar beneden gebracht worden, naar de oudjes, en daar worden opgewarmd. Het rook er naar dood en verrotting.

'Waar is ze?'

'Naar de kerk, om te bidden.'

'Maar waarom bidt ze niet thuis? Dat doet ze altijd... Zodat wij weten...'

'Ze zal wel over dingen praten die wij niet mogen weten. Ze

heeft deze brief een hele poos geheimgehouden', snoof Vera. Dorte zag opeens dat ze gehuild had.

'Hoe ben je erachter gekomen? Heeft ze je…'

'Nee, ik vond hem in het blik boven de gaskachel. Ik werd zo kwaad. Schreeuwde tegen haar dat ze een leugenaarster is. Daarna hebben we hier een poosje zitten huilen. Tot ze vertrok.'

'Dat ze zo iets belangrijks zo lang voor God verborgen heeft proberen te houden', zei Dorte ongerust, maar niet zonder bewondering.

'Ze heeft het niet voor God geheimgehouden, maar voor ons! Je snapt toch wel hoe erg dit is? Die rotzak gooit ons eruit!'

'Wat moeten we doen?' Dorte werd bevangen door een klamme onrust die al het andere uit haar hoofd verdreef. Ze wachtte niet op antwoord, liep de deur uit en de trap af.

'Waar ga je heen?' riep Vera haar na.

'Mamma zoeken… Ze heeft immers niemand meer, nu ze zich bij God onmogelijk heeft gemaakt.'

De volgende dag ging Vera midden op de dag weg en kwam pas terug toen Dorte en haar moeder al naar bed waren. Dat was nog nooit gebeurd. Toch ging haar moeder haar niet zoeken. De volgende ochtend gaf Vera haar moeder een envelop met daarin de huur voor twee maanden. Dorte vond het uitermate vreemd dat zowel haar moeder als Vera huilde toen ze het geld gaf. En toen Dorte ernaar vroeg, wilden ze er niet over praten. Dorte voelde zich buitengesloten. Ook omdat haar moeder niet vroeg wie hun het geld geleend had. Vera zei niets. Alsof Dorte er niet bij hoorde. Die avond had haar moeder een kort, maar indringend gesprek met God.

'Ik smeek U, houd Uw almachtige hand boven Vera's hoofd! Geef haar kracht! Geef haar keuzes die ze aankan. Spaar haar ziel! En als het maar enigszins mogelijk is, geef haar werk zodat we het geld dat ze van de kruidenier heeft geleend kunnen terugbetalen. Amen!'

Toen stond Vera bruusk op uit haar bed en rende de deur uit, zonder jas of schoenen. Ze hoorden haar de trap af glijden en ze liet de buitendeur achteloos in de wind klapperen terwijl ze op de wc zat.

Dorte had de omvang en de heftigheid van Vera's verdriet altijd bewonderd. Maar na die avond verstomde Vera's razernij. Haar ogen leken op twee gedoofde fakkels. Dorte werd een keer wakker omdat Vera huilde. Maar toen ze haar hand uitstak om haar te troosten, deed Vera alsof ze sliep.

Toen kwam de laatste dag voordat Nikolai zou vertrekken. Dorte wilde hem bij de rivier vertellen waar ze aan dacht, dat ze de volgende keer dat haar moeder de huur niet kon betalen op straat zouden worden gezet, maar voelde dat dat verraad zou zijn jegens de trots van haar moeder en van Vera. Hij leek gelukkig weinig zin te hebben om weg te gaan en dat hielp een beetje.

'Misschien kan ik een baantje voor je regelen in de stad. Dan kunnen we elkaar vaker zien', opperde hij.

'Ik heb daar geen slaapplaats', zei ze moedeloos, maar ze begon onmiddellijk te denken aan het geld dat ze zou kunnen verdienen en aan hoe vaak ze bij Nikolai zou kunnen zijn.

'Ik schrijf je in ieder geval. Dat moet jij ook doen! Vaak!'

'Ja', beloofde ze.

'En ik kom natuurlijk alle vakanties naar huis.'

'Ja…'

De rivier stroomde vriendelijk en donker voor hun voeten langs. Af en toe glinsterde er een natte tak, of een blaadje dat door de stroming werd meegevoerd. Een vies kartonnen bekertje wist een poosje te blijven drijven. Een eend was druk in de weer en stak voortdurend zijn kop onder water. Hij trok zich er niets van aan dat zijn achterste recht omhoogstak. Als ze zich niet zo machteloos had gevoeld, had ze vast even gelachen. Dan zou hij gevraagd hebben waar ze om lachte en zij zou het verteld hebben. Dan hadden ze samen kunnen lachen. Maar vanavond was alles anders. Voorbij. Alsof ze eigenlijk dood zou gaan, maar vergeten had zich erop voor te bereiden. Alsof ze bleef steken in futiliteiten, terwijl het enige wat ertoe deed, was dat ze hier aan de oever van de rivier zat, met Nikolai.

Toen hij haar lippen met de zijne wilde aanraken, voelde ze dat ze moest huilen. Daar schaamde ze zich zo voor dat ze niet wilde, maar ze durfde niet te zeggen waarom. Daardoor voelde hij zich blijkbaar gekwetst. Nadat hij het nogmaals geprobeerd had, met hetzelfde resultaat, vroeg hij: 'Vind je me niet meer aardig?'

'O, jawel!'

'Wat is er dan?'

'Ik heb zo veel verdriet dat mijn mond vol loopt, dus ik kan niet...' stamelde ze.

Hij streelde haar wang en kuste haar voorhoofd. Ze zaten dicht tegen elkaar aan en zagen de duisternis langzaam uit de aarde opstijgen. Maar op de rivier legde de avond een spiegel neer. Daarin was de hemel vol glinsterende lichtjes. Aan de rand van de spiegel doopte de kerktoren zijn spits in het water. Alsof hij wilde voelen hoe koud het water was. Op de grens tussen spiegel en duisternis stroomde een brede oranje streep.

'Denk je ook weleens aan me als we niet samen zijn?' vroeg hij plotseling.

Ze formuleerde de woorden in haar hoofd voordat ze ze zei, want ze begreep dat haar antwoord belangrijk was voor hem.

'Eigenlijk denk ik altijd aan je, ook als ik het niet weet', bekende ze.

'Ik neem je mee naar bed. Ik slaap altijd met je', fluisterde hij schor.

'Dat mag je in de stad ook best doen.'

'Dankjewel!' zei hij, en hij schraapte zijn keel en drukte haar stevig tegen zich aan.

4

Toen haar moeder met de gestreken overhemden naar de dominee was vertrokken, droeg Vera Dorte op langs de huizen te gaan en om werk te vragen, ook daar waar gewone mensen woonden, zoals zijzelf.

'Dat moeten we allebei doen. Maar ieder apart, dan maken we meer kans', zei ze.

'Je kunt toch niet om werk bedelen', protesteerde Dorte.

'O jawel! Dat moet!' zei Vera, angstaanjagend gelaten.

'Ik wil terug naar ons huis in Wit-Rusland', zei Dorte wanhopig.

'Je bent niet de enige. Dat was tenminste van onszelf! Niemand kon ons op straat zetten, ook al hadden we geen geld voor aardappelen en kool.'

'Kunnen we niet tegen mamma zeggen dat we terug naar huis willen?'

'Waar moeten we het geld vandaan halen om het terug te kopen – als het al te koop is? Knap je een beetje op, zodat je er netjes uitziet! Ik heb een lijst gemaakt van de huizen waar je het eerst naartoe moet', zei Vera, nog steeds zonder woede.

Dorte deed wat ze zei. Een dag, twee dagen. Zonder resultaat. Sommige mensen hadden medelijden met haar en keken haar aan alsof ze echt een bedelaar was. Maar de meesten zagen haar als een vervelend intermezzo en wisten niet hoe snel ze de deur moesten dichtslaan. De boer voor wie ze gewerkt had, was vriendelijk, maar vroeg haar te wachten tot de lente.

Toen ze de tweede dag aan het eind van de middag thuiskwam, stonken haar oksels zo erg dat ze zich schaamde. Ze zette een ketel water op en ging achter het kamerscherm staan, om toch alleen te zijn in het geval Vera of haar moeder thuiskwam. Toen ze zich had gewassen, trok ze een schone blouse aan en ging ze naar de bakker.

Daar was niemand, behalve Nikolais moeder, maar die knikte opgewekt. Ze had zoals gewoonlijk roze vlekken op haar wangen, omkranst door de bruine krullen die Nikolai had geërfd. Zo volkomen anders dan het trieste bruine behang, of Dortes gedachten. Het troostte Dorte een beetje haar te zien, ook al miste ze Nikolai daardoor nog meer. Ze ging aan het tafeltje vlak bij de toonbank zitten, zoals altijd. Maar ze durfde niet te vragen of zij al iets van hem gehoord had. Nikolais moeder sloeg de droogdoek over haar schouder en liep om de toonbank heen. Lang en mager, met licht gebogen hoofd, net als Nikolai. Er liepen blauwe kronkelende lijnen over haar lange forse kuiten. Alsof haar aderen haar huid te nauw vonden en eruit probeerden te barsten. Ze kwam naar Dorte toe en boog zich over de tafel heen. Ze zei zachtjes, met één oog naar de deur: 'Hoe gaat het met je, meisje?'

Daarna was het even stil en nadat Dorte twee keer met haar hoofd geknikt had, zei ze: 'Ik vind het zo erg!' zonder uit te leggen wat ze dan zo erg vond.

Vera had gezegd dat ze hier het eerst naartoe moest gaan om werk te zoeken, ook al had Dorte uitgelegd dat Nikolais nichtje zijn plaats zou innemen. Wat ze niet zei, was dat ze zich schaamde om Nikolais moeder om werk te vragen en zo te verraden hoe arm ze waren.

'Wil je een kopje thee?' vroeg Nikolais moeder.

'Ik heb geen geld bij me', fluisterde Dorte terwijl ze half opstond. Het scheelde niet veel of ze had met haar hoofd tegen de vrouw geleund en was in huilen uitgebarsten.

'Dat geeft niet. We missen Nikolai, denk ik, allebei even erg, hm?'

Dorte knikte en voelde dat ze vuurrood werd. Nikolais moeder liep weg om thee te maken en toen ze terugkwam met een boordevolle mok en een versgebakken vatrosjka, had Dorte zichzelf weer in de hand.

'Geweldig! Dankuwel!' zei ze. Ze sprong overeind en pakte de hand van de bakkersvrouw.

'Eet smakelijk', antwoordde Nikolais moeder ernstig, maar met een glimlach in haar stem. Ze verdween achter de toonbank.

De geur van gebak bracht Nikolais huid mee. De laatste avond in de duisternis bij de oever van de rivier. Dorte was een danseres op het slappe koord. Hoog boven datgene wat ze wilde hebben, waarin ze zich wilde laten vallen, en wat tegelijkertijd zo angstaanjagend was. Wat zo ver de rivier in was dat je de oever niet meer terugvond. Zolang ze haar evenwicht wist te bewaren, viel ze niet. En terwijl ze daaraan dacht, en aan Nikolai, werd ze opeens moedig.

'Het is zo moeilijk... om werk te vinden', mompelde ze voor zich uit, zonder Nikolais moeder aan te kijken.

'Dat snap ik... Je bent ook nog zo jong. Je zus, heeft die werk?'

'Nee. Daarom vroeg ik me af... Zou ik... Hier?'

Nikolais moeder veegde de toonbank droog met haar handpalm, een bijna liefkozend gebaar. Om de een of andere reden voorkwam dat dat Dorte zich schaamde, hoe het antwoord ook uitviel.

'Het spijt me. We moeten Marita in huis nemen. Omdat Nikolai in Kaunas bij mijn broer gaat wonen. Ze is een moeilijk meisje, zonder toekomst...'

Dorte probeerde zich voor te stellen hoe zo'n meisje eruitzag, maar dat lukte niet echt.

'Hoe oud is Marita?' vroeg ze en ze besefte dat ze echt een gesprek voerde met Nikolais moeder.

Op dat moment werd er een ruk gegeven aan de bel boven de deur. Toen Dorte zich omdraaide, zag ze Nadia binnenkomen met een man met kattenogen. Hij was ouder dan zij. Oud bijna. In ieder geval ouder dan dertig. Dorte richtte haar blik op haar vatrosjka.

'Is Nikolai vertrokken?' riep Nadia tegen Nikolais moeder, alsof ze oude vriendinnen waren. Of nog erger, alsof ze eigenlijk met hem wilde praten.

'Ja, dat klopt', antwoordde zijn moeder zacht en ze wachtte hun bestelling af.

'Dag Dorte! Ik zag je al zitten door het raam! Dit is Liudvikas, die me een baantje in Zweden heeft bezorgd', zei Nadia, die zich bewoog alsof ze in een film meespeelde. De man niet. Hij leek meer op een stripfiguur die in de werkelijkheid was beland. Stijf.

Alsof hij niet goed wist wat hij met zichzelf aan moest.

Ze ploften allebei zonder iets te vragen neer aan Dortes tafeltje. Ze kon moeilijk zeggen dat de stoelen bezet waren. Nadat ze bier en frisdrank hadden gekregen, begonnen ze Russisch te praten, alsof Dorte het niet mocht verstaan. Ze praatten uitsluitend met elkaar. Over wat ze allemaal gingen doen, over mensen die ze kenden, en over de auto. Die zo goed als nieuw was.

In het begin bestudeerde Dorte het lelijke behang, zonder acht te slaan op hun reisplannen. Iedereen ging op reis. Alleen zij niet. Behang had in wezen iets intens triests, niet alleen hier, maar overal. Niet alleen omdat het patroon en de kleuren verschoten waren of vochtplekken en andere vlekken vertoonde, maar omdat je in één oogopslag zag dat de kamer het opgegeven had. Alsof de eigenlijke taak van het behang was om erop te wijzen dat er iemand dood zou gaan. Maar ze wees zichzelf terecht. Ze moest geen slechte dingen over Nikolais behang denken, enkel en alleen omdat ze jaloers was op mensen die toekomstplannen konden maken.

Liudvikas keek naar Nadia op een manier die Dorte verontrustte. Maar opeens wendde hij zich tot haar.

'Jij bent mooi', zei hij terwijl hij zijn hoofd schuin hield. 'Kan ik je iets aanbieden?'

'Een glas melk, alsjeblieft!' zei ze verbluft.

Hij lachte en liet zes grote, witte tanden zien. Zijn haar kon wel een wasbeurt gebruiken, of misschien zat er crème in? Hij was aardig – op een wat rusteloze manier – maar hij bestelde geen melk voor haar.

'Heb je al werk gevonden?' vroeg Nadia, die haar nu opeens ook leek te zien.

'Nee.'

'Waarom ga je niet met ons mee? Je kunt het als een vakantie beschouwen, en gratis bij mij wonen. Ik heb je toch verteld hoe geweldig het in Zweden is. We zouden naar de film kunnen gaan, en naar de disco. Het is voor mij ook leuker als jij meegaat. Toch, Liudvikas? Is dat goed?'

Ze praatte alsof ze iets voorlas op tv.

'Mijn neef heeft een baantje in de aanbieding. Net iets voor zo'n mooi jong meisje als jij', zei Liudvikas terwijl hij tegen Dorte knipoogde.

Ze at het laatste stuk gebak op. 'Dat gaat niet.'

'Waarom niet?' vroeg Liudvikas terwijl hij haar over haar hand aaide alsof ze familie waren.

'Ze zit bij haar moeder onder de plak', lachte Nadia.

Dorte werd verlegen. Het was niet aardig van Nadia om de draak met haar te steken.

'Waarom zeg je dat?' vroeg Liudvikas scherp en berispend. Nadia zweeg mokkend.

'Je moeder wil toch wel dat je werk krijgt? Of niet…? Hebben jullie het zo breed dat dat niet nodig is?' vroeg hij, en zijn kattenogen waren zo direct dat je zou denken dat hij alles wist wat zij niet kon vertellen. Ze had het gevoel dat ze een rol had gekregen die ze niet geoefend had. Daarom gaf ze geen antwoord, keek naar haar lege theekopje en legde het lepeltje op het schoteltje.

'Of misschien maakt je vader de dienst uit?'

'Die is dood', liet ze zich ontvallen. En meteen lag haar vaders gezicht op de tafel, als een oude krantenpagina waar de vreemdeling zijn ellebogen op kon planten. Kwam Nikolais moeder nu maar terug!

'Wat erg', zei Liudvikas terwijl hij weer over haar arm aaide.

Ze trok haar arm bruusk terug, zonder erbij stil te staan dat dat onbeleefd of afwijzend kon lijken.

'Je kunt er toch over nadenken?' hoorde ze.

'Misschien…' antwoordde ze ontwijkend, om het gesprek te beëindigen.

'Vraag het toch gewoon aan je moeder!' viel Nadia hem bij.

'Wat voor werk is het?' vroeg Dorte en ze begreep te laat dat ze daar op gewacht hadden.

'Fluitje van een cent! Gewoon bedienen in een restaurant.'

'Niet in een bar? Mijn moeder zou het nooit goed vinden als ik 's avonds in een bar werkte', bekende ze bedremmeld.

'Nee, gewoon een doodnormale eettent', zei Liudvikas en hij liet zijn witte tanden zien.

Dorte knikte en stond op. Maar langzaam, ze wilde niet onbeleefd lijken.

'Ik kom morgen weer hier en dan zien we wel', zei Nadia enthousiast. 'Misschien vindt ze het goed. Zeg maar dat je met ons mee kunt rijden en dat het een keurig land is. Geen maffia, zoals in Rusland.'

'Kijk. Ik heb wat foto's, dan kun je het zelf zien', riep Liudvikas enthousiast.

Hij haalde een paar ansichtkaarten uit de zak van zijn zwarte leren jasje. Groene bomen en een kerk. Op een andere stond iets wat op een pretpark leek. Een derde liet een heleboel oude huizen rond een markt zien. Niet bepaald groot of angstaanjagend. Eerder gezellig.

'Is het ver?' Dorte boog zich over de kaarten op de tafel.

'Welnee!' riep Liudvikas uit. 'We hoeven maar een paar uur te rijden en nemen dan de boot, dan zijn we er al.'

Hij moest echt trots zijn op dat land als hij met foto's ervan op zak rondliep.

'Komt je familie daarvandaan?'

'Nee, nee. Maar ik ken het erg goed.'

'Je hebt toch wel een paspoort?' vroeg Nadia terwijl ze haar arm bestudeerde. Van haar schouder tot haar vingertoppen. Toen balde ze haar vuisten, zodat haar nagels bloedrode klauwen in haar handpalmen waren.

Dorte knikte.

'Dan is het geen probleem!' zei Liudvikas glimlachend.

Dorte stond op en deed een stap in de richting van de deur. Liudvikas schoot overeind en bleef als een lakei met gespreide armen voor haar staan.

'Wil je de kaarten niet meenemen om aan je moeder te laten zien?' vroeg hij terwijl hij haar het stapeltje aanreikte.

Dat kon ze niet goed weigeren. Ze bedankte en nam ze aan. Op dat moment verscheen Nikolais moeder achter de toonbank, dus liep ze daarnaartoe om haar ook te bedanken.

'Doe Nikolai de groeten!' fluisterde ze. Ze durfde haar niet aan te kijken.

Hun moeder had een soort *cepelinai* klaargemaakt van gedroogde paddenstoelen en dille. Maar vooral van aardappelen. Ze zaten een poosje zwijgend aan tafel. Vera had Dorte niet gevraagd hoe het gegaan was op haar ronde langs de huizen. Dat was niet nodig. Als ze ook maar een paar uur werk had gekregen, zou ze dat meteen verteld hebben.

Hun moeder begon te praten over een gewonde zwarte ooievaar die de buurman in de bosjes bij de rivier had gevonden. Er was iets mis met zijn vleugel. De vogel kon niet meer vliegen. Dorte dacht aan het vogelboek van haar vader. Daarin stond dat de zwarte ooievaar in bomen nestelde en eind april vijf eieren legde. Dat hij schuw was en zich het best thuis voelde in uitgestrekte wouden waar geen mensen kwamen. Tegelijkertijd dacht ze erover na waarom hun moeder hierover praatte, over iets waar ze niets aan konden veranderen, terwijl ze wist dat Vera en zij geen werk hadden gevonden.

'Een ooievaar met een gewonde vleugel kan in de herfst vast niet naar Zuid-Afrika vliegen', zuchtte hun moeder, alsof hun hele bestaan daarvan afhing.

Dorte keek hoe Vera op deze onverwachte woordenstroom van hun moeder reageerde. Maar Vera probeerde tevergeefs de paddenstoelen van de geprakte aardappelen te scheiden. Een karwei dat meer dan hopeloos leek. Hun moeder keek naar haar handen. Die lagen aan weerszijden van haar lege bord – als vergeten oude handschoenen. Haar bord was bijna helemaal schoon. Alleen in het midden lag nog iets wat aan eten herinnerde.

Dorte kreeg het gevoel dat ze een vreemde was. Iemand die niets verteld werd – of erger – overal buiten werd gehouden. Omdat ze zo hopeloos jong en nutteloos was.

'Wat gaat hij ermee doen?' probeerde ze desondanks.

'Wat bedoel je?' vroeg haar moeder.

'Met de ooievaar', fluisterde Dorte terwijl ze Vera's blik probeerde te vangen.

'O, die…' zei haar moeder afwezig en ze begon automatisch de tafel af te ruimen.

Vera's ogen wilden Dorte niet zien. Er was iets verschrikkelijk mis. Iets waar zij, Dorte, niets van wist. Ze stond op, ook al was ze nog niet klaar, en besefte opeens dat haar moeder God niet voor het eten had bedankt. Dat was nog nooit gebeurd.

Vera pakte haar jas en tasje en verdween zonder verder iets te zeggen. Dorte wilde niet alleen met haar moeder achterblijven en rende haar achterna.

'Is er iets gebeurd? Alsjeblieft…' zei ze buiten adem terwijl ze Vera probeerde tegen te houden.

'Die ellendige rotzoon! Hij heeft gezegd dat we voor oktober het huis uit moeten zijn. Hij gaat het verhuren aan iemand die wel betaalt!' zei Vera angstaanjagend rustig. 'Was jij ook maar volwassen geweest', voegde ze eraan toe voordat de duisternis haar opslokte.

Dorte had geen zin om meteen weer terug te gaan. Ze ging op de plee zitten, ook al rook het daar niet bepaald aangenaam. De insecten vlogen loom tegen de wanden. Normaal gesproken botsten ze tegen het lichtpeertje aan. Maar dat was stuk en niemand had het vervangen. Josef had geen lampen meer. Hij had de afgelopen weken het gras ook niet gemaaid. Dat groeide nu onderaan door de spleten naar binnen. Ze zag een voorovergebogen schaduw door de kierende planken. Dat zou Josef wel zijn, die op zijn beurt wachtte. Hij riep nooit, liet nooit merken dat hij er was, ging gewoon op de bank onder de esdoorn zitten wachten. Vandaag zou het moeilijk zijn om langs hem te lopen. Wat moest je zeggen tegen iemand die gewoon toeliet dat zijn zoon hen op straat zette?

Toch lukte het haar om vriendelijk goedenacht te zeggen toen ze langs hem glipte.

Toen ze boven kwam, begon haar moeder weer over de gewonde ooievaar te praten. Dat de buurman de vleugel verbonden had.

'Misschien wordt hij toch nog gezond en kan hij naar Zuid-Afrika vliegen', zei Dorte terwijl ze haar handen onder de kraan waste.

'Zuid-Afrika?' herhaalde haar moeder, alsof ze nog nooit van dat land gehoord had. 'Nee, het helpt vast niet... Die zal wel afgemaakt moeten worden.'

Dorte kon haar nu onmogelijk de ansichtkaarten uit Zweden laten zien.

5

'Twee-, drieduizend dollar per maand?' vroeg Dorte nogmaals. 'Waarom dollars? Hebben ze dollars in Zweden?'

'Dollars zijn internationaal. Weet je wel hoeveel geld dat is?' 'Nee.'

'Ontzettend veel! Hier moet je drie, vier jaar werken om zo veel te verdienen. Na drie maanden ben je rijk en kun je teruggaan om een huis voor je moeder te kopen. We vertrekken morgen. Neem alleen het allernoodzakelijkste mee. Je krijgt daar alles wat je nodig hebt, werkkleren en zo!'

'Mamma wil vast niet dat ik zo ver wegga', zei Dorte.

'Zeg dan dat je naar Vilnius gaat. Een paar dagen, met vrienden. Of laat een briefje achter, dat ze kan lezen als je vertrokken bent. Dat is het beste.'

'Ik kan niet liegen.'

'Het is waar! We rijden immers eerst naar Vilnius. Als je in Stockholm bent, kun je haar schrijven om te vertellen hoe geweldig alles is. Om haar gerust te stellen. Of je kunt bellen. Alles kan. Als je er eenmaal bent en vertelt hoe goed het met je gaat en hoeveel geld je verdient, dan vergeeft ze het je meteen.'

'Ze zal willen weten waar ik logeer. Ze wil een adres hebben.'

Nadia haalde een klein opschrijfboekje tevoorschijn en scheurde er een bladzijde uit. Daar schreef ze een adres in Vilnius op.

'Hier! Geef dit aan je moeder. Zeg dat het tijdelijk is en dat ze je vaste adres na verloop van tijd krijgt. Is het niet geweldig dat we de wijde wereld in gaan? Denk eens aan alles wat we gaan zien! En aan het geld!'

'Blijven we daar overnachten? In Vilnius?'

'Ja. Een of twee nachtjes maar. Liudvikas moet eerst nog wat dingen regelen. Je moet om vijf uur bij de rivier staan, daar waar de weg ophoudt. We wachten tot kwart over, niet langer.'

Dorte was nog nooit ergens geweest zonder haar moeder en Vera. Nu het ernst was, gaf het haar niet echt een goed gevoel.

Maar ze was al bijna zestien. En twee, drie maanden waren zo om. Ze zou met de Kerst thuiskomen. In het begin zou ze waarschijnlijk wel heimwee hebben. Of misschien was alles zo spannend dat ze daar geen tijd voor had? Haar vader zou trots op haar zijn geweest, dat ze dit durfde.

Ze had geluk. De volgende dag ging haar moeder naar de dominee om schoon te maken. Dat duurde meestal de hele dag. Vera was de vorige avond vertrokken en zou bij een vriendin blijven slapen. Toen Dorte vroeg bij wie, had ze haar schouders opgehaald en geen antwoord gegeven. Er was iets tussen hen gekomen. Iets vreemds. Alsof ze niet langer dezelfde taal spraken, of dat haar moeder en Vera afspraken hadden gemaakt die ze niet aan Dorte doorgaven. Ze keken geen van beiden vrolijk.

Vanochtend was het gebed van haar moeder anders dan anders geweest. De intense vertrouwelijkheid was verdwenen. Haar stem klonk zacht. Alsof ze sprak met iemand die ze niet goed kende. Of voor wie ze haar gedachten verborgen wilde houden. Dorte bedacht dat het tijd werd dat ze volwassen werd. Ze moest haar verantwoordelijkheid nemen en helpen. Ze zag al voor zich hoe ze haar eerste geld naar huis stuurde. Hun blije trotse gezichten.

Dorte pakte de kleinste koffer in die ze hadden. Die was oud en was ooit van haar vader geweest. Hij was niet meer gebruikt sinds ze hier uit Wit-Rusland waren gekomen. Ze pakte alleen het allernoodzakelijkste in, zoals Nadia had gezegd. Daarna schoof ze de koffer goed onder het bed, voor het geval Vera onverwacht thuiskwam, terwijl ze allerlei kleine dingen bij elkaar zocht die ze mee moest nemen. Haar paspoort. Ze herinnerde zich hoeveel moeite haar moeder had moeten doen om een verblijfsvergunning in Litouwen te krijgen, ze had hun achternaam moeten veranderen in eentje met een Litouwse uitgang en paspoorten voor Vera en Dorte moeten kopen, die nog zo jong waren. De grijze olifant met roze oren die ze van Nikolai had gekregen moest ook mee. Die zat altijd op haar bed. En het schrift waarin ze schreef. Voor de dood van hun vader had ze ook getekend. Bloemen, en het wisselen van de seizoenen. Er lagen drie volle schetsblokken in haar la. Na zijn dood had niemand er meer naar gekeken.

De mooiste boeken werden in een kast met een glazen deur bewaard. Uit sommige ervan had hun vader hardop voorgelezen. Ze voelde zich nerveus en rusteloos en begon te zweten. Moest ze een boek meenemen? Eentje dat ze steeds weer kon lezen. Haar oog viel op Tolstojs *Anna Karenina*. Daar had hun vader uit voorgelezen toen ze twaalf was. Daarna had hij een poging gedaan te praten over waar het toe kon leiden als je familie alles bepaalde, maar Vera had zo vreselijk moeten huilen. Hun moeder kende het verhaal al en was niet ontroerd, maar baalde er wel van dat er werd voorgelezen uit een roman voor volwassenen, aan Vera – die zo gevoelig was.

Dorte pakte het dikke boek en stopte het in de kartonnen koffer.

Ze moest proberen ongezien het huis te verlaten voordat de anderen terugkwamen. Ze nam wat proviand mee en bereidde zich voor op een lange dag bij de rivier, op de geheime plek van Nikolai en haar. Als laatste schreef ze een brief en deed daar ook het papiertje met het adres in Vilnius bij. In de brief vroeg ze haar moeder haar te vergeven dat ze het horloge van haar vader had meegenomen om de tijd in de gaten te kunnen houden, en dat ze van hen allebei hield. Ze beloofde zuinig te zijn en geld naar huis te sturen. Maar ze schreef niet dat ze ontzettend veel geld zou verdienen. Dat zou niet slim zijn, want dan zou haar moeder meteen begrijpen dat ze naar het buitenland was vertrokken. Ze had hetzelfde gevoel als toen ze voor het eerst zo ver de rivier op was gezwommen dat ze de bodem niet meer kon zien.

Als haar vader met haar was meegegaan, zou hij gezegd hebben dat het fantastisch reisweer was. Toen hij nog leefde maakten ze vaak korte tochtjes met de trein. Stopten op onbekende stations, zagen nieuwe plekken. Met een picknickmand. Maar nooit zo ver dat ze niet 's avonds weer thuis konden zijn. Haar moeder zeurde altijd dat ze regenkleding mee moesten nemen. En haar vader antwoordde altijd hetzelfde, dat het fantastisch reisweer was. Het woord fantastisch zou voor altijd naar picknickmand en pappa smaken. Ze vroeg zich af wat hij gezegd zou hebben over het feit dat ze met alleen een klein lunchpakketje op reis ging, en zonder regenkleding, om geld te verdienen en de wereld te zien. Ze trok haar schoenen uit om ze te sparen en liep blootsvoets het pad door het bosje achter het huis af. Er was niemand die haar zag. En al was dat wel zo, dan wisten ze immers van niets.

Ze ging in de schaduw onder de oude iep zitten. Die leek op een flikkerend groen dak. Het kreupelhout stond als veilige wanden om haar heen. De lelies, de lelies van Nikolai en haar, stonden nog langs de oever. Een paar bloemen lieten hun kopjes hangen. Andere waren nog fris, alsof ze zich inspanden en haar een goede reis wilden wensen voordat ze zich gewonnen gaven.

Ze hoefde pas even voor vijven naar de afgesproken ontmoetingsplek te gaan. De tijd ging niet snel of langzaam. Maar haar hart had het zwaar – bijna onafgebroken. Ze at haar eten in drie etappes op en dronk water. Twee keer hoorde ze een auto stoppen op de met gras overwoekerde weg een paar honderd meter verderop. Dan keek ze even hoe laat het was, al had ze dat net daarvoor ook al gedaan. Het horloge was groot en zwaar. De wijzers gingen ongelooflijk traag. Het metalen bandje was haar te wijd, dus moest ze het tot vlak onder haar elleboog omhoogtrekken wilde het blijven zitten.

Eindelijk was het tijd om naar de weg te gaan. Toen ze bijna een uur had gewacht, draaide een kleine grijze Audi met hoge snelheid het parkeerplaatsje op en plette het gras in twee dikke strepen voordat hij vlak voor haar tot stilstand kwam. Eerst dacht ze dat het de verkeerde auto was, omdat ze Nadia niet zag. Toen herkende ze Liudvikas. De andere man had ze nog nooit gezien.

'Hallo! Daar ben je dan! Stap maar achterin!' zei Liudvikas terwijl hij uit de auto sprong om haar met haar koffer te helpen.

'Waar is Nadia?' vroeg Dorte onzeker.

'Die halen we straks op. Schiet op! We zijn al laat.'

'Laat waarvoor?' vroeg ze terwijl ze voorzichtig op de gloeiend hete achterbank ging zitten. Het was alsof ze in een kampvuur terechtkwam. De lucht stond stijf van sigarettenrook en stof.

'Onze afspraken, jongedame! Onze afspraken!' lachte Liudvikas. Hij leek zichzelf en toch ook weer niet. Dorte wist niet wat er anders was dan de vorige keer. Misschien zijn stem. De andere man rook zoetig, weeïg.

Zodra Dorte het portier had dichtgetrokken, gaf Liudvikas gas en schoot met hoge snelheid de weg op. De raampjes voorin stonden halfopen. Zodra ze de hoofdweg bereikten, werd ze misselijk van de rook en het stof.

'Mag er achterin ook een raampje open?' vroeg ze.

'Er is iets mis met het mechaniek. Je moet wachten tot we stoppen. Maar we hebben hier voorin iets openstaan', antwoordde Liudvikas.

Ze hield zichzelf voor dat dit erbij hoorde. Als je de wereld wilde beleven, moest je overal rekening mee houden. De nek van de vreemde, bijvoorbeeld. Zijn haar was deze week vast niet gewassen. Misschien de vorige ook niet. Ze verwachtte eerst dat hij zich zou voorstellen, toen begreep ze dat hij dat niet zou doen. Haar moeder zei altijd dat je veel meer respect kreeg, als je blijk gaf van een goede opvoeding. Deze man had duidelijk niet geleerd dat je moest zeggen hoe je heette als je met iemand in een auto zat.

'Neem me niet kwalijk, ik ben Dorte. Wie ben jij?' vroeg ze door het motorgeronk heen. Hij draaide zich even om en grijnsde, maar zei niets. Misschien was hij niet helemaal goed bij zijn hoofd, dacht ze, en ze deed geen verdere pogingen.

'Dit is Makar', zei Liudvikas na een poosje. 'Hij gaat met ons mee. Regelt en doet.'

'Regelt en doet?'

'Ja, zo'n reis gaat niet vanzelf, weet je.'

'Nee, natuurlijk niet', antwoordde ze en ze hoopte dat ze haar niet dom vonden.

Een hele poos later, nadat ze bij een benzinestation waren gestopt om eten te kopen en Liudvikas tevergeefs geprobeerd had het raampje achterin open te krijgen, ging Liudvikas' telefoon over. Hij viste hem uit zijn zak en maakte daarbij zo'n scherpe bocht dat Dorte plat op de bank viel met het hart in de keel.

'Shit! Maar goed! Oké! Maakt mij niet uit!' zei Liudvikas nadat hij tussendoor geluisterd had, toen liet hij het mobieltje tussen de stoelen vallen zonder gedag te zeggen.

'Nadia kan haar paspoort niet vinden. Ze komt na als ze een nieuw heeft. Altijd gedonder met haar', zei Liudvikas volkomen kalm. Alsof hij dit de hele tijd al geweten had.

Dorte voelde een zwarte onrust toeslaan. Ze kon zich onmogelijk voorstellen dat Nadia niet met hen meeging.

'Ze raakt altijd haar spullen kwijt! Jij bent toch niet zo?'

'Ik weet niet goed of…'

De nek van deze Makar werd een vette haarbal, die iemand uit een enorm afvoerputje had gevist en voor haar neer had gepoot om te voorkomen dat ze naar voren kon kijken. De lucht in de auto werd niet alleen onaangenaam, maar ondraaglijk.

'Ik kan niet meegaan zonder Nadia', zei ze kleintjes.

'En of je dat kunt!' zei Liudvikas.

'En of je dat kunt, verdomme!' klonk het als een uitgedijde echo uit Makars mond. Het was het eerste wat hij tegen haar zei.

'Nee!' zei Dorte met vaste stem. 'Ik wil terug!'

'Hoe had je gedacht terug te gaan? Denk je nou echt dat wij een hele dag verspillen omdat jij opeens terug wilt naar je mamma?' zei Liudvikas met een stem die hij nog niet eerder had gebruikt. Hij leek sowieso niet zichzelf. In het café was hij heel anders geweest.

'Ik kan de bus of de trein nemen', zei ze en ze herinnerde zich op datzelfde moment dat ze alleen wat kleingeld bij zich had. Nadia had gezegd dat ze geen geld mee hoefde te nemen. Alles zou vanzelf gaan als ze met Liudvikas meereed.

'Maak je niet druk! Nadia komt over een paar dagen. Doe gewoon even een dutje daar achterin, dan zie je alles minder somber. Binnenkort ontmoet je een paar andere meisjes. Misschien morgen al.'

'Wie dan?'

'Meisjes die we kennen.'

Het kwam niet door wat ze zeiden dat het zwarte gat in haar hoofd nog groter werd, maar door de manier waarop ze elkaar aankeken toen Liudvikas aan het woord was. Ze zag er alleen maar korte snelle flitsen van in het spiegeltje. Maar het gat vrat zich een weg naar haar hersenen. De mannen gedroegen zich alsof zij er niet was, of erger: alsof het hun niet kon schelen dat ze er was. Alsof ze 'niemand' was, die niet kon horen of zien. Ze zweette. Het was moordend heet in de auto en zij klemde haar tanden op elkaar omdat ze begonnen te klapperen. Het landschap vloog voorbij in een onafgebroken gevoel van misselijkheid en de twee hoofden voor haar maakten het alleen maar erger. Liudvikas' gezicht, dat ze af en toe van opzij zag, leek uit zwart karton geknipt en tegen de blauwe lucht geplakt. Makar had een getatoeëerde nek. Anker, hart en een onduidelijke krul. Dat zou het symbool voor geloof, hoop en liefde wel voorstellen. Zijn haar lag als een grauwwitte ziekte aan de rand van haar gezichtsveld.

Dat komt alleen omdat je nog nooit iets van de wereld hebt gezien, dwong ze zichzelf te denken. Het was verstandig om zo te denken. Maar het hielp maar matig. Na een paar kilometer draaide Liudvikas zich om en liet zijn witte tanden zien. Maar ze kon zijn grijns niet beantwoorden. Hij werd chagrijnig en deed geen andere pogingen meer. Zo ging de rit verder.

Ze stopten bij een kruising, een dorpje met een benzinepomp. Toen Dorte vroeg of ze nu in Vilnius waren, lachten de mannen. Alsof zij een wezen in een kooi was dat je kon bestuderen en bespotten. Ze besloot ervoor te zorgen dat ze niet meer hun lachlust opwekte dan strikt noodzakelijk was. Toen ze uit de wc kwam, stond Makar voor de deur, alsof hij op haar wachtte. Dat was niet nodig, want ze wist heel goed waar de Audi stond, het gaf haar het nare gevoel dat ze bewaakt werd. Het was inmiddels donker. Afgezien van de verlichte ramen van de huizen rond het benzinestation en de lampen van de auto's die voorbijraasden, was alles zwart onder een lichtere hemel met oranje strepen in het westen. De maan was een glanzende meiknol waar iemand een stukje vanaf gesneden had.

Toen ze door een gehucht reden, zou ze willen dat zij in een van die huizen was. Het maakte niet uit dat ze de mensen die er woonden niet kende. Want daar, onder de lampen, ging het leven zijn rustige normale gangetje. Ze kenden elkaar. Ze gingen niet op reis. Gingen nergens naartoe. Ze deden gewone dingen, zonder bang te zijn. Lazen een boek. Of aten en praatten over wat ze hadden meegemaakt. Zoals Vera en zij en hun moeder altijd deden. Wat deden zij nu? Ze hadden de brief gelezen en waren ongerust. Maar zij hadden elkaar.

Dorte besefte dat dit een van de grootste uitdagingen was van de wereld in trekken: te weten dat je alleen was. Maar als je daar niet doorheen kwam, bereikte je nooit iets. Zo was het gewoon. Als je daar eenmaal aan gewend was, dacht je anders. Dan werd alles gemakkelijker. Beter. Je was vrij om blij te zijn met wat je zag en met wie je ontmoette. Als ze eenmaal in Zweden waren en ze werk had, hoefde ze niet meer een hele dag met deze twee in een bedompte auto te zitten. Integendeel. Ze zou vast nooit meer iets met hen te maken krijgen. Ze moest gewoon zorgen dat ze verder kwam. Haar doel bereikte.

Muren van dennenbossen aan beide zijden. De koplampen maakten jacht op de witte streep en maaiden over gele graspollen en onderhout. Op een gegeven moment verlichtten ze een bord van een bushalte. Ergens anders een waarschuwingsbord voor overstekende elanden. Liudvikas vloekte omdat er een vrachtwagen met boomstammen voor hen reed. Toen hij erin slaagde die te passeren, lachte hij hard en mepte hij met zijn vuist op het stuur zodat de claxon jankte.

Na een poosje reden ze Vilnius binnen, begreep ze. Overal langs de weg waren huizen en lichten. Verkeer. Ze reden recht op een muur van opdoemende flatgebouwen af en parkeerden de auto voor een ervan. Donkere bomen wierpen schaduwen op het plein. Veel appartementen waren donker, andere waren verlicht en hadden plastic bloemen op balkons achter glas. Sommige ruiten waren gebroken. Ergens had iemand geprobeerd het gat te dichten met een bonte deken. De mensen die ernaast woonden, hadden het traliewerk voor het glas groen geschilderd. Alsof ze anders dan anderen wilden zijn.

Liudvikas nam haar een aantal verdiepingen mee naar boven en maakte een deur zonder naambordje open.

'Blijven we hier op Nadia wachten?' vroeg ze.

'Nee, hier mag je helemaal gratis logeren tot ik je reispapieren en tickets heb geregeld. Dat zal morgen wel lukken. Maar ik moet wel je paspoort hebben.'

'Gaan we dat niet samen regelen? Moet ik daar niet persoonlijk bij zijn?'

'Nee, ik regel dat wel. Dan gaat het sneller.'

Een bedompte stank van stof en zweet sloeg haar tegemoet. Toen hij het licht aandeed, onthulde dat een paar versleten voetbalschoenen en een voetbal, midden op de vloer. Het halletje lag stampvol kleren en rommel.

'Wie woont hier?' vroeg ze.

'Een kennis van Makar. Heb je je paspoort? Ik moet opschieten. Ik heb met iemand afgesproken en ik ben al te laat.'

'Moet ik... Ben ik de enige die hier slaapt?'

'Ja. Maar er komen binnenkort ongetwijfeld nog een paar mensen bij. Voortdurend. Je hoeft niet alleen te zijn. Nee hoor!' Hij liet zijn tanden weer zien, opbeurend. Bijna vriendelijk. Leek bijna weer zichzelf, zoals hij geweest was toen ze hem tegenkwam met Nadia. Toch slaagde ze er niet in te glimlachen, pakte alleen haar paspoort. Hij griste het uit haar handen en stopte het grommend in zijn zak.

'Kan ik hier iets eten?' vroeg ze.

Hij stiefelde zonder iets te zeggen langs haar heen naar iets wat op een keukenhoek leek. Trok de koelkast open. Het lichtje daarbinnen liet zien dat er iets in lag. Hij floot triomfantelijk en spreidde zijn armen. Op het aanrecht lag een homp brood, onverpakt. Ze pakte het brood. Het was niet van vandaag en rook niet bepaald naar Nikolai.

'Oké?' vroeg hij.

Ze gaf geen antwoord. Pas toen hij weg was, besefte ze dat ze zich in een vreemde stad bevond zonder te weten waar ze was. In het appartement van iemand, zonder te weten van wie. Of hoelang. En dat ze vergeten had om een sleutel te vragen zodat ze weer binnen kon komen als ze naar buiten wilde. Ze liep naar de deur om Liudvikas te roepen. Die kon niet open! Zijn voetstappen waren allang weggestorven toen ze begreep dat ze ook een sleutel nodig had om de deur van binnenuit open te maken. Ze was opgesloten! Maar dat zou hij wel niet weten. Het leek de eerste keer te zijn dat hij hier was.

Ze werd overvallen door een gevoel van onwerkelijkheid en moest steun zoeken bij de muur. Het was alsof ze een enge droom had waaruit ze niet wakker kon worden. Ze hield zichzelf voor dat het kwam omdat ze zo moe was en omdat ze nog nooit alleen was geweest. Ze vermande zich, hing haar jas over een stoel en nam het appartement in ogenschouw. Dat bestond uit een kamer plus een klein badkamertje met een bruin uitgeslagen wc-pot. Ze trok door en waste haar handen. Alles was oud en aftands. Maar dat was niet zo erg. Vervelender was dat het er stonk. Toen ze de drie lampen die er waren aandeed, zag ze dat er al maanden niet was schoongemaakt. Ze zocht in de kasten naar beddengoed, maar vond alleen een heleboel rommel, sportspullen, onfrisse gymkleren, dozen en lege flessen. De onopgemaakte slaapbank had ingesleten plekken van degene die er gelegen had en het kussen vertoonde een diepe kuil in het midden.

Ze probeerde het raam open te doen. Eerst lukte dat niet. Toen wist ze het op een kiertje te krijgen. Het leek alsof het raam nog nooit open was geweest, dus het zou wel moeilijk worden het weer dicht te krijgen. Maar er stroomde lucht naar binnen. Lauwe vettige stadslucht en verkeerslawaai. Ver onder haar praatten en lachten een paar mensen.

Ze sneed een snee brood af. Dat had van binnen een grijswit gedeelte dat wel eetbaar was, als ze de randen eraf sneed. In de koelkast vond ze een pakje boter dat gelukkig nog onaangebroken was, en een blikje dat tonijn bleek te bevatten. Het smaakte naar oud papier en olie. Terwijl ze bij het aanrecht stond te eten, probeerde ze te denken aan de laatste keer dat Nikolais moeder haar had bediend. En toen dat niet hielp, dacht ze aan Nikolais geur, die laatste avond bij de rivier.

Ze probeerde niet naar het beddengoed op de onopgemaakte bank te kijken en haalde de lange jas tevoorschijn die ze had meegenomen. Ze poetste haar tanden, spreidde de jas uit over het bed en ging er met haar kleren aan op liggen, haar jack over haar benen geslagen. Haar schoenen zette ze er vlak naast, zodat ze niet op blote voeten over de vloer hoefde te lopen.

Toen ze het licht had uitgedaan en ze door het raam naar buiten staarde, naar een flard donkere hemel en de lichten van de flats om haar heen, dacht ze aan haar moeder en aan Vera. Die sliepen vast al. Ze dacht aan de geur van in de wind gedroogd beddengoed. Haar moeders strijkwater met een vleugje lavendel, en de slaap-adem in de kamers, de weinige keren dat zij als laatste in slaap viel. Vera's rustige lichte ademhaling. De af en toe onrustige adem van haar moeder, die soms overging in angstige snurkgeluiden. Het klonk alsof ze haar zorgen meenam in haar dromen en ergens diep in haar keel een soort discussie met zichzelf voerde. Als de discussie erg luidruchtig werd, draaide haar moeder zich snel op haar zij. Vanavond had ze ongetwijfeld God gevraagd om haar, Dorte, te beschermen.

Ze vouwde haar handen en hoorde haar eigen stem in de vreem-de kamer, in de vreemde stad met de vreemde geluiden.

'Lieve Maria, Moeder van God, ik weet niet hoe ik moet beginnen, maar als mamma had geweten dat ik zou vertrekken, dan had ze vast gezegd dat ik niet moest vergeten te bidden. Ik weet niet of je vindt dat ik volwassen en waardig genoeg ben. Maar er is één ding dat ik al heel lang met je heb willen bespreken. En dat is wat er van pappa geworden is. Ik weet natuurlijk wel dat hij dood moest gaan, maar ik weet niet wat er van hem geworden is. Want hij bad niet veel. Misschien bad hij stilletjes, in zijn hoofd. Maar hij deelde zijn gebed nooit met ons, zoals mamma doet. Als mamma doodgaat, weet ik dat ze alles met U heeft besproken. Maar pappa hield zijn diepste gedachten voor zichzelf, ook al praatte hij de hele tijd tegen ons. Ik weet bijvoorbeeld niet of hij het goed gevonden zou hebben dat ik naar Zweden ga met mensen die ik niet ken, alleen omdat we het geld nodig hebben. Dat zijn dingen die ik nooit zal weten, tenzij U me in Uw goedheid een teken geeft. Ik wil zo graag dat pappa trots op me is, ziet U. Ik heb nog nooit alleen in een kamer geslapen. Ik kan niet blij zijn, ook al heb ik het belangrijke besluit genomen om weg te gaan om volwassen te worden en geld te verdienen. Vraag God of Hij alsjeblieft zo vriendelijk wil zijn om op Nikolai te passen. En op mamma en Vera! Geef ze fijne gedachten zodat ze zich geen zorgen maken over hoe het met mij gaat. Amen!'

6

'We gaan naar een echt luxeoord!' verzekerde Liudvikas haar. 'Groot! Veel kamers! Enorme woonkamers en een sauna. Daar zijn meer mensen die je kunt leren kennen. In ieder geval één Russisch meisje.'

Hij floot. Het klonk niet echt vals, maar ook niet geruststellend. De woorden, de vragen waar ze graag antwoord op wilde hebben, kreeg ze niet over haar lippen. Ze had hem kunnen vertellen dat ze niet in de sauna ging met mensen die geen familie of bekenden van haar waren. Maar dat zouden ze wel begrijpen als ze er niet naartoe ging. Zulke dingen hoefde je niet te zeggen. Ze praatten trouwens sowieso niet met elkaar. De twee anderen ook niet. Makar was kennelijk niet zo'n spraakzaam type. Hij had klamme handen gehad toen hij haar middel vastpakte voordat ze in de auto stapte. Zijn vingers grepen haar blote onderarm vast toen ze zich losrukte. Ze trok haar arm meteen terug en stapte snel in. Toen lachte hij. Zijn lach bleef nog kilometers lang over het landschap liggen. Steeds erger. Tot ze besefte dat ze haar kaken zo hard op elkaar geklemd had dat ze bijna niet meer open konden.

Als ik niet ophoud met overal bang voor te zijn, kan ik net zo goed weer naar huis gaan, dacht ze. Ze had weliswaar geen geld, maar ze kon naar Nikolais moeder bellen om haar te vragen tegen haar moeder te zeggen dat ze helaas geld voor een buskaartje nodig had. Geld kon je sturen. Ze was weliswaar juist vertrokken vanwege het gebrek aan geld en daarom was het schandalig dat ze erover dacht om haar moeder met zoiets lastig te vallen. Vera zou gelijk krijgen in wat ze vaak zei, dat Dorte een verwend overbeschermd kind was.

Haar vader zou haar aangeraden hebben aan de wereld te wennen. Hij zou in zijn stoel gezeten hebben en dat gezegd hebben, op alledaagse toon, zonder boos te zijn: 'Je moet de wereld positief tegemoet treden.' Dat moest iedereen, dacht ze. Anders kwam je nergens, maar bleef iedereen zitten waar hij zat, bleven ze afhankelijk van elkaar. Dat was niet waar ze van droomde. Dat was niet wat haar vader in gedachten had toen hij plannen voor haar maakte en haar de opdracht gaf te lezen om te leren. Toen Vera een keer huilde om wat hij voorlas, troostte hij haar door te zeggen dat het allemaal verzonnen was. Maar toen Vera vroeg of de werkelijkheid dan beter was, had hij glimlachend zijn hoofd geschud. 'Je moet op het ergste voorbereid zijn, maar tegelijkertijd in de mensen blijven geloven.'

Niemand had haar iets aangedaan. Makar wilde waarschijnlijk gewoon aardig doen, hij kon het niet helpen dat hij klamme handen had en blijkbaar geen licht was. Als het Nikolais handen waren geweest, was ze doodstil blijven staan zonder te merken dat ze klam waren. Misschien had ze zelfs wel tegen hem aangeleund. Dan zou hij haar steviger hebben vastgepakt en haar tegen zich aan hebben getrokken. Zo gingen ze nu met elkaar om. Nu liep hij elke dag rond in Kaunas, met geurende warme handen die zij niet zou voelen.

In de loop van de middag werden de schaduwen langer en lagen ze als luie kegels naast bomen en gebouwen. Het landschap had groene, gele en okerkleurige fluwelen strepen en de hemel in het oosten was rood. Ze waren afgeslagen van de hoofdweg en reden door een bos. Aan weerszijden alleen maar bomen. Geen dorpen of kerktorens, geen akkers of schuren.

Ze bedacht dat ze haar paspoort terug moest vragen, maar vond niet de juiste gelegenheid. Het was niet slim om zoiets te vragen als Liudvikas zich op de weg concentreerde. Ze had honger en dorst omdat ze vanwege dat oude droge brood het ontbijt had overgeslagen. Maar als ze klaagde, vonden ze haar vast een zeurkous. En het zag er niet uit alsof ze hier ergens eten konden kopen.

'Is het nog ver?' vroeg ze na een tijdje.

'Een paar kilometer.' Makars antwoord kwam onverwacht, als een duveltje-uit-een-doosje. Maar het was fijn dat hij in ieder geval iets zei. De herinnering aan zijn lach vervaagde terwijl ze verder reden. Zijn spreekstem klonk hoe dan ook beter.

'Mijn paspoort, Liudvikas? Je moet niet vergeten me dat terug te geven', zei ze gejaagd. Te gejaagd.

'Maak je niet druk! Dat hou ik bij me tot we aan boord van de veerboot gaan. Het is beter als ik dat samen met het ticket laat zien. We hebben een groepsticket. Dat is goedkoper', antwoordde Makar.

Ze had niet verwacht dat hij het zou hebben. Maar ze kon niets doen. Het was duidelijk dat hij de tickets regelde. Liudvikas zette harde muziek op en ze vroeg niet verder. De dorst groef gaten in haar keel. Trok een pijpenrager van haar maag naar boven.

'Ik zou graag iets willen drinken?' riep ze ten slotte.

'Wij ook', brulde Liudvikas bijna goedmoedig terug. 'Maar we zijn er bijna.'

Toen de duisternis de aarde bedekte en de hemel er als een onbereikbaar dieppaars venster boven hing, verscheen er aan de rechterkant een hek langs de weg. Ze reden nog steeds door het bos, maar dat was minder vervelend om naar te kijken, omdat het nu vooral uit loofbomen bestond. Het laatste stuk had ze tegen de misselijkheid gevochten omdat de twee voorin zo veel rookten. Het hielp niet dat ze de raampjes openzetten. Alles vloog naar achteren, naar haar. Eén keer had ze hun beleefd gevraagd of ze niet zo veel wilden roken, maar toen was Makar zó boos geworden dat ze niets meer zei. Ze probeerde niet te denken aan de afschuw die ze voor hem voelde. Maar dat hielp ook niet.

Eindelijk draaide Liudvikas de auto een met grind bedekt erf op met aan drie kanten gebouwen. Toen ze uit de auto krabbelde, bedekte de duisternis haar als een vochtige lap. Na de hitte en de slechte lucht in de auto, leek alles koel. Het rook er zwaar naar bos en aarde. Zo sterk dat ze bijna moest huilen. Eindelijk zou ze iets te drinken krijgen!

Plotseling verbrak rauw hondengeblaf de stilte. Een zwarte hond kwam de hoek om geschoten, recht op hen af. Ze had nog nooit zo'n grote hondenkop gezien. Zo'n grote muil. Haar hart sloeg over en ze zat voordat ze besefte wat ze deed weer in de auto. Ze had de deur nog maar net dichtgeslagen, of hij stond met opengesperde kwijlende bek tegen het raam. Het geluid kwam van een monster dat verschrikkelijke honger had. Gelukkig bedacht het beest zich en verplaatste zich naar het raam bij de bestuurdersplek. Liudvikas was blijkbaar het eerst aan de beurt. De grote nagels schraapten over de lak en de rode bek ging steeds weer open om de scherpe tanden te laten zien. Er vlogen klodders schuimend kwijl uit.

De deur van het huis recht tegenover hen werd opengerukt en er kwam een man naar buiten die een bevel riep. De hond gaf zich bij de derde kreet gewonnen en slofte kwispelend naar hem toe. Hij liet zich aanlijnen, en gaapte.

'Godsamme, wat een monster!' riep Liudvikas, een beetje bibberig.

'Hier komt een ongenode gast niet naar binnen', zei Makar terwijl hij dat lachje weer liet horen.

De mannen stapten uit, maar Dorte bleef zitten.

'Kom!' zei Makar toen ze de spullen uit het achterbak hadden gehaald.

'Ik durf niet! Niet zolang die hond er is.'

De mannen liepen het trapje op en praatten met de man die daar stond. Wezen naar haar en lachten. Weer kreeg ze het gevoel dat ze iemand was met wie geen rekening werd gehouden. Hun gelach. Ze besefte opeens dat ze niet gewend was aan mannengelach.

De man op de trap lachte niet. Hij nam de hond mee naar een plek achter het huis. Ze wachtte nog even, maar toen Liudvikas ongeduldig wenkte, stapte ze aarzelend uit en holde ze snel naar de trap. De koele lucht omsloot haar weer. Haar kleren, die een hele poos aan haar lichaam vastgeplakt hadden gezeten, lieten los. Haar huid was bevrijd uit de autogevangenis en van de nare stoelbekleding en genoot van de koelte.

Ze kwamen in een grote donkere hal met dierenkoppen en geweren aan de wanden en een enorme, beroete open haard in de ene muur. Midden in de ruimte voerde een brede trap naar de bovenverdieping. Het rook er naar een huis waar eigenlijk niet in gewoond werd. Geelbruine lampenkappen op gietijzeren armen en zware donkere meubels langs de wanden. Er waren geen ramen, behalve dan in de dubbele voordeur.

Ze werden naar een keuken gebracht met een lange tafel in het midden. Daar zaten twee jonge vrouwen, misschien iets ouder dan zijzelf, en een man met een slaperig verlept gezicht te eten. Het rook er naar pizza en bier en er hing een scherpe stank van koude as. En iets anders, het leek op geparfumeerde sigaretten. De sfeer gaf Dorte het gevoel alsof ze een kerk was binnengetreden, waar de mensen elkaar niet kenden en zich ook niet voor elkaar interesseerden, alleen maar zaten te wachten tot de dienst afgelopen was. In de wand boven het lange aanrecht waren twee hoge ramen, als zwartgeschilderde spiegels.

De man die de hond had weggebracht, wees hun waar ze konden gaan zitten. Hij had haar nog niet begroet. Hij knikte streng naar een van de meisjes. Ze had mooi donker haar en een volle rode mond. Haar ogen waren halfdicht, alsof ze bijna in slaap viel. Ze stond op, alsof hij haar een bevel had gegeven, en haalde zonder morren drie glazen en drie borden. Zette die voor hen neer en ging weer op het puntje van haar stoel zitten. Niemand had gedag gezegd of een hand uitgestoken om hen te begroeten. Ze loerden allemaal naar hen alsof ze bang waren dat ze hun iets af zouden pakken. Of boos waren vanwege iets wat was voorgevallen voordat zij kwamen, of geprikkeld omdat iemand de maaltijd verstoorde.

Dorte pakte haar glas en liep aarzelend naar de gootsteen om het te vullen. Alle ogen volgden haar, behalve die van de Hondenman. Hij keek dwars door haar heen. Een blik die ze niet aankon. Zijn pupillen leken wel naalden. Ze draaide hen de rug toe, liet de kraan lopen tot ze voelde dat het water koud werd en vulde haar glas tot het overstroomde. Haar handen beefden als wasgoed in de wind. Toen ze besefte dat ze bang was voor iets wat ze niet kon benoemen, voelde ze een soort verlamming in haar hoofd. Ze pakte het glas met twee handen beet en dronk gulzig, met haar rug naar de ogen toe.

Haar vader zat in zijn stoel en sloot het boek over geesten, legde zijn bril op tafel en haalde een hand over zijn ogen. 'Bij sommige stammen beveelt de medicijnman de geest van mensen die hij niet mag een pop binnen te treden. Dan steekt hij er naalden in om hen te pijnigen of te doden.'

Dorte draaide zich om. De mannen staarden naar haar, de meisjes hadden hun ogen neergeslagen.

'Ga zitten en eet!' zei de Hondenman in het Russisch. Zijn stem was laag en bevelend, alsof hij vaart achter de maaltijd wilde zetten. Alsof hij vond dat ze maar snel moest gaan afwassen.

De andere meisjes staarden naar hun bord. Dorte zou zo graag willen dat iemand iets alledaags zei. Het liefst iets waar om gelachen kon worden. Maar niemand zei iets. Alles waar je in deze wereld om kon lachen, was weg. Iedereen concentreerde zich op het eten. Misschien waren deze mensen nog verlegener dan zij? Misschien had de man die haar beval te eten, gewoon geen goede opvoeding gehad en wist hij daarom niet hoe hij zich moest gedragen? Misschien zwegen de anderen wel omdat ze hem niet wilden ergeren of in verlegenheid wilden brengen?

Ze leken allemaal vreemden voor elkaar. Makar en Liudvikas waren ook vreemden, niet alleen zij. Dat zou wel de verklaring zijn voor het merkwaardige gedrag van iedereen. Misschien had niemand de Hondenman geleerd dat alles gemakkelijker gaat als je mensen beleefd aanspreekt.

Zoals haar vader altijd zei als Vera boos was: 'Je medemensen zijn vaak een spiegelbeeld van jezelf, ook degene die je niet wilt zijn.' Ze ging zitten op de plek die haar was aangewezen, nam een stuk pizza en begon rustig te kauwen, met dichte mond. En toen ze alles had doorgeslikt, wendde ze zich tot het donkere meisje dat borden en glazen voor hen had gehaald.

'Ik heet Dorte. Hoe heet jij?'

Het donkere meisje haalde adem en leek antwoord te willen geven, maar hield toen op. Ze wierp een blik op de Hondenman, zweeg en begon haar bord te bestuderen. Ze hield zich eraan vast, tilde het even op, er lag nog een groot stuk pizza op, zette het voorzichtig terug op tafel en legde haar handen in haar schoot.

'Ben je vergeten hoe je heet?' zei de man met een robotachtige stem.

Het meisje hief haar hoofd op en wierp Dorte een snelle blik toe.

'Olga', zei ze nauwelijks hoorbaar en ze liet zich als het ware voorover op tafel vallen.

Dorte keek naar het andere meisje. Dat had lang blond haar waarachter ze haar gezicht grotendeels verborgen hield. Ze leek te slapen. Maar tussen haar haren glinsterden twee verschrikte ogen.

'Marina', zei ze gejaagd en ze begon de borden te stapelen om ze naar het aanrecht te brengen.

'Is dit grote huis van jou?' vroeg Dorte na een poosje terwijl ze naar de Hondenman knikte.

Eerst werd het zo stil dat ze dacht dat ze hem beledigd had. Iedereen sloeg zijn ogen neer. De man leunde achterover op zijn stoel en dronk. Zijn blik was vastgenageld aan iets buiten de kamer, of achter de wand, terwijl hij luidruchtig op zijn tanden zoog, gorgelde met wat er ook maar in zijn glas zat, en slikte.

Uiteindelijk gaf Liudvikas antwoord.

'We hebben het van een kennis geleend.'

'Blijven we hier tot morgen?' vroeg Dorte, die nog steeds hoopte dat alles normaal kon worden.

'We zien wel', zei Liudvikas terwijl hij een steelse blik op de man wierp.

'Heeft iedereen hier werk in Stockholm gekregen?' vroeg ze verder. Ze probeerde oogcontact met de twee meisjes te krijgen. Maar die wilden dat niet.

'Waar hebben jullie haar in godsnaam opgeduikeld? Zorg dat ze haar bek houdt! Stuur haar meteen naar de sauna!' riep de Hondenman.

'Het spijt me,' stamelde Dorte, 'maar ik kan niet naar de sauna gaan. Ik…'

De man stond zo bruusk op dat de stoel achter hem omviel.

'Zei ik niet dat jullie moesten zorgen dat ze haar kop hield! Makar!' fluisterde hij zo luid dat al het andere geluid verdween. Er schuimde speeksel in zijn mondhoeken.

Dorte wist niet dat je zo kon praten. Het had niets met de werkelijkheid te maken. Normaal praatten mensen niet zo. Ze had alleen maar gezegd dat ze niet naar de sauna wilde. Dat zou niemand iets moeten kunnen schelen, behalve haarzelf. Ze boog zich naar Liudvikas, die naast haar zat, en fluisterde: 'Ik kan nu wel... naar de plek waar ik moet slapen. Het is...'

Plotseling stond de Hondenman over haar heen gebogen. Zijn hand greep als een klauw haar nek vast, toen rukte hij haar bijna van haar stoel. Ze liet een kreet van pijn ontsnappen toen hij haar een knietje in haar buik gaf zodat ze op de grond belandde.

Even kon ze geen adem krijgen en bleef ze op haar rug liggen maaien. De geluiden, als die er al waren, verdwenen. De gezichten rond de tafel waren grijze ballonnen die iemand aan de tafelrand had vastgemaakt. Iemand had gaten geprikt waar de ogen hoorden te zitten. Toch zweefde ze boven het tafelblad. Het was ongelooflijk. Voor de zekerheid sloeg ze haar armen om haar hoofd. Geen seconde te vroeg. De man liet de punt van zijn schoen met haar spelen alsof ze een voetbal was.

Het was moeilijk uit te maken wat voor en wat na was, als alles nacht was en naar gemalen lood smaakte. Ze wist de volgorde van de gebeurtenissen niet meer, maar nam een besluit. Wat ze zich herinnerde, was belangrijk. Al het andere, wat niet echt kon zijn, liet ze los.

7

'Ga je douchen!' snauwde Makar grijnzend vanuit de deuropening, wijdbeens en met zijn armen over elkaar heen geslagen. Hij leek op een foto die ze ooit had gezien van een Amerikaanse soldaat die krijgsgevangenen commandeerde. Gelukkig had hij geen geweer.

Het rook er naar sigaar. En naar iets anders, naar houten wanden die ooit warm waren geweest. Erg warm. Langgeleden. Alles was langgeleden. Verstikkend zoetig. Wee. Als de lucht van oude ranzige talg. Vooral in de eerste ruimte, waar de mannen rond een tafel vol glazen, flessen en pijpen zaten. Vijf van hen hadden niet in de keuken zitten eten. Twee waren vrij jong, drie waren bijna oud. En Makar, Liudvikas en de Hondenman. Gezichten als starre maskers. Op school gemaakt om iemand angst aan te jagen. Ze zaten hier blijkbaar al een poosje. De sigarettenrook was om te snijden. De mannen draaiden allemaal hun masker in de richting van de meisjes toen ze binnenkwamen. Hun mond ging open. Hun ogen priemden terwijl Dorte langs de tafel wankelde.

'Ik wil liever naar bed', zei ze nauwelijks hoorbaar tegen Makar, die haar bovenarm stevig vasthield. Olga en Marina zeiden niets, die waren al op weg naar een kleinere kamer met banken om je kleren op te leggen en hokjes met douchekoppen aan het plafond.

'Ga je douchen! Je krijgt nog ruim de kans om naar bed te gaan!' siste Makar.

De Hondenman stond met zijn armen over elkaar naar hen te kijken. Hij was vast ziek in zijn hoofd. Gevaarlijk ziek. Ze voelde de pijn nog steeds. In haar buik en haar ribben. Ze struikelde achter de andere meisjes aan de doucheruimte binnen. Haar benen gehoorzaamden haar niet en ze stootte belachelijke geluiden uit. Toen ging de deur dicht en Makar verdween.

De twee anderen waren al bezig zich uit te kleden. Dorte had geen handen.

'Schiet op! Anders krijgen wij er ook van langs', zei Olga in het Russisch.

'Wat doet hij dan?' vroeg Dorte klappertandend.

'Dat wil je niet weten. Maar spreek hem niet tegen! Dan wordt hij kwaad.'

'Niet nadenken! Naderhand mag je slapen', mompelde Marina terwijl ze de douche opendraaide.

Dorte had nog steeds geen handen. Haar tanden waren een handvol kiezelsteentjes in een blik. Olga was al naakt en klaar om onder de douche te gaan, maar toen ze Dortes ellende begreep, begon ze haar zonder iets te zeggen uit te kleden. Haar schoenen, lange broek, hemd, onderbroekje. Snel, snel. Ervaren. Hield met een hand Dortes armen en benen omhoog om het gemakkelijker te maken.

'Waarom moeten we... douchen?' klappertandde Dorte toen Olga haar onder de waterstraal duwde.

'Sst! Was je nou maar gewoon! Niet praten!' zei Olga met de stem van iemand die lang niet geslapen had.

Makar kwam weer binnen voordat Dorte zich had kunnen afdrogen. Ze verstopte zich achter haar handdoek en tastte met een arm in het rond om haar kleren te pakken.

'Kom! Er moet gedanst worden!' zei hij lachend.

Dorte staarde naar de andere twee die de handdoeken om zich heen wikkelden en voor Makar gingen staan. Het was niets om je druk over te maken – want dit was niet echt. Absoluut niet! Uiteindelijk wist zij ook de handdoek om haar lichaam te wikkelen.

Toen Makar de deur opengooide en hen de kamer binnenduwde waar de mannen zaten, verstomden alle gesprekken. De maskers draaiden zich naar hen om. De monden waren zwarte gaten met bevroren adem. Een paar van hen ontblootten rijen blauwwitte ijspegels. Staken sigaren aan, als bewegende rode ogen in de schemering. Hoog boven in de muur was een open raam. Daar zocht de rook zich een weg naartoe. Ontzettend ver erachter liet een donkere hemel miljoenen sterren exploderen. Alles wat echt was, was ver weg.

Haar kin viel naar beneden. Wilde niet vast blijven zitten aan haar kaken en sloeg zonder dat ze dat wilde haar tanden tegen elkaar. Haar huid onder de natte handdoek rotte in één tel weg. Viel in lappen en druppels van haar af. Als gloeiend ijs.

'Mijne heren, nu komen we eindelijk ter zake. Makar! Open de deur naar het allerheiligste! Helemaal!' zei de Hondenman terwijl hij opstond.

Makar opende een brede deur met fraai houtsnijwerk. Die voerde naar een kamer met veel fauteuils rond een groot bed. Boven het bed hing een zwarte kroonluchter met gedraaide armen en een heleboel naakte peertjes. De mannen kwamen achter elkaar binnen en gingen in de stoelen rond het bed zitten. Als ze langs de meisjes liepen, staken ze hun handen uit. Dorte voelde iemand in haar kruis grijpen terwijl ze haar armen tegen haar lichaam drukte om de handdoek vast te houden. Ze werd de lappenpop die water tapte bij het aanrecht. Maar het zaagsel was eruit gelopen. Binnenkort zou ze niemand zijn.

De mannen gingen met hun rug naar het bed toe zitten. Alleen de Hondenman bleef staan, als een circusdirecteur.

'Olga! Maak alles klaar!' beval hij, nog steeds met die donkere metalige fluisterstem.

Olga zette haar ene voet voor de andere. Over de vloer, naar het enorme bed. Spreidde er een wit opgevouwen laken over uit. Langzaam. Zorgvuldig. Had dat vaker gedaan. Ze nam niet meer de moeite de handdoek op zijn plek te houden. Die lag nu rond haar voeten en ze maakte geen aanstalten om hem op te rapen. Toen klonk er applaus vanuit de fauteuils. Het schrille licht viel op Olga's tengere lichaam. Op grote blauwe plekken die hier en daar overgingen in geel.

Dorte wilde 'NEE!' roepen, maar haar kaken gehoorzaamden niet. Die hadden het te druk met zich op elkaar klemmen. De sterren waren echt! De hemel! Maar dit niet!

Makar kreeg de cassetterecorder die op de vloer stond aan de praat. Olga was klaar met het laken. Ineengedoken raapte ze haar handdoek op en kroop bijna langs de mannen naar Dorte en Marina toe.

Er jankte en kraakte een soort polka uit de cassetterecorder, over de vloerplanken. Het geluid plantte zich voort door hun blote voeten op de koude vloer, door hun kuiten en dijen, nestelde zich in hun buik. Marina's gezicht was asgrauw. Haar ogen staarden glazig naar iets onder de vloerplanken.

'Marina! Dans! Dans voor ons!' beval de man.

Eerst gebeurde er niets. Marina leek het niet te horen.

'Dansen!' De stem klonk als een zweep van ijzerdraad.

Marina trad een soort slaaptoestand binnen, met wijd open-gesperde ogen, en deed een paar onzekere danspassen. De knoop in haar handdoek ging los. Haar heupen en buik werden zichtbaar onder de vele lichtpeertjes. Een aquarel van blauwe en gele plek-ken. Ze probeerde met een hand de handdoek vast te houden. De andere hief ze boven haar hoofd in een wonderlijke krachteloze beweging. Haar haren vormden een nat gordijn voor haar gezicht. Haar kuiten en dijen vertoonden dezelfde onregelmatige plekken als haar armen. Haar voeten slaagden er niet in het ritme te pakken te krijgen. Het leek alsof ze net had leren lopen.

Ik moet niet huilen, dacht Dorte. Niet nu! Dan kon Marina's vernedering nog erger worden. Ze probeerde iets te vinden om zich aan vast te houden. Iets om naar te kijken. Een van de poten van het bed. Gietijzer in de vorm van een dierenpoot met klauw. Ze verplaatste haar blik snel naar het openstaande raam. De rook vluchtte weg naar de sterren.

Het licht boven de mannen werd gedempt. Eentje begon te klappen, een ander snoof iets op van een vloeitje dat hij ook aan Makar aanbood. Een derde maakte zijn stropdas en broekriem los.

'Laat die handdoek vallen! Laat me eens zien wat je te bieden hebt!' riep eentje. Hij maakte zijn spijkerbroek los en stak zijn hand naar binnen.

Er was geen verklaring voor. Waarom was ze hier?

De oudste man kwam half overeind uit zijn stoel en boog zich zo ver naar voren dat zijn hangsnor bijna Marina's dij raakte toen ze langs hem wankelde. De man rukte de handdoek uit Marina's handen en gooide die als een natte bal onder het bed. Marina raakte het ritme kwijt, dat ze eigenlijk nooit had gevonden. Ze wankelde en dreigde op een van de andere mannen te vallen. Hij kneep met een hand in haar borst en stak de andere tussen haar benen. Marina hervond een soort wankel evenwicht, als een pasgeboren kalfje. Wie ooit zo'n kalf gezien heeft, is daar meestal door vertederd. Maar hier klonk alleen gelach dat de polka overstemde.

Olga en Marina zaten naar elkaar toe gewend op het bed, op hun knieën, met gebogen hoofd. Naakt wachtten ze op bevelen. Olga's gezicht ging op in het witte laken, Marina was nog steeds een beetje grauw. Hun ogen waren niet meer schrikachtig, maar leeg. Als de korst op de bodem van een uitgedroogde poel.

'Steek je vinger in haar!' riep de man die iets van het vloeitje snoof.

'Olga! Steek je vinger in haar! Kus haar borsten!' riep Makar. Zijn blik gefocust, glazig. Zijn stem hees, maar duidelijk. Hij zwaaide met zijn wijsvinger in de lucht. Maar het ging blijkbaar niet snel genoeg.

'Doe voor! Doe het haar voor!' riep iemand.

En Makar pakte een voorwerp dat een opvouwbare knuppel bleek te zijn. Het ding sprong open en werd drie keer zo lang. Hij hield het voor zich uit en liep onvast, maar stoer naar het bed om het te demonstreren. De mannen in de stoelen applaudisseerden. Alsof ze wisten wat er nu ging gebeuren. Hun ogen waren troebel, hun gezichten waren vol verwachting, hun monden halfopen. Bovenlichamen die zich naar voren bogen. Adem.

Makar kroop half op het bed, trok Marina omver en spreidde de bevende kalverbenen met één geroutineerde krachtige beweging. Hij zette de knuppel tussen Marina's dijen en stootte hard door.

Het geschreeuw liet alles ronddraaien. Dorte voelde hoe een kracht haar omhoogzoog naar het open raam. De sterren kwamen zó dichtbij. Het lukte haar bijna. Om te ontsnappen. Maar iets ving haar in haar vlucht.

Haar moeder bracht alles in gereedheid voor pappa's begrafenis, met witte lakens. Dat kostte tijd. Het plechtige kwam van binnenuit. Uit hun hart. Net als het verdriet. Je wist wel dat mensen moesten sterven. Maar niet hij. Toen ze alleen in de kamer was, haalde ze het boek tevoorschijn waar hij de avond voordat alles stil werd uit had voorgelezen. Over een indianenstam die de zon aanbad. Tijd en werkelijkheid vloeiden in elkaar over en werden één met de plaatjes uit het boek en het laken rond haar vaders dode lichaam. Dat was echt, niet de mensen in de kamer. De huid van haar vader, die grauw afstak tegen het laken, bleef in haar hoofd zitten, ook al wilde ze dat niet. Zijn gelaatstrekken vervaagden en vermengden zich met de illustraties in het boek over de indianen. De indianen die hun dochters aan de zonnegod offerden.

Op een open wit plein stonden naakte meisjes uur na uur in de brandende zon, terwijl de mensen eromheen stonden te kijken. Tot de duisternis en de nacht kwamen. De koude kwam. Hun verbrande huid veranderde in korsten. Er brak een nieuwe ochtend aan. Altijd weer met een brandende zon. Ogen die keken. Niet alleen vreemde ogen. Ook ogen die van hen hielden. Het offer moest volbracht worden. De meisjeslichamen zakten in elkaar. Maar de zon bleef branden tot lang nadat al het leven was weggeëbd. God moest zijn deel hebben, zodat het volk een goede oogst zou krijgen, brood, water en geluk in de strijd, eer en faam. En de vrouwen konden weer gedweeë echtgenotes zijn. Nieuwe dochters krijgen.

Ze kwam bij op de grond, in een plas water en zonder handdoek om. Makar sleepte haar over de vloer en smeet haar op het bed. De knuppel sloeg een hele poos op de vloerplanken. Ze kroop in elkaar om onzichtbaar te worden. Een schaduw te worden waar niemand bij kon komen.

De oude man kwam aanlopen, zijn gulp stond open en hij hijgde als een blaasbalg. Hij boog zich over haar heen met de stank van oude talg.

'Hoeveel bied je? Voor de maagd!' De Hondenman stond vlak naast Dorte. Een klauw greep haar nek beet, een andere haar borst. Hij toonde hun een uitvouwpop. De mannen lachten. Of bruldenze?

'Eerst maar eens voelen of ze echt maagd is!' De oude man stortte zich op haar.

Dorte worstelde tevergeefs. Haar kaken openden zich buiten haar medewerking. Sloten zich toen weer. Haar tanden zaten vast in vlees. Ze kon haar mond niet openen, ondanks de stank en de smaak. Een klap op haar hoofd en de sterren kwamen bijna dichtbij.

Nikolais moeder stond met een taart op een schaal en een vage schaduw van meel tussen haar mond en haar neus in de sterrenregen. Het volgende ogenblik was ze verdwenen. De sterren waren verdwenen. Alles werd zwart.

Iets wat op stemmen leek kwam uit de duisternis, maar ze kon de woorden niet verstaan. Toen lag ze in een boot op het water. Stemmen door de mist. Ze kon haar armen en benen niet bewegen. De boot helde over en iemand probeerde haar in tweeën te scheuren. De pijn dwong haar haar ogen te openen. Vastgebonden, niet in een boot, maar op een bed. Touwen sneden in haar huid. Vuisten. Vingers. Nagels. Adem.

'Wat bied je?'

Een rauwe stem ergens ver weg. Euro's.

'Wie biedt er meer?'

'Ik! Als ze echt nog maagd is. Maar ik wil ook eerst voelen.' Het volgende ogenblik was hij er.

'Goed. Nu beslissen! En de volgende? Wie wil daarna?'

De stemmen gromden. Er werden ongeduldige bevelen geroepen. De volgorde werd afgesproken. De eerste betaalde dubbel. Toen: voeten heen en weer. De matras gaf mee. Een groot lichaam drukte Dorte tegen de ondergrond. Een ranzige, stinkende adem.

De schreeuw werd als door een enorme luchtdruk naar buiten geperst. Er werd een natte handdoek op haar gezicht gedrukt. Ze moest slikken, maar dat lukte haar niet, ze worstelde tot ze het gevoel had dat haar polsen doorgesneden werden. Zijn speeksel droop over haar heen. Over haar hals en borst. Gekreun drong haar hoofd binnen. Ze werd tot een hoop gemalen vlees waarin hij

64

mocht graven. En toen, met één resolute stoot, werd ze in tweeën gedeeld. Applaus en bravogeroep. Ritmische stoten. De natte handdoek wilde de schreeuw opvangen, maar kon hem niet vasthouden. Die vloog naar het raam waar God met zijn sterren speelde.

Daarna stilte. Kleverig vocht verplaatste zich millimeter voor millimeter over haar huid. De man kreunde en kwam moeizaam overeind, trok zijn broek op, stak zijn armen in de lucht en nam nog meer applaus in ontvangst.

Toen gaf de matras weer mee. Een ander lijf. Een andere adem, een andere stank. Duwde haar dijen nog verder uit elkaar en begroef zich in wat al kapotgemaakt was. Kreunde en stootte. Beet haar. Probeerde haar mond open te krijgen om zijn tong erin te steken. De roofvogel vrat aan wat hij in zijn klauwen hield.

Applaus bij elke stilte. Hoeveel keer?

Af en toe werd alles zwart. Op een gegeven moment riep iemand luid om Maria, Moeder van God. Dat riep een felle woede op. Dortes gezicht werd tot moes gedrukt in de matras – als iets waarvan je het geluid niet kunt verdragen. Ze kneep haar ogen dicht om zich te verweren. Maar de geur van bloed werd in haar neusgaten geslagen. Ze had alleen de touwen om zich aan vast te houden.

8

Het werd avond en ze waren naar bed gegaan. Hun moeder vouwde haar handen boven de deken en bad.

'Moeder van de Almachtige God, ik bid u, behoed mijn dochters voor de verleiding. Laat hen moedig zijn, met een warm hart en een koel hoofd. Laat hun zien dat trouw en volharding een groter geschenk zijn dan toevallig genot. Laat hen op de ware wachten en zich niet vergooien. Laat hun de liefde zien als die zich aandient. Laat hen niet verleiden door rijkdom en cadeaus, laat hen luisteren naar hun hart. Laat er voor allebei een goede man zijn. Help hen, zodat ze zich sparen voor de ware! Bespaar hun de schande dat ze hun lichaam niet beschermen als de heilige tempel die het is... Amen.'

Dorte deed haar ene oog open. Het andere wilde niet. Of was weg. De gietijzeren kroonluchter wierp een witte ijswoestijn op haar, dus deed ze haar oog weer dicht. Daarna lag ze in de grote metalen zeef die haar moeder gebruikte als ze groenten waste. Die had roestplekjes omdat hij jarenlang slordig was afgedroogd voordat hij boven het aanrecht werd opgehangen. Nu schraapte hij over haar huid. Vooral rond haar enkels en polsen. Toen viel ze er doorheen, met haar onderlichaam eerst – en verdween. Het volgende moment lag ze weer in het metalen net.

Iets rammelde als koffiekopjes in een draaiende zinken teil. Haar tanden. Ze draaide voorzichtig haar hoofd opzij en dwong haar oog weer open. Haar armen waren vastgebonden aan het bed. De touwen voelden aan als kaassnijdraad. Als ze zich vermande en hard op haar tanden beet, kon ze zichzelf een beetje omhoogduwen zodat het niet zo strak zat. Het zou niet verstandig zijn haar handen eraf te snijden. Ze voelde dat haar gezicht en hals smerig waren. Probeerde er niet aan te denken wat dat zou kunnen zijn. Deed haar mond open om wat meer lucht te krijgen. Lippen als vreemde klompen klei – smaakten naar lood. Ze probeerde ze met het puntje van haar tong te bevochtigen. Ze had een droge keel. Had waarschijnlijk al een eeuwigheid niet geademd of gedronken. Haar kaken zaten op slot. Er kwam een rochelend geluid uit haar buik. Golfde naar buiten als een taaie oude smurrie van rotte eieren.

De stoelen waren leeg en stond schots en scheef door elkaar. Marina en Olga waren ergens in de kamer, maar ze zag hen niet. Ze hoorde alleen maar zachte stemmen, als gefluister op de bodem van een schacht. De tijd? Waar was haar vaders horloge? Ze keek om zich heen. Overal rode en roodbruine vlekken. Als behang na een overstroming. Op het laken en op haar. Voor het bed zag het eruit alsof iemand met een waterpistool limonade had rondgespoten. Frisse roze limonade. Toen ze begreep dat het uit haarzelf was gekomen, verdween alles.

Op de mooie open plek in het bos, vlak bij het pad dat naar de rivier leidde, was alles vandaag anders. Het kreupelhout was neergemaaid en het gras lag plat. Overal kapotte paardebloemen en viooltjes. Iemand had er een platform gebouwd, of een veranda zonder balustrade. Toen ze bij haar positieven kwam, zag ze dat haar vader en Fjodor Dostojevski aan palen vastgebonden waren, aan weerszijden van een derde kleine gestalte. Ze stonden op het Semjonovplein om het vonnis aan te horen. De kisten stonden klaar op de kar onder het platform. Ouderwetse kisten van ongeschaafd hout. Dostojevski beklaagde zich erover dat haar vader niets deed. Haar vader probeerde hem te troosten, maar leek niet helemaal gezond. Plotseling begreep ze dat zíj aan de derde paal was vastgebonden. De mannen droegen een lijkwade, maar zij was naakt. De kou was verzadigd van schaamte. Er verscheen een leger tussen de bomen. Soldaten met bevroren adem uit hun mond. Zij wilde het zo snel mogelijk achter de rug hebben. Maar iemand zette de tijd stil, een koerier kwam aangerend met een witte doek en verklaarde met oom Josefs stem dat de tsaar hun genade had geschonken. Haar vader en Dostojevski gingen naar het tuchthuis, maar Dorte moest de rest van haar leven naakt aan de paal blijven staan. De soldaten maakten de mannen los en voerden hen weg, terwijl zij hun smeekte haar door het hart te schieten. Ze lachten en staarden naar haar. Ze riep met Vera's boze stem dat haar vader wel een rechter zou vinden. Ze moest koste wat het kost verbergen dat ze zelf ook twijfelde. Misschien kon hij het niet meer opbrengen. De geweren, het waren er meer dan je kon tellen, hadden bajonetten. De soldaten bogen zich naar voren. Richtten op haar terwijl ze dichterbij kwamen. Met donderend gelach. De eerste bajonet boorde zich in een holle ruimte, vliezen en vlees. Toen de volgende, en de volgende. Ze leunde met haar hoofd tegen de paal en keek omhoog. Hoog boven haar zat haar moeder in haar rouwjurk op Gods schoot. Aan Gods voeten lag de zwarte hond te slapen.

Marina en Olga hielpen haar zonder iets te zeggen naar de douche. Af en toe begaven haar benen het en bleef ze liggen. Een hoopje onder het stromende water. Uiteindelijk kleedde Marina zich uit en kwam bij haar onder de douche staan.

'Pappa's horloge?' hijgde Dorte, zonder antwoord te krijgen.

Marina zeepte haar in en vermeed de open wonden. Pakte de douchekop van het haakje en wilde dat ze zelf haar kruis waste.

'Benen wijd! Je moet al die rotzooi eruit spoelen', fluisterde Marina boven haar terwijl ze aan haar onderbeen trok.

Met haar bovenlichaam tegen de muur leunend en met gespreide benen probeerde ze de waterstraal te richten. Het voelde alsof ze zich met pekel waste. Ze moest zich overgeven aan Marina's blauwgevlekte armen. Er werd geen woord gezegd. Ze zaten in een poel limonade.

Op een gegeven moment zag ze dat Liudvikas nog een paar handdoeken naar binnen gooide. Zijn gezicht zweefde in de lucht. Olga en Marina gedroegen zich alsof hij een blinde eunuch was.

'Ze bloedt zo vreselijk. Het gaat maar door', zei Olga door de deuropening.

'Prop een handdoek in haar kruis, dan gaat het wel over.'

'Ze kan niet lopen. We moeten haar over het erf dragen. Je moet de hond vastbinden.'

Toen Dorte begreep dat ze het over haar hadden, dreven de stemmen ver weg. Alles werd eindeloos dof en vlak. Hier en daar doken vlekken op, als bloemen in een mistige weide. Marina's naakte lichaam was een onsamenhangende carrousel.

Plotseling kwam de zon op en maakte paarlemoeren wolken in de waterdamp. De rivier was vandaag rimpelloos. De kerktoren en de boot van de buurman dobberden zachtjes op het zilverkleurige oppervlak. Het bord met de streep door het anker blonk haar vanaf de andere oever tegemoet. Nikolai was dichtbij, al kon ze hem niet zien. Het licht was te fel.

'Een cadeautje voor je moeder', zei hij verlegen terwijl hij haar iets met beide handen aanreikte. Rode marsepeinbloemen die naar zeep roken.

Ze luisterde en probeerde haar adem in te houden. Het was volkomen stil. Omdat ze zich kapot voelde, zei ze tegen zichzelf dat alles echt in orde was. Het probleem was alleen dat ze net wakker was geworden en ze zo vreselijk nodig moest plassen. Toen ze uit bed wilde stappen, besefte ze dat ze deze kamer nog nooit had gezien. Hoe was ze hier gekomen?

Tegen de muur stond een grote bruine ladekast met spiegel. Links van het bed was een raam met verschoten gordijnen. Grauw daglicht wilde naar binnen op de plek waar ze openvielen. Legde een waas over de plekken die het kon bereiken. Recht tegenover haar was een zwarte opening naar de buik van een beroete open haard. Aan het plafond hing een zwarte lamp met armen. In de hoek stond een fauteuil met een duizelingwekkend patroon van gele en bruine stippen. Daardoor herinnerde ze zich de kamer die ze de sauna noemden. Het bed en de fauteuils. En dat iemand haar had ondersteund en haar in een plaid over het erf had geholpen. Nu droeg ze een blauw katoenen hemdje. Dat was niet van haar. Ze probeerde te gaan zitten, maar alles was kapot. Het voelde aan alsof haar kruis en buik vol brandwonden zaten. Een onbekend gezicht keek haar vanuit de spiegel aan. Grauw en opgezwollen en met blauwe plekken. De mond en het ene ooglid waren één smurrie. Ze hoefde alleen maar een wc te vinden, maar ze begon te huilen.

Haar vader maakte bedaard zijn leren tas open en haalde er een voor een de boeken uit die hij had meegenomen. Hij legde ze op de tafel in de woonkamer en zei: 'De mens moet zijn fantasie ontwikkelen, maar wel in toom houden.'

Hij had zijn leren tas nog maar nauwelijks achter de kast gezet en de blikken lunchtrommel aan haar moeder gegeven, of alles veranderde, alsof iemand een puzzel die net klaar was op de vloer gooide. Zij was daar ergens beneden, maar ze was ook zoek.

Ze zocht steun bij de deurpost en deed de deur open. Een trapleuning naar beneden vertelde haar dat ze zich op de bovenverdieping bevond. Veel dichte deuren. Het was best mogelijk dat de zwarte hond achter een ervan zat. Of de man die hem had weggebracht. De mannen. Ze deed een stap achteruit en deed de deur weer dicht. Die had geen sleutel of schuifje. Ze moest iets vinden om in te plassen. Deed het deurtje van het nachtkastje open. Leeg. Ze keek om zich heen. Een spleet in het behang gaf de omtrekken van een deurtje aan. Een kast? Ze wankelde ernaartoe en kreeg hem met behulp van haar nagels open. De duisternis rook naar een oude vochtige matras. Na een poosje kon ze vaag dingen zien. Er glinsterde iets van glas, ze boog haar hoofd en liep naar binnen. Een grote bloemenvaas was precies wat ze zocht.

Toen ze erboven hurkte en de sluizen openzette, werd ze doorboord door een gloeiende staaf die haar de adem benam. Het had geen zin de stroom af te knijpen, dus liet ze jammerend alles lopen. Daarna zocht ze steunend op de spinnenwebben langs de wand haar bed weer op. Er zat een grote vlek in het midden van het laken. Op de vloer lag een handdoek met rode plakkaten – als een vod dat je bij het verven gebruikt. Ze wendde haar blik af en wist niet wat ze moest doen. Maar ze stond zo op haar benen te zwaaien dat ze begreep dat ze niet kon blijven staan. Ze liet zich gewoon vallen en trok de stugge onbekende deken over zich heen. Toen ze de sporen van de kaassnijdraden op haar polsen had bedekt, voelde ze zich iets beter. Uit het oog, uit het hart. Maar dat was een leugen.

'Zou je niet eens opstaan?' hoorde ze toen de deur werd opengerukt. Liudvikas kwam iets brengen wat naar koffie rook. Hij zag er doodnormaal uit. Was hij erbij geweest? Ze kon het zich niet meer herinneren.

'Shit! Wat een smeerboel!' zei hij terwijl hij de rode handdoek onder het bed schopte. 'Hier is koffie. Sommige mensen boffen maar!' voegde hij er met een brede grijns aan toe. Zijn hagelwitte tanden blikkerden haar tegemoet.

Ze vertrouwde haar stem niet, stak alleen haar handen uit naar de mok. Hij bleef naar haar staan kijken terwijl ze dronk. De koffie smaakte bitter en ze begon te trillen. Maar ze had in ieder geval iets te drinken.

'Je ziet er niet al te best uit... Maar dat komt wel weer. Over een paar dagen gaan we verder. Naar Zweden. Het is daar nu verdomd mooi weer. Ik heb met een maat van me gebeld. Zonneschijn en...'

'Wc?' wist ze uit te brengen.

'Achter in de gang met een plaatje op de deur. Heb je een ochtendjas?' Hij keek haar afwachtend aan. Haar koffer stond bij de muur. Iemand had hem daar neergezet zonder dat ze dat gemerkt had.

'Weet je, ik vraag Olga of ze een ochtendjas voor je haalt. Er ligt een hele stapel in de sauna. Lekker, een beetje luxe, wat jij?'

Op dat moment drong het tot haar door dat hij een van hen was. Hij had eraan mee gedaan. Waarschijnlijk had ze dat zodra hij binnenkwam al geweten. De mok werd te zwaar. Ze wist hem met moeite op het nachtkastje te zetten. Haar hand bleef trillen. Ze stopte hem onder de deken.

9

Het was donker en de hond blafte als een bezetene. Rubberen banden reden over grind. Felle lichten drongen door de gordijnen heen. Autoportieren werden dichtgeslagen. Ze strompelde naar het raam. Greep zich vast aan de vensterbank en probeerde onzichtbaar te zijn achter het gordijn. De maan was een droge spons tussen wolken die zo dik waren als stromatrassen. De schedel van de Hondenman kreeg een aureool onder de buitenlamp. Er stapten mensen uit drie auto's. Twee meisjes. De ene hing wankelend tussen twee mannen in, alsof ze dronken was, of ziek. De andere liep er rustig naast.

Vlak voordat ze het gebouw bereikten dat ze de sauna noemden, ontstond er plotseling beroering in de groep. Een gedaante maakte zich los en rende naar het bos. Eerst was ze een watervlugge schaduw onder de buitenlamp, toen verdween haar silhouet bijna in de duisternis. Dorte hoopte dat de mannen daar beneden niet zo'n goed uitzicht hadden als zij.

Meteen was er chaos, geschreeuw, toen renden drie mannen naar de achterkant van de sauna. Dorte kon niet uitmaken of het meisje dat tussen de mannen in hing op de vlucht was geslagen, of degene die er rustig naast had gelopen. Maar ze voelde haar angst. De smaak van ijzer terwijl ze rende voor haar leven.

Een man duwde het andere meisje het bijgebouw in en deed de deur op slot. Toen renden ze allemaal weg. Als een donkere ploegschaar, achter de man met de blaffende hond aan. De kreten en het geblaf klonken steeds verder weg. Dorte staarde naar het bos. Ik ook! Die gedachte leek op een bliksemflits. Nu had ze de kans, terwijl de mannen naar het andere meisje zochten. In paniek greep ze het stapeltje kleren dat iemand op haar koffer had gelegd. Ze trok haar trui over haar hoofd en een broekspijp over haar kuit. Staande op één voet. Zoals altijd. Maar niets was zoals altijd. Ze viel op het bed neer.

Het geblaf kwam weer dichterbij. Ze kwamen terug. Ze dwong

zichzelf naar het raam te lopen. Op de binnenplaats stonden de mannen in een halve cirkel. De Hondenman hield een zweep boven zijn hoofd. Voor hem kroop het beest met de staart tussen de benen. Hij blafte niet, alsof hij wist wat hem te wachten stond. Hij jankte. De man schreeuwde terwijl hij sloeg. De grote hond probeerde de man wijs te maken dat hij al een dood haardkleedje was. Na een poosje jankte de hond niet eens meer vanwege de zweepslagen en het geschreeuw. Iemand had een kledingstuk gehaald, dat de hond nu werd toegeworpen. Het beest bleef even onbeweeglijk liggen. Maar toen de man hem iets toeschreeuwde, pakte hij het kledingstuk in zijn bek en kroop op zijn buik naar hem toe. De man stak de zweep in de zak van zijn leren jas, boog zich over naar de hond en riep een bevel terwijl hij hem in zijn flank schopte. De hond stond met moeite op en likte de uitgestoken hand. Kwispelde. De man maakte de ketting los en bevestigde die aan zijn riem. Toen vertrokken ze weer.

Ze had geen idee van tijd. Maar nog voordat ze hen zag, begreep ze dat ze haar hadden gevonden. De hond blafte vrolijk en de mannen lachten. De maan was ook tevoorschijn gekomen om te kijken. De kleren van het meisje waren van haar lijf gerukt. Ze droeg hooggehakte laarzen die tot haar knieën reikten. Een kort truitje hing in flarden over haar ene schouder. Verder was haar lichaam alleen bedekt met wit maanlicht.

Vlak daarna hoorde Dorte zware voetstappen op de trap en werd de deur opengerukt.

'Je mag naar de sauna!' zei Makar grijnzend terwijl hij het lichtknopje omdraaide.

'Nee', jammerde ze terwijl ze haar ogen dichtkneep tegen het felle licht.

'Opschieten!' beval Makar. Hij trok de deken van haar af. Liudvikas dook ook op en wilde haar helpen met haar ochtendjas.

'Gadverdamme, wat een smeerboel!' riep Makar uit. Hij wees naar het bed. Dat zat vol bloed, ook al had Marina haar een schoon laken gegeven en een schone handdoek voor haar kruis.

'Shit! We moeten het maar gewoon zeggen. We kunnen haar zo

niet gebruiken', mompelde Makar terwijl hij vol afschuw naar Dorte keek. 'Maar twéé kapotte kutten! Wat moeten we verdomme doen? Ze hebben immers al betaald.'

'Ga jij dat beneden maar vertellen!' zei Liudvikas.

'Waarom ik?'

'Daarom!' snauwde Liudvikas terwijl hij Dorte terug in bed duwde.

'Oké, oké', mompelde Makar. Hij liep naar de deur.

'Je had ze verdomme niet zo moeten provoceren door God en Maria aan te roepen! Het is je eigen schuld! Daardoor gingen ze over de rooie', schold Liudvikas.

Het volgende moment riep Makar naar boven dat het bloedkutje mocht blijven waar ze was. Er werd beneden gevloekt en gescholden. Liudvikas haalde zijn schouders op, trok een wanhopig gezicht tegen Dorte en vertrok. Even later werd er met deuren geslagen en knarsten er vele voeten op het grind. Ze stond op om het licht uit te doen. Had het gevoel alsof iemand zuur in haar oog had gedruppeld, onder haar ooglid. Haar pijn gold ook het meisje met de lange laarzen. Die zou al wel onder de douche staan. Op de vloer lag de lange broek die ze geprobeerd had aan te trekken. Ze deed het licht uit en zocht steun bij alles wat ze maar tegenkwam om het raam te bereiken. De ladekast, de wand, het bed – en weer de wand.

De hond sloop langs de haag, een stukje bij de trap vandaan. Ze kon niet zien of hij losliep of aan een lange lijn. Wat dacht zo'n beest? Was hij ook bang? Waren bange honden het aller-, allergevaarlijkst? Ze werd misselijk en begreep dat ze moest wachten. Ze kon nu niet naar buiten gaan. Moest eerst uitrusten.

Er was iemand in de kamer! Als ze haar ogen niet opendeed, hoefde ze het niet te weten.

Toen ze een hand op de hare voelde, schrok ze op met een geruisloze snik – als een vis die uit het water wordt getrokken.

'Hoe gaat het?'

Ze staarde in Olga's gezicht. Dichtbij en veel te groot. De poriën op haar neus en kin. De blauwe plek in haar hals die aan de randen geel verkleurde. Het lange haar dat tussen hen in viel.

'Ik heb dit gevonden. Het lag op de grond...' Ze legde het horloge van Dortes vader op de deken. Dorte pakte het op en hield het voor haar ogen. Drie minuten over half elf.

Door het versleten glas. De wijzers. Ze bewogen niet. Haar vaders horloge was stil blijven staan.

De hond blafte een paar keer. Het daglicht spuugde de stem van de Hondenman door het open raam naar binnen. Toen werd alles stil.

'Kun jij voor mij met de bakker bellen? Zeg dat mamma mij moet komen halen', fluisterde Dorte.

Olga schudde haar hoofd. 'Ik heb geen telefoon, en bovendien... Ik weet niet waar we zijn. Jij?'

'In het bos. Midden in het bos. Je volgt gewoon de weg', dacht Dorte zeker te weten. 'Hoelang... ben jij hier al?' Haar stem klonk als de echo van een kapotgeslagen voorwerp.

'Weet ik niet... Misschien een week...'

'Ik... Kun jij me wat geld lenen? Dan neem ik de bus... naar huis... Mamma...'

Olga probeerde wat water in haar mond te gieten.

'Drink! Probeer een beetje te kalmeren. Ik zal wat eten voor je halen. Als we eerst maar in Stockholm zijn, dan wordt alles beter. Ze zeggen dat je moet ophouden met bloeden, omdat je anders de hele auto vies maakt.'

'Hoe houd je op met bloeden?' fluisterde Dorte nadat ze zo goed en zo kwaad als het ging het water had doorgeslikt.

'Ik weet het niet', mompelde Olga.

'Stockholm?' vroeg Dorte na een poosje.

'Daar gaan we toch naartoe? Werken...'

'Gaat de hond ook mee?'

'Dat denk ik niet.'

'Dan kunnen we... Jij en ik... We kunnen proberen weg te komen en de trein nemen... of de bus?'

'Ze doen de deuren op slot. We kunnen er niet uit. Ik weet niks van bussen.'

Ze hadden brood meegenomen en zouden de bus nemen. De hele dag weg zijn. Hun moeder stopte alles in een grote mand met leren riemen die hun vader op zijn rug droeg. Ze namen altijd twee grote paraplu's mee. Voor het geval dat, zei hun moeder. De een gestreept – rood en wit. De andere grijs, met veel vlekken. Hun vader mopperde zachtjes dat het volkomen zinloos was om die belachelijke dingen mee te slepen. Maar hun moeder kreeg haar zin. Deels omdat hun vader vergat wat hij gezegd had, als niemand hem tegensprak. En hun moeder had Vera verboden hem tegen te spreken.

Als ze van huis vertrokken, nam hun moeder eerst zelf de paraplu's onder haar arm. Maar nog voordat ze bij de school kwamen, waar een vriend van hun vader woonde, bleef ze achter met haar veel te zware last. Hun vader kon niet leven met het idee dat de buren zagen dat zijn vrouw twee grote paraplu's droeg, plus allerlei andere dingen. Daarom bleef hij staan, met een diepe, maar niet onvriendelijke zucht. En dan nam hij 'die enórme stokken', zoals hij ze noemde, van haar over. Hun moeder had ze op een veiling gekocht. Daar had ze ook een scheve oude stoel gekocht waar niemand ooit in zat. Ze had zeer vastomlijnde, en voor anderen onbegrijpelijke, ideeën over wat ze nodig had.

Als hun vader de paraplu's eenmaal droeg, mopperde hij er nooit meer over. Waarschijnlijk vergat hij ze op het moment dat hij ze op zijn schouder nam. Voor de school liet hun moeder dus glimlachend de twee 'voor alle zekerheid' aan hem over. Zelf droeg ze een oude canvas rugzak met alle kleren die ze eventueel nodig konden hebben. De plaid zat onder de klep. In haar hand droeg ze de platte mand met het mes. Daarin nam ze paddenstoelen en bloemen, dennenappels en kruiden mee naar huis. Alles wat in haar ogen mooi, merkwaardig of nuttig was. Zodra ze in het bos waren, liep ze als een doelbewuste slaapwandelaar rond. Soms snel en schokkerig, soms langzaam, om dan plotseling te verstijven in een beweging waar alleen zij het nut van inzag. En dan bukte ze zich met uitgestoken hand en starende blik en stopte iets in haar mand.

De zon brak door toen ze bij de oever van het meer kwamen.

Haar moeder ging onder de twee paraplu's zitten met haar schenen buiten de dubbele schaduwcirkel. Als het ging regenen, werden de anderen ook onder de paraplu's uitgenodigd. Vera vond dat Dorte te veel plaats innam. Dat was niet waar, maar het had geen zin om te protesteren.

Ze gingen altijd naar hetzelfde strandje. Het was daar mooi. En vredig, zoals hun ouders dat noemden. De bomen hingen over het water heen. Sommige takken raakten het meer. Het was alsof ze het oppervlak streelden om indien mogelijk sporen achter te laten. Maar rivieren en water stroomden gewoon verder, of sloten zich, zonder te merken dat je er ooit geweest was. Het maakte niet uit of je een tak of een mens was. Op het moment dat je je terugtrok of je mee liet voeren door de stroom, werd het wateroppervlak weer glad, zonder sporen na te laten. Het water was zijn eigen baas.

Hun vader viste. Hij verschalkte maar zelden een karper met de vliegen die hij had gekregen van een Engelse boekhandelaar die hij in zijn jeugd had ontmoet. Hij klaagde niet, zuchtte alleen maar als er lange tijd verstreek zonder dat hij beet had. 'Ik moet me denk ik maar bij gewoon vissen houden', zei hij dan. Hij haalde de lijn binnen en stapte over op een worm aan een haakje. Aaide altijd even over de veertjes van de vlieg voordat hij hem weglegde. Dorte keek vol bewondering toe hoe snel hij het haakje aan het metalen oogje vastmaakte. Hij had een kistje met veel vakjes. Als hij het bovenste gedeelte openmaakte, lag daar een hele kolonie haakjes en vliegen te wachten. Ze klampten zich netjes vast aan een stuk kurk in hun hok. Hij behandelde ze met zorg, alsof ze allemaal uniek waren.

Het vissen van hun vader was de ene reden dat ze een dagje uit gingen. De andere reden was dat de paddenstoelenmand van hun moeder gevuld moest worden. Een traditie die hun ouders al voor Vera's geboorte hadden ingesteld. Er bestond een foto van hun moeder die onder een boom zat, met haar schenen in de zon en Vera in haar dikke buik. Dorte had ooit gevraagd waarom er niet zo'n foto van mamma's buik was met haar erin.

'Dat is toeval. Jij zat in een ander jaargetijde in haar buik dan Vera', antwoordde hij afwezig.

'Pappa was toen niet meer zo geïnteresseerd in fotografie', legde hun moeder uit.

Dat kwetste Dorte ergens. Hun vader was minder geïnteresseerd in het maken van foto's van haar dan van Vera. Bovendien was het eng om te weten dat hun vader de belangstelling kon verliezen voor iets wat hij echt leuk vond. Maar van de vistochten kreeg hij nooit genoeg. Die waren op vrije dagen met mooi weer even vanzelfsprekend als eten. Het is vreemd gesteld met dingen waar je al sinds je geboorte aan meedoet. Of misschien al eerder. Je staat er niet bij stil of je ze leuk vindt of niet. Natuurlijk werd het een beetje saai voor Vera toen ze ouder werd. Zij ging liever naar plekken waar veel mensen waren en waar je met vrienden kon rondrennen.

Hun moeder gaf haar schenen een zonnebad. Die waren 's winters bleek en 's zomers bruin. Ze trok haar rokken op en stelde ze als ze maar even kon bloot aan de zon. Maar nooit als er vreemden in de buurt waren. Dat heette zedigheid.

10

Gedurende de hele rit naar de veerboot, over het platteland en door steden, was het bloed een bezoeking. Ze zaten zo dicht op elkaar dat Dorte bang was dat Olga en Marina last zouden hebben van de stank. Makar tierde en schold als hij bij benzinestations moest stoppen omdat zij naar de wc moest om zich te verschonen. Maar toen ze ergens gingen overnachten voordat ze bij de veerpont waren, allemaal in een tweepersoonskamer gestouwd, was Dorte blij met al dat bloed. Ze moest op de kale vloer liggen, maar dat gaf niet. Ze lag er alleen.

Op de veerkade stonk het naar uitlaatgassen, zodat de raampjes dicht moesten blijven terwijl ze wachtten tot ze aan boord mochten rijden. Makar was zo gestrest dat Liudvikas hem vroeg zijn mond te houden. Dorte zag in het spiegeltje dat Makar met een papieren zakje frommelde en er een pil uit pakte. Liudvikas vroeg hem daarmee op te houden, maar hij slikte de pil door voordat iemand iets had kunnen doen. Dorte vroeg zich af hoe hij dat klaarspeelde zonder water te drinken. Liudvikas begon te schelden omdat hij nu alle verantwoording alleen moest dragen, maar Makar leek het niet te horen.

Dorte snakte naar een plek om te kunnen gaan liggen. Ze had nog nooit zeelucht geroken, maar besefte dat ze daarnaar rook. Naar oude zee. Haar vader kon zo levendig over de schoonheid en de kracht van de zee vertellen, dat ze naar de stranden langs de Oostzee begon te verlangen, waar hij als kind geweest was. Hij had niets over de stank gezegd, dus die zou wel uit haarzelf komen. Ze probeerde zich zijn beschrijving te herinneren, maar haar gedachten zaten in een zandloper die niemand had omgedraaid.

Op de veerboot waren zo veel mensen dat ze geen lucht kreeg toen ze naar hun hut liepen. Ze zocht steun bij een wand. Heel even, toen werd ze weer verder geduwd.

De hut had drie bedden. Olga en Marina moesten een kooi delen, de mannen kregen elk hun eigen bed. Dorte kreeg een plek onder de tafel aangewezen omdat ze er zo'n smeerboel van maakte. In zekere zin werden haar gebeden verhoord, ook al had ze ze niet durven uitspreken: 'Laat me bloeden tot we in Stockholm zijn en alles beter wordt.'

Met Olga en Marina was het anders. Als het licht aan was, moest Dorte alles zien en horen. Als het licht uit was, hoorde ze nog veel meer. Een paar keer 'Nee!' en 'Alsjeblieft!' Soms zag ze een blote voet of kuit, of harige naakte lichaamsdelen van de mannen die heen en weer liepen tussen het badkamertje en het bed. Ze namen meestal niet de moeite om de deur dicht te doen als ze hun behoeften deden. Enorm geklater of gedruppel, meestal afgerond met een klodder spuug. Als ze terugkwamen, moest Dorte zich klein maken onder de tafel om te zorgen dat ze niet op haar trapten.

Na een poosje was zij niet meer de enige die stonk. De nacht rook ranzig en de boot slingerde. De misselijkheid kwam en ebde weer weg. Soms dommelde ze even weg en werd ze wakker met haar voorhoofd tegen een prullenmand. Haar windjack was haar kussen en haar jas haar deken.

De hond en de man waren er gelukkig niet bij. Toch kwam hij tevoorschijn als ze probeerde te slapen. Met zijn leren jas en zijn priemende ogen. Makar piepte als hij hem aan de telefoon had. Wie honden in zijn macht had, had blijkbaar iedereen in zijn macht.

Ze mocht één keer onder de tafel vandaan komen om haar rug te strekken. Tegen de wand te leunen terwijl de anderen op hun bedden zaten. Daarna dronken ze zwarte koffie en aten ze friet en worst uit kartonnen bakjes. Het was bijna een alledaags tafereel. Alsof ze gewoon vijf mensen waren die op weg waren naar Stockholm. Alsof het huis in het bos slechts een schandelijke nachtmerrie was, die niemand wilde toegeven gedroomd te hebben. Dorte waagde het te vragen of ze al contact hadden gehad met de restauranteigenaar voor wie ze zouden gaan werken. Liudvikas zei dat dat nog wel even kon wachten. Makar zei niets.

Dorte had in de auto al gedacht dat het restaurant niet bestond. Dat gaf een leeg gevoel. Maar in een stad als Stockholm waren veel restaurants. Ze zou zelf wel iets kunnen vinden als ze er eerst maar was. Terwijl ze wat at en water dronk uit een kartonnen bekertje, hield ze zichzelf voor dat je je niet al van tevoren overal zorgen om moest maken. Je had genoeg aan de zorgen van nu.

Nadat ze weer onder de tafel was gaan liggen, begreep ze dat Makar een spuit zette bij zichzelf. Vanuit haar positie kon ze alleen zijn bovenarm en gekromde rug zien. De bewegingen. Toch wist ze wat er gebeurde. Eerst dacht ze dat hij insuline gebruikte, tegen suikerziekte, net als oom Josef. Maar toen Liudvikas hem vroeg het een beetje kalm aan te doen, zonder dat Makar ook maar iets gedaan had, begreep ze dat het drugs waren. Haar hart begon te bonzen, alsof zij de verantwoordelijkheid voor de hele boot droeg.

Makar hing nu met zijn hele bovenlijf over de tafel. Zijn voeten stootten tegen haar heup. Zijn gymschoenen hadden geen veters en waren erg vies. Hij gebruikte haar als steuntje voor zijn ver-moeide benen. Het zou niet slim zijn om te protesteren. Hij zou haar kunnen schoppen. Ze onderging het gewoon tot hij van houding veranderde. Zijn lange vingers hingen langs het tafelblad omlaag als afgedankte klauwen. Af en toe ging er een schok door hem heen en lachte hij terwijl hij met zijn hoofd op tafel bonkte. Liudvikas zei een paar keer 'Shit!' en begon aan hem te sjorren. Toen haalde hij een fles tevoorschijn en schonk een paar plastic glazen vol. Hij wilde absoluut dat Olga en Marina ook dronken. Dorte werd gelukkig niets gevraagd. Olga wilde niet, maar Liud-vikas trok aan haar haren en slingerde haar vreselijke verwensingen naar het hoofd. Makar kwam ook weer bij en dreigde dat hij haar een spuit zou geven.

Olga zat met haar voeten onder zich opgetrokken op het bed. Dorte kon haar helemaal zien. Ze bracht het glas naar haar mond. Haar gezicht vertrok toen ze een slok nam en slikte. Liudvikas ging naast haar zitten en lachte. Duwde het glas weer in haar gezicht. Olga dronk. Haar ogen deden denken aan het paard van de boer in de regen. Toen het glas leeg was, schonk Liudvikas het weer vol en dwong hij haar te drinken. Uiteindelijk leek het haar niets meer te kunnen schelen. Toen verloren de mannen hun belangstelling voor het drankspelletje en wilden ze met Olga en Marina kaarten.

'Mag Dorte achter onze rug liggen als we aan het kaarten zijn?' vroeg Marina.

'Nee, verdomme! Geen smeerboel daar!' riep Makar, die plotseling weer klaarwakker was.

'Nee, nee!' viel Liudvikas hem bij.

De kaarten werden op tafel gesmeten. Als de meisjes verloren, en dat gebeurde vrijwel elke ronde, moesten ze een kledingstuk uittrekken. Olga hing meer dan dat ze zat. Ze deed haar mond een beetje open en kneep hem toen weer stijf dicht, alsof ze moest overgeven. De slagen met de kaarten op de tafel werden tot schaduwtheater op de muur. Olga leek het spel niet meer te kunnen volgen. Had waarschijnlijk te veel gedronken. Marina had niet zo veel hoeven drinken, maar ze was niet gewend aan kaartspelletjes, dus was zij ook al snel naakt. Toen ze haar slipje wilde aanhouden, haalde Makar de knuppel uit zijn tas. Dorte kon haar niet zien van onder de tafel, maar begreep dat Marina alles uittrok.

Toen de meisjes naakt waren, moesten ze samen in een bed gaan liggen. Liudvikas zei wat ze moesten doen en Makar lachte zijn allerrauwste lach. Dorte was blij dat het in het bed achter haar rug gebeurde. Toen het Liudvikas begon te vervelen, beval hij Olga om Makar te neuken.

'Ik wil Marina neuken!' verklaarde hij, terwijl hij haar uit bed sleurde.

Ze moest met haar rug naar hem toe staan en zich aan de tafel vasthouden. Dorte voelde Marina's voet trillen tegen haar kuit. Liudvikas trok zijn broek niet verder naar beneden dan hij hoogstnoodzakelijk vond. Terwijl hij bezig was, gleed de broek langs zijn harige benen naar beneden. Zijn knieën waren gebogen en ramden ritmisch in de lucht, niet ver van Dortes wang. Marina's kuiten schudden als de buisjes in oom Josefs windorgel, terwijl ze zich vasthield, schokte en huilde. Dunne vingers rond het tafelblad.

Dorte hoefde Makar en Olga gelukkig niet te zien. Maar ze lagen maar een paar centimeter van haar rug vandaan. Toen Liudvikas klaar was, trok hij zijn broek omhoog en liep naar de badkamer. Spetterde wat met water. Floot. Deed de deur open en verklaarde dat hij wegging om 'zaken te doen'.

'En niks proberen, ook niet als Makar slaapt!' dreigde hij. 'Jullie komen niet ver!'

Niemand gaf antwoord. Toen de deur achter hem dichtviel, konden ze rustig ademhalen, de ranzige stank in de hut inhaleren. Makar snurkte. Olga en Marina maakten om de beurt gebruik van de badkamer. Olga wankelde naar binnen en kotste voordat ze de deur dicht had kunnen doen. Na een poosje hoorden ze haar haar tanden poetsen. Toen het Dortes beurt was, kon ze bijna niet opstaan. Haar rug voelde aan als een oude duimstok die zo lang opgevouwen was geweest dat hij was vastgeroest. Hij tintelde en deed pijn. Ze kon geen schone handdoek vinden, maar Marina gaf haar schoon maandverband. Ze zeiden niets, om Makar niet wakker te maken. Marina hielp Dorte een deken op te vouwen zodat die als matras kon dienen. Een hele verbetering. Olga en Marina lagen samen in het bed boven Makar. Half zittend onder de tafel viel Dorte in een soort slaap.

De deur werd opengerukt en Liudvikas duwde twee mannen naar binnen. Het licht werd aangedaan en de krappe hut veranderde in een overvolle operatiekamer. De ene man was zo groot dat hij de hele ruimte in beslag nam. Liudvikas duwde hem naar het bed waar de meisjes lagen. Hij trok aan Marina's voet en beval haar eruit te komen. Ze protesteerde met slaperige smekende stem. Makar schoot als een speer uit zijn bed, als een soldaat die zich ervoor schaamde dat hij op wacht in slaap was gevallen. Hij rommelde in zijn tas en haalde de knuppel tevoorschijn. Marina klom naar beneden in haar slipje en een hemdje. Liudvikas probeerde het zo te organiseren dat er genoeg plaats was voor iedereen.

'Kom uit dat bed', snauwde hij tegen Makar die weer was gaan liggen. Makar schoot overeind om plaats te maken voor de dikke. Marina werd als een zoutzak bij hem in bed geduwd.

De andere man stond te wankelen en Liudvikas gaf Olga opdracht uit bed te komen. De lucht was te snijden. Toen ze niet snel genoeg was, pakte Liudvikas haar voet en begon eraan te trekken. De onbekende man raakte geïrriteerd en begon in het Engels te schelden. Hij vond blijkbaar dat er te veel mensen waren en wilde Olga meenemen naar zijn eigen hut. Liudvikas' gezicht leek een groene kool onder de lamp. Hij was plotseling beleefd, net als toen hij Dorte de ansichtkaarten van Zweden had laten zien. Gebruikte ijverig al zijn vingers om duidelijk te maken hoeveel de man extra moest betalen als hij Olga voor zich alleen wilde hebben. De man in het pak schudde zijn hoofd, Liudvikas haalde zijn schouders op en wilde de deur opendoen. Toen werd de onbekende boos. Dorte kon zijn gezicht niet zien, maar zag het aan de manier waarop hij heen en weer stond te zwaaien. Uiteindelijk werden ze het blijkbaar eens. De man haalde een stapel geld tevoorschijn. Liudvikas telde het, stak het in zijn zak en vertrok.

Makar ging op de enige stoel zitten en staarde strak voor zich uit. Maar toen de man die Olga had gekregen hem iets toeschreeuwde in het Engels, glipte hij de deur uit. Het licht aan het plafond werd uitgedaan, maar de deur naar de badkamer stond open. Een flikkerende lichtkegel gleed over de vloer als de deur op de maat van de boot heen en weer bewoog. De zee was onrustig. Dorte kneep haar ogen stijf dicht en stak haar neus in de halsopening van haar trui. Het was belangrijk dat ze zich aan zichzelf vastklampte. Niet nadenken. Aan alles kwam een eind. Ook aan vreselijke dingen.

De man die Marina had gekregen, was het eerst klaar. Ze hielp hem uit bed en naar de deur, om hem zo snel mogelijk kwijt te zijn. De man die op Olga lag, ging zo tekeer dat het hele bed schudde. Hij ademde zwaar en hijgend, afgewisseld met gepiep. Hij klonk als de blaasbalg van de smid die ze zich uit Wit-Rusland herinnerde. Die besloeg de paarden altijd. Zijn leren blaasbalg hijgde ontzettend, terwijl het ijzer dat de zak aandreef vonken sloeg. De smid en het paard met de trieste ogen stonden in de vonkenregen.

Olga gaf geen kik. Dorte wilde tot Maria, de Moeder van God bidden. Maar je kon Maria niet aanroepen in een ruimte als deze. De lichtkegel van de klapperende deur vouwde zich steeds weer uit, maar moest zich uiteindelijk gewonnen geven. Dorte had beide armen om zich heengeslagen terwijl ze eraan dacht dat zíj niet in dat bed lag. Hoe banger je was, hoe moeilijker het werd om niet alleen aan jezelf te denken, maar ook aan anderen.

Toen de man klaar was, rolde hij uit bed en deed hij het licht aan om zijn broek te zoeken. Hij tilde zijn hand op en veegde zichzelf van voren schoon. Droogde zijn hand af aan het beddengoed. Ontdekte Dorte, bukte zich en staarde haar aan. Zijn ogen waren bloeddoorlopen en glazig. Zijn mond met de dikke lippen stond halfopen, zijn tanden leken brokstukken van een kapot bord. Net toen ze dacht dat het met haar gedaan was, richtte hij zich op en deed een paar wankele stappen naar de deur, ondertussen geluiden uitstotend. Waarschijnlijk Zweedse vloeken.

'Kunnen we niet gewoon weglopen?' fluisterde Dorte terwijl ze onder de tafel vandaan kroop om haar lichaam te strekken.

'Hier? Waar moeten heen, zonder paspoort, geld of ticket?' mompelde Marina.

'We kunnen iemand vragen ons te helpen...'

'Wat denk je dat er dan gebeurt?'

'Weet ik niet...'

'Liudvikas en Makar verzinnen een verhaal en halen ons terug. En slaan ons verrot!'

Dortes knieën begaven het. Haar vingertoppen tintelden en alles deed pijn. Haar kaken hadden moeite om lucht tussen haar tanden naar binnen te laten en tegelijkertijd haar schedel bij elkaar te houden. Ze was jaloers op Vera's razernij. Kon zij maar slaan! Iemand tot pulp beuken! Tot er alleen nog bloederige flarden over waren. Kon je maar degene zijn die altijd won. Net zo sterk als de Hondenman die de hond sloeg tot hij kwispelde en kroop.

In een flits schoot het door Dortes hoofd dat er mannen bestonden die niet door God geschapen konden zijn.

Haar moeder maakte alle knoopjes van haar zwarte gebreide vestje dicht en keek haar streng aan.

'Voor God zijn we allemaal gelijk. We zijn allemaal Gods schepselen.'

'Niet iedereen, mamma!'

'Iedereen!'

Wat wist haar moeder eigenlijk van de mensen?

Haar vader stond midden in de kamer naar haar te kijken.

'De hel is niet ergens anders, maar op aarde', zei hij. Zijn snor krulde rechts het meest.

'Hou op!' zei haar moeder ongelukkig vanuit de lichtkegel, ze zwaaide een beetje heen en weer.

'Kijk om je heen!' Haar vader spreidde zijn armen en boog zich naar links en naar rechts. Dortes moed vloeide uit haar weg als water uit een gebarsten kruik. Toen voelde ze haar vaders armen om zich heen. Hij tilde haar op, wikkelde de deken stevig om haar heen en droeg haar naar een veilige plek. Later zou hij ervoor zorgen dat Olga en Marina ook gered werden. Het maakte niet uit dat hij hen niet kende. In de winter liet hij allerlei mensen in de bibliotheek rond de kachel zitten, ook al lazen ze geen boeken.

II

Het eerste wat Dorte van Zweden zag, waren hijskranen die op de skeletten van dode pelikanen leken, ijzeren containers, vrachtwagens en een eindeloze rij auto's. De mensen liepen gejaagd heen en weer zonder elkaar aan te kijken. Het was alsof ze de hele tijd knokten om het eerst aan de beurt te zijn.

Liudvikas kreeg de auto niet aan de praat, dus moesten ze aan land worden gesleept door een man die hen kwam ophalen met een bestelbus. Liudvikas praatte Engels en vloekte af en toe in het Litouws. De man scheen iemand bij een benzinestation in de buurt te kennen die naar de auto kon kijken, en hij sleepte hen daarnaartoe. Bij het benzinestation praatte Liudvikas met een andere onbekende man, gaf hem de autosleutels. Ze stapten over in de bestelbus. Liudvikas zweette als een otter en ging voorin zitten, naast de chauffeur. De anderen klampten zich vast aan kisten en koffers. Makar keek chagrijnig. Dorte had geluk en hoefde niet vlak naast hem te zitten. Olga wel. Die moest zich zelfs in de bochten aan hem vasthouden om niet te vallen.

Dorte klemde haar vingers om de tralies tussen haar en de chauffeur. Zo kon ze in ieder geval een beetje naar buiten kijken – ook al was het alsof je door het raam van een gevangenis loerde. Je kon onmogelijk je blik ergens op richten. Alles vloog gewoon voorbij. Ze moesten een paar keer voor rood licht wachten. De huizen waren bijna schoon. Ze zag geen gebroken ramen of krakkemikkige balkons. Het was niet te geloven dat deze oude huizen jarenlang buiten hadden gestaan. Op een gegeven moment zag ze vaag water en bomen. Ze rekte zich uit om het beter te kunnen zien. Verschoof voorzichtig op de kist om te voorkomen dat het gestolde plakkaat in haar kruis te erg schuurde. Als je zo licht als een veertje zat, vergat je bijna hoe je eraan toe was. Ze moest in deze stad toch op eigen houtje werk kunnen vinden? Hoe meer ze eraan dacht, des te simpeler het leek.

Nadat ze een poosje door nauwe straatjes met oude huizen

hadden gereden, stopten ze in een wijk met nieuwere gebouwen. Hoge. Toen Liudvikas de achterdeur opendeed zodat ze naar buiten konden kruipen, bleven een paar jongetjes staan staren. Ze lachten en keken elkaar aan. Draaiden zich een paar keer om toen ze verder liepen.

'Waarom lachen ze?' vroeg Marina.

'Normaal worden er in zulke auto's geen mensen vervoerd', mompelde Liudvikas geprikkeld.

Makar schold de man die reed ergens om uit. Liudvikas vroeg hem zijn mond te houden, hij wilde geen aandacht trekken. Makar zweeg, maar keek alsof hij elk moment de knuppel tevoorschijn kon halen. Toen hij naar de andere kant van de auto liep, fluisterde Olga: 'Hij heeft geen pillen meer, of iets om te spuiten.'

Dorte trok haar koffer uit de auto en bleef op haar hoede staan wachten terwijl de mannen in het Engels met elkaar praatten. Ze spraken iets af en Liudvikas kreeg sleutels. Vlak bij hen stond een jong stelletje tegen de muur van een huis, ze bogen zich vol overgave naar elkaar toe en praatten luid met blije stemmen. In een merkwaardig taaltje. Hard en zacht tegelijk. Het leek niet op Engels, Russisch of Litouws. Binnen een paar tellen had ze begrepen dat de twee blij waren elkaar te zien. Het meisje droeg een spijkerbroek en een strak truitje dat boven haar navel ophield. Ze vlijde haar blote buik tegen hem aan en gooide haar hoofd in haar nek, net als Vera altijd deed. Haar lange haren zwiepten door de lucht en vormden toen als vanzelf een boog rond haar hoofd. De jongen sloeg zijn armen om haar heen en verborg zijn gezicht in haar haren. Zo bleven ze staan, elkaar knuffelend.

Een jonge moeder liep achter een buggy. Ze boog zich voorover en gaf het kind iets, glimlachend. Het kind stak beide armpjes uit en wees. De moeder keek waar het kind naar wees terwijl ze langs Dorte liep, de straat uit. Makar gebaarde ongeduldig met zijn arm dat ze moesten maken dat ze in het huis kwamen.

De meisjes sleepten hun bezittingen drie trappen op. De betonnen treden klonken hol. Dorte had het gevoel dat het geluid uit haarzelf kwam. Toen ze in de rij stonden om aan land te mogen, hadden Olga en Marina haar uiteindelijk tussen zich in genomen om te voorkomen dat ze viel. Nu moest ze om de trede even stoppen. Een paar keer gleed ze langs de spijlen van de trapleuning naar beneden en bleef ze zitten. Het laatste stukje namen Olga en Marina haar weer tussen zich in.

'Je ziet eruit als een lijk', beweerde Marina.

'Laat haar met rust', zei Olga terwijl ze Dorte overeind hees alsof ze een zak aardappels rechtop wilde zetten. Dorte klampte zich vast aan de trapleuning. De leuning was een zwarte slang. Kronkelde door een duizelingwekkende schacht naar beneden en wilde haar met zich mee trekken. Op de boot had ze het gevoel gehad dat het haar allemaal niets meer kon schelen. Maar nu, nu ze bijna boven aan de trap was, had ze opeens het gevoel dat het nog veel te vroeg was om het op te geven. Plotseling rook ze de geur van Nikolai, die opsteeg door het trappenhuis. Ze leunde tegen Olga aan en liet niets merken.

Ze stapten meteen een ruimte binnen die als een woonkamer was ingericht. Er waren meerdere deuren. Ze wist niet helemaal waarom, maar begreep dat dat een goed teken was. Tafel en stoelen van licht gelakt hout. Bank en leunstoelen. Olga zette Dorte op een rechte stoel naast de deur neer. Marina ging kijken wat er achter de andere deuren was.

'Er zijn niet genoeg bedden voor iedereen', zei ze luid vanuit de slaapkamer.

'Jij gaat ergens anders heen', zei Liudvikas terwijl hij zijn tas in een hoek smeet.

'Waarheen dan?' riep Marina angstig.

'Weet ik niet. Dichter bij de plek waar je gaat werken. Misschien een hotel of zo. Een Zweed neemt nu de verantwoordelijkheid voor je over. De man die ons hierheen gebracht heeft, komt terug om je te halen.'

'Ik kan op de bank slapen', zei Marina trillend.

'Hou je kop!' brulde Makar terwijl hij een vuist ophief.

Marina schoot bliksemsnel opzij en zweeg. Toen ze bij Makar uit de buurt was, mompelde ze tegen Liudvikas: 'Een Zweed! Ik ken geen Zweeds. Hoe moeten we elkaar dan verstaan?'

Liudvikas haalde zijn schouders op en zei dat ze weggingen om eten te kopen.

'En iets voor Bloedkutje, zodat we niet in die smeerboel verzuipen!' grijnsde Makar. Hij plofte neer op de bank en wees naar de televisie met een rechthoekig ding dat op tafel lag. Een oorverdovend lawaai vulde de kamer en op het scherm verscheen een popgroep die bewoog alsof er vuur tussen hun kleren en hun lichaam zat.

'Bloed je nog steeds?' brulde Liudvikas om boven de muziek uit te komen.

Dorte wist dat ze antwoord zou moeten geven, maar kon het niet. Ze had het koud. Klappertandde en knikte.

'Zet dat uit, verdomme!' riep Liudvikas vermoeid en hij wilde weten wat er gekocht moest worden.

Makar stond op, wees en drukte, maar hij kreeg de tv niet uit. Olga liep naar de televisie en drukte op een knop. Makar bleef met een soort grijns naar het zwarte scherm staan staren, toen zakte hij weer neer op de bank en deed zijn ogen dicht.

'Makar is gestoord, de simpelste dingen lukken hem niet', zei Liudvikas met een woedende blik richting bank.

Olga trok Dortes schoenen uit. Haar tanden leken wel klapperhoutjes. Ze wilde zich aan de zitting van haar stoel vasthouden, maar haar handen gehoorzaamden niet.

'Dorte moet naar bed!' zei Olga. Ze hees haar overeind en wilde haar naar een van de kamers brengen.

'Gadverdamme!' riep Liudvikas terwijl hij naar Dortes achterwerk wees en kotsgeluiden maakte. 'Die kont ziet eruit als een slachthuis! Ze mag pas gaan liggen als ze zich gewassen heeft! Begrepen? Monteer een emmer tussen haar benen, verdomme!'

De meisjes hadden haar onder de douche geholpen. Niemand had nog in het beddengoed geslapen. Ze lag op een stel handdoeken. Tussen haar dijen had ze een handdoek die tot een keihard kussen was gevouwen. Het voelde aan alsof iemand haar daar beneden met grof zout had ingewreven. Maar ze lag in ieder geval niet onder een tafel.

Haar vader zei altijd dat het belangrijk was dat je jezelf vergaf, want alleen dan kon je ook anderen vergeven. Dorte wist niet hoeveel haar vader had vergeven. Of wie. Dat zei hij er nooit bij. Wat haarzelf betrof moest ze nog eens goed over alles nadenken. Later. Hoe ze zichzelf moest vergeven dat ze was vertrokken. En ze moest vooral ophouden met bloeden. Ze wist wel dat het bloed haar gered had. Wist ook dat je een bepaalde hoeveelheid bloed in je aderen had en dat je eigenlijk niets kon missen. Ze probeerde uit te rekenen hoeveel ze verloren had en begreep al snel dat dat soort rekensommetjes even moeilijk was als door het raam naar buiten vliegen.

Ze vlogen, haar vader en zij. Over de bergen, in het zonlicht. Nu zouden ze over de Oostzee vliegen. Naar een internationaal congres voor bibliothecarissen in Stockholm. Ze vlogen vrij laag. De oevers met binnenzeeën en dijken tekenden zich scherp af onder hen. De lucht was zo helder. De kleuren waren anders. De hemel was een bloedrood landschap in een oranje zee. De wolken waren doorzichtig – en wisselden voortdurend van plaats. Hier en daar staken ze omhoog als de boomkruinen van een enorm oerbos. Lichtgevende rode meren en majestueuze bergformaties doken op en veranderden voortdurend. De natuur was alleen. Zonder mensen of andere levende wezens. Alleen maar kleuren – en een trillende stilte. Alsof je een schelp tegen je oor hield. Onder dat alles ontwaarde ze een andere wereld. De zee, glanzend zwart als de zijde van haar moeders rouwjurk. En dat wat het dichtst bij was, alleen van haar vader en haar was, het gele en het rode – en na verloop van tijd paarlemoerwitte – dat was het ogenblik.

'Het leven bestaat uit ogenblikken die wij niet kunnen zien, omdat we ons zulke zorgen maken over de toekomst', fluisterde haar vader terwijl alles onder hen zwart werd als een pasgedolven graf.

'Het licht is er! De duisternis is niet meer dan de baan van de zon die ons voor de gek houdt!'

12

Dorte zat op een keukenstoel met haar hoofd en bovenlichaam over de tafel gebogen. Haar armen uitgestrekt als twee neergesmeten kledingstukken. De tafel rook naar hout en lijm. Liudvikas lag op de bank naar de Zweedse tv te kijken terwijl hij uit de fles dronk. Af en toe gromde hij iets in haar richting. Waarschijnlijk om aardig te zijn. Ze probeerde antwoord te geven om hem niet te ergeren.

Ze mochten eten en drinken uit de koelkast pakken. Ze wist in welk pak de melk zat. Ze had een groot glas gedronken. Het smaakte anders dan de melk thuis. Alsof het in een blik was bewaard. Maar daar moest ze maar aan wennen.

Makar en Marina waren er niet. Dorte wist niet hoelang ze op bed had gelegen terwijl Olga en Liudvikas in de kamers rondstommelden. Een rolgordijn schermde het raam af. Soms moest ze opstaan en zich aankleden omdat er mannen kwamen voor Olga. Ze hield zichzelf voor dat het voor Olga het ergst was. Ze praatten er nooit over. Nu gebeurde het weer. Ze moest over de tafel gebogen in slaap zijn gevallen, want plotseling hoorde ze Liudvikas Engels praten met een man. Daarna hoorde ze het klikje van de buitendeur en Liudvikas zei dat ze weer naar bed kon gaan.

Ze was gewend geraakt aan het brandende vuur daar beneden. Behalve wanneer ze moest plassen. Dan moest ze zich gewonnen geven – elke keer weer. Zat ineengedoken op de wc, wilde wanhopig graag, maar durfde niet. Haar knieën waren van rubber, konden haar ellende niet dragen. Ze probeerde zo veel van Vera's woede op te roepen dat ze uit de flat zou weten te komen. Op de een of andere manier. Dat lukte niet erg goed.

Ze had naar de wc moeten gaan voordat ze naar bed ging, maar Olga moest in alle rust de man uit zich kunnen spoelen. Liudvikas had het geluid van de tv nog harder gezet. Af en toe brulde een mensenmassa als beesten.

Ze werd wakker omdat Olga in het andere bed lag te huilen. Toen ze haar naam fluisterde maar geen antwoord kreeg, sloop ze naar haar toe en ging op de rand van het bed zitten.

'Het spijt me dat ik in slaap ben gevallen!' zei ze tegen het donker.

'Wist jij dat het zo zou worden?' snikte Olga door het gebrul van de tv heen.

'Nee... Ik weet het nog steeds niet...'

'We zullen iedereen die ze ons sturen, moeten nemen! Ik steek een mes in mezelf, dan kunnen ze hun geld mooi zelf verdienen', snikte ze.

'Dat baantje in het restaurant? Dat bestaat zeker niet?'

'Nee.'

'Wist je dat?' vroeg Dorte; haar stem was niet meer dan een korte trilling in de lucht.

'Niet echt... Ik wist dat je veel geld kon verdienen omdat rijke mannen je mee willen nemen naar het theater en zo, of iemand voor de gezelligheid willen hebben omdat ze zich eenzaam voelen. Maar dat mocht ik zelf bepalen. En Makar zou maar vijfentwintig procent van het geld krijgen. Voor huur en zo. Nu zegt Liudvikas dat we niks krijgen voordat we aan het contract hebben voldaan.'

'Contract?'

'Ja, de afspraak... Drie maanden. Dan kunnen we naar huis gaan als we willen. Maar nu zegt hij dat deze flat zo duur is dat hij al het geld nodig heeft om de zaak op te bouwen... en contacten te leggen. Daarom moeten we de hele tijd klanten ontvangen...'

Liudvikas zette de tv uit en Olga zweeg. Even later kwam hij binnen, deed het grote licht aan en loerde naar hen alsof ze zijn portefeuille hadden gestolen.

'Wat liggen jullie hier te fluisteren? Ik ga even weg! Geen geintjes! Dan slaat Makar jullie dood!'

Ze zwegen tot ze hoorden dat de voordeur op slot werd gedraaid.

'Hij doet de deur van buitenaf op slot. We kunnen er niet uit.'

Dorte vroeg zich af of ze Olga over haar wang moest aaien, maar dat leek haar te kinderachtig.

'Ik wist niet dat er nog andere afspraken waren, naast het restaurant', fluisterde ze beschaamd. Het licht was ondraaglijk, daarom stond ze op om het uit te doen.

'Dat klappertanden van jou is zo eng! Ga liggen! Dan kunnen we ook praten. We zijn nu toch alleen', zei Olga. Ze snoot haar neus.

Dorte deed wat ze vroeg en ging liggen. Als ze hieruit wist te ontsnappen, zou ze tandeloos zijn.

'Waar is... Marina?' vroeg ze.

'Ik weet het niet. Die zal het nu wel zwaar te verduren krijgen', zei Olga hardvochtig.

Dorte slikte en kon een poosje niets uitbrengen. Toen schoot haar iets te binnen.

'Denk je dat er cacaopoeder is?'

'Cacaopoeder?'

'Ja! Ik ga warme chocolademelk voor ons maken! Uit een zakje. Zoals jij de eerste dag deed.'

Ze stond op en trok haar trui over haar hoofd. Wankelde naar de keuken en deed het licht aan. Het cacaopoeder was op, maar ze vond wel een pot honing. Ze was niet gewend aan de knoppen van het elektrische fornuis. Ze hield haar hand boven de plaat om te voelen of ze de goede had aangezet. Trok een stoel bij en ging zitten wachten. Stond na een poosje op en stak een vinger in de pan. Zette de plaat uit en roerde de honing door de melk.

Olga nam de mok met twee handen aan. Dorte zette haar mok op het nachtkastje terwijl ze haar lichaam onder de deken manoeuvreerde. Toen ze de warme mok vasthield en eruit dronk, zag ze dat als een soort troost. Tot Olga zei: 'Had jij nog nooit iets met een man gehad, voor die nacht...? In de sauna?'

De kastdeur stond een stukje open. De kast was leeg. Het licht van Olga's nachtlampje speelde met een metalen kleerhanger. Ze overwoog op te staan om de deur dicht te doen, maar had er de kracht niet voor, alsof het haar dagen gekost had om de melk op te warmen.

'Welke sauna?'

Olga draaide zich met grote ogen naar haar om.

'Weet je dat niet meer? Het huis in het bos...'

'Je moet gewoon goede maatjes worden met de zwarte hond, die is bang', hoorde Dorte zichzelf zeggen.

Olga zei niets meer. De stilte werd ondraaglijk. Daarom zei Dorte gejaagd: 'Ik geloof dat ik weet waar Liudvikas onze paspoorten bewaart!'

Toen ze haar melk ophad, lag er een geel vlies op de bodem van haar mok. Ze had de honing niet goed doorgeroerd. Misschien had ze wel helemaal niet geroerd. Ze wist niet meer of ze überhaupt een lepel had gevonden.

'Waar dan?' vroeg Olga.

'In het linnen zakje dat hij aan een touwtje om zijn nek draagt, onder zijn overhemd!' zei Dorte haastig. Alsof ze het zou kunnen vergeten.

'Trek jullie mooiste kleren aan! We gaan uit!' Liudvikas deed het licht aan en trok de deken van Olga af. Zijn blik gaf Dorte te verstaan dat ze moesten gehoorzamen. Olga hielp haar kleren uit te zoeken in haar koffer. Liudvikas klopte drie keer op de deur van de badkamer toen ze daar bezig waren. De laatste keer vloekte hij kwaad. Olga wreef hun gezicht in met bruine crème en tekende hun mond. Toen Dorte in de spiegel keek, zag ze iemand anders.

Olga luisterde met haar nieuwe poppengezicht of ze iets in de kamer hoorde.

'Liudvikas heeft iemand binnengelaten', mompelde ze moedeloos, maar ze maakte zich toch klaar terwijl Dorte maandverband in haar rode laktas stopte.

Er zat een magere man in een streepjespak op de bank. Niet oud, niet jong. Zijn ogen lagen diep in hun kassen onder bijna onzichtbare wenkbrauwen. Zijn gezicht was bleek en hij had een grote neus. Hij had zijn armen over elkaar geslagen, alsof hij hen opmat en een rekensommetje maakte. Zijn kleurloze haar was kortgeknipt en vertoonde diepe inhammen. Hij zag eruit alsof hij jarenlang in een wit overhemd op de bank had zitten hongeren. Hij stond op en deed een paar stappen in hun richting. Zijn pak leek leeg. Alsof zijn hoofd rechtstreeks op zijn kleren was gezet. Hij liet een zwarte aktetas met schouderriem op de bank liggen.

Liudvikas en hij hadden elkaar blijkbaar vaker ontmoet, want ze praatten als oude bekenden met elkaar, in het Engels. Liudvikas gebruikte zijn beleefde stem. Onderdanig bijna. Alsof hij bang was dat de vreemdeling ervandoor zou gaan.

'I'm Tom!' zei de man en hij gaf Olga en Dorte een hand – alsof dit allemaal heel gewoon was. Zijn hand voelde aan als opgewarmde botten. Toen hij zijn mond opendeed voor een soort glimlach, kon Dorte vaststellen dat hij niet naar drank rook. Olga stond midden in de kamer en leek ergens op te wachten. Haar armen hingen langs haar zij en haar kin lag bijna op haar borst. Haar blonde haar zat op haar achterhoofd wat in de war, alsof de wind daar iets had geprobeerd te verstoppen. Maar Olga was niet meer buiten geweest sinds ze hier was aangekomen.

'Tom nodigt ons uit en betaalt!' zei Liudvikas met dubbele tong.

Olga's lippen weken uiteen zodat je haar tanden kon zien. Dorte besefte dat ze Olga nog niet had zien glimlachen. Zelf was ze er niet zeker van of ze dit wel aankon. Maar Liudvikas gaf haar een por in haar zij: 'Stel je niet aan! Gedraag je als een normaal mens! Deze man is belangrijk!' siste hij in het Russisch.

De bomen begonnen hun bladeren te laten vallen. Die lagen op het trottoir en in de goot en hielden de regen vast die al een poosje viel. Ze had de regen op de ramen gehoord. Hier en daar vlamden de bladeren rood en geel op onder de straatlantaarns. Als grote juwelen. Als ze zich losrukte uit Liudvikas greep, moest ze heel erg snel zijn wilde hij haar niet inhalen. Ze wist dat dat niet zou lukken. Haar schoenen hadden geen rubberen zolen en zogen water op. Dat zat haar dwars. Het waren de enige nette schoenen die ze had.

Gelukkig besloot Tom een taxi te nemen. Hij moest wel rijk zijn, want ze moesten een heel eind. Ze reden kennelijk in de richting van het centrum en kwamen uiteindelijk in een brede straat met veel verlichte etalages vol glinsterende spullen. Kleren. Schoenen. Keukenspullen. Meubels. Ongelooflijk veel mooie dingen. Het moest wel waar zijn wat Liudvikas zei: dat iedereen in Zweden rijk was.

Olga glimlachte en wees. Lachte een keer. Dat was toen ze langs een etalage kwamen met een pop in een rode jurk. De chauffeur sloeg een zijstraat in, en nog een. De straten leken hier smaller. Op een bepaald moment glinsterden Nikolais ogen in een plas.

Ze moesten in een kelder zijn. Daar draaiden heel veel mensen om elkaar heen en dansten met elkaar, of met zichzelf. De harde muziek maakte praten onmogelijk. Maar Dorte had ook niets te zeggen. De duizeligheid zat evenzeer in haar knieën als in haar hoofd. Alsof ze rondliep in een ruimtepak dat gevoerd was met lood. Op een gegeven moment moest ze Olga vastgrijpen omdat de vloer onder haar verdween.

Tom kende blijkbaar iemand die er werkte en ze werden naar een tafel voor vier gebracht, achter in de zaal. Tom en Olga zaten naast elkaar. Liudvikas en Dorte zaten met hun rug naar het grote lawaaiige lokaal. Tom schonk wijn uit een fles. Dorte protesteerde niet, liet haar glas gewoon staan. Olga dronk voorzichtig en glimlachte veel.

Tom wilde met Olga dansen en ze verdwenen in het lawaai achter Dortes rug. Liudvikas boog zich zo dicht naar haar toe dat ze hun adem moesten delen. Ze durfde zich niet terug te trekken.

'Hij wil Olga kopen en meenemen', zei Liudvikas enthousiast, alsof hij het tegen een maatje had.

'Kopen en meenemen?'

'Ja, meenemen naar Noorwegen. Hij betaalt goed. Ik ken hem.'

'O?'

'Van mijn vorige tripje. Maar toen hebben we geen deal kunnen sluiten. Hij is kieskeurig. Die Noor heeft stijl, of niet soms? En hij betaalt handje contantje. In euro's of dollars.'

Dorte begreep dat ze niet kon laten zien hoe wanhopig ze zich voelde bij het idee dat Olga zou weggaan. Liudvikas' goede humeur was het enige wat ze op dit moment had.

'Blijf ik alleen... in de flat?' vroeg ze desondanks, kleintjes.

'Nee, we verkassen je naar de anderen, dat is goedkoper', zei Liudvikas grijnzend.

'Naar welke anderen?'

'Marina. En de meisjes die op de eerste overtocht zijn meege-
komen!' zei hij trots. Alsof de eerste overtocht geweldig was
geweest. 'Maar je kunt nu niet meer ziek zijn, nu Olga vertrekt.
Alles is zo verrekte duur in dit land. We moeten ook nog afrekenen
met de eigenaar van de flat voor we vertrekken. Ik heb niks op zak,
dus dat moet jij maar betalen!'

'Ik heb geen geld...'

Liudvikas begon te lachen – met zijn gezicht naar het plafond.
Dorte verborg haar handen in haar schoot om ze in bedwang te
houden. Ze durfde niet naar de contouren van het rechthoekige
zakje onder zijn trui te kijken.

Er kwam een stelletje aan het tafeltje naast hen zitten. Zij had
blijkbaar net iets gezegd waar ze allebei om lachten. Ze droeg een
laag uitgesneden topje met pareltjes erop. Ze hadden alleen maar
oog voor elkaar. Als ze iets tegen hen riep en hen smeekte haar te
helpen om weer thuis te komen, dan zouden ze dat niet begrijpen,
of het zou hen niets kunnen schelen. Maar Liudvikas zou haar
meenemen. Naar de flat en de knuppel.

'Waar gaat Olga naartoe?' Ze probeerde normaal te klinken.

'Weet ik veel. Niet naar de hoofdstad, hoe die ook maar weer
heet... Maar een andere stad.'

Hij dronk zijn glas leeg en schonk zich nog eens in. Toen duwde
hij zijn wijsvinger onder haar kin en zei dat de make-up haar goed
stond en dat hij wilde dansen.

Ze mompelde dat ze daar niet zo goed in was, maar hij trok haar
mee de dansvloer op. Ze hopsten wat rond, als ballen in een
emmer. Er zat niets anders op dan maar te accepteren dat hij
erg dicht bij haar kwam – met armen en benen als een spastische
kreeft. Hij drukte zijn onderlichaam tegen haar aan alsof hij het
met zuignappen vast wilde zetten. Ze probeerde te denken aan
Vera die thuis door de kamer danste als ze in een goed humeur was.
Met Vera dansen was leuk.

Liudvikas ontdekte Tom en Olga in het gedrang en trok haar
mee door de dansende massa, druk gebarend. Tom wilde van
partner wisselen, iets waar Liudvikas schreeuwend mee akkoord

ging terwijl Olga's gezicht uitdoofde. De muziek klonk als een brullende tractor.

Dorte was nog nooit zo dicht bij zo'n knokig iemand geweest. Maar hij rook naar aftershave en schone kleren. Als hij Olga niet had gekocht, als een stuk slachtvee, dan zou ze gedacht hebben dat hij ietsje beter was dan Makar en Liudvikas. Hij hield haar als een kamerscherm voor zich. En hij had zijn zwarte tas bij zich. Die hing aan de schouderriem, schuin voor zijn lichaam, alsof het zijn dierbaarste bezit was. Af en toe bonkte de tas tegen haar ribben, alsof het ding haar er niet bij wilde hebben.

Tom wilde gelukkig al snel terug naar de tafel. Liudvikas had de fles leeggedronken en Tom bestelde een nieuwe. Zelf dronk hij niet veel. Toen Liudvikas Olga en haar wilde dwingen te drinken, hield Tom hem tegen. Liudvikas accepteerde de terechtwijzing zonder morren en Olga keek naar Tom alsof hij haar broer was. Dorte was opgelucht dat ze geen wijn hoefde te drinken. Die smaakte zuur en kwam weer naar boven.

Tom was rusteloos en wilde vertrekken voordat Liudvikas zijn glas leeg had. Toen Liudvikas de fles onder zijn jasje stopte, schudde Tom zijn hoofd en zei iets in het Engels. Liudvikas zette de fles weer op tafel, maar keek niet blij. Het meisje aan de andere tafel lachte harder dan de muziek. Ze droeg een strakke spijkerbroek die halverwege haar billen ophield. Haar bilspleet en een roze stuk elastiek dat waarschijnlijk een slipje moest voorstellen, werden zichtbaar als ze zich vooroverboog. Haar middel en buik hingen als een slordig gevuld worstje over de rand. Misschien was zij ook iemands bezit en had diegene besloten dat ze zich zo moest kleden om klanten te lokken? Dorte hoorde haar ongecontroleerde lach nog lang nadat dat eigenlijk niet meer mogelijk was. Tom hield haar arm vast toen ze weggingen. Af en toe zei hij iets in het Engels tegen Liudvikas. Als hij haar losliet als ze buiten kwamen, kon ze wegrennen. Haar handpalmen waren nat van het zweet.

Hij liet haar niet los, maar boog zich naar achteren om Engels met Liudvikas te praten. Ze hoorde hem Olga's naam noemen, en die van haarzelf. En alsof Liudvikas haar gedachten kon lezen, kwam hij aan de andere kant van haar staan en legde een arm om haar en Olga heen.

'Hij wil jou meenemen naar zijn hotel', zei hij met dubbele tong in haar oor.

'Waarom? Hij wil Olga toch…' probeerde ze, maar zweeg, bang dat Olga zou horen dat ze haar overal voor wilde laten opdraaien.

Tom hield een taxi aan en Liudvikas duwde haar op de achterbank, zonder haar los te laten. Het leek wel of Olga en zij aan hem vastgeketend zaten. Tom ging voorin zitten. Tijdens het rijden vroeg ze zich af of ze eruit zou durven springen, ook al wist ze hoe dat zou aflopen, omdat het verkeer onafgebroken langs haar kant van de auto raasde. De portierkruk blonk in het donker. Ze probeerde te raden hoe het mechanisme werkte.

Toen de taxi langs de stoeprand stopte, zoefden de auto's met hoge snelheid vlak langs hen heen. Ze zou meteen worden overreden als ze het portier opendeed. Ze hoorde het geluid van verbrijzeld glas en metaal al. Zag zichzelf in een plas bloed liggen. Tom praatte met de chauffeur en betaalde. De twee anderen stapten uit zodat zij ook er ook uit kon, aangezien ze het portier aan de straatkant niet open kon doen. Liudvikas boog zich naar binnen en trok aan haar arm. Met haar tasje krampachtig voor zich viel ze bijna op het asfalt. Tom leidde, of liever gezegd droeg haar bijna over het trottoir, door een deur met een koperen klink. Toen werd ze opgeslokt door een fel licht. Ze zag de mannen in de fauteuils al rond het bed zitten. Toms hand leek een ijzeren klauw rond haar middel.

Een man achter een balie gaf hem een sleutel en knikte afwezig. Toen Tom haar losliet om de riem van zijn tas op zijn schouder te hijsen, had ze kunnen wegrennen. Maar de vloer was een oceaan en hij zou haar ingehaald hebben voordat ze de deur had bereikt. En dan wachtte de knuppel. Hij was waarschijnlijk alleen maar vriendelijk als hij dat wilde, net als Liudvikas. Het volgende moment was het te laat. Hij leidde haar door de hal naar een lift, drukte op de derde verdieping. De lift had een deur met tralies.

13

Haar vader had een boek opengeslagen. Niet het boek over Dante in de hel, of eentje over Dostojevski's ongelukkige zielen, maar het grote plantenboek. Kroonbladeren ontvouwden zich op een glanzende pagina. Vlinders. Nu vraagt hij waarom ik niet thuis ben, dacht ze. Maar dat deed hij niet. Hij bladerde in het boek alsof hij niets merkte, alsof hij niet wist dat alles veranderd en kapot was. Misschien was het niet meer dan een bagatel voor iemand die door de duisternis naar de plek waar hij zich nu bevond was gegaan. Hij wees op de plaatjes van bloemen en vertelde erover met zijn gedempte, enigszins slaperige stem. Af en toe glimlachte hij. Zijn vluchtige glimlach. Niet meer dan een licht krullen van zijn mondhoeken terwijl hij over zijn brillenglazen keek. Zijn donkere ogen glinsterden.

De kamer was behoorlijk groot. Donkere meubels en gordijnen. Twee bedden naast elkaar met aan weerszijden een nachtkastje – en nog wat meubels waar ze in eerste instantie geen aandacht aan schonk. Een open deur naar een badkamer. Dorte had nog nooit een hotelkamer gezien. Maar ze wist dat ze bestonden. Tom deed de deur op slot en bleef even met de sleutel in zijn hand staan. Die hing aan een groot stuk metaal. Toch liet hij hem in zijn broekzak glijden. Hij hielp haar uit haar jas en hing die op. Daarna spreidde hij zijn armen alsof hij haar een rondleiding gaf. Ze bleef naar haar natte schoenen staan staren. Toen voelde ze zijn knokige hand onder haar elleboog en ze liepen de kamer in alsof dat zo afgesproken was.

Haar ogen dwaalden langs de onderkant van de muren en over de vloer. Verstopte hij de knuppel in zijn koffer? Die lag opengeslagen op een krukje. Overhemden en ondergoed keurig opgevouwen, alsof zijn moeder dat gedaan had. Een paar gepoetste zwarte schoenen stond met de hakken tegen de muur onder de haakjes met de jassen.

Ze werd op het dichtstbijzijnde bed neergepoot, alsof ze een doos met onbekende inhoud was. Spierwitte dekbedhoezen. Hij trok zijn schoenen uit en wees op die van haar. Ze trok ze uit. Hij bracht beide paren naar de deur en zette ze met de hakken tegen de muur. Trok zijn jasje uit en hing dat op. Maakte zijn stropdas los en hanneste met de knoopjes. Aan de muur recht tegenover haar hing een schilderij in het schemerdonker. Het stelde bomen in de storm voor, onder een gele hemel. Haar vader zou het vast geen kunst genoemd hebben.

Tom liep naar een kastje onder de tafel en pakte er een fles water uit, maakte die open en schonk twee glazen in. Hij gaf haar een glas en kwam naast haar zitten. Het water gutste over de rand van haar glas. De druppels vielen op de rug van haar hand en gleden langs haar arm naar beneden. Zijn blik voelde aan als kronkelende duizendpoten.

'Je bent niet zo oud?' hoorde ze hem in het Engels vragen, maar ze deed alsof ze het niet begreep.

Hij dronk met een gorgelend geluid. Zijn adamsappel wipte op en neer. Plotseling klonk er een sirene buiten. Het geluid bleef hangen toen de auto allang verdwenen was. Het horloge van haar vader voelde zwaar aan, ook al gaf het de tijd niet meer aan. Tom zette beide glazen op het nachtkastje en pakte haar kin beet, zodat ze hem wel moest aankijken. De vrieskou kwam van binnenuit en was niet te stuiten. Ze had geen knuppel gezien, maar ze had geen idee wat híj voor haar in petto had. Ze had ooit gelezen dat mensen die heel intens aan doodgaan dachten, hun zin ook kregen. Maar ze wist niet of ze dat wel wilde. Raar dat je zoiets simpels niet wist. Nu zat ze hier.

Hij zei iets wat ze niet begreep. Hij tilde met één hand haar haren op, zoals hij ook gedaan had tijdens het dansen. En alsof hij wist wat ze dacht, stond hij op en trok haar overeind, zodat ze allebei voor het bed stonden. Legde zijn armen om haar heen, alsof ze een omvallende pilaar was, terwijl hij zijn voeten in een soort dans bewoog. Hij neuriede een melodie die ze niet kende. Zijn stem was nu nog hoger dan wanneer hij praatte. Ze verplaatste gehoorzaam haar voeten en liet zich leiden terwijl ze haar lippen zo hard mogelijk tussen haar tanden naar binnen zoog. Na een poosje bleef hij staan, alsof hij het opgaf. Zijn overhemd lichtte koud op in het schemerdonker.

Ze moest plassen. Had al gemoeten toen ze nog in dat café waren. Nu vroeg ze zich af of ze het wel zou halen. Met het geluid van een half verstikte muis bracht ze hem dat aan zijn verstand. Op de een of andere manier wist ze haar tasje mee te grissen en haalde ze de badkamer. De deur kon op slot. Terwijl ze afwisselend het probeerde op te houden en het probeerde uit te houden, kneep ze haar ogen stijf dicht. Ze wikkelde het maandverband zonder ernaar te kijken in wc-papier en gooide het in een afvalemmertje dat er stond. Ze waste haar handen en haar gezicht en droogde zich af met een van de spierwitte handdoeken.

Volkomen onverwacht dook Vera's koppigheid op, alsof ze die de hele tijd in haar tasje bij zich had gedragen. Ze stak haar hand in het emmertje en pakte het maandverband. Het bloed was binnen een paar seconden dwars door het papier getrokken.

Hij had de dekbedden van beide bedden opengeslagen. Ze liep zonder iets te zeggen de kamer in, met het verband in haar uit-gestoken hand. Even bleef hij als verlamd staan, met open mond, toen sloeg hij met vlakke hand tegen zijn voorhoofd en schudde zijn hoofd.

'Oké! Oké!' zei hij met een stijf glimlachje, hij wees op het bed en spreidde zijn armen. Zette zijn glas op het nachtkastje dat het verst weg was en legde twee van de vier hoofdkussens daar neer waar de bedden elkaar raakten. Wees op haar en op de ene kant van de kussens. 'Oké?' zei hij weer.

Ze gooide het verband in het afvalemmertje, waste haar handen nogmaals, deed de deur dicht en ging op het bed zitten dat hij haar had aangewezen. Er kwamen merkwaardige geluiden uit haar, die ze niet kon tegenhouden. Ze zag hem niet, maar voelde dat hij daar stond. Na een poosje verdwenen de geluiden, alsof ze zich aan de andere kant van een raam bevonden dat plotseling dicht was gedaan. Ze veegde met haar arm over haar gezicht.

Hij draaide haar zijn rug toe en begon zich uit te kleden. Op het moment dat hij zijn broek precies op de vouw over een stoel hing, viel de sleutel op de grond. Hij raapte hem op en legde hem op het nachtkastje. Toen hij in zijn gestreepte boxershort stond, wees hij naar haar, alsof hij haar eraan wilde herinneren dat zij zich ook moest uitkleden. Omdat ze gewoon bleef zitten, deed hij het licht uit en ging in bed liggen, met zijn rug naar haar toe.

Ze bleef een poosje zitten, deed niets anders dan ademhalen. Ze draaide zich naar hem om en zag dat de sleutel niet meer op het nachtkastje lag. Misschien had hij hem onder zijn kussen gelegd? Ze deed het lampje aan haar kant uit en kleedde zich uit in het donker. Ze nam haar broek mee onder de dekens, haar trui hield ze aan. Met haar rechterhand voelde ze dat hij de kussens tussen hen in had laten liggen.

Aanvankelijk lag ze erop te wachten dat hij zich op haar zou storten. Ze zette zich schrap. Maar hij ging alleen maar een beetje anders liggen en trok wat aan zijn dekbed. Even later hoorde ze duidelijk aan zijn ademhaling dat hij sliep. Langzaamaan hield het trillen in haar kaken op. Een merkwaardige warmte kroop vanuit haar voeten door haar kuiten naar boven tot haar hele lichaam erdoor was vervuld. Ze durfde te voelen of ze wel lekker lag. Waagde het om zich te bewegen. Op haar rug te gaan liggen en haar ogen open te doen. Het licht van de straat maakte een witte streep op de muur. Als ze een beetje opzij keek, kon ze de contouren van zijn lichaam zien. Als een landschap.

Ze werd wakker van zijn stem. En herinnerde zich onmiddellijk waar ze was. Hij zat in zijn boxershort op een stoel bij het raam te bellen. Ze bleef doodstil naar hem liggen kijken. In het begin praatte hij met een neutrale rustige stem terwijl hij met zijn vrije hand aan zijn dijbeen krabde. Daarna klonk hij gedecideerder, schudde af en toe zijn hoofd, of knikte energiek. Ten slotte glimlachte hij en zei: *'Okay! Yes!'* terwijl hij door de kamer naar het bed liep, zich over haar heen boog en haar het mobieltje gaf.

'Hallo, Dorte!' Het duurde even voordat het tot haar doordrong dat het Liudvikas' stem was.

'Ja…'

'Hij wil Olga niet meenemen naar Noorwegen. Hij wil jou hebben! Hij betaalt goed.'

'Betaalt…? Mij?'

'Doe niet zo dom! Hij heeft je gekocht! Jíj krijgt geen geld. Jij hebt ons alleen maar op kosten gejaagd. Reis, onderdak en eten. En ons verdomd veel ellende bezorgd.'

'Waar… Waar ga ik naartoe?'

'Weet ik veel! Dat moet je Tom vragen', zei Liudvikas chagrijnig.

'Ik versta hem niet.'

'Dat moet je dan maar leren! Ik breng je spullen wel naar beneden als jullie langskomen. Jullie schijnen vandaag al te vertrekken.'

Ze staarde naar de man die over haar heen gebogen stond, staarde naar de muur achter hem. Staarde naar zijn tepel. Een donkere vlek op een gladde borstkas. Zijn ribben staken uit. Bewogen op en neer. Ze staarde naar zijn hand die tussen hen in hing, klaar om de telefoon over te nemen. Toen herinnerde ze zich dat ze de hele nacht geslapen had zonder de hond te horen, of de Hondenman. Ze schraapte haar keel en zei: 'Vergeet mijn paspoort niet! En het olifantje in mijn bed… Olga weet…'

'Good! Passport! Yes!' zei Tom glimlachend – en nam de telefoon van haar over om verder te praten met Liudvikas. Toen hij had opgehangen, rekte hij zich gapend uit, gaf haar een vriendschappelijk schouderklopje, wees op de badkamer en op zichzelf. 'Oké?'

'Oké!' zei ze en ze hield haar adem in tot hij de deur achter zich had dichtgedaan. Toen stak ze snel haar hand onder zijn kussen, maar de sleutel lag er niet. Die zou hij wel in zijn aktetas hebben meegenomen naar de badkamer. Ze trok haar lange broek aan en bleef liggen wachten. Het geluid van stromend water. En zijn stem, een merkwaardig liedje in een hard-zachte taal. Volkomen onbegrijpelijk. Dat zou ze wel nooit leren. Dat was ook niet nodig. Als ze haar paspoort maar te pakken kreeg, dan zou het haar wel lukken om thuis te komen. Vera zou zeggen: 'Dom wicht! Hoe haal je het in je hoofd om zomaar weg te gaan, belachelijk!' Maar ze zouden alle drie huilen van blijdschap. Haar moeder zou haar nergens mee lastigvallen. Alle wonden helen immers. Gelukkig kon niemand het zien. Het was allemaal verborgen. Niemand zou het weten. Want ze wist het zelf niet eens.

14

De auto was ongetwijfeld nieuw – en glimmend grijs. Je zag bomen en ramen erin weerspiegeld. De mensen die langsliepen verschenen als golvende afbeeldingen op de motorkap. Tom deed het achterportier open en zette zijn koffer erin. Was zelf een spiegelbeeld. Stond weer buiten.

Terwijl ze naar de flat reden, bedacht Dorte dat Olga vast kwaad zou zijn omdat zíj niet zou vertrekken. Misschien had ze wraak genomen door de grijze olifant niet in te pakken? Toen Liudvikas met haar koffer naar buiten kwam, was Olga er niet bij. Natuurlijk niet. Liudvikas gaf Dorte grijnzend een pak maandverband, zonder iets eromheen.

'Afscheidscadeautje van Olga!' grinnikte hij.

Dorte gaf geen antwoord, stopte het pakje in haar tas. De tas die Vera haar had gegeven omdat ze hem zelf te kinderachtig vond. Een rode laktas met een rits met een kwastje eraan. Een groot vak en een aantal kleinere.

Tom legde zijn aktetas op de motorkap en gaf Liudvikas een envelop. Liudvikas maakte hem open en haalde er een paar bankbiljetten uit, knikte en begon te tellen. Knikte weer en diepte haar paspoort op uit het zakje dat om zijn nek hing. Tom stond met zijn rug naar haar toe, ze kon niet zien of hij het in zijn tas of in zijn jaszak stopte. Toen ze wegreden, zat ze te bedenken hoe ze het zou kunnen pakken. De vorige avond had hij zijn jas aan een haakje gehangen zonder eerst zijn zakken te legen. Maar toen had hij haar paspoort nog niet gehad. Ze had er geen idee van waar of wanneer hij zijn jas weer zou ophangen. Wist niet eens waar ze naartoe gingen. Had alleen Liudvikas' afscheidswoorden: 'Je bent nu van Tom! Hij heeft betaald wat jij ons nog schuldig was. Het is prima zakendoen met hem. Hij heeft een vrouw in dienst die Russisch spreekt. Met haar kun je praten. Maar gedraag je! Als hij problemen met je krijgt of als je blijft bloeden, dan moeten we je voor een lagere prijs terugnemen! Hij vroeg me je te zeggen dat hij je goed zal behandelen. Maar als je probeert geintjes uit te halen, dan wordt het menens! Hij weet je altijd te vinden. Hoe dan ook!'

Terwijl ze reden en hij zijn handen aan het stuur moest houden, voelde ze zich bijna vrij. Toen ze de stad achter zich hadden gelaten en al een poosje onderweg waren, reed hij naar een benzinestation, trok de sleutels uit het contact, draaide zich naar haar om en gebaarde dat ze mee moest komen. Ze schoof aarzelend van haar stoel. Even overwoog ze het op een lopen te zetten. Maar waarnaartoe? Het was zo licht. Hij zou haar vinden. Niemand zou begrijpen wat ze zei.

Hij pakte haar hand alsof ze een stelletje waren. In de winkel kocht hij een krant met een voorpagina waarop een bezwete man in een voetbalshirt stond, wat fruit, chocola en een flesje water. Toen hij afgerekend had, nam hij haar mee naar de achterkant, naar de wc's, en wachtte buiten op haar. Ze zou nooit weten of hij ook van de gelegenheid gebruikmaakte om naar het toilet te gaan of dat niet had gedaan, omdat hij bang was dat zij ervandoor zou gaan. Misschien had hij gewoon achter de bosjes gepiest?

Toen ze een eindje gereden hadden, zette hij muziek op. 'Bach!' zei hij terwijl hij op de maat knikte. Hij leek zich er helemaal aan over te geven. Ze merkte dat het prettig was om net als hij te doen, te luisteren, terwijl het landschap aan weerszijden voorbijschoot. Af en toe lukte het haar zelfs om niet aan haar situatie te denken. Een keer gebruikte ze beide armen om zichzelf wat op te drukken en te gaan verzitten. Het maandverband schuurde. Hij wierp haar een snelle blik toe en zei iets in het Engels. Ze begreep hem niet en hij knikte met zijn hele bovenlichaam naar de achterbank. De auto maakte een angstaanjagende schuiver in de richting van de middenstreep. Ze schudde haastig haar hoofd. De gedachte aan met hoge snelheid op een achterbank heen en weer geslingerd te worden maakte haar misselijk. Maar toen ze bij een afrit kwamen, die door een dicht bos van de weg afgeschermd werd, sloeg hij af en zette de motor uit. Haar hart leek uit haar borst te willen springen. Wat ging hij nu doen?

Hij stapte uit, maakte het portier aan haar kant open en boog zich over haar heen. Ze kneep haar ogen dicht. Toen hij haar gordel losmaakte, klonk het korte metalige klikje als de donder. Het flikkerde haar voor de ogen. Hij zei iets wat ze niet begreep en deed iets waardoor de rugleuning van haar stoel helemaal achter-overzakte. Haar lichaam moest wel meezakken. Hij pakte een plaid van de achterbank en legde die over haar heen, van haar voeten tot haar borst. Hij keek net zoals haar moeder, wanneer die zich zorgen maakte om Vera. Zijn gezicht was veel te dichtbij. Zijn onderlip was dikker dan zijn bovenlip, alsof die wilde laten zien wie de sterkste was.

'Oké?'

'Oké!' fluisterde ze.

Er leek hem iets te binnen te schieten. Hij boog zich verder de auto in en begon bij haar voeten te rommelen. Hij trok haar schoenen uit. Zijn warme handen sloten zich als schaaltjes warm water rond haar voetzolen. Op datzelfde ogenblik sloegen zware regendruppels tegen de voorruit. Een hele serie zachte tikken. Terwijl hij haar voeten in de plaid wikkelde, verzamelden de druppels zich tot beekjes die van de rug van zijn jas stroomden, langs zijn nek – en waarschijnlijk achter zijn oor, om uiteindelijk aan zijn oorlel te blijven hangen. Het rook opeens naar vochtige bosgrond.

Ze reden door dennenbossen, akkers en dorpjes met borden die haar niets zeiden. Hij stopte cd's in de speler zonder zijn ogen van de weg te halen. Af en toe dronken ze wat water of aten ze chocola.

Ze moest in slaap gevallen zijn. Plotseling schoot ze overeind, klaarwakker. Hij was gestopt bij een restaurant dat omgeven was door bossen en bergen. Ze voelde dat ze naar de wc moest. Voordat ze in slaap viel, had ze bijna een hele fles water gedronken. Hij ook. Zij had de dop er voor hem af gedraaid en hem de fles aangereikt als hij zijn hand uitstak en haar aankeek. Hij had haar elke keer bedankt.

Ze trok haar schoenen aan en stapte uit. Ze voelde een frisse kou op haar gezicht en hals. Sommige bomen waren groen, andere rood en geel. Een overvolle vuilnisbak was omgevallen. Het was bijna net als thuis. En toch was alles anders. Hij liep om de auto heen en pakte haar arm vast. Ze moest hem niet aankijken. Hij raapte het tasje op dat op de grond was gevallen toen ze sliep en gaf haar dat. Hij hing de aktetas over zijn schouder en ze liepen tussen de auto's door, een parkeerplaats over. Een trapje op, twee treden, naar het restaurant. Alsof hij wist wat ze wilde, wees hij op het bordje 'toiletten'. Ze wankelde even toen hij haar losliet. Vage vlekken flikkerden voor haar ogen.

Ze kon het hokje van binnenuit op slot doen en dan alleen zijn. Toen ze klaar was en in de toiletpot keek, zag ze haar eigen sporen – als oude bietensoep. Hoe zag ze er van binnen uit, als de pot er al zo uitzag? Terwijl ze zat bij te komen, pakte twee keer iemand de deurklink vast. Toen werd het stil. Het gezicht in de spiegel boven de wastafel was bijna wit. Haar haren hingen sluik naar beneden. Haar ogen leken op oude ruiten. Haar lippen waren gebarsten en vol korsten. Ze vond haar lippenbalsem en smeerde die erop.

Hij stond voor de deur op haar te wachten. Hij glimlachte even en zei iets tegen haar. Zijn stem klonk bijna vriendelijk. Het ging over iets te eten kopen. Even later stonden ze voor een toonbank vol bakken en schalen. Het rook lekker. Tom wees naar kip en salade en keek haar vragend aan. Ze knikte en wist hem duidelijk te maken dat ze er melk bij wilde drinken. Ze vonden een plekje en hij zette de spullen van het dienblad op tafel. Zijn handen waren smal, met lange vingers en grote aderen die kriskras over de rug van zijn hand liepen. Zijn knokkels leken bijna uit zijn huid te barsten.

Er hing een enorme lamp met een gestreepte kap boven de tafel. Het licht deed pijn aan haar ogen. Ze probeerde het bestek dat in een papieren servet was gewikkeld te pakken. Mes en vork. Haar vingers konden ze niet vasthouden. Het pakketje viel tot twee keer toe op de tafel. Ze werd overmand door vermoeidheid, of wat het ook maar was. Ze gaf het op en bleef gewoon zitten. Hij zei iets in het Engels. Ze keek op, om te proberen het te begrijpen. Zijn ogen waren blauw. Heel erg blauw. Hij pakte haar bestek en rolde het bedaard uit, zonder verder iets te zeggen. Hij gaf haar het mes en de vork en legde het servet voor haar neer – zonder haar aan te kijken.

'Okay… little thing… Okay. Easy, easy… Please eat!'

Aan een stukje van de kip hingen bloederige randjes. Ze voelde de misselijkheid opkomen. Ze bleef een poosje doodstil zitten. Toen schoof ze het bloederig stukje onder het bergje rijst en besloot dat ze honger had. Eerst moest ze ervoor zorgen dat het eten op haar vork bleef liggen, daarna moest ze het naar haar mond brengen. De rijst was onhandelbaar. Het duurde niet lang of ze had een heel voorraadje in haar schoot liggen.

Hij was het eerst klaar met eten en leunde met een zucht achterover in zijn stoel. Toen zei hij plotseling haar naam. 'Dorte'. Het klonk als het geluid van een fietsketting.

Het was donker toen hij een erf of een open plek opreed met enorme blokhutten eromheen. Onmiddellijk kwamen de beelden van de zwarte hond en de man bij haar boven. De dennenbomen stonden dicht opeen. Alleen de toppen waren gescheiden, verder vormden ze één zwarte muur. Toen hij het portier openmaakte, sloeg de kou haar tegemoet. De grond was keihard en de vorst drong door haar schoenzolen heen. Achter een paar ramen brandde licht. Hij pakte wat kleren uit zijn koffer over in een tas en nam zijn tas en haar koffer in één hand. Met de andere hield hij haar stevig vast terwijl ze over het erf liepen.

In een kamer met zware meubels die gemaakt waren van boomstammen zat een vrouw achter een balie. Achter haar lagen sleutels in vakjes. Elke sleutel was bevestigd aan de hoorn van een groot beest. Tom kreeg er eentje en knikte naar de buitendeur. Ze gingen dus weer naar buiten. Naar de sauna? Ze schudde haar hoofd en wilde niet. Toen Tom tegen haar praatte, leek zijn mond in zijn voorhoofd te zitten. Ze wilde een stoelrug vastpakken, maar miste.

Wol? Een grove wollen deken? Opgelucht voelde ze dat ze al haar kleren nog aanhad. Maar geen schoenen. Ze hoorde geknetter en rook de geur van verbrand hout. Zonder haar ogen open te doen wist ze dat ze zich in een kamer met een open haard bevond en dat er nog iemand was. Ze keek recht in Toms gezicht en wist het weer. Maar er waren hier geen fauteuils. Alleen tafels en stoelen van licht ongeverfd hout. Ze zag geen andere mensen, alleen Tom. Maar er waren twee deuren.

Hij legde een hand onder haar nek, ondersteunde haar en bracht een glas water naar haar lippen. Praatte tegen haar. Wilde haar kleren, haar lange broek uittrekken. Ze jammerde, maar verweerde zich niet. Hij droeg haar naar een badkamer die naar verbrand hout en zeep rook. Zette haar op de wc-deksel en keek haar vragend aan. Ze leunde tegen de muur en knikte. Hij bleef even staan, met afgewend gezicht. Maar ze wist dat hij op haar lette. Toen ze onverhoeds dreigde om te vallen, legde hij beide armen als een reling om haar heen. Na een poosje liep hij weg om haar koffer en tasje te halen. Hij maakte haar koffer open en liet alles naast haar staan. Liep naar buiten en deed de deur dicht.

Ze liet zich op de vloer glijden. Dat was beter, dan viel ze in ieder geval niet zo diep. Toen concentreerde ze zich op het aller-noodzakelijkste. De rits. Haar lange broek over haar billen trekken. Zich herinneren waar ze haar ondergoed in haar koffer had ingepakt. Op de tast zoeken. Met haar vingers voelen, alsof ze blind was. Het stinkende slipje met de bruinrode vlekken in het plastic zakje rechts duwen. Haar arm uitsteken naar het rode tasje. Rits. Maandverband uit het zakje. Het zweet brak haar uit. Dit is niet goed, kon ze nog net denken. Toen dreunde haar hoofd met een eenzame klap tegen de wc-deksel.

Ze werd wakker van een luide schreeuw. Toen ging het licht aan. Ze stond bij de deur van een kamer, klampte zich vast aan een kapstok en schreeuwde. Vanuit het bed recht tegenover haar keek een man haar aan, tuurde met twee nachtogen, als een uil. Het was Tom. Ze was zo opgelucht dat ze als een vaatdoek in elkaar zakte. Tegen de muur en op de grond. Daar bleef ze zitten. Maar niet langer dan nodig was om te beseffen hoe de werkelijkheid in elkaar stak. Toms onbegrijpelijke taaltje kwam van een boot midden op de rivier, waar hij op zijn breedst was.

Haar vader zat in zijn stoel en las voor uit het boek over de Babylonische spraakverwarring die ertoe leidde dat de mensen allemaal een andere taal begonnen te spreken. Zijn stem klonk alsof hij een koutje onder de leden had. Dorte kon de afbeelding zien van de spiraalvormige toren ten zuiden van Babylon. Vijftig meter hoog, opgericht ter ere van Nebo, de god van de wijsheid en de schrijfkunst. Haar vader gaf haar het boek zodat ze het zelf kon lezen, toen leunde hij afwachtend achterover. Ze aarzelde even, hoorde toen haar eigen stem in de kamer: 'Het bouwwerk werd nooit voltooid omdat de bouwheren te hebberig werden. Een bouwarbeider stortte ter aarde, maar de bouwheren haalden het lijk gewoon weg en gingen door met bouwen. Later vielen meer arbeiders dood neer. De bouwheren beklaagden zich luidkeels over de stenen die losraakten en de bouw vertraagden. Ze dachten meer aan de stenen die loslieten dan aan de mensen die doodgingen. Dat beviel God niet en Hij stuurde hun een spraakverwarring die ervoor zorgde dat de mensen elkaars taal niet meer verstonden. Zo wilde Hij de mensen eraan herinneren dat Hij hen zou straffen als ze probeerden grenzen te overschrijden zonder aan hun medemensen te denken. En toen de mensen elkaars taal niet konden verstaan, werden ze vreemden voor elkaar.'

Toen ze klaar was, werd het erg stil. Ze wilde dat haar vader iets zei, zodat ze zeker wist dat hij begrepen had wat ze had voorgelezen. Maar hij zei niets.

'Dat had ik graag willen zien', fluisterde ze tegen zijn wang.

Dorte hoorde hem antwoorden met de stem die tegen een verkoudheid aanhing, maar ze begreep niet wat hij probeerde te zeggen. Een enorm gevoel van wanhoop balde zich als een slijmprop samen in haar keel.

15

Hij liet haar alles zien en ze probeerde de Engelse woorden te begrijpen. Hoe ze het licht, de kookplaten en de oven moest bedienen. Waar de keukenspullen lagen. Waar ze handdoeken en extra beddengoed kon vinden. In de badkamer was alles brandschoon, alsof haar moeder er gepoetst had. Dorte zou in de kleinste van de twee slaapkamers slapen. Een commode, klerenkast, nachtkastje en een bed. Het beddengoed was schoon, met papavers bedrukt. In de woonkamer stonden een bank, een tafel en stoelen. De boekenkasten langs de wanden waren leeg. Tom liet haar alleen de slaapkamer zien waar zij zou slapen. Misschien sliep iemand anders, die nu niet thuis was, in de andere kamer. Of hijzelf.

In de keuken was een koelkast met eten. Melk! Ze dronk twee glazen terwijl ze aan de keukentafel toekeek hoe hij eieren met spek bakte en dikke sneden brood sneed. Het was merkwaardig om een man dat te zien doen. Hij drukte op een knop boven het fornuis, en alle walm verdween met veel lawaai door een schacht. Door het raam kon ze de lichten van de stad onder hen zien. Verder was de ruit zwart en glanzend, als de bovenkant van het lakdoosje waarin haar moeder haar broche bewaarde.

Zo'n woning hadden haar moeder en Vera moeten hebben. Ze zouden uiteraard de meubels waar haar moeder zo van hield erin gezet hebben. De boekenkast. De eettafel met de zes stoelen had voor het grote raam in de woonkamer kunnen staan. Maar ze hadden ook deze nieuwe meubels kunnen nemen. En ze moesten natuurlijk al hun persoonlijke spullen hebben. Het grijze olifantje zat al op haar bed. Ze dacht er vol schaamte aan dat ze gedacht had dat Olga die uit wraak niet in haar koffer zou stoppen. Haar moeder had de klerenkasten vast wel kunnen waarderen. Thuis hingen ze hun kleren achter een gordijn in een hoek achter het bed waarin Vera en zij sliepen. Misschien had haar moeder haar plaats nu ingenomen? Dan hoefde ze niet elke ochtend en avond haar bed op te maken. In dat geval konden ze logés hebben. Dorte probeerde te bedenken wie dat dan zouden moeten zijn. En dat ze 's zondagsochtends zaten te ontbijten. Maar dat soort gedachten waren nergens goed voor.

Ze had verwacht dat er meer meisjes zouden zijn. Liudvikas had immers gezegd dat er eentje was die Russisch sprak. Omdat Tom zijn leren koffer niet mee naar boven nam, begreep Dorte dat hij hier niet zou slapen. Maar toen hij met zijn aktetas klaarstond om te vertrekken, werd ze bang, omdat dat kon betekenen dat er andere mannen binnen konden komen. Ze probeerde iets te zeggen, maar brabbelde iets wat ze zelf niet eens verstond. En alsof hij begreep wat ze dacht, zei hij: *'Dorte, nobody can come in. You are safe.'*

Hij glimlachte tegen haar en plotseling zag ze dat hij ook moe was. Hij had diepe bezorgde rimpels en hier en daar wat baardstoppels en er lagen donkere schaduwen onder zijn ogen. Hij wees op haar en op het slot en schudde zijn hoofd. Liet haar de sleutels zien en voegde eraan toe: *'Only for me – and Lara.'*

'Lara?'

'The lady from Russia. Okay?'

Ze knikte. Toen raapte ze al haar moed bijeen en vroeg: *'Passport?'*

Hij klopte een paar keer op zijn aktetas en knikte, alsof hij haar ervan wilde verzekeren dat hij daar goed op paste en helemaal niet begreep dat ze het zelf wilde hebben. Ze wees op de sleutels en hij schudde glimlachend zijn hoofd. Toen demonstreerde hij haar het deurslot en liet zien dat ze niet naar buiten moest gaan, want dan kwam ze er niet meer in.

Toen hij vertrokken was en ze het geluid van de lift hoorde die naar beneden verdween, zakte haar lichaam als vanzelf langs de muur en landde op de grond. Vanuit die positie kon ze door de openstaande deur naar het zwarte raam in de woonkamer kijken. Een grote grijze vogel gleed op uitgestrekte vleugels voorbij. Of was hij wit? Hij maakte een bocht en kwam terug. Even leek hij tegen de ruit te zullen botsen. Op het laatste moment zwenkte hij opzij en verdween.

Terwijl ze op de vloer zat probeerde ze te tellen hoeveel dagen en nachten ze met Tom op reis was geweest. Hoe ver was ze van huis? De wetenschap dat er duizenden mensen in deze stad moesten wonen, maakte haar alleen maar eenzamer. Het had iets met de sleutels en met Tom te maken. Met de geur van de kokosmat, de schoenen die bij de muur stonden, alle vreemde dingen om haar heen – en de vage lucht van gebakken spek. Ze begon te huilen.

Nadat ze had gedoucht en de blauwe badjas had aangetrokken die in de badkamer hing, zette ze een stoel voor het raam in de woonkamer, hoe moe ze ook was. Ze bevond zich in een hoog gebouw. Toen Tom de auto parkeerde en ze begreep dat ze hier naar binnen zouden gaan, had ze de andere toren uit haar vaders boek over Babylon voor zich gezien. De Ziggoerattempel. Die zou de hoeksteen van de hemel en de aarde zijn, maar op de afbeelding zag hij eruit als enorme stenen blokken die op elkaar waren gestapeld. Dit gebouw leek ook op zo'n blok, rechtop gezet. Maar het had geen zin haar tijd te verdoen met hoogtevrees als er nog zo veel andere dingen waren die ze niet wist.

Plotseling wilde ze dat Tom er nog was, ook al had hij haar opgesloten. Ze wilde dat ze hem over haar vaders boek en de toren van Babel kon vertellen. Misschien was hij daar zelfs wel geweest. Maar toen schoot haar te binnen dat de straf nu juist was dat ze zich niet verstaanbaar kon maken. Ze hadden onderweg een paar woorden gewisseld, in het Engels. Maar dat kon je niet bepaald gesprekken noemen. Hij had de hele tijd drie cd's gedraaid. Ze was aardig vertrouwd geraakt met Bach.

Op welk getal had Tom in de lift gedrukt? Het appartement moest op een van de bovenste verdiepingen zijn. Ze stelde zich voor dat ze in een ballon zat die boven een vreemde donkere stad zweefde. Het was bijna nacht. In ieder geval erg laat. Ze herinnerde zich dat een klokje op haar nachtkastje had gezien, maar ze had niet op de tijd gelet. Tom had naar haar vaders horloge gekeken, had geprobeerd het op te winden. Maar had uiteindelijk zijn hoofd geschud. Haar vaders horloge wilde de tijd niet meten.

Het weer was opgeklaard en ver weg knipperden de sterren. Ze leken kouder en verder weg dan thuis. Maar het waren dezelfde sterren. Haar vader had vaak boeken over de sterrenhemel mee naar huis genomen. Hij praatte graag over het heelal. Ze probeerde zich te herinneren hoe de sterrenbeelden heetten en hoe ze eruitzagen. Kleine Beer, Grote Beer en de Gordel van Orion... Maar ze kon ze aan deze hemel niet vinden. En dat domme feit maakte haar weer aan het huilen. Ze veegde haar ogen en neus af met de mouw van haar badjas. Die rook naar snot, zeep en nat haar. Ver onder haar gloeiden massa's kleine puntjes, als een aardse melkweg. De auto's. Die bewogen zich langs een lijn, tussen rijen lichtjes door.

Er liep iemand door de gang. Ze herinnerde zich de echo van haar voetstappen en die van Tom toen ze van de lift naar zijn appartement liepen. En alle deuren aan weerszijden van de gang. Het gebouw moest vol mensen zijn. Toen ze in de badkamer was, had ze de lift twee keer gehoord. Nu maakte iemand de deur van het appartement ernaast open. Als ze iemand wilde zien, moest ze de deur opendoen en de gang op lopen. Ze kon een schoen of zoiets in de deuropening leggen, zodat ze zichzelf niet buitensloot. Maar wat moest ze zeggen? Bovendien kon degene die ze aantrof een man zijn.

Ze haalde een glas melk en ging weer voor het raam zitten. De aarde lag eindeloos ver onder haar. Tom had het keukenraam opengezet om even goed te luchten na het bakken. Ze had er toen niet bij stilgestaan. Ramen waren altijd een mogelijkheid. Maar in dat geval moest alles nog veel erger worden dan nu.

Naast de deur hing een kalender met een foto van een zeilboot. Hij was bij de maand juli blijven steken. Dat leek in een andere wereld te zijn. Misschien kon ze Tom vragen welke datum het was? Op dat moment drong het tot haar door dat ze niet wist of hij terugkwam.

Toen ze haar glas melk had leeggedronken, besloot ze het aan die Lara te vragen, die Russisch sprak. Het was belangrijk dat je bijhield welke dag het was. Dat je het overzicht hield. Wist hoeveel dagen van je leven je opgemaakt had. Die kwamen nooit meer terug. Ze slenterde naar de kamer waar ze zou slapen en keek op het klokje op het nachtkastje. Tien over vijf. Dat klopte in ieder geval niet. Ze deed haar vaders horloge af en legde dat ernaast. Misschien had God besloten dat dit deel van haar leven niet gemeten hoefde te worden?

Ze wist niet goed of ze durfde te slapen, hoe moe ze ook was. Maar uiteindelijk ging ze liggen, met de deur naar de gang op een kier. Zo kon ze min of meer in de gaten houden wie er kwam. Toch kon ze niet slapen. De geluiden in het gebouw gaven haar het gevoel dat ze zich in een enorme rommelende buik bevond. Ze bleef liggen luisteren. Wachten. Waarop, dat wist ze niet. Ze hoorde zelfs haar eigen hart. Dat bonkte en sloeg. Een paar keer kromp ze ineen omdat er iemand door de gang liep. Dan hoorde ze het glijdende metalige geluid van de lift. Deuren die dicht-sloegen. Het geluid van het verkeer dat aanzwol en wegebde. Op een gegeven moment klonk het alsof iemand met een boorma-chine in een muur boorde, maar misschien kwam dat geluid van buiten. Ze stelde zich voor dat iemand probeerde zich een weg naar haar te boren. En opeens, als een langgerekt 'Amen' uit de gebeden van haar moeder, hoorde ze ergens ver weg een scheeps-fluit.

Ze pakte met haar ene hand haar andere vast, boven de deken. Haar huid voelde glad, warm en normaal aan. Net alsof ze thuis naast Vera lag. Dat hielp. Ze dwong zichzelf te voelen hoe prettig het was om je in een schoon bed uit te kunnen rekken ook al brandde en schrijnde het daarbeneden. Toen het licht tussen de gordijnen door begon te sijpelen en schaduwen op de grijze muur tegenover haar tekende, sliep ze nog niet.

16

'Hallo! Is hier iemand?'

Nog voordat Dorte wakker was zat ze rechtop in bed. Ze voelde de gebruikelijke messteek in haar onderlichaam omdat ze een bruuske beweging had gemaakt. De deur naar de gang stond op een kier, maar ze kon niet zien wie zichzelf had binnengelaten. Ze slikte en luisterde. Stak haar hand uit naar de badjas en stond op. Wie het ook was, ze wilde rechtop staan. Het klokje op het nachtkastje wees nog steeds tien over vijf aan. Ze trotseerde de dagelijkse marteling, dichtknijpen omdat ze moest plassen, en liep op blote voeten naar de gang.

Een vreemde vrouw hing net een elegante groene bontjas aan de kapstok. Het leek alsof ze hier thuishoorde en alleen even weg was geweest. Toen ze zich omdraaide en Dorte zag, sperde ze haar ogen open en zei: 'O jee!' Dorte kreeg het gevoel dat het de vreemdelinge niet beviel wat ze zag, maar er werd een goudbruine hand naar haar uitgestoken. Ze pakte de warme stevige knuist aan.

'Dag, Dorte. Ik heet Lara, en ik zal je overal mee helpen. Tom zei dat je een beetje ziek was. Daar moeten we iets aan doen.'

Al die woorden – in het Russisch! Als stuiterende ballen door de kamer. Het volgende ogenblik besefte Dorte dat ze blootsvoets in een blauwe badjas voor een vreemdelinge stond te huilen. Ze trok beschaamd haar hand terug en veegde haar gezicht af. De vreemde vrouw hield haar hoofd schuin en bekeek haar zonder een spier te vertrekken. Toen bukte ze zich, pakte een grote zwarte tas op en liep naar de keuken.

Dorte slofte zonder iets te zeggen achter haar aan. Ze scheurde een stuk van de keukenrol die op het aanrecht stond en snoot zo geruisloos mogelijk haar neus. Het was zo'n gevoel van bevrijding dat ze kon verstaan wat er gezegd werd, dat haar hoofd leek te zweven.

Lara haalde een zakje uit haar tas en legde dat op het aanrecht. Het verspreidde een intense geur van Nikolai, waardoor haar ogen het nog zwaarder te verduren kregen. Ze pakte nog een stuk keukenrol. Dit alles terwijl de vreemde vrouw onafgebroken bleef ratelen met de opgewekte diepe stem van een landarbeider.

'Het is een zware reis geweest, hoorde ik? Tom vertelde dat je te maken hebt gehad met onbeschofte mannen. Nu moeten we gewoon kijken wat er geregeld moet worden, dan komt alles goed. Natuurlijk! Alles komt goed. Rustig maar! Ik zal je helpen. Dit komt helemaal goed', zong ze terwijl ze de deur van de koelkast opendeed. Ze pakte een paar dingen op. Haalde er verpakte vlees-waren uit, bracht ze naar haar neus, snuffelde eraan – en liet ze in de afvalemmer vallen die je met een voetpedaal kon openen. Toen haalde ze een blocnote uit haar tas en begon te schrijven alsof ze een controleur op inspectie was. Daarna liep ze weer naar de hal, deed de deuren naar de kamers open en liep driftig heen en weer – alsof ze het vreselijk druk had.

Dorte was nog steeds niet naar het toilet geweest, maar dat was om de een of andere reden niet erg. Ze luisterde naar hoe goed het allemaal zou komen, hoe mooi het appartement was, hoe geweldig deze stad – en dat Tom een fantastische vent was. Het was alsof ze liedjes uit haar kindertijd hoorde, of naar het voorlezen van haar vader luisterde. Alles werd zo eenvoudig. Alleen maar omdat een vreemde vrouw aan één stuk door Russisch sprak.

Na een poosje kwam Lara terug naar de keuken en zette het koffiezetapparaat aan. In dit land maakten ze geen echte koffie. Geen molen. Geen blik met koffiebonen. Lara zette kopjes en glazen op de keukentafel. Haar handen schoten door de lucht als zwaluwen in hun grillige vlucht. Dorte was voorzichtig op een keukenstoel gaan zitten toen Lara zich plotseling omdraaide, alsof ze zich ondanks al haar geklets nu pas van Dortes aanwezigheid bewust werd.

'Ga je wassen en aankleden! We gaan gezellig eten!'

Als op een afgesproken teken liep Dorte naar de badkamer. Ze moest zó nodig plassen dat ze bijna op knappen stond. Nu ze toch al huilde vanwege de wonderbaarlijke Russische woorden, kon ze het maar beter gewoon laten gebeuren. Ze pakte schoon maand-verband en waste haar gezicht en handen. In de spiegel zag ze het gezicht van een leproos. Het korstje op haar lippen was eraf gevallen. Het bloedde. Ze drukte er een stukje wc-papier op zonder verder naar de schade te kijken. Wilde het geluid van de Russische woorden niet verpesten. Op het planchet onder de spiegel stond een plastic flacon met crème. Ze smeerde er wat van op haar gezicht, haalde een borstel door haar haren en bond het in haar nek bijeen met een elastiekje. Ze pakte schone kleren uit haar koffer, kleedde zich aan en sloop weer naar de keuken.

Lara was misschien een jaar of dertig. Ze had diepe rimpels rond haar mond en in haar voorhoofd, net als Dortes moeder. Ze had een goudbruine huid, alsof ze de hele dag in de zon werkte. Haar hals was een beetje craquelé, als een oude kruik. Haar haren waren lang en blond, net als dat van Vera. Maar niet zo glanzend. Leken meer op stro dat in weer en wind buiten had gelegen. Ze gebruikte veel make-up. Ze glimlachte vaak, maar heel kort. Alles wat ze deed, deed ze snel en gejaagd. Alsof ze voortdurend aan iets anders dacht, of ergens heen op weg was. Ze was niet dun en niet dik. Het was alsof haar lichaam voor eens en altijd in haar nauwe spijkerbroek en haar strakke truitje was geperst. Ze droeg een metalen riem rond haar heupen die fonkelde als ze liep. Tussen de riem en het truitje puilde haar lichaam uit, als een klein zwembandje.

Tijdens het eten – Lara dronk er koffie bij en Dorte melk – bedacht ze dat ze Lara misschien wel aardig zou gaan vinden, omdat ze Russisch praatte.

'Tom denkt dat je een paar dagen vakantie nodig hebt. Tot je je beter voelt en je hier gewend bent. Hij is een erg geschikte vent, maar hij moet je wel kunnen vertrouwen!'

'Hoe bedoel je, vertrouwen?'

'Je moet niet met de buren praten of tegen hen klagen. Ze verstaan trouwens toch geen Russisch of Litouws. Was het een vermoeiende autorit?'

'Weet ik niet…' Dorte sloeg haar ogen neer.

'Tom vertelde dat je bloedde en flauwviel.'

'O, dat, ja…'

'Heeft een klant je…? Was hij gewelddadig?'

Dorte staarde naar haar handen en gaf geen antwoord. Al haar nagels waren gebroken en de restjes waren afgekloven. De huid van haar pols was grijsblauw. Lara had goudbruine handen.

'Oké. Vertel alleen maar wat je kwijt wilt. Hoe oud ben je? Achttien?'

'Ik word zestien. Op 1 december...'

Lara sperde haar grote kogelronde ogen open, alsof het Dortes fout was dat ze nog geen zestien was.

'Had je klanten in Stockholm?'

'Nee.'

'Waarom niet?'

Dorte werd plotseling misselijk en zou willen dat dit gesprek voorbij was.

'Kun jij me helpen erachter te komen hoe laat het is? Het klokje op het nachtkastje staat stil.'

'Natuurlijk. Als we klaar zijn met eten', zei Lara ontwijkend terwijl ze op haar horloge keek. 'Het is bijna elf uur. Waar is het gebeurd?' Ze kneep haar brede mond samen alsof ze hem wilde inslikken, maar haar ogen hielden Dorte vast.

'Weet ik niet... In een sauna', fluisterde ze. Dat had ze niet moeten zeggen. Niet eens moeten denken. Ze verloor de controle over haar lippen en kin. Haar tanden maalden alsof ze dachten dat ze haar mond vol brood had.

'Wat deed hij?'

Dorte moest een hele poos slikken, Lara wachtte.

'Ze... zaten in fauteuils...'

'In fauteuils?'

Dorte knikte en keek door het raam. Haar vingers verslapten en het broodje viel uit haar handen. Op het bordje. Het was begonnen te sneeuwen. De vlokken stapelden zich op tegen de ruit en gleden daarna naar beneden. Ergens steeg rook op uit een schoorsteen. Een wollige witte streep die in tweeën werd gedeeld. De helften dreven elk een andere kant op. Ze kon het huis aan de overkant van de straat niet zien, want dat lag veel lager. Ze zag alleen het dak. Dat zag er plat uit. En zou binnenkort helemaal wit zijn.

'Ze waren met een heel stel?'

Dorte knikte.

'Gebruikten ze ook andere dingen, behalve zichzelf?'

'Ik geloof het wel.'

'Wat dan?'

'Weet ik niet. Ze hadden dingen... Knuppels... flessen... hout... uit...'

'Shit!' siste Lara. Ze kneep haar mond dicht tot een streep en zei een poosje niets meer, ging toen verder: 'Doet het pijn? Nog steeds?'

Dorte knikte.

'Als je naar de wc moet?'

'Dan het ergst...'

'Van voren en van achteren?'

'Hoe bedoel je?'

'Hebben ze in beide openingen dingen gestoken?'

Dorte legde haar handpalmen plat op tafel, aan weerszijden van het bordje met het broodje. De tafel werd nat, dus verplaatste ze haar handen naar een drogere plek. Haar schoot. Na een poosje hoorde ze Lara zeggen: 'Als ik je wil helpen, moet ik weten hoe je eraan toe bent.'

'Niet van achteren... voor...'

'Bloed je nog steeds?'

'Ja. Maar iets minder erg.'

'Is het tijd voor je menstruatie?'

'Nee.'

'Wanneer is dat?'

'Weet ik niet', mompelde Dorte en ze had het gevoel of ze met een leraar sprak die moest uitmaken of ze overging of niet. Ze wist niet of ze deze Lara wel aardig vond, ook al praatte ze Russisch.

'Weet je nog wanneer je voor het laatst ongesteld bent geweest?'

Dorte dacht na – en legde haar hoofd naast haar bord.

'Twee dagen nadat Nikolai naar Vilnius vertrok', snotterde ze.

'Wie is Nikolai?'

'De zoon van de bakker', zei Dorte en ze probeerde manhaftig rechtop te zitten.

'Wanneer is die vertrokken?' vroeg Lara met een vluchtig glimlachje.

'Weet ik niet meer…'

'Heb je met hem geslapen voordat hij vertrok?'

'Nee!' fluisterde Dorte vol ontzetting en ze besloot dat ze Lara niet mocht.

Het halve broodje lag met de worst naar beneden op haar bord. De afdruk van haar tanden stond erin. Alsof een beest het had weggegrist. Er lag een bleek groen komkommeroog naast.

'Goed. Drink je melk op en eet iets', zei Lara na een poosje.

Dorte keerde het broodje om, maar at er niet van. Ze snoot haar neus in het stuk keukenpapier, hard.

'Sorry! Dat ik zo vreselijk bot ben!' zei Lara terwijl ze Dortes arm aanraakte.

'Dat geeft niet…'

'Natuurlijk geeft dat wel! Ik kan me toch zeker wel menselijk gedragen ook al is de wereld een klotezooi!' riep ze uit terwijl ze zichzelf een tik op de vingers gaf.

Dorte moest glimlachen. Dat deed pijn in haar bovenlip.

'Wat heb je nodig?' vroeg Lara vriendelijk. 'Wat make-up misschien?'

'Melk. En verband…'

'Heb je daarbeneden gekeken? Hoe het eruitziet?'

Dorte sloeg haar ogen neer en schudde haar hoofd. 'Dat kan toch niet…'

'Jawel, je pakt gewoon een handspiegel, weet je.'

Het vreselijke gat verscheen voor Dortes innerlijke oog en ze vertrok onwillekeurig haar gezicht. Naar zoiets keek je niet vrijwillig. In ieder geval niet in een spiegel.

'Mag ik kijken?' vroeg Lara, alsof het om een kledingstuk ging.

'Waarom?'

'Om te zien of je misschien een dokter nodig hebt. Tom dacht dat.'

'Wat doet een dokter?'

'Je onderzoeken om te zien wat eraan te doen is.'

'Moet hij dan kijken en zo?'

'Dat zal hij wel moeten. Maar we kunnen proberen een vrouw te vinden.'

Dorte knikte. Het zou fijn zijn als een dokter haar kon genezen.

Lara boog zich voorover en tilde Dortes haar op.

'Je hebt mooi donker haar! Goed zo!' zei ze terwijl ze haar hoofd schuin hield. 'En mooie ogen – al zie je er nu een beetje moe uit. En wat ben je slank! Misschien een beetje aan de magere kant… Maar zo goed geproportioneerd! Je moet gewoon even bijkomen, dan gaan we de stad in om leuke kleren te kopen. Ondergoed… Dat is belangrijk. Wat heb je verder nog nodig?' vroeg ze met een opbeurend glimlachje.

'Mijn paspoort', mompelde Dorte terwijl ze toch een hap van haar broodje nam.

'Daar past Tom op. Dat heb je niet nodig.'

'Zonder paspoort kan ik niet naar huis.'

'Je gaat ook niet naar huis voordat je geld hebt verdiend. Dat weet je best.'

Dorte probeerde te slikken, maar het eten werkte niet mee. Ze moest een paar keer slikken voordat het naar beneden gleed.

'Liudvikas zei dat ik in een restaurant zou gaan werken', fluisterde ze terwijl ze Lara recht aankeek.

'Wie is Liudvikas?'

'De man die me meegenomen heeft naar Stockholm. Hij zei dat Nadia en ik in een restaurant zouden bedienen.'

'Nadia?'

'Ja. Zij kende Liudvikas al en wilde dat ik meeging. Maar ze kwam niet opdagen…'

'Daar zal ze wel voor betaald hebben gekregen.'

'Betaald?'

'Om jou te laten geloven dat jullie samen zouden gaan.'

'Dat kan niet waar zijn', hijgde Dorte.

Lara dacht heel even na. Ze zoog haar lippen naar binnen terwijl ze wat met haar enorme wimpers wapperde. Ze fladderden als lijstervleugels over haar jukbeenderen.

'Wat maakt het ook uit. Nu is Tom de baas. En daar mag je blij om zijn – zo slecht als die Liudvikas je behandeld heeft! Dat moet toch zelfs jij begrijpen, ook al ben je nog maar vijftien. Toch? Geen enkel restaurant neemt iemand aan die geen Noors spreekt. Bovendien betaalt dat slecht, vergeleken met wat je waard bent.'

'Zou ik wel in een restaurant kunnen werken als ik Noors sprak?' vroeg Dorte. Lara haalde haar schouders op en keek haar vermoeid aan.

'Ja, misschien, maar...'

'Dan wil ik Noors leren!'

Lara lachte even, maar Dorte zag dat ze haar serieus nam.

'Noors is moeilijk... Maar ik zal het tegen Tom zeggen. Misschien staat hij er positief tegenover. Sommige klanten hebben geen behoefte aan te veel... *action.* Die willen alleen gezelschap hebben, iemand om mee te praten. Dan is het prettig als je wat Noors kent. Oudere mannen zijn vaak aardiger dan de jongere. En ze hebben ook meer geld. Maar dan moet je hier wel een poosje blijven. Drie maanden is niet genoeg om Noors te leren. Ik heb geen verstand van verblijfsvergunningen en zo... Maar Tom weet ongetwijfeld raad.'

'Verblijfsvergunning?'

'Je bent hier als toerist, daarom moet Tom een aantal dingen regelen zodat je geen problemen met de politie krijgt.'

'Ik heb toch niks verkeerds gedaan...'

'Nee, nee! Maak je geen zorgen! Maar Tom heeft voor je betaald. Nu moet je hier drie maanden werken. Dat wil zeggen, eerst moet je weer aan elkaar groeien. Je mag vijfentwintig procent van je verdiensten mee naar huis nemen – na aftrek van wat je Tom schuldig bent.'

'Wat ben ik Tom schuldig?'

'Dat weet ik niet. Maar ik kan het vragen. In ieder geval de reis. En wat hij Liudvikas heeft betaald om je te krijgen. En je moet onderdak en eten en fatsoenlijke kleren hebben.'

'Waar ga ik werken?' Dorte hoorde haar eigen vraag nauwelijks. De resten van haar broodje vielen haar aan vanaf haar bord. Rode worst met witte poriën van vet. In het gelakte tafelblad zag ze een vreemd gezicht met barsten bij de slapen en de mond. De kleuren waren volkomen weggesleten.

'Hier. Je slaapt in het ene kamertje en ontvangt klanten in het andere. Je went er wel aan. Het is net als elke andere willekeurige baan waar mensen nauw contact met elkaar hebben. Ze moeten de douche kunnen gebruiken, maar verder hoef je ze niet toe te laten in de kamers die je zelf gebruikt. We verwachten nog een meisje, uit Rusland. Maar dat is alleen maar prettig voor jou, dan heb je iemand om mee te praten. De andere meisjes wonen niet half zo fraai als jij. Dit is Toms nieuwste investering. Ik geloof dat hij een beetje een zwak voor je heeft.'

'Waar woont Tom?'

'Dat maakt voor ons niets uit. Hij is veel op reis. Ik heb vooral telefonisch contact met hem.'

'Komt hij hier weleens?'

'Waarom vraag je dat?'

'Weet ik niet...'

Lara keek haar plagerig aan. Toen stond ze abrupt op, pakte haar kopje en bordje en stiefelde naar het aanrecht.

'Je moet maar Noors leren, dan kun je zelf met hem praten. Je mag mijn woordenboeken wel lenen. Ik heb ook cassettebandjes. Het heeft mij een jaar gekost... maar misschien kun jij het sneller, wie weet?'

'Met wie moet ik Noors praten?'

'Met mij! Ik kom elke dag. Ik laat ze binnen en weer uit... in ieder geval tot je iets meer ervaring hebt. Bovendien doe ik de boodschappen voor je. Dat is mijn werk. Na verloop van tijd kun je zelf met de klanten praten. Maar alleen over alledaagse dingen. Je moet hun niet je ziel geven. En vooral: je moet niet klagen! Maar eerst zullen we zorgen dat je gerepareerd wordt en weer aan elkaar groeit. Dat wordt je reinste vakantie!'

'Wat moet ik doen? Mijn werk?' fluisterde Dorte zonder haar aan te kijken.

'Godallemachtig! Ik snap niet hoe Tom dit in zijn hoofd heeft gehaald. Een meisje...' mompelde Lara met haar rug naar Dorte toe. Toen liep ze langzaam terug naar de tafel.

'Je moet aardig en opgewekt zijn. De klant weet zelf wel wat jullie moeten doen. Je hoeft niet te lachen of te glimlachen. Maar zorg dat je voldoende make-up gebruikt.'

'Ik heb geen make-up.' Dorte pakte het schijfje komkommer en drukte dat op haar pijnlijke oog. Lara lachte en gooide haar lange haar in haar nek.

'Zo hoort het! Een goed humeur! Niets zo belangrijk als een goed humeur. Als jij een klant ontvangt, maak ik even een ommetje of ik blijf zitten wachten. Als hij zijn jas heeft uitgetrokken, laat je hem de badkamer zien en de kamer die jullie gaan gebruiken. Ik zal je laten zien wat je moet aantrekken. Verder gaat alles vanzelf. Als hij klaar is, wil hij misschien douchen of zich wassen. Dan zorg je ervoor dat hij een schone handdoek krijgt. Daarna moet hij vertrekken. Laat hem niet blijven. Dat is regel één. Alleen zaken. Laat hem niet proberen met je aan te pappen! Ook niet als je Noors hebt geleerd! En laat ze je al helemaal geen drank of wijn aanbieden. Of drugs! Zelfs geen sigaretten. Tom heeft de pest aan stank. De eerste keren kom ik na een uur terug om te zien of alles goed met je is. Oké?'

De waterleidingen ruisten. Er moesten erg veel leidingen zijn in zo'n groot gebouw.

'Hoeveel mensen wonen hier?' vroeg Dorte.

Lara staarde haar even verbaasd aan, toen glimlachte ze en haalde de blocnote uit haar zak om iets te noteren dat haar te binnen schoot.

'Dit gaat helemaal lukken! Laten we eens naar je ondergoed kijken. Je moet een beha gaan dragen. Dat is het laatste wat je uittrekt. Dat en je kousen! Je moet sexy kousen hebben. Misschien een korset met jarretels. Maar eerst moet je me laten zien hoe het er daarbeneden uitziet!'

Ze liepen naar de kamer waar Dorte had geslapen. Lara legde een handdoek op het bed en zei wat ze moest doen. Ze ging onhandig op haar rug liggen, haar knieën gebogen, terwijl Lara haar handen waste. Ze moest maar gewoon haar ogen dichtknijpen en de tijd laten verstrijken. Toen voelde ze Lara's blote handen op haar naakte huid. Dat was uit te houden, ook al schaamde ze zich vreselijk. Lara ging grondig te werk. Toen de pijn toesloeg, piepte Dorte erbarmelijk. Ze hoorde een gesmoorde vloek tussen haar benen.

'Dat ze in de hel mogen branden! In de hel!' siste Lara terwijl haar hoofd boven Dortes buik verscheen. Ze leek op een draak uit een sprookje.

Ze streelde Dortes arm en wendde zich toen af, begon tegen het raam te praten. Dorte had nog nooit zo veel verschillende Russische vloeken gehoord.

17

De vrouw had een witte jas en een bezorgd gezicht. Maar ze accepteerde de naam die Lara had verzonnen. In ieder geval scheen ze die in haar computer in te voeren. Lara had Dorte van tevoren twee duidelijke instructies gegeven: 1) Als ze ervandoor ging terwijl ze buiten waren, zou Tom haar weten te vinden. Bovendien zou hij ervoor zorgen dat Lara ook verrot geslagen werd en haar baan zou verliezen. 2) Dorte moest haar mond houden terwijl ze bij de gynaecoloog waren. Lara zou het woord doen. Dorte kende alleen maar Russisch en was bij Lara op bezoek. Toen was er iets vreselijks gebeurd, een overval of iets dergelijks. Maar Dorte wilde er niet over praten en ze wilde geen aangifte doen.

'Aangifte?'

'Ja, in dit land mag je geen mensen mishandelen, dan kom je in de bak. Nou ja – er zijn een heleboel uitzonderingen.'

'Welke dan?'

'Mijn god, wat vraag jij veel! Ik kan toch niet alles weten.'

Zo ging het vaak als ze probeerde Lara iets te vragen waar ze geen antwoord op wilde of kon geven. Of als ze met haar gedachten ergens anders was en geen zin had om te antwoorden.

De zwarte hond en Dorte lagen samen op de enge bank met hun benen in beugels. Jankten zonder ook maar een keer te bijten. Toen de dokter een instrument inbracht, werd het toch ondraaglijk. Lara vertaalde wat de dokter zei, dat ze moest snijden voordat ze kon hechten, omdat de wonden zo lelijk begonnen te helen. Maar dat ze haar een verdoving zou geven om rustig te kunnen werken. Het kon Dorte niet schelen hoe het eruitzag, als het maar geen pijn deed. Ze had er nooit bij stilgestaan dat je mensen daarbeneden kon hechten, en ze schaamde zich vreselijk in het felle licht.

In het begin zat Lara op een stoel naar haar gejammer te luisteren. Maar toen het stil werd, kwam ze dichterbij, alsof ze wilde controleren of alles naar behoren werd afgehandeld. Uiteindelijk dook haar gezicht als een bruinverbrande maan op boven Dortes linkerknie. Haar bezorgde rimpels waren vooral erg diep in haar voorhoofd. De dokter zei iets wat naar Dorte aannam betekende dat ze wat afstand moest houden. Maar Lara haalde haar schouders op en bleef rustig staan, alsof ze een dierenarts hielp een koe te behandelen.

Toen het klaar was, gaf de dokter haar een papieren handdoekje en een stuk maandverband. Ze hielp haar van de bank af, leidde haar tot achter het kamerscherm. Dorte voelde zich opgelucht, ook al was de vloer ijskoud en zat haar slipje onder de vlekken. Ze kleedde zich aan terwijl ze steun zocht bij een soort barkruk. De twee anderen praatten Noors met elkaar. Dorte ging ervan uit dat Lara loog. De stemmen verraadden dat wat in de computer ingevoerd moest worden niet zo simpel was.

'Je wordt weer helemaal de oude, maar het duurt een paar weken. De hechtingen verdwijnen vanzelf, dus je hoeft niet terug te komen. Ze heeft je ook op hiv getest. En je bent niet zwanger. Dus nu ben je weer zo goed als nieuw. Dat is toch mooi?' vroeg Lara zonder op antwoord te wachten. Ze stonden weer buiten.

'Je moet antibiotica slikken en staalpillen nemen. De tests hebben blijkbaar uitgewezen dat je bloedarmoede hebt. Maar daar kunnen we iets aan doen', troostte ze.

Dorte was zich ervan bewust dat ze belachelijk liep. Haar dijen leken te ver aan de zijkant van haar heupen vast te zitten. Ze voelde zich nu beroerder dan toen ze kwam. Zou blij zijn als ze kon gaan liggen en een paar van de pijnstillers kon slikken die ze had gekregen. Toch wist ze dat er maar één ding was wat ze wilde: net zolang bloeden tot ze zo goed Noors had geleerd dat ze in een restaurant kon gaan werken. Alsof Lara haar gedachten las, legde ze haar arm om Dortes middel en zei: 'Geen geintjes uithalen! Haal je niks in je hoofd! Tom is oké, hij betaalt alles voor je. Dokter, medicijnen en zo. Maar probeer hem niet te bedonderen. Hij is aardig tot hij kwaad wordt. En dan kan ik je niet meer redden.'

'Wat zou ik moeten doen?'

'Wegvluchten uit de flat. Naar de politie gaan. Weet ik veel tot wat voor stommiteiten jij in staat bent?'

'Hij heeft mijn paspoort. Ik heb geen geld…'

'Zie je wel? Ze sluiten je op en zetten je het land uit nadat ze je in alle grote kranten aan de schandpaal hebben genageld. Met foto's en de hele rimram! Misschien ook wel in Litouwse kranten. Dan weet iedereen thuis wat voor soort werk je hebt gehad.'

Dortes hart sloeg een slag over. Vooral dat laatste mocht niet gebeuren! Ze kon niets zeggen. Ze sjokten naar een bushalte. De regen leek bijna sneeuw.

'Jij staat achter Tom, hoe dan ook?' wist ze uit te brengen.

'Ik sta achter mezelf. Hoe dan ook. Maar ik werk voor Tom.'

'Waar is hij?'

'Dat zijn jouw zaken niet. Maar ik kan hem vertellen dat je hem mist.'

'Ik mis hem niet.'

'Waarom vraag je dan voortdurend naar hem?'

'Dat doe ik niet!'

Ze wist niet of Lara en zij nu ruzie hadden, of dat dit gewoon Lara's manier van praten was. Maar toen de hechtingen begonnen te trekken en ze het koud kreeg omdat haar schoenen doorweekt raakten, begon ze te snotteren.

'Hou op met die onzin!' vroeg Lara met zachte stem. 'Luister eens! Als je je beter voelt, gaan we een keer in een tearoom taart eten. Dat hebben we wel verdiend', voegde ze eraan toe.

'Is het daar warm?'

'Natuurlijk is het daar warm! Als je daar van een kop warme chocolademelk zit te nippen, zul je het geweldig vinden om in deze stad te zijn!'

'Dat kan ik niet, want ik moet de hele tijd mijn moeder en mijn zus denken.'

'Wat is daar dan mee?'

'Die worden uit huis gezet omdat ik nog geen geld heb gestuurd.'

Dorte nam aan dat Lara liep na te denken, want ze zei niets

meer. Toen gaf ze Dorte een por in haar zij en fronste haar wenkbrauwen.

'Ik zal Tom vragen of hij wat geld kan sturen, ook al werk je niet. Jij kunt verdomme ook niks aan deze ellende doen! Geef me de naam en het adres van je moeder maar. Ik zal met hem praten.'

'Wil je dat echt doen?'

'Absoluut! Maar ik kan niet beloven dat hij ja zegt. Ondertussen moet jij iets aan je humeur doen. Als je niet meer bloedt, gaan we ondergoed kopen.'

'Dat heb ik niet nodig', mompelde Dorte.

'Natuurlijk heb je ondergoed nodig! Of wil je er helemaal een puinhoop van maken?'

Lara gaf haar een oude cassetterecorder. Met een deksel die opensprong als ze op het goede knopje drukte. Dan moest ze de cassette erin doen, de deksel dichtklappen en op 'play' drukken. Er zat ook een radio in. De stemmen waren één grote brij. Maar ze had wel veel plezier van de muziek. Daar was alles mogelijk. Veel popmuziek. Lara had haar het apparaat uiteraard vanwege de talencursus gegeven, maar je kon de radio ook gebruiken. Op een bepaalde manier was het alsof ze iemand bij zich had. Vooral op de dagen dat Lara niet kwam. Niet dat ze gesprekken kon voeren met onbekende mensen in een kastje, maar de stemmen waren op zich al een troost. Ze kon luisteren en leren. Ze begreep met de dag meer woorden. En omdat ze zich zo concentreerde op het woordjes leren, had ze geen tijd om aan al het andere te denken. Soms merkte ze dat ze zat te knikken, of de klanken nabootste. Alsof ze in een klaslokaal zat. Alleen had ze hier geen klasgenoten.

Haar vaders horloge wilde nog steeds de tijd niet meten. Maar Lara had de wekker op het nachtkastje weer aan de praat gekregen, vlak nadat ze al die vloeken had laten horen. Ze had hem zo hard op het nachtkastje neergezet dat Dorte dacht dat het glas zou breken. Maar het was een solide ouderwetse wekker.

Lara nam gele en roze papiertjes met een lijmrand aan de achterkant voor haar mee. Dorte schreef de Noorse woorden erop en plakte ze op de voorwerpen in het appartement. Soms hielp

Lara haar. Ze deden een spelletje dat erop neerkwam dat Dorte pas iets mocht aanraken als ze wist hoe het in het Noors heette. Af en toe moest Lara erg lachen om haar uitspraak. Het was niet onaardig bedoeld. De werkwoorden waren een probleem. Ze voerde niet zo veel uit en je kon er onmogelijk papiertjes op plakken.

De weinige keren dat ze naar buiten gingen, liep Dorte alleen maar te staren. Lara noemde Noorse woorden. Maar omdat ze op de dingen buiten ook geen briefjes kon plakken, vergat ze die snel. Er waren zo oneindig veel woorden. Buiten was de taal veel ingewikkelder dan binnen op de cassettespeler. De mensen op straat, in de winkels en in de restaurants praatten heel anders dan de stem die ze nadeed van het bandje. Hadden een heel andere melodie, waardoor ze moeilijk te verstaan waren. Toen ze zich hierover bij Lara beklaagde, kreeg ze te horen dat de mensen in deze stad een dialect spraken dat zelfs voor andere Noren moeilijk te begrijpen was. Een schrale troost. Want ze was nu eenmaal hier.

'Ik ben nog nooit iemand tegengekomen die het zo gemakkelijk oppikte!' troostte Lara haar als ze klaagde. Misschien zei ze dat alleen maar om aardig te zijn. Maar eigenlijk geloofde ze niet dat Lara zo scheutig was met complimenten.

Dortes vader had gezegd dat zij maar naar de kunstacademie moest. Maar er was iets in zijn stem waardoor ze hem niet helemaal geloofde. Of misschien kwam het omdat haar moeder zei dat ze het daar mee eens was, maar keek alsof ze iets heel anders in gedachten had. Toen Dorte op een dag uit school kwam, zat haar vader over haar tekeningen gebogen.

'Je hebt absoluut talent', zei hij, verdrietig bijna.

Ze kreeg het erg warm. Van een brandende schaamte.

'Maar talent is niet genoeg. Zelfs een goede hand hebben is niet genoeg om kunstenaar te worden. Je moet de juiste waanzin hebben. Al het andere opzijzetten.'

'Waanzin?' fluisterde ze terwijl ze op zijn schoot kroop.

'Veel mensen kunnen zich maar beter bij borduren houden, zoals je moeder verstandig genoeg doet.'

Dorte was even van haar stuk gebracht, ze begreep niet wat haar moeder met haar tekeningen te maken had. Ze had nog nooit gehoord dat haar moeder graag tekende. Haar vader tekende wel. Vooral kaarten en schetsen van landschappen die hij nooit af-maakte.

'Een goed stel hersens, daarentegen, schept verplichtingen, zelfs voor een vrouw.'

Dorte wist niet of ze het wel prettig vond dat hij dat over haar moeder – en haar – zei. Het verpestte het eerste wat hij gezegd had. Haar trots verdween toen hij over haar moeders borduurwerkjes begon. En toen haar moeder binnenkwam om hem iets te vragen, duwde hij Dorte van zijn schoot alsof ze de kat was, stond op en liep de kamer uit. Daarna had hij het nooit meer over haar talent. En tien dagen later was alles stil. Doodstil.

Ze wist niet meer wat ze gedaan had en of ze in de tijd die daarop volgde met iemand gepraat had. Tekenen deed ze in ieder geval niet. Later was ook alles verdwenen wat bij Wit-Rusland hoorde. Het leven dat ze geleid hadden toen haar vader elke dag thuiskwam van zijn werk en samen met hen at, de krant las, of in zijn stoel tegen hen zat te praten. Weg.

Ze waren niet rijk geweest, maar ook niet arm. Hun huis lag een beetje aan de rand van de stad, met akkers en hoge bomen eromheen. Ze kon nog lang nadat ze verhuisd waren de vogels in haar hoofd horen zingen, zoals ze altijd deden – nog voordat ze 's ochtends wakker werd. Kon zijn voorzichtige voetstappen horen als hij over de krakende vloer liep, en de trap af. Hij was graag alleen als hij 's ochtends zijn koffie dronk, die hij zelf zette.

Haar vader bestierde de bibliotheek in het stadje. Daarnaast gaf hij op het gymnasium les in Russische literatuur en geschiedenis. Hij was bijna altijd aan het lezen. Literatuur, politiek, taalkunde – en kranten. Of hij praatte tegen hen. Gesprekken kon je het niet noemen, hij vertelde eerder wat hem bezighield. Maar hij had nooit uitgelegd wat hij met de 'noodzakelijke waanzin' bedoelde. Daarna was het te laat. Nadat ze naar Litouwen waren verhuisd, dook het weer op. Vooral als ze het doosje met kleurpotloden openmaakte en het schetsblok dat hij haar ooit gegeven had. Maar dat legde ze snel weer weg. Alsof het van iemand anders was.

18

Nikolai wachtte vast op een brief van haar. Ze had er drie ge-schreven – maar Lara niet gevraagd ze te versturen. Hij zou eens kunnen begrijpen dat wat ze schreef, gelogen was. Dit soort dingen kon je niet afspoelen onder de douche. Toch schreef ze. Schreef over alles zoals ze wilde dat het zou zijn. Dat ze zes dagen per week in een restaurant werkte en één dag vrij had. Naar de bioscoop ging en langs de rivier wandelde. Dat ze veel samen was met een vriendin die Lara heette en die Russisch sprak. Dat ze Noors leerde, wat immers waar was. Net als de beschrijving van het weer en hoe de flat eruitzag. De brieven aan Vera en haar moeder werden ook niet verstuurd. Daarin schreef ze ook hoe het had kunnen zijn. Hoe het zou worden als ze de taal onder de knie had en ze gewoon werk kon krijgen.

Ze stopte de brieven in een plastic zak en legde ze onder de twee truien die ze altijd schoon in de kast had liggen. De derde droeg ze. Af en toe haalde ze de brieven tevoorschijn en probeerde ze ze in het Noors te vertalen. Maar ze was nog lang niet goed genoeg. Ze zou ze aan Lara kunnen laten zien, maar ze vond het geen prettig idee dat Lara zou zien dat ze loog, ook al wist ze verder alles van haar. Wist dat ze niet meer bloedde, maar nog niet had gemen-strueerd. Dat ze veel melk dronk, en bosbessensap vanwege het ijzer. En welke Noorse woorden ze had geleerd sinds ze elkaar de vorige keer hadden gezien. Maar van de brieven wist ze niets.

Dorte had ooit een oude brief aan haar moeder gevonden. Haar grootmoeder beschuldigde haar ervan dat ze haar familie te schande maakte. Dorte had niemand verteld dat ze hem gelezen had. Zelfs niet aan Vera. Je hoorde andermans brieven niet te lezen. Maar ze besloot dat ze haar grootmoeder niet aardig vond, wie ze ook was. Het ergste was dat ze vol minachting over de liefde tussen Dortes ouders schreef. Dat was erger dan alle andere dingen die er stonden. Bijvoorbeeld de zin 'Een advocaat in staatsdienst

laat zijn dochter niet trouwen met een Jood uit de provincie.'
Dorte besloot dat haar grootmoeder een oud doorgezakt paard
was met stront in haar manen en gevlekte tanden. Het afzichte-
lijkste wat ze op dat moment kon bedenken.

Maar lang voordat ze de brief had gevonden, had haar moeder
Vera en haar meegenomen naar een stad die nu Sint-Petersburg
heette. Hun grootvader zou begraven worden. De reis op zich was
al een sprookje. Al die mensen. De geuren. De fluit van de trein.
Het landschap dat voorbijstoof voordat ze tijd had tot zich door te
laten dringen dat het echt was. Haar grootmoeders appartement
was het grootste dat ze ooit had gezien. De herfst was nog warm.
De boeketten met de stijve kaartjes aan de stelen geurden in de
kamers. Vera en zij waren tien en acht jaar en ze waren nog nooit in
zo'n grote stad geweest.

Ze trippelden op nieuwe lakschoenen naast de volwassenen die
huilden en zachtjes praatten over de man die zij niet kenden en die
nu dood was. Bijna niemand praatte tegen hen. Hun vader was er
niet bij. Ze zouden wel bedacht hebben dat dat beter was. Alles was
anders dan thuis. Als er werd aangebeld deed een secretaris de deur
open. Hij zorgde ook voor alle mogelijke andere dingen. 's Nachts
sliep ze in een klein kamertje achter de keuken. Er was ook een
oude valse hond die aan iedereen een hekel had, behalve aan haar
grootmoeder. Toen Dorte hem wilde aaien, beet hij haar. Haar
moeder raakte volkomen overstuur, op een manier die Dorte nog
nooit had meegemaakt. Ook al huilde ze niet eens en stond ze daar
alleen maar met haar bloedende hand. Ze was het eigenlijk alweer
vergeten, want haar moeders pijn was zo veel groter dan de hare
toen ze gilde: 'Laat dat ouwe monster afmaken!' Het was een
wonderlijk tafereel, want ze hadden hun moeder nog nooit horen
schreeuwen.

Grote consternatie was het gevolg. Hun grootmoeder vroeg
haar op te houden zich als een verwend kind te gedragen. Maar
Vera kwam voor haar moeder op en schreeuwde: 'Maar ze ís je
kind ook!' De zus van hun moeder, die ze tante moesten noemen,
zei 'Arm kind' en liep weg terwijl ze aan haar vingerkootjes trok en
aan haar haren frunnikte. Haar grootmoeder deed of ze Vera niet

hoorde en vroeg de secretaris om Dortes hand schoon te maken en te verbinden. Alle vreemden deden of hun moeder niet bestond. De secretaris ook.

Toen ze 's avonds in bed lagen, zei Vera: 'Die heks!' Dat was voordat hun moeder hun welterusten kwam wensen en vertelde dat ze een dag eerder dan gepland zouden vertrekken. Dorte begreep heel goed wat Vera bedoelde. Eigenlijk wilde ze er niet aan denken. Maar Dorte begreep toen al dat haar moeder niet in dat huis paste en dat het heel begrijpelijk was dat ze met Dortes vader naar Wit-Rusland was vertrokken. Ze begreep ook waarom haar moeder er alleen maar op bezoek ging als er iemand begraven werd.

Haar grootvader lag keurig aangekleed in zijn kist. Maar ze leerde hem op die manier niet kennen. Zijn gezichtshuid leek van was – met grove poriën. Alsof iemand met behulp van een zeef minuscule stippeltjes had aangebracht. Zijn borstelige wenkbrauwen zagen eruit alsof hij ze gekocht had om mensen bang te maken. Veel te lang. Net als de haren in zijn neus. Zijn handen waren op zijn borst gevouwen en hij droeg witte handschoenen. Er was een roos tussen zijn duimen gestoken, die samen met hem moest sterven. Maar in het licht van de flakkerende kaarsen was hij nog donkerrood. Toen ze allang weer thuis waren, zag ze die roos soms weer voor zich. Zo kreeg de bloem toch een soort eeuwig leven. Maar haar grootvader bleef een onbekende voor haar.

Dortes moeder ging twee keer naar Sint-Petersburg. Toen haar vader stierf en toen haar moeder overleed. De laatste keer kreeg ze te horen dat haar kindsdeel van de erfenis aan een kuuroord aan de Zwarte Zee geschonken zou worden, omdat haar moeder daar was geweest toen ze last van haar zenuwen had. Dortes vader wilde dat ze naar de autoriteiten stapte om haar erfenis op te eisen. Maar haar moeder wilde dat niet. Dorte hoorde hen praten toen ze in bed lagen. Haar vaders stem klonk streng, alsof hij de leraar uithing. Haar moeder gaf na een poosje gewoon geen antwoord meer.

Toen haar vader dood was en ze geen geld hadden, probeerde

Vera met haar moeder te praten. *'Advocaat!'* zei ze met de stem van haar vader.

'Je kunt niets eisen van mensen voor wie je niet kunt bidden', zei haar moeder, zonder een spoortje woede. Maar die was er ongetwijfeld wel. Dat hadden ze in Sint-Petersburg gezien.

Dorte kon haar Noors niet met zo veel mensen oefenen. Eigenlijk alleen met Lara. Maar je kon de Maagd Maria ook aanspreken. Dorte zei haar simpele dankgebeden in het Noors op, maar lange ingewikkelde gebeden moesten in het Russisch. De gebeden die over vergiffenis gingen, en dat ze alsjeblieft weer thuis zou komen.

Lara nam vaak Noorse tijdschriften mee zodat ze kon oefenen met lezen. Dat was niet gemakkelijk, want ze moest veel in het woordenboek opzoeken om zelfs de simpelste zinnetjes te begrijpen. Lara riep altijd 'Hallo meisje, hoe gaat het?' in het Noors als ze binnenkwam. Maar als ze Dortes huiswerk had overhoord en ze een beetje hadden gepraat, had ze er genoeg van en ging ze over op het Russisch.

Er stroomde een rivier door de stad. Niet erg breed, maar wel mooi. Vanuit het raam van de flat kon ze een flauwe bocht zien. Toen haar wonden enigszins geheeld waren en ze gemakkelijker haar ene voet voor de andere kon zetten, bleef ze Lara maar vragen of ze naar de rivier konden gaan. Meestal verzon Lara uitvluchtjes om eronderuit te komen. Ze wilde wel winkelen of in een tearoom chocolademelk of *caffè latte* drinken. Langs een rivier lopen trok haar veel minder aan. Maar op de dag dat ze Dorte onderzocht en haar gezond verklaarde, stelde ze het zelf voor.

'Dat ziet er goed uit! We gaan een eindje langs de rivier wandelen!' zei ze trots, alsof zij dit allemaal zelf geregeld had. Iets wat tot op zekere hoogte eigenlijk ook waar was.

Dorte wilde er niet aan denken wat de gezondheidsverklaring betekende.

De kalender wees 1 december aan en ze vroeg zich af of ze Lara zou vertellen wat voor dag het was. Maar ze verwierp die gedachte weer. Het was koud en helder en midden op de dag. Toch was het licht zwak en leek het niet echt tevoorschijn te willen komen. Ze liepen door straten vol mensen, tot ze bij een rode brug kwamen. Midden op de brug bleef ze staan om te kijken naar alles wat in het water dreef. De vogels, de takken, het afval. De boten. De oevers waren anders dan thuis. Hier waren de huizen en het verkeer te dichtbij. De natuur moest in zekere zin een stapje terug doen. Maar het water was hier net zo rustgevend.

Plotseling dreef Nikolais gezicht onder de brug. Zijn gelaatstrekken waren vaag en er zat een eend op zijn voorhoofd.

Ze lieten de rivier achter zich en sloegen een straat in waar de mensen hun gehaast in drommen voorbijliepen, als een school koppige vissen. Het begon te sneeuwen. Droge korreltjes geselden hun gezicht en bleven op hun kleren liggen. Een ijskoude wind opende bij elke straathoek de jacht op hen. Op een plein zwaaiden de kerstverlichting en de versieringen heen en weer aan lantaarnpalen en dakgoten. De etalages leken op poëzieplaatjes van engelen en glinsterende voorwerpen. De mensen drukten zich tegen de muren van de huizen aan of liepen winkels in en uit. Ergens stonden twee mensen in een uniform geld in te zamelen in een zwarte pot. Uit de ingang van een winkelcentrum klonk iets wat op een gezang leek. Dorte hield haar jack vast onder haar kin en boog haar hoofd.

'Waarom jank je nou?' vroeg Lara vermoeid.

'Ik weet het niet. Ik hoop dat mamma en Vera niet op straat zijn gezet.'

'Wij hebben in ieder geval gedaan wat we konden. Je zou blij moeten zijn!' Ze doelde op het feit dat Tom beloofd had duizend kronen naar haar moeder te sturen. Ontzettend veel geld! Dorte had naam en adres in blokletters op een van de gele papiertjes geschreven. Lara zei dat Tom te vertrouwen was, maar Dorte was daar niet zo zeker van. Ze herinnerde zich niet eens meer hoe hij eruitzag.

'Waarom kon jij het geld niet sturen? Dan had ik met je mee kunnen gaan?' vroeg ze.

'Het is niet verstandig om het hiervandaan te versturen.'

'Waarom niet?'

'Tom heeft niet graag dat de politie komt snuffelen. Het zou kunnen dat je moeder je als vermist heeft opgegeven. Je moet gewoon dankbaar zijn dat hij geld wil sturen terwijl je tot nu toe alleen maar een onkostenpost voor hem bent geweest.'

'Ik weet het', mompelde Dorte. Ze had het koud, maar probeerde dat niet te laten merken, want ze wilde graag buiten zijn.

Lara keek naar haar, keek toen naar haar eigen bontjas en zuchtte.

'Die jas van jou is niets voor de winter. Weet je wat? We gaan hier naar binnen en kopen iets warms en moois – dus kijk een beetje vrolijker! Ik schiet het voor', verklaarde Lara terwijl ze haar de deur van de winkel met de kerstliederen binnenduwde.

De warmte sloeg hen tegemoet en Dorte trok zich terug in een hoekje om niet in de weg te staan. De mensen kwamen in horden binnen. Keken naar kleren, pakten de spullen beet, praatten met elkaar. Rukten kledingstukken van de planken en smeten ze weer terug, zonder er echt naar te kijken. Dorte werd duizelig van alle kleuren en alle bewegingen. De geluiden. De warmte. Alle onbekende mensen. Ze keken niet naar haar. Het was net alsof ze eigenlijk niet bestond.

Lara's telefoon ging. Ze nam op en luisterde een poosje, toen liet ze een heleboel Noorse woorden ontsnappen, als uit een zak. Ten slotte grijnsde ze breed en hing op.

'Gefeliciteerd met je verjaardag! Waarom heb je niks gezegd? Tom heeft in je paspoort gezien dat je vandaag zestien bent geworden. Hij belde om me te vragen je te feliciteren. Ik zei dat je bijna crepeerde van de kou en een winterjas en schoenen nodig had. Hij zei dat we moesten gaan shoppen!' zei ze triomfantelijk terwijl ze haar mobieltje in haar zak stak. 'Weet je wat hij zei toen ik vroeg of ik het moest optellen bij wat je hem al schuldig bent?'

'Nee', mompelde Dorte.

'Dorte en ik worden het wel eens over de betaling!' Lara's lach kwam vanuit haar buik.

'Hoe dan?' vroeg Dorte.

'Stel je niet aan! Wees blij dat hij je aardig vindt. Daar kun je veel profijt van hebben.'

Ze kochten een rood donsjack en dikke witte winterschoenen met nepbont en veters. Vera zou gezegd hebben dat ze 'gaaf' waren. Ze sloten als warme handen om haar voetzolen. Plotseling herinnerde ze zich hoe Tom haar voeten had vastgehouden toen hij de plaid om haar heen wikkelde. Of had ze dat verzonnen? De jas was zo licht als een veertje! De rits nog nooit gebruikt. Ze wendde zich af zodat Lara niet zou zien dat ze bijna weer moest huilen.

'Je kunt de schoenen aanhouden, als je wilt', zei Lara terwijl ze wat merkwaardige bewegingen maakte. Haar handen graaiden aan beide kanten onder haar jas, alsof ze overal zakken had. Ze trok een pruilmondje en diepte een bundeltje bankbiljetten op, dat ze razendsnel in haar hand verborg. Het was een vermogen, in Dortes ogen. Toen Lara betaald had, danste ze om de toonbank heen alsof ze haar bontjas wilde showen.

'Trek dat jack ook maar aan, dan vragen we een tasje voor je oude jas!'

'Was dat niet vreselijk duur?' vroeg Dorte.

'Drie klanten. Maar voor jou tussen de één en de twee', fluisterde ze en ze vervolgde hardop: 'Is het niet geweldig om zo te kunnen shoppen? Heerlijk! Te kunnen kopen wat je nodig hebt? Toch?'

Dorte zou willen dat Lara dat van die klanten niet gezegd had. Misschien moest ze daar elke keer aan denken als ze zich aankleedde om naar buiten te gaan?

Ze gingen naar een tearoom om haar in het zonnetje te zetten, zoals Lara het noemde. Appeltaart en chocolademelk met slagroom. Dorte had geen zin om haar jack uit te trekken, maar moest wel. Het was te warm. Ze hing hem over de rug van haar stoel en leunde ertegenaan.

Het was druk in de tearoom. Een man alleen zat aan een tafeltje een krant te lezen, maar de meeste mensen hadden iemand om mee te praten. Iedereen had papieren of plastic tasjes bij zich met cadeautjes erin. Kerstpapier in vele kleuren straalde haar tegemoet.

Ze had Vera en haar moeder iets voor de Kerst moeten sturen. Misschien kwam de postbode het brengen? Eerst zou hij met twee vingers in zijn mond voor het raam staan fluiten. Dat betekende dat hij iets voor hen had. Dan zou Vera naar beneden rennen. Dorte zag al voor zich hoe ze met het pakje in haar armen terugkwam bij haar moeder.

'Ik denk dat ik mijn donsjack naar Vera stuur, mijn zus', zei ze.

Lara keek verschrikt op en legde met een klap haar theelepeltje op het schoteltje.

'Nee, dat doe je niet!' zei ze stellig. 'Dat heb je zelf nodig. Het kan hier ontzettend koud worden. En dat duurt maanden. En als je weer ziek wordt, loop je een heleboel geld mis.'

'Hoeveel is een klant?' fluisterde Dorte voor zich uit terwijl ze met beide handen haar mok vastpakte. De mok was lauw en er zat een glanzende afdruk van haar lippen op. Ze wreef er met een vinger overheen om die weg te vegen.

'Vijftienhonderd kronen voor een half uur. Vijfentwintighonderd voor een heel. Dat vraagt Tom voor zijn speciale meisjes. Op het gevaar af zichzelf uit de markt te prijzen, uiteraard...' fluisterde Lara terwijl ze zich over de tafel boog. Haar lippen waren groot en roze.

'Speciale meisjes?' Dorte fluisterde ook.

'Jij bent nog bijna maagd! Mooi en onschuldig. Schattig, dat ben je. Steek je tietjes vooruit en zeg tegen jezelf dat je het ver kunt schoppen. Je hebt vijf, zes jaar te gaan, hoogstens! Dan is het afgelopen! Alle sportlui moeten alles eruit halen en zo veel mogelijk bonussen verdienen zolang ze aan de top staan. Je wordt moe, weet je. Dat merken de klanten. Dan is het te laat. Maar één ding wil ik je vertellen: begin niet met drank of drugs. Zolang ik verantwoordelijk voor je ben, krijg je die kans niet. Hoor je me?'

'Waarom zou ik?'

Lara dacht na terwijl ze Dorte van onder haar zorgvuldig zwartgemaakte wimpers opnam.

'Je moet niet denken dat ik niet weet dat het leven niet altijd even gemakkelijk is. Dan kun je in de verleiding komen om iets te slikken of iets te verzinnen om eraan te ontsnappen. Ik heb dat zelf ook gedaan. Daarom heet ik Jensen.'

'Jensen?'

'Ja! Ik dacht dat alle Noorse mannen heiligen waren en dat ik door te trouwen een goed leven zou krijgen. Maar hij was een crimineel en een rotzak! Ik kon hem wel vermoorden, maar gelukkig heeft iemand anders dat karweitje voor me opgeknapt…'

'Wat had hij gedaan?' Dorte keek haar met open mond aan.

'Breek me de bek niet open, dan word ik woedend! En dat in een restaurant. Maar denk maar niet dat alle Noren engelen zijn. Ik ken meer rotzakken dan jij op twee handen kunt tellen. Maar wat geeft het! Als je nu drie maanden je best doet, dan ben je klaar! Misschien kun je voor jezelf beginnen. Als je je goed gedraagt en de taal leert.'

'Dat gaat niet zo snel. Ik heb immers niemand om mee te praten.'

'Wij praten toch samen', zei Lara beledigd. 'We kunnen best nu een cursusje doen. Meteen! Schoenen!' zei ze terwijl ze op Dortes nieuwe schoenen wees.

Dorte stak tegenstribbelend haar hoofd onder de tafel en zei haar na. Op de vloer zag ze plasjes gesmolten sneeuw en afdrukken van vieze zolen. Er zat een jong stelletje aan de tafel naast hen. Zij droeg zwarte laarsjes met een bontrandje. De ene rits was niet helemaal omhooggetrokken. De punten waren kaal en afgetrapt en de hakken scheef afgesleten. Een grijze rand van pekel en vocht was tot hoog op de enkel zichtbaar. De man droeg rode sport-schoenen met wollen sokken. De veters zaten los. In dit land bleef je blijkbaar doorlopen tot dingen stukgingen. Zo ging dat mis-schien als je rijk was en je er niet aan hoefde te denken hoeveel alles kostte.

'Wat is "Noren zijn zo rijk dat ze niet voor hun schoenen zorgen" in het Noors?' vroeg ze.

Lara lachte en vertaalde de woorden. Dorte herhaalde het een paar keer, tot ze besefte dat de mensen aan de andere tafeltjes op hen begonnen te letten. Toen klapte ze dicht en sloeg haar ogen neer.

'We kunnen beter oefenen als we alleen zijn', zei Lara resoluut.

De eerste keer dat ze samen de stad in gingen, had ze Dorte al ingepeperd dat het niet verstandig was om aandacht te trekken. Maar dat gold blijkbaar alleen voor Dorte, want Lara moest toch weten hoe zijzelf opviel. Al helemaal door de manier waarop ze Noors sprak. Dorte besefte dat ze in haar nieuwe kleren voor een Noorse kon doorgaan, zolang ze maar niets zei.

Toen ze weer op straat stonden, dacht Dorte eraan hoe het was om een gewoon iemand te zijn in deze stad. Om met iedereen te kunnen praten. Ergens te werken. Met je eigen geld te betalen. De deur met je eigen sleutel open te doen. Hem achter je in het slot te draaien en te weten dat niemand binnen kon komen. Iemand te hebben om mee te praten. Iemand die niet bij haar was omdat hij of zij daarvoor was ingehuurd.

Op een hoekje stond een stel jongelui te lachen. In de etalage achter hen stond een kerstman met een rode muts en een pollepel in zijn hand. Hij boog zich mechanisch over een pan met pap terwijl hij tevergeefs probeerde iets met de pollepel op te scheppen.

'Laten we een bus pakken. Ik moet ook nog langs de andere meisjes voordat mijn dag erop zit', zei Lara. Ze had het niet vaak over de anderen, maar Dorte wist dat ze er waren.

Een oude vrouw hield hen aan en vroeg hun iets. Ze leek verdwaald te zijn. Lara glimlachte, legde uit en wees – en de vrouw bedankte haar een paar keer. Dorte keek naar de grond en wachtte.

'Je ziet er volkomen doodsbang uit. Je moet de mensen vaker recht aankijken', zei Lara toen ze weer alleen waren. 'Als je voortdurend naar de grond kijkt, zal niemand je vertrouwen. Mensen gaan denken dat je bang bent, of dom, of erger.'

'Erger?'

'Ja! Oneerlijk! Als de klant denkt dat je oneerlijk bent, komt hij niet meer terug.'

Dorte bloosde van schaamte omdat ze erop gewezen werd dat ze een oneerlijke indruk zou kunnen wekken. Toen ze de grote kerk konden zien, vroeg Dorte of ze naar binnen konden gaan om een kaarsje op te steken. Maar Lara had geen tijd. Er lag rijp op de hoge bomen en de hemel was grijs. De rook uit de hoogste schoorstenen hing in grijze spiralen boven de daken van de huizen.

'Hoe heet dat in het Noors, wat de klanten doen…?'

Lara begon hard te lachen. Dat was het leukste aan haar. Dat ze plotseling, en bijna zonder reden, in de lach kon schieten. Lara lachte voor twee – in haar eentje.

'Neuken!' zei Lara. Op dat moment kwamen ze een man tegen met een paars overhemd onder zijn loshangende winterjas. Hij wierp Lara een ijzige blik toe en liep snel door.

'Jeetje! Dat was vast een dominee!' giechelde Lara terwijl ze Dorte in haar zij porde.

'Is dat een vies woord?'

'Wat heet vies. Dat is wat de mensen zeggen.'

'Tegen hun kinderen?'

'Dat weet ik niet. Dat hangt een beetje van de mensen af.'

'Zou jij het tegen je kinderen zeggen?'

'Nee, ben je gek! Ik ben ten slotte een fatsoenlijk iemand!'

19

Die avond stond Dorte na het douchen haar haren te drogen terwijl ze probeerde niet aan de dag van morgen te denken. De spiegel liet zien dat haar gezicht er weer bijna net als vroeger uitzag. Een klein wit litteken bij haar wenkbrauw en een blauwachtige zwelling van haar bovenlip herinnerden aan wat ze zich niet wilde herinneren.

Ze hoorde een onverwacht geluid en dacht dat er iemand in de flat was. Dat was niet voor het eerst, maar deze keer hoorde ze het duidelijk. Het hart bonkte haar in de keel. Ze slikte. Luisterde.

Er was iemand! Die moest binnengekomen zijn toen zij onder de douche stond. Lara kwam nooit om deze tijd. Bovendien riep zij altijd: 'Dorte? Ben je thuis?' Alsof er iets anders mogelijk was.

Had Lara gewoon een man binnengelaten, zonder iets te zeggen? Moest ze dit alleen opknappen? Zonder Lara? Ze legde de handdoek neer en trok razendsnel haar badjas aan terwijl ze luisterde of ze iets in de hal hoorde. Iemand ritselde met kleren, misschien met plastic zakken. Toen hoorde ze langzame voetstappen, op sokken. Zachte, maar vastberaden stappen op het parket. Ze liepen van haar weg, maar kwamen al snel terug, nu dichterbij. Dorte deed de badkamerdeur op slot. Het klikje klonk als een geweerschot. De voetstappen bleven staan, alsof die persoon luisterde.

'Ik ben het, Tom!'

Dorte hijgde, met haar kin op haar borst. Ze bond haar ceintuur om haar middel en probeerde tijd te winnen. Eerst begreep ze niet waarom ze zo opgelucht was, blij bijna. Toen drong het tot haar door dat ze de Noorse woorden echt verstaan had. Ze stak haar voeten in de pantoffels met konijnenoren en deed de deur open. Hij stond vlak voor haar, zonder schoenen en jas, en glimlachte. Zijn overhemd was niet wit zoals de vorige keer, maar blauwgeruit. Hij droeg een spijkerbroek en was volkomen anders dan die avond een eeuwigheid geleden, toen hij eieren met spek gebakken had, haar had opgesloten en was vertrokken. Een snelle blik in de hal vertelde haar dat hij zijn zwarte aktetas niet bij zich had.

'*Happy birthday to you!* Fris gewassen en mooi!' zei hij opgewekt, alsof ze oude bekenden waren die elkaar weer tegen het lijf liepen. Maar ze liet niet merken dat ze verstond wat hij zei. Zou dat onder geen beding doen, ook al herinnerde ze zich dat Lara gezegd had dat ze Tom niet boos moest maken. Ze slikte. Hij was duidelijk van plan een poosje te blijven, als hij zijn jas en schoenen had uitgetrokken.

'Ik heb twee halve kippen bij me, patat en cola', zei hij terwijl hij haar vragend aankeek. Toen er geen enkele reactie kwam, nam hij de plastic zak mee naar de keuken. Daar legde hij het eten op borden, sneed schijfjes tomaat en komkommer en schikte die eromheen. Dekte de keukentafel met bestek en glazen. Ze bleef in de deuropening staan, wist niet goed wat ze moest doen.

'Je wilde misschien net naar bed gaan? Je hoeft je voor mij niet aan te kleden, hoor, ik hoef niet zo lang te blijven', zei hij en hij herhaalde dat in het Engels toen ze geen antwoord gaf. Alsof zij kon beslissen hoelang hij bleef.

Ze zat op het puntje van haar stoel en keek naar de gegrilde vogel die dezelfde kleur had als Lara's huid. Die kleur zou ook wel niet natuurlijk zijn. Tom keek naar haar en zei toen: 'Lara zegt dat je al een beetje Noors verstaat.'

'Een beetje…' Ze besefte dat ze sinds de dag dat ze hier gekomen was alleen maar met Lara had gepraat. Hoelang was dat geleden?

'Mooi! Lara zegt dat je weer gezond bent… Is dat zo?'

Ze kreeg een hol gevoel van binnen. Dat zich uitbreidde. Ze kon niet eens knikken. Of haar hoofd schudden.

'Eet iets! Hou me gezelschap!' zei hij terwijl hij vakkundig het gouden vel van de vogel stroopte.

Ze probeerde te doen wat hij zei, maar de vogel vloog weg, ondanks zijn gegrilde onbeweeglijkheid. Mes en vork wilden niet samenwerken met de vreemde vingers die ze moest gebruiken. Het drong tot haar door dat ze al eerder zo hadden gezeten. Onderweg.

Hij legde zijn mes en vork even neer, nam een slok cola en keek haar van onder neergeslagen, bijna onzichtbare wimpers aan. Plotseling wees hij op zichzelf.

'Ben je bang voor mij?'

Ze sloeg blozend haar ogen neer en gaf geen antwoord. Maar toen herinnerde ze zich wat Lara had gezegd over mensen in de ogen kijken en ze dwong zichzelf zijn blik te beantwoorden. Ze prikte een stukje patat aan haar vork en bracht dat naar haar mond. Het smaakte een beetje naar tandpasta.

'Je bent Noors aan het leren?' vroeg hij ernstig terwijl hij naar de briefjes keek die overal hingen.

'Ja', fluisterde ze.

'Goed zo! "Raam"', las hij, naar het papiertje op het raam-kozijn kijkend.

'Raam', herhaalde ze.

Hij glimlachte met open mond. Een van zijn voortanden stond naar binnen. Ze wist niet of hij begreep dat ze terugglimlachte.

Hij ruimde de keuken op, net als toen. Was erg netjes. Spoelde de borden en het bestek zorgvuldig af met warm water en zette alles in de afwasmachine. Stopte de overblijfselen van de kip in de plastic zak die hij dichtknoopte en bij de voordeur zette. Deed een schone zak in de afvalemmer. Ze stond bij de tafel toe te kijken en wist niet wat hij van haar verwachtte. Gelukkig leek hij niet boos te zijn dat hij alles alleen moest doen. Hij leek eerder opgewekt. Toen hij klaar was, wenkte hij haar mee naar de woonkamer.

'Laten we gaan zitten en praten!'

'Noors praten?' stamelde ze terwijl ze op de bank ging zitten. Toen bedacht ze dat ze misschien op zijn plek was gaan zitten. Het was immers zijn flat. Maar het zou erg raar zijn als ze nu weer opstond.

'Goed zo!' zei hij terwijl hij naast haar neerplofte, als vanzelf-sprekend, alsof ze in de auto zaten.

In het begin zat ze op spelden. Ze probeerde alle woorden te verstaan die hij op haar afvuurde. Later trok ze haar voeten onder zich op, wikkelde de badjas om haar kuiten, leunde achterover en luisterde naar zijn stem. Die was nog hoger dan ze zich herinnerde.

Alsof er iets mis was met zijn stembanden. Soms kregen de Noorse woorden een betekenis. 'Lara en jij vrienden?' 'Vind je het leuk hier?' 'Geld sturen naar moeder.'

Na dat laatste stamelde ze: 'Dankjewel!' Hij glimlachte. Zijn bovenlip werd smal en zijn mondhoeken lagen nu nog dieper. Plotseling begon hij over muziek te praten, met meer woorden dan zij kende. Hij stond op en haalde een rond voorwerp uit de zak van zijn leren jasje dat aan de kapstok hing. Deed een deksel open en stopte er een schijfje in. Duwde propjes met draden eraan in zijn oren en drukte op een paar knoppen. Hij zat een poosje te luisteren, met wiegend hoofd. Ze probeerde niet naar hem te kijken. Toen haalde hij de propjes uit zijn oren en stopte ze in die van haar. Ze deinsde achteruit. Zijn vingers kwamen te dichtbij.

Maar toen werd ze meegenomen, langzaam, het was alsof je in lekker warm water zat. Haar handen kwamen tot rust in haar schoot. Haar kaken probeerden zich niet meer zo krampachtig aan haar gezicht vast te klampen. Haar schouders zakten terug op de bank en namen de rest van haar lichaam met zich mee, alsof ze alleen in de kamer was.

'Mooi?' vroeg hij na een poosje.

Toen ze hem vragend aankeek, zei hij: 'Mooie muziek?'

'Ja!'

'Je mag hem wel hebben. Ik heb er meer. Bach en Mozart ook. Dit is Sibelius.'

Ze moest hem wel aankijken. Dat gebeurde vanzelf. Niets klopte. Ze besefte dat ze zo goed naar Lara's waarschuwingen had geluisterd dat ze was vergeten hoe hij was als ze samen waren. Tijdens de reis. Daar waar ze geslapen hadden. Lara's waarschuwingen dreven weg op hun eigen onredelijkheid. Maar toen hij zijn hoofd in haar schoot legde, zijn benen over de leuning strekte en zijn ogen sloot, kwam dat volkomen onverwacht. Ze wist niet wat ze moest doen. Ze voelde de druk van zijn hoofd in haar schoot. Zijn warmte drong door de dikke badjas heen. Hij bewoog zich niet. Alleen zijn borstkas ging op en neer. De drie bovenste knoopjes van zijn overhemd waren los. De pijp van zijn spijkerbroek was over zijn ene scheenbeen omhooggeschoven. Zijn enkel was bijna wit boven zijn zwarte sok. Zijn buik leek hol. Zijn huid spande over zijn jukbeenderen.

Hij hoorde blijkbaar dat de muziek afgelopen was, ook al zaten de propjes in haar oren, want hij rekte zich uit en zette het apparaat weer aan. Daarna draaide hij zich op zijn zij en trok hij zijn knieën op. Liet zijn hand voorzichtig onder haar badjas glijden, liet hem daar even liggen, begon toen onder haar nachthemd te voelen. Ze verstijfde. Al haar poriën vroren dicht. Ze bewoog zich niet. Maar hij ook niet. Het was alsof hij zonder het te beseffen zijn hand had verplaatst toen hij zich omdraaide.

Na een tijdje kon ze weer ademhalen. Hij lag daar alleen maar. Eén keer streelde hij haar afwezig, alsof hij sliep, over haar scheenbeen en haar dij. Toen sloot zijn warme hand zich rond haar knie. Ze wist niet of hij echt sliep. De lucht buiten, voor het raam, was een ondoordringbaar vlies. De sneeuw wachtte tot hij zich naar beneden kon storten. De lichten vanaf de heuvel achter de stad vuurden een constante reeks slaperige flitsen af. Toen de muziek afgelopen was, bleef ze zitten, alsof alles zo hoorde te eindigen.

Ze werd langzaam wakker omdat iets helemaal veranderd was. De propjes waren uit haar oren gegleden. De druk die ze in haar schoot voelde, kwam niet meer van zijn achterhoofd. Het was zijn gezicht. Zijn mond. Direct op haar huid. Hij trok haar langzaam omlaag op de bank. Ze voelde iets vochtigs. Zachts. En dat zijn wang over haar dijbeen raspte.

Haar ademhaling stopte terwijl haar hart op hol sloeg. Het was het puntje van zijn tong! Ze wilde zich omdraaien, opstaan. Maar bleef liggen. Als een vermoeide vlinder op de vensterbank, aan het einde van de zomer. Hij likte haar vol overgave en voorzichtig. Af en toe liet hij zijn hand over haar buik dwalen. Of hij hield even op en haalde adem, alsof hij ergens naar luisterde.

Ze gaf geen kik, bewoog zich niet terwijl haar bloed naar alle kleine adertjes stroomde en haar vloeibaar, zacht maakte. Een keer drukte ze zich even tegen hem aan. Toen legde hij beide handen onder haar billen, tilde zijn hoofd op en ontblootte haar buik. Daarna voelde ze zijn mond weer. Ze wist niet dat dit gevoel bestond. Voordat ze besefte wat ze deed, tilde ze haar armen op en pakte ze zijn schouders beet. De harde spieren onder zijn dunne overhemd bewogen zich op de maat van de behoedzame aanrakingen. Ze was gereduceerd tot één punt, en dat punt beroerde hij met zijn tong. Al het andere, alles wat gebeurd of niet gebeurd was, verdween.

Toen ze de tweede keer wakker werd, had hij haar net stevig vastgepakt en droeg hij haar naar het bed. Hij trok in het donker haar badjas uit. Legde haar in bed en trok het dekbed over haar heen. Er werd niets gezegd. Toen de duisternis een muur werd omdat hij de deur naar de gang dichtdeed, begreep ze dat ze alleen in de kamer was.

Wat zou er gebeuren als ze hem riep? En wat moest ze dan roepen? 'Kom terug! Laat me niet alleen!' En als hij dan toch wegging? Of lachte? Dan zou alles kapot en ondraaglijk zijn. Toen ze hoorde dat hij de voordeur achter zich op slot deed, voelde het laken koud en gevaarlijk aan. Als een onberekenbare leegte.

20

'Hoe kom je hieraan?'

Lara stond midden in de woonkamer met de ronde discman in haar handen. De oordopjes bungelden hulpeloos aan de draden.

'Tom!' antwoordde Dorte.

'Is Tom hier geweest? Waarom heb je dat niet meteen gezegd?'

'Je bent net binnen...'

'Net binnen! Mijn god! Als Tom hier geweest is, moet je dat vertellen!'

'Jullie overleggen toch altijd samen.'

'Niet brutaal worden!' zei Lara schel en ze trok haar korte truitje over haar navel. In een bobbelige huidplooi hing een gouden ringetje dat meteen weer tevoorschijn piepte.

'Het was niet mijn bedoeling om... brutaal te zijn.'

'Laat maar! Wat zei hij?'

'Hij praatte Noors, ik begreep er niet veel van. Ik ben niet vergeten hem te bedanken omdat hij mijn moeder geld heeft gestuurd.'

'Goed zo! Wat wilde hij?'

'Ik weet het niet... Ik geloof dat hij alleen maar wilde uitrusten.'

Lara kwam vlak bij haar staan en keek haar met half toegeknepen ogen aan.

'Uitrusten, het zal wel! Luister eens, meisje! Probeer niet iets voor me te verzwijgen. Wij moeten elkaar steunen, anders loopt het niet goed af. In ieder geval niet voor jou!'

'Hij kwam gewoon binnen – gisteravond laat', piepte Dorte. Bij Lara uit de gratie raken zou haar te eenzaam maken.

Lara legde de discman met een klap op tafel. De oordopjes vielen over de rand en probeerden zich om de tafelpoot te slingeren.

'Niet beginnen met gekonkel en geintjes! Begrepen? Vertel me precies wat er gebeurd is!'

Dorte kon met de beste wil van de wereld niet vertellen wat er gebeurd was. Ze zou sterven van schaamte. En terwijl ze daar met onrustige blik voor Lara stond, begreep ze dat ze zich al schaamde. Omdat ze alles wat Tom had gedaan zo prettig had gevonden.

Lara wendde zich af en zuchtte.

'Zie je, hij slaapt nooit met de meisjes... zelf...'

'Ook niet met jou?' Die vraag flapte er gewoon uit.

Lara draaide zich bliksemsnel om en snauwde: 'Hou je kop!' Maar na een poosje mompelde ze: 'Weet ik verdomme veel met wie hij slaapt! En of hij het überhaupt met iemand doet! Hij is net een monnik... Een eng soort monnik! Soms vraag ik me weleens af of er iets mis is...'

'Hoezo... mis?'

'Laat maar! Niks over zeggen!' Lara borstelde een paar onzichtbare stofjes van haar truitje. Dat had zilveren spikkels die in alle richtingen bliksemschichten schoten. 'Heeft hij het over mij gehad?' wilde ze weten.

Dorte dacht na, het zou niet slim zijn iets te zeggen waardoor ze weer ruzie kregen.

'Ik begreep er bijna niks van... Maar hij gaf hoog van je op', loog ze. 'En hij vroeg of ik... gezond was...'

Ze namen elkaar even op, toen werd het Dorte te veel. Ze trok de kraag van haar trui over haar hoofd en jankte. Bleef gewoon midden in de kamer staan. De schaduw van Lara tekende zich af door de trui die ze thuis in een tweedehandswinkel had gekocht.

'Hij heeft een zwak voor je', hoorde ze. 'Niet te geloven dat hij je in deze grote flat laat wonen, moederziel alleen. Als een luxepoppetje! Dat heeft hij mij nog nooit aangeboden, ook al doe ik alles wat hij zegt. Maar hij heeft je niet geneukt?'

'Hou op!' schreeuwde Dorte zo hard dat haar trommelvliezen pijn deden. De kraag van haar trui was nat en plakkerig.

'Schreeuw niet zo tegen me! Stel je niet aan!'

Op dat moment ging haar mobieltje. Ze groef in haar tasje, vond hem en luisterde. Zei een paar woorden in het Noors en luisterde weer. Vervolgens liep ze naar de badkamer om te praten, alsof ze bang was dat Dorte het Noors zou verstaan. Even later kwam ze terug, chagrijnig en met diepe groeven tussen haar wenkbrauwen.

'Wat heb je met hem gedaan? Hij wil dat je één hele dag in de week vrij hebt! Bovendien moeten we weer kleren gaan kopen.'

'Ik heb niks nodig', mompelde Dorte terwijl ze naar de keuken liep om het koffiezetapparaat aan te zetten. Ze dacht dat dat de stemming wat minder gespannen kon maken.

'Het zal wel!' zei Lara hard terwijl ze achter haar aan kwam. 'Je bent al zo bedreven in dit vak dat het wel aangeboren lijkt! Maar dat Tom hem bij jou omhoog krijgt! Dat is mij nog nooit gelukt.'

'Hoe bedoel je?'

'Tom is niet geïnteresseerd in hoeren. Valt niet op ons. Hij wil een vrouw voor zich alleen hebben. Ja, mij maakt het allemaal niks uit. Heb ik minder te doen. Ook al is hij in veel opzichten een leuke vent... Maar erg precies. Pietluttig bijna', zuchtte ze terwijl ze een boodschappentas uit de hal haalde. Ze zette met een klap een bruin zakje met gebak op tafel, ging toen zitten.

'Hoezo, pietluttig?' vroeg Dorte terwijl ze dacht aan hoe Tom had opgeruimd.

'Hij wordt ontzettend kwaad als er maar iets naar rommel riekt, of als mensen hun afspraken niet nakomen. Hij heeft Stig een keer een klant laten aftuigen omdat hij op de vloer had gekotst.'

'Wie is Stig?'

'Een van de jongens... Maar Tom weet zelf ook van wanten. Hij ziet er misschien niet zo uit, maar hij doet aan karate of vechtsport of iets in die trant. Wees blij zolang jij er niet de dupe van wordt!' stelde Lara vast terwijl ze met haar mok koffie naar Dorte wees. Toen vouwde ze de papieren zak open en kreunde genietend. 'De tompoezen in deze stad zijn voortreffelijk! Maar de blini's smaken nergens naar!'

Dorte schonk koffie in en Lara smulde van haar tompoes.

'Weet je nog dat ik zei dat er een nieuw meisje uit Rusland bij je zou komen wonen? Nu zegt hij plotseling dat zij bij Martha en Anna moet intrekken, ook al is die flat kleiner dan deze.' Lara vertrok haar gezicht toen ze zich brandde aan de koffie.

'Ze mag hier best komen wonen', zei Dorte terwijl ze om zich heen keek. Misschien werd alles dan wat minder triest en had ze iemand om mee te praten. Ze dacht aan Nadia, die haar misschien had bedonderd, maar verdrong die gedachte.

'Idioot! Als Tom iets zegt, dan méént hij dat ook. Hij heeft ongetwijfeld plannen met je', zei Lara terwijl ze haar mondhoeken naar beneden trok. 'Hij heeft me ook gevraagd je te zeggen dat je je moeder moet schrijven om haar te vertellen dat het goed met je gaat. Ik moet die brief natuurlijk wel lezen voordat je hem verstuurt. Misschien stuurt hij nog meer geld.'

Dorte zette haar melkglas neer. Er stroomde een waterval van opluchting uit haar ogen.

'Is dat nu ook al om te huilen?' schold Lara, ze boog zich over de tafel en gaf haar een duw tegen haar arm.

'Wat moet ik schrijven?' snotterde Dorte.

'Schrijf dat je in een grote stad woont, in een mooi huis met veel ruimte en een fraai uitzicht. Dat je graag langs de rivier wandelt met je vriendin die Russisch spreekt. Maar geen namen! Begrepen? Vertel dat je bij een bedrijf voor persoonlijke dienstverlening werkt, met meerdere werknemers. Dat je een dag in de week vrij hebt en goed betaald wordt. Dat je het zó naar je zin hebt dat je nog niet weet wanneer je weer thuiskomt. Je leert Noors en bent in de kerk geweest om een kaarsje op te steken. Dat hoort je moeder graag.'

'Maar daar ben ik nog niet geweest.'

'Godallemachtig!' Lara sloeg haar ogen ten hemel. 'Luister eens! Tot nu toe heb je het onmogelijke weten te bereiken bij Tom. Als je zo doorgaat, kun je misschien mijn werk overnemen als ik terugga naar Rusland om mijn pension te beginnen.'

'Een pension?'

'Ja, ik heb al een plek op het oog. De eigenaar moet alleen nog even doodgaan.'

Er brak een groezelige zonnestraal door de grauwe ruit.

'Hij is al oud, weet je. We zien wel.'

Dorte probeerde zich voor te stellen hoe het was om op iemands dood te wachten, maar dat lukte haar niet. Waarschijnlijk was ze minder in pensions geïnteresseerd dan Lara.

'Ik geloof niet dat ik zo'n baan als jij wil hebben…'

'Nee, jij gaat natuurlijk de koningin van Sheba worden of iets anders geweldigs?' snoof Lara.

'Ik wil naar huis… Ik wil zo vreselijk graag naar huis…' fluisterde Dorte.

Lara leek enigszins in de war, toen leek ze een besluit te nemen, ze greep Dortes handen en schudde ze vriendelijk. Haar handpalmen waren droog en warm, net als die van Dortes moeder.

'Stil maar, stil maar… Nee, het is niet gemakkelijk', zei ze zachtjes, liefdevol bijna. 'Het is nooit gemakkelijk. Maar het heeft ook zijn goede kanten, kan ik je vertellen. En als je een doel hebt, echt een doel, dan is het eenvoudiger. Je moet nooit vergeten dat je je moeder en je zus moet helpen!'

'Maar mamma… ze zou het niet leuk vinden… ze mag nooit te weten komen…'

'Nee, natuurlijk niet! Moeders moeten het nooit weten. Ze hebben al zo veel jaren gesloofd en getobd dat ze het verdienen om niet alles te weten. Verdienen het om lekker te slapen en geen zorgen te hebben tot ze doodgaan. Nietwaar? Hé, Dorte? Snuit je neus even, je ziet er niet uit!'

'Maar het is een vreselijke zonde. Want het lichaam is de tempel van de mensen. Na alles wat… durf ik niet eens mijn avondgebed op te zeggen, want ik weet dat God woedend is.'

Lara stond op, trok een groot stuk papier van de keukenrol af en gaf dat aan Dorte. Ze snoot gehoorzaam haar neus terwijl Lara's warme handen op haar schouders rustten.

'Luister! Het is onzin dat God woedend op je zou zijn. God is er juist voor mensen als wij. Perfecte mensen hebben Hem niet nodig. Die hebben het te druk met hun eigen voortreffelijkheid – en met het letten op andermans zonden. Maar wij, die iets doen voor de eenzamen, wij doen iets voor onze medemensen. God respecteert ons, wat dacht je dan. Hij ziet dat je probeert je best te doen. Natuurlijk! Hij is toch niet gek! Hij zal je helpen om in recordtempo Noors te leren. Ik denk verdorie dat God trots op je is, meisje. Ik vind dat je een avondgebed moet opzeggen, zodat Hij je niet vergeet', zei Lara resoluut.

'Ik ben niet zo goed in bidden. Mijn moeder wel. Ze praat hardop met God, over van alles. Eigenlijk leer je haar alleen op die manier kennen.'

'Nou ja, zeg! Je kent je moeder toch zeker wel via andere dingen dan Onze-Lieve-Heer!' riep Lara uit terwijl ze haar schouders begon te masseren. Dat deed pijn, maar was toch prettig.

'Mamma leeft als het ware alleen maar in zichzelf. Zo is ze geworden toen mijn vader stierf. Ze heeft alleen Vera en mij. Haar ouders wilden niets meer van haar weten omdat ze de verkeerde man had gekozen.'

'Koos ze de verkeerde man?'

'Ze koos mijn vader, natuurlijk. Dat was goed voor ons, maar niet voor haar familie.'

'Dat waren dus gewoon rotzakken? Vertel!'

'Vera zegt dat mijn grootmoeder een heks was, maar daar wil mamma niet van horen. Ze zegt dat sommige mensen zich niet in andermans problemen kunnen inleven. Daarom ben je nog niet meteen een slecht mens.'

'O. Wat gebeurde er dan? Wat hadden ze op je vader tegen?'

'Ze hadden een andere man uitgezocht – die een hoge baan had in het Russische rechtssysteem.'

'Had die bobo een aanzoek gedaan?' vroeg Lara ademloos.

'Ja, het schijnt dat hij erg oud en formeel was. Mamma vertelde dat ze alleen in de tuinkamer waren en dat ze zo bang werd dat ze naar buiten rende.'

'Hoe oud was ze toen?'

'Achttien. Volgens mijn grootmoeder was het mijn moeders schuld dat mijn grootvader niet de baan kreeg die hem was toegezegd. De man had blijkbaar erg veel macht in de advocatuur en wilde hem straffen.'

'Allemachtig! Was jouw grootvader advocaat?' riep Lara vol ontzag uit. 'En dan zit jij hier', mompelde ze vervolgens.

'Bidt jouw moeder?' vroeg Dorte terwijl ze haar wang op Lara's hand legde.

Het werd stil. Lara's handen bleven roerloos op haar schouders liggen.

'Dat weet ik niet. Ik heb haar nooit gekend. Ik weet niet eens of ze nog leeft. Ik ben opgegroeid in een weeshuis in Moskou. Toen het daar te erg werd, ben ik gevlucht, de straat op', zei Lara. Ze haalde diep adem en ging toen verder: 'Ik liep achter mannen aan die goed in de kleren zaten en er aardig uitzagen. Klampte me aan hen vast en deed alsof ik op hen geilde. Geen idee waar ik dat geleerd had. Ik deed het gewoon. In de krottenwijken was het alleen maar ellende en snuiven. Dan was het beter om voor de tuinhekken van de rijken rond te hangen, of voor de chique hotels. Als het donker was. Alleen. Politie en bewaking zien te vermijden. Beschikbaar zijn als iemand de behoefte voelde. Discreet, maar vasthoudend. Hen met ongelukkige ogen aankijken en je krols gedragen. Dat werkte.'

'Woonde je dan nergens?' vroeg Dorte geschokt.

'Soms wel. Als ik mazzel had. Maar meestal zwierf ik rond. Ik heb me nooit thuisgevoeld in een groep. Dan moet je bewijzen hoe stoer je bent, of je moet je aanpassen aan degenen die sterker zijn dan jij. Ik ben nooit stoer geweest, alleen maar charmant, met een warm hart', verklaarde Lara alsof ze opschepte over iemand anders. 'Ik herinner me nog goed de eerste oude man bij wie ik mijn hand naar binnen stak. Een soort reflex. Die hand werd behoorlijk snel warm, zal ik je vertellen. Ik werd bijna een soort huiskat voor hem. Ik dook op en verdween weer. Eigenlijk was hij al zijn geld kwijtgeraakt door de laatste munthervorming, maar zijn zoon had goed geboerd in het buitenland. Hij leerde me lezen. Ik had nooit echt onderwijs gehad, ik herinner me alleen dat we slaag kregen. Ik trok hem af of pijpte hem als hij dat wilde, en hij frunnikte wat aan me. Hij woonde alleen en had altijd eten, en ik kon me er wassen. Hij had een huis met donkere kamers en heel veel stoffige boeken. Ik herinner me een boek dat *Anna Karenina* heette.'

'Tolstoj!' riep Dorte uit, maar Lara liet zich niet onderbreken.

'Vreselijk triest. Ze gooit zich op het einde voor de trein', zei Lara, maar Dorte was al op weg naar haar kamer.

'Die oude man en ik werden vrienden, op een bepaalde manier', riep Lara haar na.

Dorte viel op haar knieën voor het bed en haalde de koffer

eronder vandaan. Het volgende moment lag *Anna Karenina* in haar handen. Toen ze weer in de kamer kwam, zette Lara grote ogen op en pakte haar het boek af.

'Ja!' zei ze enthousiast. 'Dat is het!'

'Het is van mamma, maar ik heb het meegenomen. Wil je het lenen?'

Lara bladerde er wat in en zuchtte.

'Nee! Ik wil niet aan die tijd herinnerd worden. Het was afschuwelijk!' Ze smeet het boek met een klap op tafel.

Dorte verbeet haar teleurstelling over Lara's gebrek aan belangstelling en ging zitten.

'Wat is er met die oude man gebeurd?'

Lara liet zich in de andere stoel zakken terwijl ze met smalle ogen en toegeknepen mond haar nagels bestudeerde.

'De oude man en ik werden zoals gezegd op een bepaalde manier vrienden, maar toen ik op een dag langskwam, was hij dood. Het huis was vol inhalige familieleden die om zijn spullen vochten. Het was lente. Ik stond achter de bloeiende kersenboom in de voortuin en hoorde en zag hen door het openstaande raam. Ik heb nog nooit een toneelstuk gezien, maar stel me voor dat het zo moet zijn. Maar er was maar één toeschouwer. Ik. Ik sloop naar binnen zonder dat iemand me zag. Hij heette meneer Belinski en hij lag in een open kist. Ze hadden een theedoek om zijn hoofd gebonden om zijn mond dicht te houden tot hij stijf was. Hij zag eruit alsof hij alleen maar even was gaan liggen omdat hij kiespijn had. Het boek lag op tafel, *Anna Karenina*. Dus nam ik het mee. Dat was ontzettend stom, ik had ook iets van waarde kunnen pakken. Ik heb er bijna niets voor gekregen.'

Lara zweeg en Dorte probeerde zich voor te stellen hoe het geweest was.

'Hoe oud was je toen?'

'Dertien misschien? Oude mannen werden in zekere zin mijn specialiteit. Ik vond ze overal. Ze hadden droevige ogen. Je moest ze uitkiezen op hun uiterlijk, op hoe goed ze gekleed waren. Dat leverde de beste deals op. Hun schoenen verraadden hoe netjes en schoon ze waren. Ik heb altijd een vervelend goede neus gehad.'

'Waar was je tijdens de feestdagen?' vroeg Dorte.

'In kerken die open waren, daar hield ik me warm tot ze me wegjoegen.'

'Joegen ze je weg?'

'Ja, heel vaak. Ik droeg vodden en was niet helemaal schoon. Ze zullen wel gedacht hebben dat ik een dievegge was, of nog erger. En ze hadden gelijk.'

'Ben je nooit gepakt?'

'Jawel. Maar het kon me niet veel schelen als ze me in de cel gooiden. Ratten had je ook in de riolen en op straat. Maar daar was het kouder.'

'Maar die… wilden ze je wel hebben als je je niet had gewassen?'

'Zal ik je eens wat zeggen? Sommige mannen hebben zo hard een gat nodig om hun staaf in te verwarmen, dat ze net zo makkelijk hun hond pakken als de nood maar groot genoeg is! En die stinkt ook.'

'Hun hond!' riep Dorte uit.

'Laat maar. Je bent nog zo onschuldig. Dat maakt je zo bijzonder. Dat vindt Tom blijkbaar ook', zuchtte Lara.

21

Zijn schoenen waren bruin en glimmend gepoetst, met een gaatjespatroon op de punten. Daarboven een net pak en een openhangende overjas. Zijn lichaam was groot. Zijn gestalte vulde de hele deuropening. Dorte wendde zich af. Ze balde haar vuist zó hard dat haar nagels in haar handpalmen beten. Ze liep naar de woonkamer en probeerde de deur naar de hal dicht te duwen. Haar kaak begon op eigen houtje te bewegen. Ze zocht steun bij de muur. De Hondenman stond voor de deur.

'Beheers je, meisje! Stel je niet aan! Hou op met je als een idioot te gedragen', fluisterde Lara. Ze was niet boos, maar erg kordaat. De man trok zijn jas uit, hing die aan de kapstok en verdween naar de badkamer.

'Niet... niet weggaan...' stamelde Dorte. 'Laat me... niet alleen!' Haar handen graaiden door de dikke lucht en pakten Lara blindelings beet, waar ze maar houvast kregen.

'Hou je kalm! Ik ga in de keuken een paar telefoontjes plegen. Hij heeft betaald voor één uur, maar dat maakt hij niet vol. Erewoord! Als het langer duurt dan een half uur, dan is dat omdat hij weer op adem moet komen', zei Lara terwijl ze zich uit Dortes greep probeerde te bevrijden.

'Hij weet dat je vrij onervaren bent. Dat wil hij juist graag. Vergeet niet dat je iets bijzonders bent, dan gaat het allemaal vanzelf. Daarna... ben je bij wijze van spreken gedoopt. Dan gaat het allemaal gemakkelijker. Je wonden zijn zo mooi genezen! Je zult het nauwelijks merken. Het is gewoon een baan. Alsof je gymlerares bent, of verpleegster.'

Lara's diepe stem klonk vriendelijk, overredend. Ze duwde Dorte voor zich uit naar de hal en naar de kamer met de rode lampen. De man was nog steeds in de badkamer.

'Trek dat zwarte korset en je kousen aan – en je negligé. Schiet op! Denk er maar aan dat Tom beloofd heeft nog een voorschot naar je moeder te sturen! Wees nou verstandig! Dan hou ik hem bezig tot je klaar bent. Het is een beschaafde man. Hij doet iets in de *shipping*. Bakken geld. Hij heeft niks kwaads in de zin. Hou toch op met klappertanden, idioot! Je wordt niet vermoord, je gaat alleen maar een verdomd goed betaald stukje werk doen. Je verdient meer per uur dan de president van Litouwen!' mopperde Lara ongeduldig terwijl ze het zwarte korset met de baleinen tegen haar ribbenkast duwde, haar met een ongeduldige beweging omdraaide en de haakjes vastmaakte. Toen hielp ze haar de kousen aan te trekken en de jarretels op hun plek te krijgen. Daarna duwde ze Dortes benen uit elkaar en gaf haar de opdracht zich goed in te smeren met glijmiddel.

'Meer! Nog veel meer! Dit is je eerste keer', zei ze kordaat. Dorte kon alleen maar doen wat ze zei.

'Dit gaat helemaal goedkomen!' mompelde Lara opbeurend, daarna liep ze de kamer uit en deed de deur dicht.

Toen de man binnenkwam, zat Dorte op het bed. De metalen punten van het korset prikten. Zelfs als ze helemaal rechtop zat. Hij had zijn schoenen en zijn colbertje uitgetrokken. Zijn schenen kwamen dichterbij. Het bed gaf mee toen hij ging zitten. Ze hoorde wat gekuch en ze voelde een hand op haar arm. Ze richtte haar blik op het lampenkapje. Dat hing een beetje scheef. Zijn handen dwaalden over haar lichaam, maar ze droeg zichzelf op het niet te voelen.

Ze was een standbeeld. Zo eentje als ze op foto's had gezien. Naakte jonge meisjes op sokkels in parken of in grote zalen met gebogen ramen en hoge plafonds. Gegoten in metaal – of uit steen gehouwen. Daar waren er veel van in de wereld. Mensen konden er langslopen of ze konden ernaar blijven staan kijken. Wat ze maar wilden. Ze konden er zelfs naartoe lopen en zulke meisjes aanraken. Waar ze maar wilden. Met hen doen wat ze maar wilden. Als niemand hen zag, tenminste. De standbeelden waren volkomen onaangedaan door wat er om hen heen gebeurde. Vogels die nesten bouwden. Geknakte takken. Uitgebloeide lelies. Hondenpoep waarin iemand was uitgegleden. Plastic afval dat ronddwarrelde in de wind. Gebroken flessen. De vorst die elke herfst kwam en de paden en vijvers met ijs bedekte.

Niets kon zo'n standbeeld schaden, zelfs niet als het een jong naakt meisje voorstelde. Niemand wist iets van het beeld af. Mensen konden ernaar kijken, het aanraken, ermee spelen. Zich eraan vastklampen. Als er een gat in zat, kon je er ongetwijfeld ook dingen in steken. Wat maakte het uit? Ze moesten het ding er toch ooit weer uithalen en vertrekken. Ze voelde de huid van de vreemde niet, of zijn steeds opgewondener ademhaling. En misschien werd het niet erger dan zo?

Een merkwaardig verwrongen stem zei iets wat ze gelukkig niet begreep. Nu ademde hij vochtig in haar hals. Boog zich voorover en trok haar borsten uit het korset. Het standbeeld zat op bed en leunde op haar armen, die ze aan weerszijden van haar lichaam had geplant. Het raam was bedekt met rode gordijnen die niet helemaal sloten. Op een witte ladekast stond een lamp met net zo'n rood kapje als het lampje aan de muur. Rechts van de lamp was een gat in het stucwerk. De verf was afgebladderd, alsof iemand er een haakje uit had gerukt.

Een dof en tegelijkertijd scherp geluid deed haar beseffen dat de voordeur dichtsloeg. Dan had Lara de flat dus toch verlaten. Op de een of andere manier raakte alles uit balans. Haar neus en ogen begonnen te stromen. Ze kneep haar mond dicht, maar kon niet verhinderen dat ze bijna net zo hard hijgde als de man, die even, heel even maar ophield. Toen nam hij haar tepel tussen twee vingers, alsof het een voorwerp was dat hij kon meenemen. Ze moest haar adem inhouden. Nu! Ze kon de gedachte dat ze dezelfde lucht inademden niet verdragen. Gelukkig kreeg het standbeeld weer de overhand. Het bleef versteend zitten zonder een kik te geven. Liet de dingen gewoon gebeuren zonder zich te verweren of te jammeren.

Haar vader zei altijd dat de tijd bedrog was. Een uitvinding zodat de mensen in een begin en een einde konden geloven. Soms sloeg de tijd op hol omdat je gelukkig was en je er niet op lette. Soms leek hij aan de kant te staan van wat je wilde vermijden. Je zou willen dat hij snel en pijnloos voorbijging, als een knip met je vingers. Maar dan moest je toch in ieder geval met je vingers kunnen knippen.

Er verschenen beelden op de grijze muren. De ramen thuis, met in elk twee geraniums, de deken over het bed, de plank met Vera's knuffels en de hare, in alle kleuren. De vlecht van haar moeder op de witte nachtjapon als ze op de slaapbank zat te bidden. Vera die haar hoofd in haar nek gooide als ze zo'n bui had dat haar mondhoeken naar beneden wezen. Als Toms geld maar niet te laat kwam! Stel dat haar moeder en Vera al op straat waren gezet en alle meubels en koffers op de stoep stonden, dacht ze. Ondanks het feit dat standbeelden niet denken.

Hij deed zijn broek open en kreunde zachtjes. Wilde dat ze hem vastpakte. Ze registreerde iets rimpeligs, harigs en behoorlijk zweterigs. Hij ging verzitten en liet haar zien wat ze moest doen, maar was blijkbaar niet tevreden. Hij stond op en wilde haar mond binnendringen. Ze kneep haar hele schedel dicht. Haar kaken waren twee ijzeren banden. Er was geen opening. Hij zwoegde en snoof zo zielig dat je zou denken dat hij pijn had. Na een poosje gaf hij het op en begon hij zich uit te kleden. Twee dijen, bedekt met zwarte haren, waren zichtbaar in het schijnsel van de rode lampenkapjes. Zijn kuiten zagen er ziekelijk uit, moesten te veel dragen. Zijn sokken, die door sokophouders op hun plek werden gehouden, trok hij niet uit. Maar hij legde zijn stropdas en overhemd en witte onderhemd op de stoel. Zijn onderbroek was strak in zijn kruis opgetrokken, maar lubberde fors aan de buitenkant van zijn dijen. Hij trok hem langzaam en met behulp van een merkwaardige evenwichtsact uit en legde hem onder op het stapeltje. Vreemd, als hij hem toch weer als eerste moest aantrekken. Zijn ding ging bijna schuil achter zijn buik die er als een homp vergeten brooddeeg overheen hing.

Plotseling duwde hij haar omver op het bed. Rukte haar negligé opzij en begon met een ijverige hand tussen haar dijen te graven. Hij liet een geluid horen als van een ballon die iemand zo hard mogelijk heeft opgeblazen en dan loslaat. Het klonk alsof de ballon fluitend naar het plafond schoot, om vervolgens ergens te landen als een hoopje rubber. Toch werden haar dijen uit elkaar gedwongen. Haar ene in netkousen gehulde kuit rustte tegen de muur terwijl hij aan het werk was. Hij had het blijkbaar zwaar.

Hij zweette. Als snel drupte hij ook op haar.

Standbeelden voelen ook geen pijn of schaamte. Ze zijn in zichzelf! Dat is alles. Nu hapte de man om de beurt in haar tepels en jammerde als een zuigeling.

Door een plotseling geluid liet hij haar met een plopgeluid los en staarde hij strak voor zich uit. Klikklak! Dat was de echte wereld die zichzelf bij de buren binnenliet. Zware en lichte voetstappen. Een deur sloeg dicht, en alles werd weer stil.

Hij bleef met zijn volle gewicht op haar liggen. Het bed zakte door alsof het een hangmat was. Zijn buik was een volgepakte rugzak tussen hen in. Hij dreef erop, had moeite zijn evenwicht te bewaren, kreunde en kromde zijn rug terwijl zijn handen overal waren. Af en toe probeerde hij haar te kussen. Ze duwde haar voorhoofd tegen zijn gezicht tot hij het opgaf. Toen hij zijn vingers in haar stak, maakte Lara's glijmiddel soppende geluiden. Daar werd hij blijkbaar blij van, want hij begon te gniffelen. Dat opgewekte geluid hield aan terwijl hij zijn vingers steeds dieper in haar duwde. Toen was hij er klaar voor, hij pakte zijn zaakje beet en richtte. Verhief zich trots op een arm en stootte met veel geweld toe.

Ze hoorde de schreeuw. De man hoorde de schreeuw, zei 'Ssst!' en stootte weer. En weer. Vond een ritme, op dezelfde maat als zijn korte blije kreten.

Een standbeeld voelt geen misselijkheid. Dat staat stil en laat de tijd verstrijken. Het raam tussen de rode gordijnen was een beslagen spiegel. Ergens daarbuiten dreef zij ook. Ze zweefde daar rond, volkomen vrij. Alleen heel af en toe, en alleen per vergissing, was haar lichaam in deze kamer. Volkomen stil met gespreide benen en gebogen knieën. Dat maakte het gemakkelijker. Haar handen groeven proppen badstoflaken aan weerszijden van haar lichaam op. Zodat ze iets had om zich aan vast te houden.

22

Ze hoefde niet tegen hen te praten. Maar dat merkten ze blijkbaar niet eens. Lara kreeg gelijk – in zekere zin. Het was uit te houden. Omdat er geen uitweg was. Ze wist in grote lijnen wat er kwam. Eerst de handen en alles wat ze niet kon voorzien dat er ging gebeuren. Dan kwam de harde stoot. En daarna – de doorborende pijn. Dan moest ze haar verstand laten regeren, zoals Lara dat noemde. Dat kwam erop neer dat ze zich de tijd dat het duurde koest hield. Hoelang het duurde kon je nooit zeker weten. Vooral niet als ze moeite hadden om klaar te komen. Het leek alsof ze dat niet helemaal zelf konden bepalen. En je moest het slijm verdragen. Lara had haar uitgelegd hoe condooms werkten, maar ook dat haar klanten gezonde mannen waren die extra betaalden om ze niet te hoeven gebruiken. Soms wilden ze niet van haar af ook al waren ze klaar, dan moest ze stil blijven liggen terwijl het slijm stolde.

Soms ging het sneller als ze aan zijn ding trok in plaats van hem te laten ploeteren om binnen te dringen. Dan hoefde ze zijn lichaam niet zo dicht bij zich te hebben. Als ze al stonken als ze kwamen, stelde Lara voor dat ze een douche namen voordat er ze ter zake kwamen. Zo gezien was Lara heel geschikt.

Ze hadden geen gezichten. Waren alleen meer of minder zwaar. Hadden meer of minder harde handen. Meer of minder geluid of zweet. Gebruikten meer of minder tijd. Maar na een poosje las ze hen allemaal als een open boek – wist aan geluid en bewegingen dat het voor deze keer ook weer bijna voorbij was. Dan restte alleen nog de stank van rotte eieren.

Als de deur dichtsloeg, kon ze zichzelf weer bij elkaar rapen. Ze scheurde grote stukken papier van de keukenrol die altijd naast het bed stond en veegde haar kruis schoon, zodat het niet langs haar benen zou druipen als ze naar de douche liep. Elke ochtend nam ze de pillen die Lara voor haar had gekocht om te voorkomen dat ze zwanger werd.

Op een gegeven moment belde er iemand aan omdat Lara er niet was. Dorte had het geluid van de bel nog nooit gehoord en begon te trillen. Ze bleef staan terwijl er nog een paar keer werd gebeld. Toen werd het stil. Na een paar minuten kwam Lara hijgend en boos aanzetten met de man die Dorte niet had binnengelaten. Ze haalde naar Dorte uit zodat haar wang brandde en schold haar uit in het Russisch.

'Je hebt zelf gezegd dat ik niet open mag doen!' huilde Dorte.

Lara keek opeens beschaamd. 'Trek je maar niks aan van dit vreselijk rotwijf!' zei ze terwijl ze Dorte aaide waar ze haar net had geslagen.

Op een dag kwam er iemand die naar dezelfde aftershave als Tom rook. Lara liet hem meteen de kamer in.

'Deze hier is rijk! Hij heeft voor alle diensten betaald. Als je hem bevalt, komt hij misschien vast', zei Lara enthousiast terwijl ze in de badkamer stonden.

'Alle diensten? Wat betekent dat?'

'Je moet erop rekenen dat hij wil dat je hem pijpt. Of dat hij je van achteren wil nemen. Dat laatste is echt geen probleem. Je moet je gewoon op beide plekken goed insmeren met glijmiddel. Je darmen zijn toch wel leeg?'

Dorte zeeg neer op een krukje naast de wastafel. De plastic zitting plakte aan haar billen.

'Nee', fluisterde ze. 'Nee, dat kan ik niet.'

'Luister eens', siste Lara. 'Ik ben de hele tijd als een moeder voor je geweest. Zowel de klanten als ik hebben veel geduld met je gehad. Het is een wonder dat ze terugkomen, zo moeilijk als jij doet! Om nog maar te zwijgen over het geduld dat Tom heeft opgebracht! Je moet er maar aan wennen dat je je werk moet doen! Anders heb ik hier geen zin meer in en laat ik je over aan een van de jongens. We kunnen niet weken met je blijven aanmodderen! Het wordt tijd dat je volwassen wordt! Begrepen?'

'Lara… Alsjeblieft', huilde Dorte.

De klappen kwamen van beide kanten. Maar ze voelde het bijna niet. Ze vouwde haar handen, bracht ze naar haar mond en beet in haar knokkels. Het smaakte naar zeep en zout. Lara gaf haar nog een paar klappen en liep toen de badkamer uit.

Dorte trok het korset aan. De baleinen maakten schrammen op haar huid. Ze moest de haakjes van voren vastmaken en het korset om haar lichaam draaien om de cups op hun plek te krijgen. Ze veegde haar gezicht een paar keer af met de handdoek. Het bleef maar stromen. Ze snoot haar neus hard, alsof ze dat voor eens en altijd kon doen. Hield haar gezicht onder de kraan van de wastafel. Snoot nog eens haar neus, droogde zich af en bracht mascara aan, zoals Lara haar dat geleerd had.

Door halfopenstaande deuren hoorde ze Lara Noors praten en zich verontschuldigen dat het zo lang duurde. Toen kwam ze de badkamer binnen, monsterde Dorte en knikte genadig.

'Zo hoort het! Ik ga nu. Hij wil je helemaal voor zichzelf hebben. Dit gaat allemaal prima, hoor!'

Hij lag naakt op bed toen ze binnenkwam. Een dicht struikgewas. Met ogen die aan haar huid vastplakten. Ze liep de kamer door en bleef voor hem staan. Zijn hand greep haar middel en hij trok haar op zijn schoot. Eerst was het net als anders. Hij betastte haar en zuchtte. Af en toe schikte hij zijn zaakje en duwde dat tegen haar achterwerk. Toen zette hij haar erbovenop. Hard. Bewoog haar op en neer, terwijl hij haar borsten uit het korset haalde.

Ze vestigde haar blik op de muur. Het lampje. Vermeed de posters die er hingen. Maar ze wist wat ze voorstelden. Rechts zat een meisje wijdbeens met haar vingers in haar opening te graven terwijl ze met halfgesloten doffe ogen in het niets staarde. Haar mond stond open en haar tong stak er een beetje uit. Op de andere poster stond een meisje met één been op een krukje en liet zichzelf op dezelfde manier zien. Ze had borsten als ballonnen.

De harige man werd steeds ruwer. Maar het standbeeld stond vandaag bij de rivier en liet zich niet van haar stuk brengen. Langs de oever waren bloemen opgekomen. Tulpen en krokusjes. En die kleine blauwe... hoe heetten die ook alweer? Onder het wandlampje golfde het gras, op de plek waar ze de boten uit het water trokken. Er tekende zich een lichte streep af achter de smalle aanlegsteiger die altijd grijs werd in de regen. Ze kon de spitse steen zien die het wateroppervlak doorbrak als het water niet te hoog stond. De takken van de grote bomen hingen over het water heen. De stroming veroorzaakte wervelingen en belletjes, langs stenen, takken die vastzaten in de modder, oud schroot en dat soort dingen. De groene kleuren liepen in elkaar over. Van diep groen in de schaduwen tot bijna wit in het zonlicht. Als stippeltjes, als glinsterend goud bijna, alsof een elfje met haar toverstaf had gezwaaid. De bloemen kregen knoppen en ontsprongen in een oogwenk. Er hingen bloemenkransen in de bomen langs de oevers. Paardebloemen. Die staken overal langs de bosrand hun gele kopjes op.

De oever van de rivier verdween toen de man haar op de grond gooide en haar aan haar haren omhoogtrok. Zijn zaakje was nu zo groot als een knuppel. Hij pakte haar hoofd beet en probeerde haar met de knuppel te smoren. Hij smaakte zout en schimmelig. Toen ze bijna moest overgeven, draaide hij haar met een woedend gegrom om. Hield haar als in een bankschroef vast met haar billen omhoog en haar gezicht in de matras gedrukt. Ze voelde een staaf haar lichaam doorboren, in een gestaag ritme. Toen ze in de matras schreeuwde, hoorde ze een hese lach en voelde ze zijn tanden in haar nek.

Haar rechterarm schoot als vanzelf naar achteren. Haar nagels kromden zich rond iets zachts. Toch kwam zijn schreeuw onverwacht. Hij liet haar los en trok zich vloekend terug. Ze wist zich los te rukken, rende de kamer uit. In de badkamer draaide ze de sleutel om en wachtte ze tot hij de deur in zou rammen. Maar hij bonkte er alleen maar op, scheldend. Even later hoorde ze de voordeur dichtslaan. Ze bleef een poosje staan hijgen en keek naar haar hand. Voelde weer hoe het was om een oogbal onder je nagels te voelen.

Haar vader had ooit gezegd dat de rivier eeuwig was. Die begon in stroompjes smeltwater en spleten in de bergen, bundelde zich en werd onoverwinnelijk – alvorens in de zee te verdwijnen. Zonnestralen door een kale boom op de oever trokken een brede rode streep in het grijze water. Alles was zó stil. Er voeren drie bootjes op de rivier. Ze kon duidelijk de lichamen van de roeiers zien. Langzame gestage bewegingen. De daken van de huizen in het dorp leken uit zwart papier geknipt. Een scherpe lijn tegen de gele hemel. Hier en daar antennes, als gespreide kraaienpoten, willekeurig uitgestrooid. De schoorstenen trokken hun grijze wollen draden in langzame formaties naar de eeuwigheid. Langs de waterkant stond een lilliputbos van riet. Hier en daar stak een knalgroene stengel omhoog. Nog even en ze zou naar huis gaan. Naar de kokendhete borsjtsj van haar moeder. Toen ze van huis ging, hadden de rode bieten op het aanrecht gelegen. Nu zou haar moeder wel rode handen hebben en kookte het water.

23

Lara zette twee liter melk in de koelkast, dus Dorte begreep dat ze niet helemaal in ongenade was gevallen. Maar Lara bleef maar foeteren.

'Je hebt je als een idioot gedragen! Hij had wel blind kunnen worden!' zei ze. 'Er zijn adertjes gesprongen en hij heeft moeite met zien! Moest naar de dokter! Nu wil hij zijn geld terug! Wat denk je verdomme met dit soort gedrag te bereiken?'

'Niet doen!' zei Dorte snel.

'Wat niet?'

'Hem zijn geld teruggeven!'

'Nee, denk je dat ik dom ben of zo? Maar die komt niet meer terug, dat staat wel vast! Bovendien gaat hij misschien uit wraak rottigheid uithalen.'

'Wat dan?'

'Weet ik veel? Maar doe voor niemand open!'

'Je weet toch dat ik dat niet doe? Denk je dat ík dom ben of zo?'

'Wat is dat voor een toon?' schreeuwde Lara woedend terwijl ze de deur van de koelkast met een klap dichtsloeg. 'Denk jij dat je wereldkampioen bent omdat je een man bijna blind hebt gemaakt? Nou?'

Dorte gaf geen antwoord. Maar ze dacht erover na. Er kon best iets in zitten. Ze kon zich niet herinneren ooit eerder zo'n gevoel te hebben gehad. Alsof Vera haar een beetje van haar razernij had gestuurd.

'Nou?' herhaalde Lara met zwarte ogen.

'Ik wil hem niet meer zien! Jullie kunnen me villen of killen, maar ik wil hem niet meer zien. Van voren kan ik ze verdragen, maar zo niet! Ik vermoord ze!'

Dorte luisterde vol verbazing naar haar eigen stem. Lara blijkbaar ook. Haar grote gestifte mond zakte een beetje open. Ze greep met twee handen de rand van het aanrecht beet en nam Dorte op.

'Wat is er met jou aan de hand? Je bent nooit zo... zo krankzinnig... vulgair! Ik zou je een waanzinnig pak op je donder moeten geven. Maar weet je wat? Daar heb ik geen zin in! Nu kan Tom zien wat ervan komt als je meisjes voortrekt en verwent. Je mag je handjes wel dichtknijpen dat hij nog van niks weet, want deze vent is een van zijn beste klanten!'

'Ga je het hem vertellen?' vroeg Dorte mak.

Lara zuchtte. Ze stond midden in de keuken met haar handen in haar zij, zoals ze altijd deed. Vier rijen rinkelende armbanden met bedeltjes en andere frutsels dansten nog na op haar laatste beweging. Ze kwam op Dorte af en duwde haar voor zich uit naar de tafel.

'Ga zitten!'

Dorte zakte gehoorzaam neer op een stoel. En wachtte. Lara ging ook zitten.

'Tom heeft al genoeg problemen, jij hoeft het niet nog erger te maken. Ik weet niet hoe hij zal reageren als ik het hem vertel. Bovendien gaat hij ervan uit dat je deze flat terugverdient...' Ze onderbrak zichzelf en beet op haar lip.

Dorte keek haar met open mond aan. 'De hele flat?' fluisterde ze.

'Nee, natuurlijk niet... Maar je begrijpt zelf toch ook wel wat je hebt aangericht? Die man kan gevaarlijk voor ons worden als hij wraak wil nemen.'

'Hoe dan?'

Lara liet haar ogen rollen als kleine planeten in een vrije baan. 'Hij kan geruchten verspreiden... Of naar de politie gaan. Weet ik veel?'

'Kent hij Tom?'

'Nee, waarom zou hij?'

'Dan komt Tom niks te weten, tenzij jij het hem vertelt.'

Lara sloeg met haar vlakke hand op tafel.

'Jij gaat mij niet vertellen wat ik moet doen! Hoor je me!'

Het leek Dorte verstandiger zich niet te verdedigen. Lara zag er moe uit onder al dat goudbruine. Maar na een poosje zei ze triomfantelijk: 'Je kunt je wandelingetje van vandaag wel vergeten!'

Ze had Dorte beloofd dat ze een wandeling langs de rivier zouden maken. Over de brug. Misschien eindelijk de kerk binnenstappen zodat ze een kaarsje kon opsteken. Ze had er zo naar uitgekeken. Het altaar. De kaarsen. Maar vooral de oever van de rivier.

'Dan niet', mompelde Dorte. Ze stond op en deed de koelkast open om een glas melk te pakken. Ze dronk het staande op, met haar rug naar Lara toe.

Even later hoorde ze dat Lara de vuilniszak met vuile was van de badkamer naar de hal sleepte.

'Jij gebruikt krankzinnig veel handdoeken en lakens!' riep ze. 'Dat betekent veel te hoge wasserijkosten!' Ze stond met verwarde haren en bezwete neus in de deuropening. Haar stem klonk boos. 'Pak je voor elke klant een nieuw laken?'

Dorte knikte zonder iets te zeggen.

'Je moet het laken omkeren! Het optimaal benutten!' beval Lara terwijl ze de zak naar de voordeur schopte.

'Dat kan ik niet!'

Lara draaide zich om en kwam vlak voor haar staan, met opgeheven wijsvinger. De ring met de grote rode steen was dreigend. Dorte kneep haar ogen dicht.

'Je doet verdomme wat ik zeg! Anders vertel ik Tom dat je niet wilt meewerken. Dan krijgt je moeder in ieder geval geen voorschot!'

Toen ze hoorde dat Lara wegliep, deed ze voorzichtig haar ogen open. Lara was op weg naar het koffiezetapparaat, wat haar vertelde dat de reprimande voorbij was. En toen ze net zoals anders bij de keukentafel zaten, Dorte met haar glas melk en Lara met haar kop koffie, was het alsof hun ruzie van daarnet vergeten was.

'Ik ga met Kerst een paar dagen weg', kondigde ze aan terwijl ze haar gebruikelijke broodje rookvlees at. Haar mond bolde op en trok zich samen terwijl ze tegelijkertijd praatte.

'Kerst?'

'Ja, jij houdt de kalender toch zo goed in de gaten, je weet toch wel dat het bijna Kerstmis is? Je krijgt sowieso een paar rustige dagen', zei Lara.

Dorte dronk haar glas melk leeg, het was het derde al. 'Komt er niemand?'

'Niet zolang ik weg ben. Hoe zou dat in zijn werk moeten gaan?'

Het werd wat lichter in de kamer.

'Ik vertrek pas op 23 december.'

'Hoe kom ik dan aan melk?'

Lara legde haar hoofd met de strokleurige haren in haar nek en lachte.

'Jij bent me er eentje!' verklaarde ze. 'Je werkt elke dag een stuk of zes, zeven klanten af en toch lijkt je enige zorg te zijn hoe je aan verse melk komt! Weet je wat? Melk blijft heel wat dagen goed in de koelkast. Ik zal genoeg meenemen, dan heb je iets om een Noorse Kerst mee te vieren!'

Dorte zei niets meer. Elke dag was weer een dag. De duisternis was nu ondoordringbaar. Vooral in haarzelf. De kamer met de rode lampjes had haar in zijn wanden gezogen. Als Lara wegging, zou ze stof vergaren zonder dat iemand het zag en zou er alleen stilte zijn.

Dorte besloot dat ze lakens niet zou omkeren. Ze nam de gok dat Lara niets tegen Tom zou zeggen. Ze kon zich moeilijk voorstellen hoe hij zich gedroeg als hij kwaad was.

De dag voordat Lara zou vertrekken, kwam ze binnen met twee mannen in een overall die een wasmachine sjouwden. Ze gingen naar de badkamer en begonnen te sleutelen, Lara hield hen gezelschap en lachte. Na een poosje vertrok de ene, Lara kwam de woonkamer binnen en deed de deur dicht.

'Zo, het wonder is geïnstalleerd. Maar jij moet de man betalen die alles geregeld heeft', zei ze zachtjes terwijl ze naar de gang knikte.

'Betalen?' Dorte keek haar hulpeloos aan.

'Ja, de langste. De chef. Het is zo gebeurd. Ik blijf hier om de gebruiksaanwijzing te bestuderen en dan leer ik je daarna de was te doen. Ga naar je kamer en maak je klaar!'

Dorte stond langzaam op en liep naar de hal, langs de openstaande deur van de badkamer. De lange man stopte zijn spullen in een gereedschapskist. Toen ze langsliep, floot hij langdurig en veegde met zijn hemdsmouw zijn bezwete gezicht af. Ze richtte haar ogen op de muur en liep naar de kamer.

Lara kreeg in zekere zin gelijk. Het was relatief snel gebeurd. Maar hij rook ranzig.

De laatste klant van die dag was vertrokken en Lara zou pas over vijf dagen terugkomen. Ze had niet gezegd waar ze naartoe ging of hoe ze op reis zou gaan. Het zou ook niets hebben uitgemaakt. Ze moest eraan blijven denken dat het niets uitmaakte. Ze had snel gedoucht, omdat Lara beloofd had dat ze nog even zou blijven kletsen. Maar toen puntje bij paaltje kwam, had ze geen tijd om te blijven zitten. Ze liep alleen maar rond en gaf haar allerlei instructies. Toen ze weg was, voelde Dorte alleen maar leegte.

Ze overwoog om de deur open te doen en de eerste de beste die over de gang liep aan te klampen. Ze kende de woorden 'alleen' en 'ik wil naar huis!' Ze was bang dat ze voor die verleiding zou bezwijken. Ze moest vooral geen domme dingen doen.

In plaats daarvan ging ze nog een keer douchen. Haar huid was volkomen uitgedroogd door al dat wassen. Vooral in haar kruis en aan de binnenkant van haar dijen. De grote plastic fles met bodylotion werd snel leger. Het was de derde al. Lara zei dat ze er veel te kwistig mee was. Ze hadden met geen woord meer over de man met het oog gerept, maar ze had blijkbaar niets tegen Tom gezegd. En de lakens waren nu geen probleem meer.

Haar moeder zou zo'n machine gehad moeten hebben, dan had ze niet zo'n last van haar handen gehad. De machine zong tijdens het wassen. Dorte en Lara hadden lakens en handdoeken in de glimmende buik gelegd, de machine op negentig graden gezet en op 'on' gedrukt. Onmiddellijk begon het water naar binnen te stromen. De wasmachine zong met verschillende stemmen. Nu begon het apparaat plotseling als bezeten op de vloer te bonken. Alsof het haar wilde vertellen wie ze was. Een razende stortvloed van 'hoer, hoer, hoer!' Steeds sneller.

Ze deed de deur naar de badkamer dicht. Sloot de deur tussen de hal en de woonkamer, zette de discman aan en stopte de dopjes in haar oren. Na een poosje werd het stil. Ze liep terug naar de badkamer. De machine staarde haar aan met een groot glazen oog. Terwijl ze een handdoek om haar natte haar wikkelde, werd alles om haar heen wazig. Ze ging op het krukje zitten en leunde met haar hoofd tegen de douchewand tot het overging. Ze trok haar badjas aan, stak haar voeten in de pantoffels met de konijnenoren en slofte naar de woonkamer. Pakte de cassettes van de taalcursus en ging op de bank zitten om te oefenen.

Na een poosje drong het tot haar door dat ze alleen maar hardop praatte, zonder na te denken over wat ze zei. Haar stem begon te piepen en wilde de woorden niet meer vormen. Ze stond op en begon te lopen. Van kamer naar kamer. Behalve naar die ene.

Ze bleef staan voor de wasmachine. Ook al stond die nu niet aan, ze herinnerde zich hoe lakens en handdoeken in het schuim hadden rondgedraaid. Steeds maar weer. Ze rukte zich los van het beeld en liep verder. Plotseling kwam er een herinnering bij haar boven. De hamster van een klasgenootje. Die liep met trillend snuitje en krabbelende pootjes in zijn molentje. Ze haalden hem maar heel zelden uit de kooi, omdat hij zo moeilijk in bedwang te houden was. Hij was zielig, en toch vond ze hem eng.

Ze dwong zichzelf te blijven lopen, stap voor stap. Overal hingen de gele briefjes die haar met vierkante ogen aanstaarden. Aan de andere kant van de donkere ruit waren lichtjes. Ramen. Waar mensen woonden. Ze probeerde zich voor te stellen hoe het was om in een van die huizen te zijn. Maar dat lukte haar niet. Ze repeteerde de woorden op de gele briefjes hardop. Lichtknopje. Tafel. Stoel. Kast. Schilderij. Bank. Raam.

Na een poosje stond ze weer in de badkamer. Douche. Wc. Wastafel. Zeep. Spiegel. Haar blik viel op iets daar in het glanzende vlak.

'Hoer!' zei ze luid terwijl ze de warme kraan opendraaide. Ze stak haar hand eronder, maar trok hem automatisch weer terug. Het water was gloeiend heet.

'Hoer!' herhaalde ze, stak haar hand weer onder de straal en bleef staan tot ze geen pijn meer voelde. Toen ze de kraan dichtdraaide, was de hele rug van haar hand rood. Ze werd misselijk, maar hoefde niet over te geven.

Toen het bijna donker was in de kamer, voelde ze dat ze al een hele poos dorst had. Maar daar kon ze weinig aan doen, want ze moest voortdurend luisteren of ze de deurbel hoorde. In de keuken, waar de melk en het water waren, kon je die niet goed horen. Terwijl ze ronddraafde voelde ze een zware druk. Alsof iemand alle lucht in de woonkamer opsoupeerde. Als ze de deurbel nu hoorde, moest ze vooral niet opendoen.

24

'Wat is het hier donker!'

Het licht in de hal ging aan en wierp een geel venster de kamer binnen. Toen stond hij in de deuropening, als een donkere figuur van bordkarton. Hoe was het mogelijk dat ze niet gehoord had dat hij de deur opendeed? Het licht werd aangedaan en zijn gezicht werd zichtbaar, wit bijna, als een plotseling maanlandschap.

'Hé, wat zit jij hier in de duisternis?' dacht ze dat hij zei. Hij liep op sokken, maar droeg zijn leren jasje en zijn sjaal nog. Zonder op antwoord te wachten draaide hij zich om en liep hij de hal weer in. De kapstok kraakte zachtjes. Hij maakte geen boze indruk. Dus had Lara niets verteld over de man met het oog. Toen hij in hemdsmouwen weer binnenkwam, keek hij om zich heen en vroeg of het goed ging.

'Het gaat goed', antwoordde ze haperend. Tom niet boos maken, dacht ze en ze wilde opstaan. Maar toen ze zich uitrekte, besefte ze dat ze een hele poos in dezelfde houding gezeten moest hebben. Haar voeten prikten en deden zeer. Toen ze tegen de armleuning aanstootte in een poging houvast te vinden, voelde ze de pijn in haar hand. Ze keek ernaar. Haar hand was vuurrood, met blaren.

Hij was meteen bij haar. Pakte haar pols beet en tilde haar hand op. Ze keken samen naar de ellende.

'Wat is dit?' vroeg hij.

'Hand', antwoordde ze automatisch.

'Wat is er gebeurd?'

Toen ze geen antwoord gaf, noemde hij mogelijke oorzaken die ze niet hoefde te begrijpen. Kookplaat? Oven? Hete pan? Nadat hij het ook in het Engels had geprobeerd zonder antwoord te krijgen, liep hij naar de badkamer en rommelde wat in de kastjes. Verscheen weer in de deuropening en zei iets. Eén woord verstond ze: 'Auto.' Toen was hij weg. Zijn jas hing er nog.

Ze dacht na over hoe het gebeurd was, maar dat was te belachelijk voor woorden, dus stond ze op en begon te lopen. Woonkamer, hal, slaapkamer, keuken, badkamer. De pijn in haar hand werd er niet minder van, maar ze telde in ieder geval de rondjes. Ze stond in de woonkamer toen hij terugkwam. Ze was op slag vergeten hoeveel rondjes ze gelopen had.

Hij vouwde een plastic tasje met medicijnen en verband open. Dat had ze eerder gezien, in de auto. Ze gingen weer op de bank zitten en hij trok latexhandschoenen aan uit een verzegelde verpakking. Hij smeerde voorzichtig zalf op haar hand. Om de blaren heen. Soms hield hij even op omdat ze piepte. Op een gegeven moment keek hij op en zei hij iets. 'Pijn?' 'Zo goed?' 'Linkerhand, niet de rechter. Mooi zo!' Ze probeerde hem te begrijpen en er tevreden uit te zien, maar dat was niet gemakkelijk. Ten slotte legde hij er verbandgaas op, alsof hij een dokter was.

Toen hij klaar was, hield hij de zalf omhoog zodat ze zou begrijpen dat ze die mocht houden. Hij liet het verband en de zalf op tafel liggen, trok de rits van het plastic tasje dicht en zette het onder de kapstok in de hal. Toen drong pas tot haar door dat ze de zwarte aktetas niet had gezien.

Hij begon van kamer naar kamer te lopen, net als zij had gedaan. Ook hij vermeed die kamer. Toen hij haar riep, liep ze naar hem toe en vond ze hem in haar slaapkamer. Ze had verwacht dat zijn stemming plotseling om zou slaan en hij woedend zou worden omdat ze die klant in zijn oog had gekrabd. Maar dat gebeurde ook nu weer niet.

'Goed zo! Netjes! Erg goed!' zei hij terwijl hij de kastdeuren opendeed.

Een bloemetjesjurk die ze van Vera had geërfd, bungelde loom aan een hangertje. Een gerende rok, een beetje damesachtig, was het enige mooie kledingstuk dat ze bezat. Een spijkerbroek en een joggingbroek. De jas die ze had gedragen toen ze kwam, en natuurlijk haar nieuwe rode donsjack! Ze moest er niet aan denken die op te hangen aan de kapstok waar zíj hun jassen deponeerden. Hij wees naar het jack, zei iets wat ze niet begreep. Toch knikte ze, alsof ze het met hem eens was.

Op de planken aan de rechterkant van de kast lagen de weinige

truien en topjes die ze had. Keurig opgestapeld. En haar ondergoed. Hier lag alleen haar eigen ondergoed. Het korset en de
kousen die Lara had gekocht, lagen in *de kamer.*

Ze was bang dat hij de kleren zou optillen en de plastic zak zou
vinden met de brieven die ze niet had verstuurd. Maar hij raakte
gelukkig niets aan. Knikte alleen maar en deed de kastdeur weer
dicht. Toen zei hij iets terwijl hij met gefronst voorhoofd naar haar
wees. Ze begreep dat hij vond dat ze niet genoeg kleren had.
Terwijl ze voor de kast stonden, legde hij plotseling zijn arm
om haar middel en trok haar tegen zich aan. Ze voelde zijn hand
onder haar haren in haar nek en was opeens bang dat hij zou gaan
knijpen. Ze voelde de greep van zijn sterke handen al rond haar
keel.

Maar in plaats daarvan maakten zijn vingers draaiende bewegingen die haar kippevel bezorgden. Ze kon niet verhinderen dat
haar hoofd tegen zijn borst zakte. Maar ze trok het snel weer terug.

Af en toe had ze eraan teruggedacht hoe hij was geweest toen ze
samen in de auto zaten. Toen ze hadden overnacht. Haar moeder
zou hem als aardig hebben omschreven. Maar afgaande op wat
Lara vertelde, kon zijn humeur erg snel omslaan. En dan was er
nog wat hij de vorige keer had gedaan. Op de bank. Daar had ze
ook aan gedacht. Maar dat moest hij niet hier doen, niet in deze
kamer! Weer zag ze Lara's gezicht voor zich toen die zei: 'Geef
hem geen aanleiding! Maak Tom niet kwaad!'

Hij was nog niet kwaad, hij liet haar los en leidde haar de kamer
uit terwijl hij haar iets probeerde te vertellen, maar ze verstond
alleen wat losse woorden. 'Op reis' en 'Kerstmis'. De briefjes met
de Noorse woorden hadden één belangrijk manco: ze dekten
alleen de namen van voorwerpen en bijvoeglijke naamwoorden.
Geen werkwoorden. Je kon geen taal leren zonder de werkwoorden te kennen. Ze bauwde natuurlijk de stemmen op de cassette
na, maar dat was niet voldoende.

Alsof hij wist waaraan het haar schortte, pakte hij het blokje met
de gele papiertjes en wenkte hij haar naar de bank. Hij begon
streepmannetjes te tekenen die verschillende dingen deden. Ze
renden, zaten op een stoel, in de auto, liepen, dronken, lagen op de

bank, luisterden naar muziek met enorme proppen in hun oren en tekstballonnetjes met muzieknoten boven hun hoofd. Hij krabbelde de woorden naast de streepmannetjes terwijl hij ze hardop zei. Zijn handschrift leek op dorre takjes. Ze deed hem na, hij knikte ernstig en zei 'Goed!' of 'Nog een keer!' Zo gingen ze een poosje door. Ze voelde dat haar wangen begonnen te gloeien.

Opeens leek hij er genoeg van te hebben om onderwijzer te spelen, hij stond op en keek haar vragend aan.

'Drinken?' vroeg hij terwijl hij deed alsof hij iets naar zijn mond bracht.

'Ja! Een glas melk, alsjeblieft!' antwoordde ze terwijl ze ook opstond. In de keuken stonden ze naast elkaar te drinken. Hij water uit de kraan en zij melk uit de koelkast. Ze vulden allebei hun glas weer en namen het mee naar de woonkamer.

'Naar muziek luisteren?' vroeg hij terwijl hij zijn hand achter zijn oor hield.

'Ja, naar muziek luisteren', zei ze tegen hem, met de nadruk op elk woord.

Ze zetten hun glazen op tafel. Hij pakte de discman en stopte een van de Bach-cd's erin.

'Op de bank liggen?' vroeg hij terwijl hij op de tekening van het liggende streepmannetje wees.

Ze was niet in staat te antwoorden, ging liggen en maakte zich zo klein mogelijk. Hij zei niets meer, deed het plafondlicht uit en kwam tegen haar aan liggen. Hij legde haar verbonden hand voorzichtig op zijn schouder. Toen deed hij een oordopje in haar oor en het andere in zijn eigen. Ze voelde de benige druk van zijn hoofd door haar badjas heen. Zijn armen moesten natuurlijk ergens zijn, maar ze kon niet ontdekken waar, want ze voelde ze niet.

'Bach!' zei hij met slaperige stem. Daarna lagen ze doodstil te luisteren.

De pijn in haar hand verdween gaandeweg. Maar ditmaal viel ze niet in slaap. En ze wist wat er ging komen toen hij het oordopje uit zijn oor haalde. Hij trok al zijn kleren uit, behalve zijn boxershort. Maakte haar badjas open, en ze voelde het merkwaardig broze van andermans huid. Hij bleef een hele poos alleen maar tegen haar aan liggen, alsof hij zich warmde. Gekromd, zijn gebogen armen tussen hen in. Hij stootte niet één keer tegen haar verbonden hand aan. Zijn ademhaling was rustig, alsof hij sliep. Na verloop van tijd kwam die ademhaling van daarbeneden. Waar zijn handen nu warme schaduwen waren. Toen kon ze alleen nog maar wachten. Op zijn mond. Zijn tong.

'Nee, daar hoef je helemaal niet aan te denken!' zei Nikolai resoluut. Ze lagen languit in het roggeveld, ook al mocht dat niet. Ze pletten het graan immers. Maar dat was nog niet het ergste.

'Als iemand ons ziet, zullen ze het tegen iedereen vertellen', fluisterde ze terwijl ze eraan dacht dat haar enige zomerjurk vies zou kunnen worden.

'We hebben niets verkeerds gedaan, we liggen hier gewoon. Bovendien zal iedereen snappen dat het mijn schuld is', zei hij ernstig.

'Hoezo?'

'Als ik niet voorgesteld had om hiernaartoe te gaan, zou jij nooit op het idee gekomen zijn.'

Dat was waar, maar toch. 'Ik ben niet iemand die je zomaar onder je arm meeneemt', zei ze gepikeerd.

'Nou, eigenlijk wel, want je bent zo licht als een veertje', plaagde hij. Er trilde een glimlach rond zijn mondhoeken, die zich vervolgens over zijn hele gezicht verspreidde. Hij was zo dichtbij dat zijn huid één werd met die van haar.

Boven hen beefden de roggearen in een zwoel briesje. Je zou bijna denken dat je het geluid van al dat geel kon horen. Maar dat waren de muggen die op hun bloed afkwamen. Ze zoemden boven hen, met roterende doorschijnende vleugels en lijfjes als kleine muizekeuteltjes.

Nikolai had er het meest last van, want hij bedekte haar bijna helemaal met zijn lichaam. Toen hij zijn gezicht in haar hals verborg, keek ze recht in de zon. Die stuurde hen oneindig veel warmte toe. Had miljarden jaren energie gespaard voor juist dit ogenblik.

Hij droeg haar door de verlichte hal naar de schemerige badkamer. Alleen het licht boven de wastafel was aan. Hij vond leukoplast en plakte een plastic zak om haar gewonde hand, zette de douche aan en trok haar badjas uit. Toen hij haar begon in te zepen, bleef ze met gesloten ogen staan en kon ze er alleen maar aan denken dat hij nu ook wel nat zou worden. Zijn handen speelden met haar. Maar niet in haar. Alsof hij wist dat ze daar bang voor was. Ze boog haar hoofd zodat hij haar gezicht niet zou zien. Dat voelde zo naakt aan. Na een poosje trok hij zich terug. Ze wist niet wat ze moest doen terwijl hij op het krukje met een handdoek op zijn schoot naar haar zat te kijken. Het feit dat ze wist dat hij haar zag, bezorgde haar kippevel. Ze bewoog zich niet, ook al was het niet om uit te houden. Zorgde er alleen voor dat ze de arm met de plastic zak buiten de straal hield. Het water kolkte rond haar voeten, de afvoer in. Ze was een gladde, naar zeep geurende vis in de stroming.

De ruimte stond vol damp. Hij zat nog steeds ernstig naar haar te kijken, met een handdoek op zijn schoot. Zijn armen zagen er erg eenzaam uit. Ze durfde zijn ogen niet te ontmoeten, maar voelde ze branden als kampvuren. Hij stond op, stak zijn arm onder de douche, draaide de kraan dicht en ving haar toen op in de handdoek. Hij droogde haar behoedzaam af, alsof hij dacht dat ze overal brandwonden had. Ze tilde haar armen op zodat hij er goed bij kon. Stak ook de hand met de plastic zak omhoog.

Toen hij haar dijen wilde afdrogen, deed ze een stapje naar voren, gleed uit en verloor haar evenwicht. Hij probeerde haar op te vangen, maar ze viel op de grond terwijl ze zich stevig vasthield aan datgene wat het dichtst in de buurt was geweest. Zijn boxershort. Toen ze die losliet, schoot die als springelastiek terug tegen zijn kuiten. Hij stond voorovergebogen, zijn armen langs zijn zij. Zijn pezige lichaam was onbeweeglijk, verstijfde alsof het ergens op wachtte. Ze keek op en zag het. Dat zijn kruis niet op dat van de mannen leek, meer op haar eigen.

Nu slaat hij me dood, dacht ze.

25

De wekker op het nachtkastje gaf even over achten aan en het daglicht was gierig. Aarzelend vouwde Dorte haar handen op haar dekbed.

'Lieve Maria', begon ze met gesloten ogen. 'Lara vindt dat ik moet bidden ook al schaam ik me. Nu doe ik dat. Misschien ken je Tom niet zo goed, maar je weet vast wel hoe God hem geschapen heeft of hoe hij zo geworden is. Ik begrijp het niet helemaal, maar ik denk dat Nikolai er vreselijk mee gezeten zou hebben als hij er zo had uitgezien. Tom werd niet boos op me, ook al zag ik alles. Maar toen hij later zei dat ik een brief aan mamma moest sturen om te vertellen dat het goed met me ging, kon ik geen nee zeggen. Vergeef me dat ik Tom leugens naar haar laat sturen. Je begrijpt vast wel dat ik haar niet kan vertellen dat mijn lichaam geen tempel meer is. Dank je dat ik in een lekker bed lig zonder dat iemand me lastigvalt en dat ik eten en melk heb. Dankjewel dat Lara me heeft geholpen zodat ik niet voorgoed kapot blijf, zoals Tom. Ik weet niet wat hij gedaan heeft, maar vergeef het hem! En vergeef mij, alsjeblieft! Ik smeek je, geef me een teken. Ik wacht tot morgen, of zolang je maar wilt. Bezorg mamma en Vera een goede Kerst. En Nikolai ook! Amen.'

Ze maakte haar bed op en trok haar pantoffels en badjas aan. De kamer was koud. De wanden van de hal maakten een onvriende-lijke indruk. De voordeur was een bruine poort die haar bewaakte. In de keuken echode het elke keer dat ze lawaai maakte met de keukenspullen. Daarom nam ze haar boterham en glas melk mee naar de warme woonkamer. Bleef voor het grote lage raam staan. De aarde was wit geworden. De auto's hadden brede zwarte strepen door de straten getrokken. De daken hadden een witte topping gekregen met schaduwen, uitsteeksels en verhogingen. De hemel was van glas, ingepakt in vorst en winterlicht. Als ze haar hoofd tegen het raam legde en omhoogkeek, kon ze de wind achter bevroren wolken aan zien jagen. Keek ze naar beneden, dan zag ze de huizen met bleke kleuren onder hun enorme sneeuwhoeden staan. Sommige bomen leken op besneeuwde broccolistruiken. Eentje was zwart en onbeschrijflijk naakt.

Hij had zijn short en andere kleren weer aangetrokken en gedaan of er niets aan de hand was. Toen ze later in de woonkamer zaten, had hij zelfs geglimlacht toen hij een streepmannetje tekende dat een brief schreef. Daarna zette hij een vraagteken achter het woord 'moeder'. Die brief had ze al geschreven, dus haalde ze hem gewoon op. Hij keek ernaar, maar kon natuurlijk niet lezen wat er stond. Waarschijnlijk zou hij wachten met hem te versturen tot Lara hem gelezen had.

Voordat hij vertrok, droeg hij haar naar bed en stopte haar in, net als de vorige keer. Toch was alles anders. Ze deed niet alsof ze sliep. Om de een of andere reden was ze ervan overtuigd dat nu hij haar niet meteen gestraft had omdat ze hem gezien had, hij het nooit zou doen.

Ze probeerde zich voor te stellen dat ze beneden op straat liep. Met de sleutel in haar zak. Dat ze de stad in kon gaan en wanneer ze maar wilde kon terugkeren naar de flat. Dat ze een bekende zou tegenkomen. Nee, nog beter, ze fantaseerde dat ze zich klaarmaakte om naar buiten te gaan in haar rode donsjack en haar laarsjes. En dat ze heel andere gedachten in haar hoofd had dan tot nu toe. Overmoedige gedachten, over alle dingen die ze zou kunnen doen, als ze wilde. Ze zou met andere mensen Kerst kunnen vieren, misschien wel vertellen hoe dat feest thuis gevierd werd.

De mensen leken op speelgoedfiguurtjes. Wie van hen zou ze tegenkomen? De vrouw met de rode muts die voorovergebogen liep? Of de man die blootshoofds in een auto stapte en wegreed? Er waren veel mensen op straat. Ze kropen in alle richtingen, als aangeklede leestekens die op een wit vlak waren uitgestrooid. Punt, komma, puntkomma. Een gedachtestreepje boog zich in zijn auto. Ze probeerde ze als een teken van de Maagd Maria te duiden, maar begreep al snel dat dat onzin was.

Ze was niet buiten. Ze was hier. Wist niet hoelang ze tussen de gele papiertjes moest rondlopen en hoelang ze Noors moest oefenen, bij het raam moest staan, eten, naar muziek luisteren. Met hen naar *de kamer* moest. Zich onder de douche moest wassen tot ze het gevoel had dat haar huid eraf was. Gevangen moest zijn in de leegte. Verging het Tom misschien net zo? Met wie vierde hij Kerstmis?

Ze begon te snikken, terwijl ze voor zich zag hoe haar vader opstond om het langwerpige *kaledaitis*-brood te breken voor het kerstdiner. Dat deelden ze altijd met elkaar, terwijl ze om vergiffenis vroegen en elkaar het beste wensten. De kleine oneffenheden onder het tafellaken verraadden waar haar moeder er stro onder gelegd had, ter herinnering aan Jezus in de kribbe. Toen Dorte klein was, moest ze altijd kijken naar de schaal met de koekjes van gistdeeg.

Haar moeder zei altijd dat ze alleen vanwege hun vader een Litouwse Kerst vierden. Maar hij gaf niet veel om feestdagen, ook al stak hij de kaarsen in de joodse kandelaar aan. Haar moeder wilde niet herinnerd worden aan de Russische Kerst en had oude Litouwse recepten leren maken. Twaalf gerechten zonder vlees. Haring met gedroogde paddenstoelen die ze zelf had geplukt. Haring met rode bietjes, gebakken vis met worteltjes en salades van gekookte groenten uit eigen tuin.

Nu schonk ze zelfgemaakte *kisielius* in, bereid van cranberry's, gekookt in water met suiker en geleipoeder. Er werd niet veel gezegd, want dit was een plechtig moment. Maar Dorte wist dat Vera haast niet kon wachten tot ze mocht toetasten. Als je maar niet bij de pakken ging neerzitten, dan kon je denken aan wat je wilde.

'Wat aardig dat oom Josef een brief voor Kerst geschreven heeft', zei haar moeder plotseling. Ze zaten te eten, alles zou vredig en harmonieus moeten zijn.

'Oom Josef is de man die ik het meest bewonder. Ongelooflijk dat hij het overleefd heeft. De laatste keer dat ik hem bezocht, vertelde hij me welke trucjes hij had gebruikt om te voorkomen dat hij helemaal gek in zijn hoofd werd toen hij gevangenzat', zei haar vader.

'Liefje, dat is toch geen gespreksonderwerp voor nu', probeerde haar moeder zonder dat iemand er acht op sloeg.

'Welke trucjes? Wat zei hij?' vroeg Vera ademloos terwijl ze zich naar haar vader boog.

'Hij neuriede bepaalde melodietjes in zichzelf. Die hem aan het leven herinnerden. Zei geluidloos gedichten op. En hij zag de foto van Anna voor zich, die hij thuis in een lijstje had staan.'

'Een foto? Waarom niet Anna zelf?' vroeg Vera.

Haar vader dacht na, nam een lepel soep, glimlachte tegen haar moeder en zei 'njam-njam' voordat hij antwoord gaf.

'Het is moeilijk om een duidelijk beeld van iemand mee te dragen, wij mensen zijn zo vluchtig. Foto's daarentegen hebben het moment gevangen. Dat zal wel de reden zijn dat we ons ermee omgeven.'

'Maar hoe kan de gedachte aan een foto je hoofd redden?' Vera gaf het niet op.

'Het geheim van de gedachte is dat niemand haar van je kan afpakken. Je kunt besluiten dat je het niet opgeeft, zonder dat iemand je dat kan beletten. Ze weten het niet eens.'

'Maar als ze hem sloegen en geen eten gaven en zo? Kon hij dan nog zelf zijn gedachten bepalen?' fluisterde Dorte.

'Sommige mensen kunnen dat. Daarom bewonder ik oom Josef zo', zei haar vader ernstig.

'Is hij door de Duitsers of door de Russen opgepakt?' vroeg Vera met een snelle blik op haar moeder die haar lepel neerlegde en haar vader smekend aankeek.

'De Litouwers dachten dat de Duitsers ons van de Russen zouden bevrijden. Veel Joden dachten dat ook. Maar tegen Kerst 1941 roeide een Duitse *Einsatzgruppe* samen met lokale Litouwers het merendeel van de tweehonderdduizend Litouwse Joden uit die niet hadden kunnen vluchten voor het uitbreken van de oorlog.'

'Liefje, het is Kerstmis…' smeekte hun moeder.

'Wat hadden de Joden dan misdaan?' vroeg Dorte bijna stem-loos.

'Het waren litvaks, Joden! Er zaten veel Joden in de Litouwse Communistische Partij en die kregen er de schuld van dat de communisten aan de macht kwamen.'

'Zijn wij ook litvaks?' vroeg Vera.

'Mamma niet. En jij en Dorte voor de helft. Maar ik wel!'

'Vind je dat vervelend, of ben je er trots op?'

'Kunnen we onderhand het Kerstfeest vieren?' Haar moeders stem sloeg bijna over, alsof er woede onder lag.

'Ik ben vooral blij dat ik een mens met vrije gedachten ben. Maar ik bewonder oom Josef!' En tegen zijn vrouw zei hij: 'Je hebt helemaal gelijk. Laten we Kerst vieren!' Hij hief zijn glas en keek hen allemaal om de beurt aan. Zo wist Dorte zeker dat hij van hen allemaal hield.

In de hal bleef ze staan. Iets was anders. Opeens zag ze het! Op de commode naast de kapstok lag iets wat er eerder niet gelegen had. Ze liep ernaartoe en pakte een opgevouwen plattegrond op. Het volgende moment lag er een sleutelring voor haar voeten. Ze bleef lang voor de deur staan voordat ze hem op een kiertje opende. De gang was helemaal verlicht. Er was niemand. Ze klemde de sleutels in haar hand terwijl haar lichaam als deurstopper fungeerde. Trillende vingers frunnikten met een van de twee sleutels. Die paste niet. Had hij gewoon een toevallig stel sleutels vergeten?

Maar de andere sleutel gleed in het slot. Daarna klonk er een kort klikje – en het metaal van het slot schoot naar buiten. Het was de sleutel van het appartement! Ze draaide hem een paar keer om, nog steeds met haar lichaam als deurstopper. De vierkante metalen tong glipte gehoorzaam in en uit het slot, zo vaak en zo snel ze maar wilde! Ze haalde hijgend adem.

Toen ze weer binnen stond en de deur op slot had gedaan, raapte ze de plattegrond op die op de grond was gevallen. Ze herkende de foto van de rivier, een kade met palen en pakhuizen met spitse of afgevlakte gevels. Achter een brug herkende ze de toren van de grote kerk. Schaal 1:50.000, 1:20.000 en 1:5000, las ze. In de vouwen lag een envelop met het opschrift 'Prettig Kerstfeest, Dorte!' Ze maakte de envelop open en vond een stapeltje bankbiljetten. Na een poosje kon ze ze tellen. Vijftienhonderd Noorse kronen. Zo veel geld had ze nog nooit in haar handen gehad.

Dit was het teken waar ze om gevraagd had!

26

Ze stopte de plattegrond in haar tasje zodat die geen aandacht zou trekken. Voordat ze naar buiten ging, schreef ze op een paar gele papiertjes door welke straten ze moest lopen om bij de kerk te komen. Zo kon ze ook gemakkelijk de weg terugvinden. Het leek niet moeilijk. Het gebouw was hoog en erg herkenbaar. Ze had op de kaart een brug gevonden waar ze overheen kon lopen. Lara en zij namen altijd de bus, dus nu moest ze een andere weg zoeken, maar het was vast niet zo ver dat ze het niet kon lopen.

Ze nam de trappen naar beneden. Eén keer hoorde ze een verdieping lager voetstappen in de gang, maar ze kwam niemand tegen. Voordat ze de buitendeur dichttrok, probeerde ze nogmaals of ze zichzelf ook echt weer binnen kon laten. Het was weinig aanlokkelijk om dagen buiten te moeten blijven. De tweede sleutel werkte ook. Zij was er de baas over.

Als Lara vroeger dan gepland terugkwam en de flat leeg aantrof, zou ze Tom bellen omdat ze dacht dat Dorte weggelopen was. En dan zou hij zeggen: 'Dorte heeft de sleutel gekregen!' Wat zou ze hem dat graag horen zeggen!

Als de omstandigheden anders geweest waren, had ze vrolijk over het trottoir kunnen lopen terwijl haar vingers de sleutels in haar zak liefkoosden. Ze had de witte straten en de spaarzaam belopen trottoirs kunnen bekijken en zou een soort rust hebben gevonden. Alles was zo stil. De zon was kogelrond en rood. Het was zo lang geleden dat ze buiten was geweest zonder dat iemand anders haar de wet voorschreef, dat ze zich bijna onwerkelijk voelde. Haar hoofd leek boven haar lichaam te zweven. Ze moest oppassen dat ze niet viel. Ook omdat de trottoirs glad waren.

Mensen liepen haar voorbij. Een voor een, of twee aan twee. Sommigen praatten. Maar meestal zweefden ze gewoon het zonlicht en de wind in en uit. De kleuren waren zo helder. Midden in al dat fraais lag een schaduw – die zijzelf wierp. De gedachten die het moment wegdrukten, de gedachten die overal aan vastkleefden en die alles bezoedelden, die haar eraan herinnerden dat dit niet voor haar bestemd was, maar voor de anderen. Voor de mensen die ze niet kende, tegen wie ze niet kon praten. Die langs haar heen liepen alsof ze er niet was.

Maar toen ze bij de brug kwam en het ijs als versplinterd glas op de rivier zag liggen, net als thuis, herinnerde ze zich dat ze zichzelf – al voordat ze het cadeautje van Tom gekregen had – had opgedragen aan leuke dingen te denken. Zelfs als het allemaal niet erger leek te kunnen worden. En zo was het vandaag niet! Haar moeder zei altijd: 'Je bent wat je eet en wat je denkt.' Als dat waar was, dan kon ze in ieder geval haar best doen. Je kunt het, spoorde ze zichzelf aan.

De vorst beet in haar wangen. Ze had vergeten extra crème op te doen. Had er niet aan gedacht dat het voor je huid anders was om buiten te zijn. Terwijl ze naast een lantaarnpaal stond en de wanten die Lara voor haar gekocht had in haar zak stopte, besefte ze dat ze blij moest zijn met haar nieuwe witte winterschoenen. Ze trok de rits van haar jack een stukje naar beneden om wat lucht te krijgen en begon de brug over te lopen. Toen ze halverwege was, hoorde ze de zware bronzen lokroep van kerkklokken. Ze bleef staan en hield zich vast aan de leuning. De hemel trok een abrikooskleurige capuchon over de daken en de wolkenbanken werden door een vage houtskoolstreep van de rest gescheiden. Onder haar stroomde het water bedaard naar zee. Ze greep de reling steviger vast en vroeg zich af hoe het zou voelen. Om je gewoon over de rand te laten vallen en te zweven. De wind zou door het openstaande donsjack tegen haar borstkas slaan. Ze zou spijt krijgen en waanzinnig bang worden. Daarna zou alles ijskoud worden, en dan kwam de worsteling. Het einde daarvan kon ze zich niet voorstellen.

'Nee!'

Ze liet de leuning los en liep in de richting van de beierende kerkklokken. Ze kon gewoon doen alsof ze erbij hoorde. Ze zouden vast niet zien dat zij niet een van hen was. Wisten niet dat ze een hoer was die plotseling een sleutel in handen had gekregen. Dat ontstak een vonk in haar, als de sterretjes in haar hand toen ze klein was. Ze zou blij zijn zolang hij brandde.

Het was niet moeilijk te vinden. De kerk stak met zijn torens overal bovenuit. Toen ze er vlakbij was en ze onder de besneeuwde bomen liep, zag ze hoe enorm groot hij was. Grijs en oud, met bogen en ornamenten. Hoog op de gevel stond een rij figuren met sneeuw op hun schouders, als een zuilengang. Misschien heiligen in dit land? In dat geval hadden ze er nogal wat. Ze bleef een poosje onder een grote boom staan kijken terwijl de mensen langs haar stroomden, de kerk in. De kerkklokken beierden niet meer. Toen meer mensen dan ze kon tellen in het gele licht waren verdwenen, kwam ze dichterbij. Uiteindelijk durfde ze zich bij de rij aan te sluiten.

Er was een enorm gedrang. De kerk was donker van binnen. De glas-in-loodramen sloten het daglicht en de wereld buiten. De kaarsen slaagden er niet in de wanden en hoeken te verlichten. Vormden alleen maar kleine flakkerende aureooltjes die geen enkel nut hadden, behalve sfeer scheppen. Stemmen, sloffende laarzen en schoenen. Geritsel van spullen die ze bij zich hadden. Ze was er niet op voorbereid geweest dat er zo ongelooflijk veel mensen zouden zijn.

Jonge meisjes met laagjesrokken onder donsjacks of korte mantels, alsof ze naar een feest gingen. Een klein meisje had haar jas uitgedaan om haar nieuwe roze jurk te showen. Haar neus leek op een rood besje. Ze trok aan de hand van een vrouw en zei iets met schelle stem. Dorte bedacht dat Vera misschien ook zo geweest was als kind.

De mensen gedroegen zich niet alsof ze in een kerk waren, meer alsof ze een plek probeerden te vinden in een circus. De plechtige ernstige sfeer in de kerk was niet aan hen besteed. Dorte sloop in het gedrang langs de wand. Maakte zichzelf dun als een vel papier en vond een plekje van waaruit ze de kerstboom kon zien. De stoelen hadden goudbruine bekleding. Ze vouwde haar handen op haar tasje. Ze wilde vooral de oude dame die naast haar zat niet storen. De jongen die aan de andere kant zat was erg onrustig. Zijn voeten ratelden als trommelstokken tegen de stoelpoten, hij snoof en haalde zijn neus op. Zijn grote zus, die naast hem zat, gaf hem zo'n harde duw dat hij Dorte aanstootte, maar het hielp niet veel. Een vrouw op de bank erachter, waarschijnlijk hun moeder, wees het meisje terecht, niet de jongen.

Dorte voelde geen argwanende of vragende blikken. Ze zagen blijkbaar niet dat ze moederziel alleen was. En van dat andere was aan de buitenkant ook niets te zien. Toch drukte ze haar ellebogen stevig tegen haar lichaam en zette ze haar voeten stijf naast elkaar. Het was vreemd om zo dicht opeengepakt te zitten met mensen die ze niet kende. De oude dame omringde zich met een tamelijk scherp parfum, als een schutting. Toen het orgel inzette en de mensen begonnen te zingen, hield de vrouw haar liedboek dicht en stootte ze geluiden uit die waarschijnlijk gezang moesten voorstellen. De aderen op haar witte handen waren duidelijk zichtbaar, als wegen op een kaart. Haar knokkels waren echter maagdelijke witte bergen in haar donkere schoot.

Iedereen was mooi aangekleed. Het zag er niet uit of bepaalde mensen beter waren dan anderen. Maar dat zouden ze vast wel zijn. Hele gezinnen zaten bij elkaar. Het viel haar op dat ze niet naar elkaar keken, maar naar alles om zich heen. De kaarsen, de wanden, het plafond. Een koor in paarse gewaden met een geborduurd gouden kruis op de voorkant nam plaats. Een straffe stank van natte wol vermengde zich met het parfum van de oudere dame. Het was vreemd, maar ze zongen *'Oh happy day'*.

De stem van de dominee was luid en duidelijk. Maar ze kon hem niet zien. Het geluid kwam uit luidsprekers, ook al stond hij ergens daar vooraan. De mensen hadden hun hoofd in dezelfde richting gewend, ze probeerden net als zij de dominee te ontdekken. Zei hij echt: 'Je moet de kerstman niet te hard aan zijn baard trekken?' Ja. Want de mensen lachten. De jongen schopte haar tegen haar kuit, maar waarschijnlijk niet met opzet. Misschien kwam het omdat de mensen lachten in de kerk, maar ze schopte terug. Hij draaide zich bliksemsnel om en staarde haar geschrokken aan, met ronde ogen. Toen werd het doodstil. Heel even.

'Masker...' verstond ze. De dominee praatte over maskers opzetten voor God. Iets over dat God altijd ons ware gezicht zag. Ze was zo blij dat ze de woorden verstond, dat de betekenis op dat moment niet belangrijk was. Maar die drong daarna tot haar door. Het hielp niet dat ze in een kerk zat. Ze was een hoer in een Noors donsjack. De mensen stonden op. Dorte ook. 'Amen' kon ze verstaan. En 'Uw wil geschiede'. De dominee zegende hen blijkbaar. Hij leek geen uitzondering voor haar te maken.

Toen alle mensen weer zaten en het gestommel van alle voeten verstomd was, zag ze duidelijk Toms gezicht voor zich. Ze probeerde de mensen thuis voor zich te zien, maar dat lukte haar niet.

Toen het orgel begon te spelen, vouwde ze haar handen om te bidden, maar God en de Maagd Maria waren zo ver weg. Op een gegeven moment hoorde ze oom Josefs naam uit de luidsprekers. Dat was waarschijnlijk toen de dominee het kerstevangelie voorlas.

De mensen stroomden als een rivier uit de kerk. Buiten gekomen splitste de stroom zich en verspreidde zich in alle richtingen. Mensen in kleine groepjes of in paren staken hun hoofd bij elkaar en praatten. Sommigen lachten. Toen Dorte het plein voor de kerk verliet en op goed geluk een straat insloeg, liep ze vlak langs de muren van de huizen. Alsof het verdacht was om alleen te zijn.

Er lag sneeuw op het trottoir. Die knerpte onder haar voetzolen. De etalages waren afgeladen met symbolen die verbonden waren met het Kerstfeest zoals ze het hier blijkbaar vierden. Kerstmannen, engelen, glitter, guirlandes, sterren. Maar geen kerstkribben of madonna's met kind.

Ze probeerde te bedenken wat Vera gezegd zou hebben als zij al die fraaie kleren en schoenen had kunnen zien. Zag voor zich hoe ze bleef staan, wees en zuchtte. Toen ze voor een etalage vol beddengoed en kussens stond, kwam er een jong stel voorbij. Ze hadden hun armen om elkaar heen geslagen, het meisje keek naar hem op en lachte om iets wat hij zei. Ze deden haar niets, toch voelde ze opeens een zwart gat van binnen.

Na een poosje begreep ze dat ze de verkeerde kant opliep. Ze moest de kaart erbij pakken. Onder een lantaarn ontdekte ze dat ze net zo goed in dezelfde richting kon blijven lopen tot ze bij de brug kwam waar ze met Lara was geweest. Toen ze zich oprichtte en de kaart opvouwde, waren er opeens geen mensen meer te bekennen. Die waren naar binnen gegaan. Naar huis. Naar elkaar.

De straat en de trottoirs waren blauwpaars en de hemel was een verlaten schildpaddenschild dat hier en daar door schoorstenen werd bespuugd. De ramen waren gele vlekken met patronen erin. Bloemen, beeldjes, lampen, gordijnen. De huizen leken daardoor op verlichte glasschilderingen. Achter sommige ramen stonden brandende kaarsen. Af en toe rook ze gebraden vlees. Thuis aten ze nu vis. Toms geld lag onaangeroerd in haar zak. Ze voelde het tegen haar heup als ze liep. Zelfs áls ze een restaurant had gevonden waar ze vis kon eten, dan had ze toch niet naar binnen durven gaan. Iedereen zou begrepen hebben dat ze alleen was.

Ze liep iets verder dan de brug om te proberen bij de rivier te komen. Maar overal waren sneeuwhopen, huizen en andere hindernissen. De brug leek op een Chinees paviljoen. Roodgeverfde palen met een schuin dakje erop vormden een poort met sneeuwranden en een torentje bovenop. Een blauwe kopie van de poort lag op de sneeuw. Midden op de brug bleef ze staan. Hoge pakhuizen stonden dicht opeen aan weerszijden van de rivier. Spitse gevels staken de hemel in. Aan sommige hingen ijspegels, als geglazuurde olifantstanden. Slechts een paar ervan hadden verlichte ramen, die verraadden dat daar mensen waren. Er joeg plotseling een koude wind om haar heen toen ze een groepje van vier mensen passeerde. Ze zagen eruit alsof het maanden, misschien wel jaren kon duren voordat ze zich van hun jassen, bontmantels, sjaals, mutsen hadden ontdaan. Hun open monden stootten rook en geluiden uit. Gelach. Ze liepen voorovergebogen, als het ware om elkaar heen om elkaars aandacht te krijgen. Maar dat duurde maar even, toen was ze weer alleen.

De vorst had haar tenen aangevallen met de scherpste naalden uit het universum. Het werd tijd om verder te lopen. Snel. Ze vond de weg terug, langs de kerk en over dezelfde brug als op de heenweg. Ze voelde iets van blijdschap, of wat het ook maar was, omdat ze zelf kon bepalen waar ze liep. Misschien kon ze naar een goedkoop pension verhuizen en overal vragen of ze werk voor haar hadden? Of kon ze de trein pakken, of de bus? Maar dat wuifde ze weg. Het geld dat Tom haar had gegeven zou vast al op zijn voordat ze Noors had geleerd.

Hij kwam eerder terug dan Lara. Toen ze hem 'Dag, Dorte' hoorde roepen met zijn bijzondere stem, wist ze dat ze daarop gehoopt had. Hij had vandaag zijn aktetas weer niet bij zich. Maar wel eten. Vlees, aardappelen en broccoli. Ze had die ochtend ook door de stad gezworven, maar toen het donker werd, was ze teruggegaan naar het appartement.

Hij zag dat de plattegrond op tafel lag en ze begreep dat hij wilde weten waar ze geweest was. Toen ze de kaart uitvouwde en het hem aanwees, sloeg hij zijn ogen ten hemel omdat ze zo ver gelopen had. Hij wees op de rivier en zei iets wat ze niet begreep. De kaart en het vlees lagen voor hen op het aanrecht. Hij legde het mes weg en veegde zijn handen af aan de keukenrol. Sloeg zijn armen om haar heen en wiegde haar heen en weer terwijl hij iets in haar haren fluisterde. Ze dacht dat het iets was in de trant van dat ze elkaar binnenkort konden verstaan, maar misschien was het iets heel anders. De boter siste en hij liet haar los om het vlees in de pan te leggen.

Ze moest gewoon zijn warmte weer voelen, dus sloeg ze haar armen om zijn middel en bleef zo staan terwijl de geur van gebraden vlees zich verspreidde en de damp door de afzuigkap naar boven vloog. Hij maakte zich niet los, duwde haar niet weg. Terwijl hij de stukken vlees aan beide kanten braadde, bleef ze half achter hem staan, met haar wang tegen zijn geruite schouder. Hij draaide zich een paar keer om en keek haar aan met een gezicht alsof hij haar net had gevonden.

Ze kon zich niet meer herinneren wanneer ze voor het laatst zo'n honger had gehad. Toen ze elkaar tijdens het eten zwijgend zaten op te nemen, begreep ze dat hij hier zat omdat hij dat graag wilde. Ja, de manier waarop hij zichzelf had binnengelaten wees erop dat dit iets van hen samen was. Buiten al het andere om. Wat Lara over hem verteld had, verdampte en werd volkomen onbelangrijk.

'Buiten vandaag? Koud?' vroeg hij terwijl hij op zijn wangen klopte.

Ze voelde dat ze nog roder werd, maar knikte.

'Ja, dank je!' bracht ze uit, maar ze wist niet zeker of hij wel begreep dat ze hem voor het geld en de sleutels bedankte. 'Bedankt – geld', voegde ze eraan toe.

'Graag gedaan!' zei hij terwijl hij wat ongemakkelijk glimlachte, alsof hij daar liever niet over wilde praten. Hij wees met zijn vinger iets aan op de kaart. 'Kerk?'

'Ja', zei ze enthousiast. 'Gaan naar kerk. Mensen!' Ze spreidde haar armen om hem aan het verstand te brengen hoeveel mensen er wel niet waren geweest.

Dorte gleed niet uit toen hij haar wilde afdrogen en ze trok zijn onderbroek niet naar beneden. Die trok hij zelf uit, in het donker, toen ze op de bank lagen met elk een oordopje in. Toen hij tegen haar aan kwam liggen, voelde ze dat hij daar beneden toch niet helemaal was zoals zij. Maar anders dan andere mannen. Meer zichzelf. Net als zijn tong. Net als de vorige keer droeg hij haar naar haar bed en stopte haar in voordat hij vertrok, zonder gedag te zeggen, of welterusten. Of dat hij terug zou komen.

Maar hij kwam elke avond tijdens Lara's afwezigheid. Maakte eten, tekende streepmannetjes en schreef woorden op. Zij wees hem op de kaart aan waar ze 's ochtends geweest was en hij schreef de namen op van gebouwen en straten waar ze de volgende dag naartoe moest gaan. Gaandeweg had ze een heel stapeltje streepmannetjes en woorden die ze kon oefenen als ze alleen was. 's Nachts werd ze wakker en hoorde hem 'Dorte' zeggen, met die vreemde afgeknepen stem.

De derde avond begroette ze hem in de hal en ging ze vlak naast hem staan toen hij zijn jas en schoenen uitdeed. Hij bleef een poosje met zijn voorhoofd tegen het hare staan terwijl zij haar neusgaten opensperde en zijn geuren opsnoof. Toen sloeg hij behoedzaam zijn armen om haar heen.

27

'Heeft Tom boodschappen gedaan?' vroeg Lara terwijl opkeek uit de koelkast.

Dorte kwam net uit de douche waar ze zich na de laatste klant had afgeboend. Ze liep de keuken binnen om te horen hoe Lara's reis geweest was.

'Nee, dat heb ik zelf gedaan.'

'En dat moet ik geloven? Hoe zou je dat moeten doen?'

'Tom heeft me een sleutel en geld gegeven.'

Lara bleef met open mond staan kijken, alsof ze haar oren niet kon geloven. Toen duwde ze Dorte op een stoel en ging zelf ook zitten. Met haar ellebogen op tafel en een diepe frons tussen haar wenkbrauwen.

'Hij heeft een val voor je gezet. Dat begreep ik al voordat ik vertrok, hij is op het oorlogspad. Hij wil iemand pakken… Maar als je ertussenuit knijpt, dan weet hij je te vinden! Misschien niet meteen, maar… Dan ben je er geweest!'

Dorte stond op het punt te zeggen dat ze niet geloofde wat Lara over Tom vertelde, maar het had geen zin om ruzie met haar te maken.

'Waar zou ik naartoe moeten?'

'Dat moet je mij niet vragen! Ik ga je geen tips geven die je recht naar je ondergang leiden!' mompelde ze. Ze verborg haar hoofd in haar handen alsof haar iets dwarszat. Stond op en liep wat heen en weer, liet zich toen weer op de stoel vallen.

'Ik ga er niet vandoor. Dan had ik hier nu niet gezeten', mompelde Dorte.

Lara gaf eerst geen antwoord, toen begon ze te praten met de stem van iemand die geen familie of vrienden heeft.

'Heeft hij iets over mij gezegd? Dat jij mijn werk gaat doen? Hoef ik niet meer te komen?'

'Nee, nee! Dat moet je niet zeggen!'

Maar Lara was helemaal van de kaart, zat er totaal ontredderd bij.

'Hoe was je reis?' vroeg Dorte om haar gedachten af te leiden.

'Mijn reis? O ja, mijn reis...' Lara haalde haar schouders op, alsof ze was vergeten wat er was gebeurd of waar ze was geweest. 'Voor ik het vergeet! Die oude man heeft net gebeld, hij komt over een uur.'

'Nee, Lara! Alsjeblieft!'

'Onzin. Ik blijf hier tot hij komt.'

De oude man was al drie keer eerder geweest. Hij vond het meestal voldoende als ze hem aftrok. Eén keer had hij aan haar tenen gesabbeld alsof ze een ijsje waren. Hij was niet gewelddadig. Hield zijn bril op, maar kleedde zich verder helemaal uit. Daardoor was er veel huid die ze moest vermijden.

'Kun je hem niet een andere dag laten komen? Ik heb al gedoucht en ben moe...'

'Ik kan hém toch niet bellen! Dat snap je toch wel?'

Ze hoorden het tegelijk en keken elkaar aan. Tom kwam binnen! Hij was hier nog nooit tegelijk met Lara geweest. Ze stonden allebei op, alsof het de meester of de dominee was die binnenkwam. Even bedacht Dorte dat ze misschien met zijn drieën Noors konden praten. Hij had nog geen begroeting geroepen en de kapstok had nog niet gekraakt. Hij zou wel zien dat Lara's bontjas er hing.

'Lara!' De stem was van Tom, maar toch vreemd.

Lara slikte en greep zich vast aan de tafelrand, alsof ze dit verwacht had. Toen rechtte ze haar rug en liep ze met Dorte op haar hielen naar de hal.

Tom keek Lara even aan, zonder een woord te zeggen. Lara deinsde achteruit, naar de woonkamer. Stap voor stap, terwijl hij haar volgde. Zijn gezicht leek uit steen gehouwen. Alleen de aderen in zijn hals leefden. Die wilden naar buiten. Lara sloeg haar armen in een boog rond haar hoofd en keek hem smekend aan.

Het volgende moment was haar witte blouse bezaaid met onregelmatige rode spikkels. De klap bracht haar uit haar evenwicht, maar ze veerde snel weer terug, alsof ze van rubber was. De lucht stond stil. Toms gezicht was wit, het blauw van zijn ogen zwart. Zijn neusgaten waren opengesperd en de aderen in zijn nek bolden op als leidingen op een muur.

Dorte, in de deur naar de hal, zag hem nog een keer uithalen. Zag hem Lara's wang raken. Een brekend geluid, zoals toen haar moeders Chinese vaas op de grond viel. Maar Lara brak niet. Ze stond rechtop, haar armen om haar hoofd geslagen. Zonder te jammeren, zonder naar adem te snakken of ook maar heel zacht 'au' te zeggen. Een beetje met haar tenen naar binnen, maar wijdbeens en stevig – op haar hooggehakte witte laarzen met een rits tot de knie. Ze bleef staan – terwijl het bloed uit haar neus over haar borst stroomde en op de vloer drupte. De punt van haar linkerlaars kwam onder de rode spetters te zitten.

Tom liet zijn armen even hangen, terwijl Lara en hij elkaar recht aanstaarden. Je zou denken dat het voorbij was. Maar dat was niet zo. Hij ging vlak voor haar staan, pakte haar beet en tilde haar op alsof ze een lappenpop was. Lara zweefde een ogenblik door de kamer, met wijduit staande haren. Toen knalde ze tegen de muur en bleef ze roerloos liggen tegen de planken met weekbladen en de taalcursus.

Toen Tom doelbewust op haar afliep, rende Dorte achter hem aan, ze stortte zich op hem en sloeg haar armen om zijn dijbeen. Boorde haar gezicht erin tot alles zwart werd.

'Tom! Nee! Tom!' Ze hield hem vast en wachtte op de klappen.

Als een gevangene die vergeten was dat hij kluisters had, probeerde hij zijn benen op te tillen, maar tevergeefs. Toen ze voelde dat hij zijn beenspieren ontspande, keek ze op. Zijn blik was afwezig, of verbaasd, alsof hij niet geweten had dat zij er was. Toen veranderde zijn gezicht, het werd leeg. Volkomen leeg. Terwijl zij een stroom Russische woorden uitstortte, als rijmpjes of liedjes. Steeds weer opnieuw. 'Lieve Tom, sla haar niet, sla haar niet, Lara is alleen maar aardig, lieve Tom, Lara is altijd aardig, lieve Tom, lieve Tom…' Tussen zijn benen door zag ze de kapstok in de hal. Hij had zijn aktetas bij zich.

Hij bleef zonder iets te zeggen staan tot Dorte hem losliet en op de vloer bleef zitten. In zijn ogen lag een kleurloze ondoordringbare waas. Plotseling draaide hij zich met een ruk om en liep hij de hal in.

'De sleutels!' hoorde ze en ze wist meteen wat hij bedoelde. Ze stond op en haalde de sleutels uit haar jaszak. Wachtte niet op een verklaring van hem, wachtte alleen tot hij zou ontdekken dat ze daar stond. Maar hij greep de sleutels zonder haar aan te kijken, griste zijn tas mee en liet de deur achter zich dichtvallen, alsof hij een leegstaand appartement verliet waar niets was gebeurd. Ze hoorden zijn voetstappen naar de lift lopen, hoorden de lift komen, de deur opengaan, en het gebrom dat hen vertelde dat Tom op weg naar beneden was.

Eerst was Lara een hoopje bij de boekenkast, toen stond ze moeizaam op en betastte haar schouder en arm. Haar gezicht en kleren waren besmeurd en haar neus bloedde. Maar na een poosje stond ze overeind. Dorte haalde de keukenrol uit de keuken en scheurde er grote stukken papier af.

'Waarom deed hij dat?' fluisterde Dorte en ze besefte dat het bekende beven al een poosje terug was.

Lara gaf geen antwoord, ze nam de hele keukenrol mee naar de badkamer en deed de deur dicht. Dorte hoorde dat ze de wastafelkraan opendraaide. Het geluid hield een hele poos aan.

'Zal ik je helpen?' vroeg Dorte met haar mond tegen de deur.

'Nee, dank je!' klonk het nasaal.

Dorte haalde nog een keukenrol om het bloed van de vloer, de muur en de planken te vegen. Ze pakte een plastic zak waar ze de narigheid in kon proppen zodat ze het bebloede papier niet meer hoefde te zien. Daarna moest er een natte doek aan te pas komen. Lara was nog steeds aan het spetteren, ze was dus niet flauwgevallen. Dorte probeerde alle vlekken weg te vegen, maar ze zaten overal. Toen het tot haar doordrong wat er eigenlijk gebeurd was, kon ze de misselijkheid niet meer tegenhouden. Ze holde naar de keuken en keerde haar maag binnenstebuiten in de gootsteen. Het braaksel bleef als smurrie op de gaatjes van de afvoer hangen. Ook al draaide ze de kraan helemaal open, het hielp niet. Ze moest de afvalemmer pakken en alles met haar vingers bijeengraaien. Daarna hield ze haar mond onder de waterstraal, ze dronk en spuugde het water weer uit. Hield haar gezicht en handen onder de straal en liet het water stromen.

Na een poosje kwam Lara naar buiten, haar gezicht verstopt in een spierwitte handdoek.

'Kun je alsjeblieft theewater opzetten?' Ze liep naar de woonkamer en ging zitten, haar benen opgetrokken op de bank. Ze moest haar laarzen in de badkamer hebben uitgedaan. In de teen van haar kous zat een gat. Een bloedrode nagel luchtte zijn lak. Ze legde haar hoofd achterover. Met geroutineerde, bijna elegante bewegingen keek ze of er bloed op de handdoek zat, toen leunde ze weer achterover. Ze had een bult op haar voorhoofd en een rode plek op haar rechterwang.

Ze drinkt toch altijd koffie, dacht Dorte, maar ze zette gehoorzaam theewater op. Deed thee in het thee-ei, hing dat in de mok en bleef geduldig staan wachten tot het water kookte. Wat dacht Tom nu?

Lara lag nog steeds op de bank, maar had de handdoek op haar blouse gelegd zodat je de bloedvlekken niet zag. Als je niet beter wist, zou je kunnen denken dat ze moe was na een nachtje stappen. Dorte reikte haar de mok aan en probeerde haar blik te vangen, maar Lara duwde alleen maar de handdoek tegen haar neus om te kijken of die nog bloedde. Dat was niet zo. Ze nam zuchtend de mok aan, met beide handen.

'Wil je naar muziek luisteren?'

'Nee, liever niet!' kraakte Lara, alsof ze een oude grammofoonplaat was.

'Kan ik iets voor je doen?' vroeg Dorte na een poosje.

'Zeur niet zo! Drink je melk op!' zei Lara alsof ze tegen een jengelend kind praatte.

Dorte had geen melk voor zichzelf ingeschonken en ze was nog steeds misselijk, dus bleef ze onbeweeglijk zitten wachten tot Lara iets zei. Maar Lara dronk thee en staarde voor zich uit. Na een poosje werd dat ondraaglijk. Dorte stond op, pakte de Noorse cursus en nam die mee naar de keuken. Daar bleef ze door het raam naar buiten zitten kijken zonder de cassettespeler aan te zetten. Toen herinnerde ze zich dat Lara gezegd had dat de oude man zou komen. Ze zou zelf open moeten doen nu Lara er zo slecht aan toe was.

Even later hoorde ze Lara's telefoon gaan. Met schorre stem herhaalde ze woorden die Dorte niet verstond. Toen begon ze door de kamer te ijsberen. Na een 'godverdomme!' werd het stil en begreep Dorte dat ze het gesprek beëindigd had. Maar meteen daarna ging de telefoon weer. Deze keer was ze overdreven aardig. Toen de deurbel ging, brak ze het gesprek abrupt af.

Dorte liep naar de woonkamer, maar Lara was onbenaderbaar. Haar goudbruine gezicht zag eruit alsof het door woestijnzand was gehaald. De bult op haar voorhoofd was blauw geworden en ze hield haar schouder vast terwijl haar ogen onrustig heen en weer schoten. Lara was bang! Ze hoorden voetstappen op de gang en er werd weer aangebeld. Ze staarden allebei naar de deur.

'Niet opendoen!' fluisterde Lara bijna onhoorbaar.

'De oude…'

'Ssst!'

Er werd een paar keer aangebeld. Lara stond nu midden in de kamer, met gebalde vuisten. Lang nadat de deurbel verstomd was, klonk het geluid nog na in Dortes oren. Toen hoorden ze sloffende voetstappen die zich verwijderden.

'Hoe is hij tot hier gekomen?' fluisterde Dorte toen het geluid van de lift aangaf dat het gevaar geweken was.

'Hij zal wel met iemand naar binnen geglipt zijn.'

'Denk je dat Tom…? Ben je bang, Lara?'

'Ik ben heus niet bang!' snauwde ze. 'Ik kan alleen geen klanten te woord staan zoals ik er nu uitzie.'

'Maar waarom deed hij dat?'

Eerst schreeuwde Lara: 'Hou op met zeuren!' en 'Bemoei je niet met zaken die je niet begrijpt!' maar toen leek ze van gedachten te veranderen.

'Hij denkt dat iemand hem bij de politie heeft verlinkt. Gister-avond was hij vreselijk nerveus toen hij me opbelde en me allerlei beschuldigingen naar het hoofd slingerde… Weet je… ik heb een Noorse vriend gehad. En dat bevalt Tom helemaal niet. Maar ik praat nooit met iemand over zaken. Nooit!'

'Hoezo, verlinkt?'

'Iemand heeft over twee van de meisjes verteld. Stig belde net, hij heeft ze verplaatst.'

Dorte wilde vragen wie Stig was, toen herinnerde ze zich dat hij iemand was die op de meisjes paste.

'Ik denk dat ik weet wie gepraat heeft, de duivel hale haar, maar dat kan ik niet tegen Tom zeggen', gromde Lara.

'Waarom niet?'

'Omdat hij haar dan door Stig laat doodslaan!'

Daar viel niets op te zeggen. Maar plotseling wees Lara met trillende vinger naar haar.

'Met wie heb jij eigenlijk gepraat toen je hier vrij in en uit kon lopen?'

'Met niemand!'

'Wil je zeggen dat je dagenlang door de stad gezworven hebt zonder dat je geprobeerd hebt met iemand te praten?'

'Ja', fluisterde Dorte.

'Mijn god! Wat ben jij voor iemand?' mompelde Lara en ze ging verder: 'Maar dat hij jóú niet verdenkt! De idioot! Eerst geeft hij jou een sleutel en dan laat hij míj alle hoeken van de kamer zien!'

28

Soms dacht ze dat ze de avonden met Tom had verzonnen. Dan stond ze op en legde de gele briefjes met de streepmannetjes op tafel. Ze zei tegen zichzelf dat het heel goed was dat hij haar de sleutels weer afgepakt had. Alles was buiten nu zo onvoorspelbaar en gevaarlijk geworden. Als Tom zich opeens anders gedroeg, konden anderen dat ook. Dan hielp het niet als ze een Noors donsjack droeg. Het ergst was de gedachte dat Lara misschien gelijk had, dat de sleutels een val waren. Door Tom gezet.

Ze had weleens gehoord dat alles went, maar had nooit begrepen wat dat inhield. Begin maart was de brandwond op haar linkerhand nog slechts een blauwe schaduw. Haar andere wonden bevonden zich in verschillende stadia. Van litteken tot afgekrabd korstje. Die van de vorige dag waren vers en herkenbaar. Dat ze er allemaal even afschuwelijk uitzagen, kwam vast omdat het licht zo fel was.

Haar eigenlijke dag begon als de deur achter de laatste klant dichtviel, hoe laat dat ook was. Ze veegde haar kruis af, stopte de lakens en handdoeken van die dag in de wasmachine. Daarna nam ze een snelle douche. Vervolgens maakte ze deurklinken, kranen en de wc-bril schoon, alle plekken die de klanten mogelijk hadden aangeraakt. Pas dan kon ze beginnen hen op de nieuwe manier te tellen. Daar was ze mee begonnen op de dag dat ze begrepen had dat Tom niet meer kwam, en het was een soort noodzakelijke loutering geworden. Daarna kon ze zichzelf zijn, tot de volgende dag.

Ze deed het in de keuken, boven de gootsteen. Met het scherpe mes dat Tom gebruikt had toen hij het vlees in tweeën sneed. Ze kerfde evenveel krassen in haar arm als er die dag klanten waren geweest. In de linker. Als een snee zo diep werd dat hij bleef bloeden, drukte ze er gewoon een stukje keukenrol op voordat ze ging douchen. Onder de douche boende ze haar hele lichaam tot haar huid roze en gevoelig was op meest toegetakelde plekken.

Als laatste smeerde ze zich in met de crème uit de grote flacon met het pompje.

De vrije dag die ze zou krijgen, kwam er niet. Omdat er twee meisjes waren vertrokken, moest zij harder werken. Ook 's avonds. Haar arm werd een gestreepte reep huid.

Lara kwam meestal pas als de laatste klant vertrokken was. Vaak wist Dorte niet hoeveel mannen ze moest ontvangen. Ze moesten drie keer kort en drie keer lang aanbellen. Toch voelde Dorte zich nooit veilig. Ze deed een paar keer niet open omdat de klant niet het juiste belsignaal gebruikte. Als ze klaagden, schold Lara haar uit. De eerste keer begon Dorte te huilen omdat ze de gedachte aan ruzie met Lara niet kon verdragen. De tweede keer was ze zo moe dat het niet eens tot haar doordrong. Pas toen ze naar bed was gegaan en niet kon slapen.

Vandaag was de eerste al voor twaalf uur 's middags gekomen. Omdat ze vlak achter elkaar kwamen, lukte het haar niet de misselijkheid kwijt te raken, of iets te eten. Om vijf uur was ze eindelijk alleen en draaide de wasmachine. Haar arm had vijf verse krassen. Toch schrok ze toen ze per ongeluk haar eigen huid aanraakte tijdens het aankleden.

Lara trok haar bontmantel uit en verklaarde dat ze een poosje zou blijven. Dorte bedacht dat het goed was dat ze kleren aanhad en niet haar badjas. Zo leek alles bijna normaal.

'Hier heb je nog wat pilstrips en een doosje slaaptabletten!' kwetterde Lara terwijl ze alles op de keukentafel legde. 'Maar nooit meer dan één tegelijk nemen, dan krijg je diarree, of nog erger, dan word je niet meer wakker!'

Dorte had een paar keer geklaagd dat ze niet kon slapen, omdat ze bang was dat er mensen zouden komen om haar in elkaar te slaan omdat ze dachten dat ze gepraat had, of om haar aan de politie uit te leveren. Lara zei: 'Niemand heeft het op jou gemunt. Je bent gewoon verwend!' of: 'Je moet je wassen' of: 'Als ik zo veel maffe gedachten had gehad, was ik er allang geweest.' Of: 'God, wat heb ik het druk.' En dan verdween ze weer. Maar vandaag had ze haar bontjas dus uitgetrokken.

Dorte rekte zich uit om filterzakjes uit de kast te pakken.

'Wat is dit?' riep Lara terwijl ze haar arm vastgreep. 'Wie heeft dat gedaan?'

Dorte wist niet wat ze moest zeggen.

'Wie van de rotzakken die hier komen heeft dat gedaan?' vroeg Lara weer schel.

'Niemand…'

Lara's ogen werden twee spleetjes terwijl ze Dortes arm bekeek. 'Je bedoelt toch zeker niet dat Tom hier geweest is… Dat hij…?'

'Nee! Het is… het mes…'

'Het mes?'

Dorte had onbewust het koffieapparaat aangezet, nu begon het water in het filter te druppelen zonder dat er koffie in zat en zonder dat de kan eronder stond. Het water spatte sissend over het aanrecht.

'Zet dat ding uit!' riep Lara en ze deed het zelf. Toen pakte ze Dortes arm weer vast en bleef ernaar staren.

'Ben je gek geworden!? Heb je zelf in je arm gekrast?' Lara leek volkomen hysterisch.

'Ja, ik…'

Lara keek haar aan alsof ze een ruimtewezen was, toen pakte ze haar schouders beet en rammelde haar door elkaar. Dorte voelde dat ze bijna in haar broek plaste en gebruikte al haar energie om de plas af te knijpen. Het was een hele opluchting toen Lara's telefoon ging en ze naar de wc kon rennen.

Toen ze terugkwam, stond Lara nog steeds met de telefoon tegen haar oor. Ze luisterde met opengesperde ogen. Toen begon ze met korte onderbrekingen te praten en herhaalde woorden. Dorte pikte 'meisjes, razzia, politie' op, plus een aantal Russische vloeken.

Daarna gebeurde er van alles. Lara rende als een kip zonder kop rond, liep naar het raam, staarde naar Dorte zonder haar te zien, mepte tegen de deurpost en bleef uiteindelijk doodstil staan, midden in de kamer.

'Je moet hier weg!' zei ze en ze liep daarna door alle kamers. Keek in laden en kasten alsof ze tot huisinspecteur was benoemd – en Dorte liep achter haar aan.

'Waar moet ik heen?' vroeg ze met een klein stemmetje.

'Niet vragen! Ik weet het nog niet. Als ze je pakken, gooien ze je eerst in de cel en verhoren je met een tolk. Uiteindelijk sturen ze je naar huis. Daar moet je je verantwoorden voor de Litouwse politie, misschien moet je naar de gevangenis. Ze zullen contact opnemen met je moeder, en alles komt boven water. Als je vrijkomt, zullen de mannen die je gekocht hebben je weer komen halen. En hier heeft Tom me dan allang doodgeslagen. Daar schieten we geen van beiden iets mee op. Ik moet frisse lucht hebben!' hijgde Lara, ze beende naar de keuken en schoof het raam open. Bleef daar staan en haalde zo diep adem dat haar buik hol werd en haar borsten op en neer deinden.

'Oké! Ik doe wat hij zegt, ik neem je mee naar mijn huis. Voorlopig!'

'Naar jouw huis? Maar mijn spullen dan? De Noorse cursus?'

Lara draaide zich naar haar om en snauwde: 'Dat zeg ik toch! Pak je koffer! Gebruik je verstand! Neem alles mee wat kan verraden dat je hier geweest bent. Vergeet die Noorse cursus, die stomme gele briefjes en je toiletspullen niet! Alles wat erop kan wijzen dat hier een vrouw heeft gewoond. Heb je iets opgeschreven? Adressen, telefoonnummers? Neem die mee. En dat ellendige boek over die vrouw die zich voor de trein gooide. Ik wist metéén toen ik dat zag dat dat ongeluk zou brengen', beet ze haar toe.

Ze begon opnieuw heen en weer te rennen. Met een adelaarsblik doorzocht ze alle kamers met een zwarte vuilniszak in de ene en Dortes koffer in haar andere hand. Griste in razendsnel tempo allerlei dingen mee, volkomen in het wilde weg. Dorte stond er een poosje met open mond naar te kijken, liep toen achter haar aan.

'Lara! Ik pak mijn eigen spullen wel in! Als jij dan alle andere dingen weghaalt die ze volgens jou niet mogen zien, dan gaat het sneller.'

Lara bleef staan en keek haar aan, knikte toen verwoed.

'Ja!' zei ze resoluut, ze gaf Dorte de koffer en concentreerde zich op wat er in de vuilniszak moest. Dorte hoorde dat ze druk in de weer was in *de kamer*. Toen ze een blik naar binnen wierp, zag ze Lara op het bed staan om de posters met de naakte meisjes van de muur te rukken. Haar nauwe rok was tot hoog op haar dijen opgekropen en haar kuitspieren stonden bol als bij een voetballer. Haar blouse schoof omhoog als ze zich strekte en haar goud-kleurige heupen en haar middel puilden er brutaal uit. Lara had haar toevertrouwd dat ze naar de zonnebank ging om er niet uit te zien als een doorsnee Noors lijk.

Het volgende moment stond ze alweer op de vloer. In razend tempo nam ze glijmiddel, korset en kousen mee. Plus alle tijd-schriften met de naakte meisjes die borsten en onderlichaam lieten zien, of die in allerlei merkwaardige en ongemakkelijke houdingen werden geneukt. Soms bladerden de klanten daarin voordat ze haar riepen.

Dorte probeerde zich te concentreren op alles wat zou kunnen verraden dat zij hier gewoond had. Plus dat ze alles mee moest nemen wat ze niet kon missen. Onder die praktische gedachte-gang, waarbij de voorwerpen haar oog passeerden en in haar koffer of tasje verdwenen, lag het besef dat Lara haar eigenlijk niet mee naar huis wilde nemen. Ze deed het alleen omdat Tom het had gezegd. Ten slotte hield ze het niet meer uit, ze liep naar haar toe en raakte haar even aan.

'Lara! Niet boos op me zijn!'

'Ik ben niet boos op jou!' zuchtte Lara over haar schouder terwijl ze verderging met haar razende gristechniek. 'Haal een vuilniszak! Deze is vol!'

Dorte liep naar de klerenkast in de hal om een nieuwe zak te halen. Eén ding was zeker: Lara was bang! En ze vertelde maar een deel van wat ze dacht – of wist. Ze wist precies wat ze zei, ook al klonk het alsof ze alles eruit flapte. Ze droeg een netwerk van verhalen met zich mee die allemaal in elkaar grepen en elkaar dekten. Die konden niet in hun geheel worden verklapt, zelfs niet aan Tom. En na díé dag al helemaal niet tegen Tom. Het drong tot Dorte door dat Lara meer wist van de meisjes en degenen die hen bewaakten dan Tom zelf. Ze herinnerde zich dat Lara tijdens hun wandelingen meerdere malen mensen was tegengekomen die ze blijkbaar kende en met wie ze een paar woorden wisselde. Over het weer, over hun gezondheid, over wat er in de krant stond. Maakte niet uit. Maar iets zei Dorte dat deze mensen Lara niet kenden, ook al dachten ze misschien van wel.

Toen ze klaar waren en nog een laatste ronde maakten om te zien of ze niets waren vergeten, waren ze allebei aardig bezweet. Lara's haar zat in de war en ze had donkere plekken onder haar armen. Toen ze de deur naar de gang opendeden, zag Lara er gekweld uit. Ze keek naar alle kanten en stond onrustig te trippelen toen ze op de lift wachtten. Pas toen ze zag dat de taxi die ze had besteld klaarstond, haalde ze weer adem.

Het was zo blauw buiten. De sneeuw, die begon te smelten, leek nu het tegen de avond liep op blauwachtig glas. De bomen hadden een paarse aura rond hun takken gekregen. Een leeg bierblikje en een kartonnen bekertje lagen naast de ingang. Bij het hek lag een verschoten fotomodel met verscheurde buik. Je kon niet meer zien waar ze reclame voor maakte. Iemand had geen zin meer gehad in de krant en had hem gewoon laten vallen. De auto's zoemden als hommels langs. Baanden zich opgewonden een weg, alsof ze iets moesten wreken.

Een tas, Dortes koffer en twee zwarte vuilniszakken. Plus zijzelf. Lara noemde een adres en toen de auto wegreed, veegde ze met beide handen haar gezicht af en riep in het Noors: 'Dat was dat!'

Dorte zei niets. Lara wilde blijkbaar niet dat ze Russisch praatte zolang ze in de taxi zaten. Ze reden de heuvel op. Uiteindelijk stopten ze voor een grijs gebouw met meerdere verdiepingen en veel ramen. Lara betaalde en Dorte tuimelde naar buiten.

Een rode lage zon sloop tussen de boomstammen door. Het gebouw lag naast een park op een helling. Een onzichtbare vogel krijste luid, een soort waarschuwing. Een hond blafte. Het blaffen ging over in grommen. Ze kon hem niet zien, maar het geluid kwam steeds dichterbij. Ze werd overvallen door een verlammend gevoel van onbehagen. Plotseling was ze er weer! Ze liep over het erf naar de sauna. Ze voelde dat de Hondenman er was. Ze rook de geur van de hoge gifgroene bomen. Op de een of andere manier wist ze bij Lara terug te komen voordat het te laat was, en het beven hield op.

'We moeten de vuilniszakken maar mee naar boven nemen en daar alles verder uitzoeken. Ik heb zomaar wat ingepakt', mompelde Lara terwijl ze naar de vuilnisbakken bij de muur staarde.

'Blijf ik nu bij jou wonen?' vroeg Dorte toen Lara de deur opendeed.

'Ik word gek van dat gezeur van jou!' Lara duwde met haar heup de deur open. 'Je moest daar voorlopig weg. Misschien zijn ze al in Toms appartement.'

'Wie?' fluisterde Dorte.

'De politie! Kom! Schiet op!'

De portiek was niet zo mooi als die waar ze vandaan kwamen. Ouder. Uitgewoond. De vloer was min of meer schoon en had een oude bruine vloerbedekking. De ramen waren erg stoffig. De trap zag er aangevreten uit, een bruine leuning jammerde als ze hem aanraakten. Zodra ze binnen waren, zeeg Lara neer op een krukje en toetste ze een nummer in op haar mobieltje. Ze luisterde en gebaarde naar Dorte dat die de deur naar de gang dicht moest doen. Blijkbaar kreeg ze geen antwoord, want ze toetste het nummer een paar keer in en luisterde dan weer. Steeds weer. Haar vingers trilden. Ten slotte bleef ze wijdbeens zitten, de telefoon op haar schoot.

'Hij neemt niet op. Dat wil zeggen… zijn telefoon is dood! Hij heeft precies gedaan wat we ooit hebben afgesproken.'

'Wat dan?'

'Hem onklaar gemaakt. Of de kaart eruit gehaald.'

'Waarom?'

'Zodat niemand ons kan opsporen of de nummers achterhalen die we gebeld hebben.'

29

Op de ladekast in de hal stond een klein bassin met een fonteintje en gekleurde lichtjes op de bodem. Het fonteintje druppelde op een zwartharig meisje dat op een plastic boomstam zat. Ze droeg een scheefstaand gouden kroontje en hield een boeket neprozen in haar handen. Om haar heen stonden dwergen die werktuigen vasthielden. Een van hen stond met gebogen hoofd voor het meisje, alsof hij haar zojuist de bloemen had gegeven. Hij kreeg ook onafgebroken water over zich heen. Het sijpelen klonk als een vriendelijke fluisterende stem. Daarnaast hoorde ze Lara's gespannen ademhaling.

'O!' riep Dorte uit en ze boog zich over al die pracht heen.

'Dat is Sneeuwwitje', legde Lara hijgend uit. Ze deed de deur op slot. De koffer en de zakken vulden het hele halletje. Ze knoopte haar jas los en duwde met een vies gezicht haar neus in haar oksel.

'Gadverdamme!' zei ze in het Noors, ze knoopte haar blouse ook los en trok alles in één beweging uit. De bontjas lag als een gevild dier rond haar voeten. Haar laarzen volgden, maar pas na veel lawaai en inspanning.

'Trek je jas uit en doe of je thuis bent!' beval ze.

Er zat geen deur tussen de hal en de kamer erachter. Er was alleen maar een kozijn. Achter een andere deur was een kleine badkamer met een douche en een wc. Daar ging Lara naartoe en daar bleef ze geruime tijd. Dorte zette Lara's schoenen en die van haarzelf netjes op het schoenenrekje in de hal, hing haar jack op en liep de kamer in. Een groot raam gaf uitzicht op een groepje bomen met zwarte takken. Een deur leidde naar een klein balkon. Aan de muur hing een ouderwets schilderij dat een geel korenveld voorstelde met een stel kraaiachtige vogels erboven. Dat zou wel geen origineel zijn, maar een kopie.

Lara's appartement was niet groot, maar het was een sprookje! Midden in de kamer stond een tafel met een rood kleed met franjes eraan en vier stoelen eromheen. Tegen de ene muur stond een boekenkast, met veel kleine frutsels en een tiental boeken. Ze bekeek ze en zag dat het een mengelmoes van Noorse en Russische boeken was. Maar het was ongetwijfeld niet wat haar vader literatuur genoemd zou hebben. Helemaal onderin lag een stapeltje Noorse weekbladen. Bovenop stonden kleurige Russische matroesjkapoppetjes.

In een hoek stond een kleine houtkachel die onlangs nog gebruikt was. Hij was van glas en zwart metaal en leek nog bijna nieuw. Tegen de lange wand stonden een enorme rode sofa en een kleine mimiset. Lara had gelijk dat Toms appartement nieuwer en mooier was, maar dit was een thuis. Bij de boekenkast stond een stokoude versleten oorfauteuil die waarschijnlijk ooit zwart was geweest, maar die nu was verschoten tot grijs. De stoel had een voetensteuntje en er stond een leeslamp achter. Haar vader zou er meteen in zijn gaan zitten.

Aan het plafond hingen twee Russische poppen, een nepbloemenslinger met eeuwiggroene blaadjes en vijf dieprode zijden rozen, en een wijnrank met groene plastic druiven. Aan een van de balken van het schuine dak hingen twee oude lampen die ongetwijfeld ook uit Rusland stamden. Op de ene stond een boer afgebeeld die achter twee ossen liep. De andere was roze met zwarte acanthusranken. De wanden van de kamer waren waarschijnlijk ooit geel geweest. Nu leken ze op afgelikt suikerglazuur. Er hingen geen gordijnen voor de ramen. Waarschijnlijk omdat er toch niemand naar binnen kon kijken.

De slaapkamer was niet groot en niet klein. Er stond een wit ijzeren bed met een kleurige lappendeken onder het dakraam en er lag een tiental kussens in alle soorten en maten omheen. Een ladekast, een keukenstoel en een klein kastje stonden tegen de muur. Drie kastdeuren gaven waarschijnlijk toegang tot Lara's garderobe.

De smalle keuken had het formaat van een inloopkast en had ook geen deur, alleen een gordijn van gekleurde houten kralen die ratelden als je erdoorheen liep. Het raampje leek op een spleet en er was een klein aanrecht met kastjes erboven. Verder een koelkast, gootsteen en een oud elektrisch fornuis met een klep van gestippeld emaille vol wonden.

Lara had urenlang ingepakt en verhuisd, nu verdiende ze thee. Dorte waste haar handen en liet het water een poosje stromen, vulde de ketel en vond de juiste knop om de kookplaat aan te zetten. Toen inspecteerde ze de koelkast. Eieren, een halfvol pak melk, wat ham, kaas. Het brood zat in een blik op het aanrecht. Ze maakte een bescheiden maaltijd en zette het blad op een van de tafeltjes voor de bank. De thee was getrokken toen Lara in een oranje ochtendjas en met nat haar uit de badkamer kwam.

'Wat goed van je! Dankjewel!' Lara nestelde zich op de bank. Het was alsof de wederwaardigheden van die dag niet hadden plaatsgevonden en Dorte hier altijd al had gewoond. Al wist ze nog niet waar ze moest slapen. Maar dat zou wel de bank worden.

Er was hier maar één bed. Hier nam je geen klanten mee naartoe, als dat niet hoefde. In ieder geval Lara niet! Dat besef maakte het licht helderder en haar hoofd lichter, haar armen soepeler, haar voetzolen warm en haar ademhaling regelmatig. Voor het eerst in maanden merkte ze dat de thee lekker rook en dat het eten haar smaakte. Ze wilde deze rust niet verstoren door te vragen of de politie hier ook zou kunnen opduiken.

'Lara! Dit is de mooiste flat die ik ooit gezien heb! En hij past zo helemaal bij jou!'

'Hou op, zeg!' zei Lara, maar het was duidelijk dat ze het leuk vond.

Op dat moment ging haar mobieltje over, in de hal. Ze schoot overeind, haar gezicht verstarde. Dorte hoorde haar met zakelijke opgewekte stem praten.

'Dat was de oude man. Ik heb gezegd dat je ziek bent. Dat je een poosje uit de roulatie bent', zei ze toen ze weer de kamer binnenkwam.

'Oké!' Dorte probeerde te verbergen dat dit het beste nieuws was dat ze in lange tijd had gehoord.

'Ik moet aan een nieuwe simkaart voor mijn telefoon zien te komen', mompelde Lara.

'Een simkaart?'

'Heb je geen verstand van mobieltjes?'

'Nee', gaf Dorte toe.

De bank kraakte toen Lara ging zitten en haar voeten onder zich optrok.

'Ik ben ook niet echt een expert. Maar je moet een kaart hebben om hem te kunnen gebruiken. Daarop wordt alles opgeslagen. Telefoonnummers en zo.'

Op de balustrade van het balkon balanceerde een zwarte vogel. Op een ijzeren tafeltje stond een pot met verwelkte stengels uit een verre zomer.

'Ik weet niet wat we moeten doen. We moeten maar wachten tot Tom belt', mompelde Lara terwijl ze haar theekopje met beide handen optilde. Ze droeg grote ringen, eentje van goud met een robijnrode steen en een zilveren ring met een zwarte steen. Haar nagels waren rood, zoals altijd, maar die van haar rechterwijsvinger was kennelijk gesneuveld tijdens de verhuizing. Ze stopte hem tussen de slokken thee door in haar mond, alsof ze er niet naar wilde kijken.

'We moeten de moed niet opgeven!' mompelde Dorte ernstig.

Lara keek haar verbaasd aan. Toen begon ze te lachen. Luid, met een vleugje oude wanhoop.

'Ik wist dat jij uit het juiste hout gesneden was! Dat heb ik de hele tijd geweten! Anders had ik al dat gedoe met je ook niet volgehouden. Ik kan intelligente meisjes al van verre ruiken, zal ik je vertellen. Nee, we moeten de moed niet opgeven!'

'Ik zal je niet tot last zijn', zei Dorte. 'Ik kan het huishouden doen en zo. Ik kan in een kamer zijn waar jij niet bent, als je alleen wilt zijn.'

Lara's gezicht verschrompelde en het leek alsof ze zou gaan huilen. Dat deed ze uiteraard niet.

'Onzin! Ik ben blij dat je er bent. Ik heb me altijd alleen gevoeld in deze stad. Elke keer dat ik iemand tegenkom die ik aardig vind, dan komt dit er altijd tussen...'

'Wat?'

'Dat ik een leven leid waar ik niet over kan praten. Ik weet niet of ik je heb wijsgemaakt dat alles in orde komt als je de taal eenmaal kent? Als ik dat gedaan heb... Oké. Het is niet waar. Nou ja, shit! De taal helpt wel. Je hoeft je niet steeds zo dom te voelen en je kunt met de mensen die je tegenkomt over normale dingen praten. Maar je hart...' zei ze terwijl ze zich over haar gebalde vuist tegen haar borst boog. 'Je gedachten, je zorgen... die kun je met niemand delen. Daarom leven alle anderen in een andere wereld.'

Ze haalde adem en hield op. Staarde naar iets onzichtbaars tussen hen in voordat ze verderging: 'Eigenlijk moet ik altijd oppassen. Soms, snap je, Dorte, soms ben ik zo moe dat ik denk dat ik het in de straten van Moskou misschien nog wel beter had. Daar kon ik in elk geval mezelf zijn.'

'Dat meen je toch niet?' fluisterde Dorte.

'Nee! Dat is uiteraard onzin. Sentimenteel gedoe! Alsof ik ooit vrijwillig terug zou willen naar de kou en het vuil, of de gloeiend hete hel op het asfalt in Moskou. Ik haat die stad!'

'Denk je dat er mensen zijn die over alles kunnen praten? Ik bedoel... over dingen waar ze zich voor schamen?'

'Misschien wel niet', antwoordde Lara peinzend. 'Maar niet iedereen heeft evenveel om zich voor te schamen, weet je.'

Dorte zag opeens iets wat tussen de kussens van de bank uitstak. Een gekraakte walnoot. Hij leek op de ingedroogde hersenmassa van een klein dier.

'Nou ja, we hebben gedaan wat we konden! Voorlopig. Nu praten we over iets leuks, iets normaals!' verklaarde Lara terwijl ze haar theekopje leegdronk. 'Ik zal de matras uit het berghok halen. Ik heb ook een extra dekbed. Weet je wat? We kunnen morgen wel naar IKEA gaan om een logeerbed te kopen. Ik heb iets in de catalogus gezien... Waar heb ik dat ding in vredesnaam gelaten? Dat is niet zo duur. Je moet natuurlijk wel zuinig zijn als je niet werkt. Maar we zijn nou ook weer niet bepaald bankroet.'

'IKEA?'

'Daar kun je van alles kopen. Geweldig! Je zult het daar prachtig vinden!' Ze snelde naar de slaapkamer en trok een kastdeur onder het schuine dak open. Alleen haar ronde bilpartij was nog te zien, als een enorme badstof sinaasappel in de oranje badjas. Er klonk een slepend geluid en er kwam een matras met een gestreepte katoenen tijk tevoorschijn die de hele vloer bedekte.

'Nee, dat wordt veel te rommelig. Ik slaap wel op de bank', zei Dorte vanuit de deuropening.

'Geen sprake van! De woonkamer is voor wie niet kan slapen, of voor wie een plek voor zichzelf nodig heeft. Kijk! We verschuiven de meubels wat, dan hebben we hier langs deze muur genoeg ruimte', hijgde Lara tevreden.

Na een poosje hadden ze het voor elkaar zoals Lara het wilde. De slaapkamer zag eruit alsof het altijd de bedoeling was geweest dat er twee bedden zouden staan. Het kastje deed dienst als scheidingswand tussen het ijzeren bed en de matras.

'Weet je wat? We kopen een mooie poster bij IKEA en plakken die tegen de achterkant van het kastje. Dan heb je iets om naar te kijken als je je ogen opendoet!'

30

De telefoon ging. Lara vloekte ergens in het donker en tastte om zich heen voordat ze hem te pakken kreeg. Er klonken wat korte zinnetjes. Daarna was alleen Lara's onrustige ademhaling te horen.

'Waar is hij nu? Hebben ze ze meegenomen… Maar god-allemachtig! Wat gebeurt er? Weggaan? Waarom?'

Lara was overstuur, ze deed tijdens het praten het licht aan en zette haar voeten op de grond. Ze liep naar de woonkamer en zette daar het gesprek voort. Toen ze na een tijdje weer binnenkwam, bleef ze midden in de kamer staan, in haar witte kanten nacht-hemd. Ze had beide armen om zich heen geslagen en keek dwars door Dorte en de matras heen.

'Ze zijn bij de meisjes binnengevallen toen Andrej even weg was. Gelukkig rook hij onraad toen hij de politieauto's zag staan. Hij is niet naar binnen gegaan, heeft zich onder de mensen op de stoep gemengd en zag dat ze de meisjes naar buiten brachten. Hij gaat nu het land uit. Tom is op het vliegveld opgepakt. De idioot! Ik zei nog dat hij naar het noorden moest rijden en vandaar door Finland. Ze zullen hem wel in de cel gezet hebben', zei Lara, ze struikelde de woonkamer weer binnen en viel neer op de bank.

Dorte stond op en liep achter haar aan. Ze dacht eraan hoe Tom gekeken moest hebben toen ze hem oppakten. Waarschijnlijk was hij volkomen kalm gebleven. Zoals hij tijdens hun reis was ge-weest. Aardig. Ze zouden wel begrijpen dat hij niets verkeerds had gedaan en hem weer laten gaan.

'Ik moet hun nummers uit mijn mobieltje wissen', mompelde Lara en ze ging er meteen mee aan de slag. 'Alle nummers wis-sen…' fluisterde ze, alsof de politie al op de stoep stond. Haar vingers vlogen als zachte trommelstokjes over de toetsen.

'Nummers?'

'De klanten. En de anderen…'

'Je zei dat jullie hadden afgesproken de telefoon weg te gooien of een nieuwe kaart te kopen', fluisterde Dorte.

'Ja! Morgen, maar niet nu. Ik kan niet zonder telefoon.'

In de verte was een graafmachine, of zoiets, te horen. En het ronkende, onregelmatig geluid van auto's. Alsof ze naar deze kamer reden. Alsof ze wisten waar ze Lara moesten halen. En haar. Af en toe klonk het zachte getik van de telefoontoetsen of het krassen van het potlood op Lara's notitieblok. Ze schreef de nummers waarschijnlijk op omdat ze ze niet uit haar hoofd kende.

'Ze kunnen die blocnote ook vinden.'

'Hou je mond! Maak me niet nerveus! Als het moet, éét ik die op!'

Dorte durfde haar niet meer te storen. Maar op een bepaalde manier was het fijn om zo dicht bij Lara te zijn als ze alles regelde. Want natuurlijk zou ze alles regelen. Dat deed ze altijd.

Maar Tom? In de cel? Hoe zou het daar zijn? Misschien sliep hij op een matras op de vloer, net als zij. Tom had vast niet veel ervaring met op de vloer slapen. Ze zag zijn opgerolde magere lichaam voor zich onder een ruwe deken. Hoe zagen de dekens in Noorse cellen eruit? Niet dat ze wist hoe die er in Litouwen uitzagen, maar de Noorse waren vast en zeker beter. Hij zou wel niet kunnen slapen, maar lag in de duisternis te staren.

Toen Lara klaar was met haar telefoonnummers, bleef ze apathisch zitten. Haar ogen leken uit haar hoofd te puilen. Na een poosje begon ze te praten, maar eerder tegen zichzelf dan tegen Dorte.

'Ze kunnen niet weten waar ik ben... Nee, ze kunnen echt niet weten waar ik ben! Ze weten niet eens dat ze naar míj moeten zoeken! Maar als de meisjes... Nee, die hebben mijn nummer niet.'

'Hebben de meisjes telefoon?'

'Ssst! Nee! Maar ze kunnen mij beschrijven... hoe ik eruitzie. En stel dat ze Andrej pakken? En dat hij alles vertelt?' hijgde ze.

'Wat is daar zo gevaarlijk aan? Wat mag hij niet zeggen?'

'Val me niet lastig met kletspraat!' snauwde Lara.

'Maar... wat weet Andrej?' fluisterde Dorte toch en ze ging voorzichtig in de oude stoel zitten.

'Ja, wat weet hij? Laat me nadenken...'

'Weet hij waar je woont?'

'Nee. Hij weet niet waar ik woon! Maar Tom wel. In ieder geval zo ongeveer.'

'Gaat Tom dat aan de politie vertellen?'

'Misschien... Als hij nog steeds denkt dat het mijn schuld is dat hij is ontmaskerd. Je weet nooit wie je vrienden zijn als de politie ze verhoort.'

'Waar kunnen ze jou dan van beschuldigen?' Dortes stem was nu bijna onhoorbaar.

Het geluid dat nu uit Lara kwam klonk als stenen in een oude zinken teil. Ze huilde blijkbaar niet vaak. Het klonk eerder als razernij.

'Ik heb Tom drie jaar lang geholpen. Voor de meisjes gezorgd, het contact met de klanten onderhouden, de betaling geregeld en het geld bewaard als Tom weg was. Hij heeft altijd op me kunnen bouwen. Ik denk niet dat hij het zonder mij had gered. Maar ik weet niet zeker of hij slim genoeg is om dat op waarde te schatten – nu ze hem gepakt hebben.'

'Is het dan verboden... wat jij doet?'

'Verboden? Hoe moet ik dat in godsnaam weten? Ik ben Russin!'

'Maar dat kun je toch zeggen, als ze je vinden.'

'Dorte! Kun je je mond houden, of moet ik je op je bek slaan?'

Dorte stond op en ging naar de wc. Daar dacht ze lang na over wat het betekende dat Lara zo bang was. Dat duurde even, toch zat Lara nog steeds apathisch voor zich uit te staren toen ze terugkwam.

'En de meisjes?' kon Dorte niet nalaten te vragen.

'Die hebben geen papieren, dus die worden naar huis gestuurd. Maar eerst zal de politie proberen hen zover te krijgen dat ze iedereen aangeven. Hen misschien dwingen te getuigen. Tom hebben ze al, maar ze weten immers niet hoeveel mensen achter hem staan. Of boven hem. Wie heeft Tom verdomme verlinkt? Dat moet Sasja geweest zijn! Die teef!'

'Hoe dan verlinkt?'

'Tegen een van de klanten gekletst. Ik had al een poosje mijn twijfels over hem. Hoorde dat hij Russisch praatte als ze bezig waren…'

'Zijn er dan mensen… boven Tom?'

'Hou eens op met al dat gezeur!' riep Lara geërgerd uit, ze sprong overeind en liep naar de slaapkamer om haar ochtendjas te halen. Toen ze terugkwam ging ze wijdbeens voor het raam staan. 'Hoe moet ik dat nou allemaal weten!'

Dorte begreep dat ze maar beter kon zwijgen. Lara draaide zich om en keek haar recht aan. Ze begon hardop te denken, met een opgeheven wijsvingertje. Het leek alsof ze uit een boek voor-las.

'Natuurlijk heeft hij iemand boven zich! Vast en zeker! En hij heeft een heleboel mensen zoals Andrej, Stig – en mij. Hij heeft veel geld verdiend! Misschien wel in verschillende steden… Die gedachte is al eens eerder bij me opgekomen, maar het was als het ware mijn zaak niet. Misschien heeft hij hier in de stad wel meer meisjes dan de zes waar ik van weet? Maar ik snap niet dat iemand het risico durft te nemen om Tóm aan te geven. Als Sasja dat gedaan heeft, dan halen ze haar weer op als ze naar huis gestuurd is. En dan geef ik geen cent meer voor haar familie!'

'Familie? Weten Stig en Andrej van mij af?'

'Alleen maar dat je een meisje uit Litouwen bent. Ik geloof niet dat Tom veel verteld heeft. Hij verleende nooit veel privileges. Ik geloof dat jij – en ik – de enigen waren. Mijn god! Waarom praat ik hier met jou over?'

'Omdat je je alleen voelt en omdat je weet dat je mij kunt vertrouwen', zei Dorte met de stem van haar vader.

Lara gaf geen antwoord, keek alleen maar wild om zich heen. Pakte de telefoon en keek er vol haat en afschuw naar. Hield hem voor haar gezicht en praatte ertegen.

'Kalm blijven! Kalm! Niets overhaasts doen, zoals bijvoorbeeld je mobieltje weggooien. Niet voordat je weet dat Andrej veilig het land uit is. Als ze hem pakken, lekt hij als een zeef. Ik durf niet naar buiten te gaan voordat ik weet dat hij het land uit is!'

'Ik kan boodschappen doen en zo', opperde Dorte, dat was het enige wat ze kon verzinnen, maar Lara gaf geen antwoord.

Het werd licht. Ze zou naar de slaapkamer kunnen gaan om op de wekker te kijken hoe laat het was, of ze zou het Lara kunnen vragen, maar ze deed geen van beide. Een grijswitte streep klauterde bijna onmerkbaar over de balustrade van het balkon en vlijde zich op de bloemenlijken.

'Oké. Ik heb nagedacht!' verklaarde Lara. 'Ik moet een poosje weg!'

'Waarheen?'

'Dat hoef jij niet te weten!'

'Maar Lara! Wat moet ik dan doen?'

'Jij blijft hier en doet of er niets aan de hand is. Jij woont hier! Ik ben de enige die weet dat je hier bent, nietwaar?'

Dorte zat in de oude stoel naar Lara te kijken, die aan het inpakken was voor een reis die blijkbaar lang ging duren. Toen ze klaar was en ze een paar telefoontjes had gepleegd, legde ze vijfhonderd kronen op de tafel in de woonkamer.

'Als er rekeningen komen, moet je naar het postkantoor gaan om de huur en de servicekosten te betalen', legde ze uit, zonder erbij te vertellen of vijfhonderd kronen genoeg was. Dorte bedacht dat het niet veel zin had haar nu lastig te vallen met vragen. Ze had immers het geld nog dat Tom haar met Kerst had gegeven. Dat had ze naar haar moeder willen sturen.

'Er zijn maar twee stel sleutels, het ene heb ik en het andere heb jij. Je bent veilig, zolang niemand met geweld binnendringt. Tom zal wel hopen dat je hier bent als ze hem vrijlaten. Hij heeft een zwak voor je, weet je!' Ze omhelsde Dorte en kuste haar een paar keer op beide wangen. 'Geen mobieltje kopen. De politie is erg gehaaid in het opsporen van mobieltjes, heb ik gehoord. Probeer me niet te bereiken! Ik stuur je wel een brief onder mijn eigen naam. Je mag brieven die je in de brievenbus vindt openmaken. En verder: laat nergens sporen na. Nooit een nummer, adres, naam. Als je mensen tegenkomt, verzin je een naam. Noem jezelf Anna. Dat is kort en gemakkelijk te onthouden. Gebruik wat meer make-up. En voilà, je bent iemand anders. Oké? Nooit minder dan vijftienhonderd kronen accepteren. Je vindt in deze stad niet veel mannen op straat en de mannen die je vindt, zijn niet altijd even schoon, dus ga naar de apotheek en koop condooms. Er liggen er nog een paar in de la in de badkamer. Kijk hoe ze zich kleden voordat je met hen meegaat. Maar ga nooit mee naar dubieuze plekken. Dan ga je er gewoon vandoor! Ze zijn vaak niet zo snel als ze aan de boemel zijn. Ga niet te vaak achter elkaar naar dezelfde plek. Mijd politieauto's en portiers! Maar loop rond in de buurt van hotels of ga vroeg in de avond naar een bar. Kleed je mooi aan. Eerst het geld, vergeet dat niet! Zorg ervoor dat je er niet uitziet als een hoer! De klanten die geld genoeg hebben om in een hotel te slapen, zijn vaak schoon en kunnen je betalen. Zorg dat het personeel geen argwaan krijgt. Blijf niet plakken als een bloedzuiger. Dat is gevaarlijk. Zorg voor oogcontact. Zit achter een krant of lees een Noors boek en drink thee. Nooit alcohol! En neem geen mens mee naar dit appartement! Hoor je me! Nooit! Oké?'

'Oké!' zei Dorte, zo opgewekt als een kat die bij zijn nekvel is gegrepen.

Dorte keek Lara na toen ze in de taxi stapte. Haar ogen traanden alsof ze urenlang uien had staan snijden. Toen de auto wegreed, deed ze de balkondeur dicht en doolde ze door de kamers. Als een slak die zich afvraagt wanneer het begint te regenen. Tilde dingen op, zette ze weer neer. Legde haar handen op het aanrecht, deed de broodtrommel open en weer dicht, liep naar de hal. Bleef staan kijken naar het water dat op Sneeuwwitje sijpelde. Dat sijpelde altijd. Ze was er zo aan gewend geraakt, of was zo van streek geweest, dat het geluid haar niet was opgevallen.

Na een poosje overviel haar de drang om actiever te worden. Iets te doen. Verandering. Ze keek om zich heen. Het eerste waar ze wraak op nam was de matras. Die duwde ze terug in het berghok. Toen haalde ze haar spullen uit haar koffer, zette de weinige toiletartikelen die ze had in de badkamer, evenals het doosje slaaptabletten, en ze hing haar badjas op. De taalcursus belandde in de boekenkast in de woonkamer en de discman op het nacht-kastje. Het boek over Anna Karenina liet ze in de koffer liggen. Ze verschoonde het ijzeren bed en zette de grijze olifant op het hoofdkussen.

Ze ging naar bed, ook al was het nog maar middag. Als ze veel sliep, zou de tijd tot Lara terugkwam sneller gaan. Maar ook al had ze het gevoel dat ze een paar dagen en nachten wakker was geweest, de slaap kwam niet. Ze stond op om een slaappil te pakken, maar vergat dat omdat ze moest controleren of de deur echt op slot was en de ketting erop zat. Dat was zo. Plotseling voelde ze dat ze waanzinnig veel honger en dorst had. En na twee boterhammen met leverpastei en augurk en de rest van Lara's melk, verlangde ze er vreselijk naar om iemand Noors te horen praten.

Ze wist de televisie aan de praat te krijgen en ging in de luie stoel zitten. Er was een film op tv over een meisje dat om de een of andere reden ongelukkig was. Hij was blijkbaar al een poosje bezig, want Dorte kon er niet achter komen wat haar nu zo verdrietig maakte. Er werd Engels gesproken, met Noorse onder-titels. Als Lara hier geweest was, zou ze iets gezegd hebben in de trant van: 'Jonge meisjes hebben altijd wel iets te mekkeren.' Toen Dorte begreep dat niemand het meisje in de film wilde helpen, begon ze te huilen.

31

Eerst durfde Dorte niet naar buiten te gaan. Ze luisterde naar verdachte geluiden in de portiek en in het gebouw. Vooral 's nachts. Af en toe bladerde ze alle weekbladen en boeken van Lara door. Maar de zinnen verdwenen zodra ze ze had gelezen. De eerste avonden keek ze televisie zonder ook maar ergens door geboeid te raken.

Vanuit de open balkondeur kon ze zien wie er naar de ingang van het gebouw liep. Een jonge vrouw sleepte altijd een klein kind in een kinderwagen mee. Dorte kon niet zien hoe het haar lukte om zowel het kind als de wagen de trappen op te zeulen, of op welke verdieping ze woonde. Ze was altijd alleen met het kind. Een oude man met een stok en gebogen hoofd ging elke ochtend en avond op vaste tijdstippen naar buiten. Van bovenaf gezien leek hij wel verschrompeld, alsof zijn hoofd op een overjas was gezet die vanzelf wegliep. Verder was er een man van middelbare leeftijd in een windjack, die altijd haast had. Hij ging ook altijd op dezelfde tijd weg, even voor negenen.

Op een ochtend besefte ze dat ze niet meer wist welke dag het was. De inhoud van het doosje slaappillen was aardig geslonken, binnenkort zou het leeg zijn. De sneeën die ze in Toms appartement in haar arm had gekerfd, waren dichtgegroeid en hadden slechts een streepjespatroon op haar onderarm achtergelaten. Lara had gelijk. Ze moest 'sneller dan de duivel bad' Noors leren, wilde ze een kans hebben om werk te vinden. Maar om te kunnen leren, moest ze eten. En na een aantal dagen zonder melk was het knäckebröd ook op.

Ze kleedde zich aan, borstelde haar haren en verdeelde het geld van Tom en Lara over haar broekzakken. Het was het veiligst om het bij zich te dragen, voor het geval er iets gebeurde waardoor ze niet terug kon. Ze pakte haar plastic tas en dwong zichzelf de trap af te lopen. De zon scheen en de sneeuw was bijna verdwenen. Haar voeten leken haar gewicht niet te willen dragen, maar liever te willen zweven, zoals op de televisiebeelden van gewichtloze astronauten in de ruimte. Het licht was verblindend wit en het flikkerde voor haar ogen.

Aangezien ze Lara niet gevraagd had waar ze eten kon kopen, zwierf ze een poosje door de buurt voordat ze een winkel vond. Die was klein en bevond zich op de begane grond van een groot gebouw. Buiten stond een rek met kranten. Die gaven als datum 5 april aan. Ze bleef even staan om ze door te bladeren. Kon niks over Tom ontdekken.

De man achter de toonbank had een van nature bruin gezicht en donkere ogen. Hij praatte niet tegen haar ook al waren er geen andere klanten en zij durfde eerst ook niets te zeggen. Door zijn uiterlijk dacht ze dat hij ook niet zo goed Noors sprak. Toch werkte hij in een winkel. Misschien was hij wel de eigenaar?

Ze pakte een van de grijze plastic mandjes die naast de deur opgestapeld stonden en legde er melk, brood, kaas, leverpastei, komkommer, zes eieren en een tros bananen in. Toen ze met een biljet van vijfhonderd stond te frunniken om te betalen, dwong ze zichzelf hem aan te kijken.

'Winkel van jou?' vroeg ze.

Hij keek haar eerst verbaasd aan, alsof hij nog nooit iemand had horen praten. Toen knikte hij en trok hij wat met zijn mond. Dat moest waarschijnlijk een glimlach voorstellen.

Toen zei ze het zinnetje waarop ze zo lang geoefend had.

'Kan ik hier werk krijgen?'

Hij nam haar van top tot teen op en schudde zijn hoofd.

'Schoonmaken?'

Hij schudde weer zijn hoofd en keek haar bijna wanhopig aan. Toen telde hij het wisselgeld uit, draaide zich om en begon spullen in een schap te verschuiven.

'Ik ben heel goed!' beweerde ze, ze telde het geld na en hoopte dat ze er volwassen uitzag.

Hij draaide zich om en keek haar aan terwijl hij een hand over zijn kale schedel haalde. Zijn haar lag in een krullende krans rond zijn oren. Zijn ogen waren glanzend en donker in zijn ronde gezicht. Hij zag er oud uit, op een kinderlijke manier. Aardig.

'Ik doe alles zelf. Hulp is te duur. Je moet het ergens anders proberen', zei hij terwijl hij haar boodschappen in een plastic zak stopte.

'Waar?'

Hij haalde zijn schouders op en wuifde met zijn donkere hand om te onderstrepen dat het gesprek voorbij was. Maar toen ze buiten kwam, ontdekte ze dat hij haar door de etalage stond na te kijken. Dat maakte haar niet bang. Integendeel, het gaf haar de moed om wat rond te lopen en andere winkeltjes of cafés te zoeken. Maar ze vond er geen een. Ze zou de volgende keer de plattegrond meenemen. Het leek alsof mensen in deze buurt woonden, maar ergens anders hun boodschappen deden of naar een café gingen.

Ze nam dezelfde weg terug en toen ze langs de winkel van de bruine man kwam, tilde ze haar hand op. Maar hij was slechts een vage schaduw daarbinnen en zag haar niet.

'Je moet iets ondernemen, meiske!' zei haar vader resoluut terwijl hij naar Lara's rekening keek die op tafel lag. 'Als je niet betaalt, dan heb je ze op je nek! Dat is de reden dat je 's nachts niet kunt slapen.'

Hij zat onderuitgezakt in Lara's stoel, met een voet op het voetenbankje. Maar hij leek zich niet thuis te voelen. Dorte slikte haar teleurstelling weg over het feit dat hij geen betere oplossingen te bieden had.

'Ik kan op de plattegrond het symbool voor postkantoor niet vinden', antwoordde ze zielig, maar ze verzweeg dat de cijfers in een gele cirkel aangaven waar de hotels lagen.

'Er zijn hier vast een heleboel postkantoren. Je bent een moedige meid. Ga naar buiten en zoek er eentje!'

'Ik weet niet hoelang ik hier nog op Lara moet wachten, misschien heb ik het geld nodig voor eten.'

'Heb je hard genoeg geprobeerd om werk te krijgen?'

'In twee cafés en in een winkel. Ze willen me niet hebben. In het ene café vroegen ze naar mijn paspoort', klaagde ze.

Ze kon aan hem zien dat hij niet tevreden over haar was, ook al zei hij dat niet. Zijn ene ooglid hing lager dan het andere terwijl hij haar zat op te nemen. Alsof hij wachtte tot ze zelf iets zou verzinnen.

'Ze denken blijkbaar dat ik niks kan... Of ze vinden dat ik te slecht Noors spreek.'

'Ben je van plan hun gelijk te laten krijgen?'

'Nee... maar...'

'Dan moet je iets ondernemen! Begin met de rekening. Niet aan alle problemen tegelijk denken. Concentreer je op het feit dat je geld genoeg hebt voor die rekening, je moet alleen nog een postkantoor vinden.'

'Stel dat ze de politie bellen omdat ik geen paspoort heb?'

'Niet als je een rekening wilt betalen. Maar dat risico zul je sowieso moeten nemen', zei hij en hij stond op.

Ze stopte de plattegrond in haar tas. Rekende uit dat ze driehonderdvijfentwintig kronen voor eten zou overhouden als de rekening betaald was.

Uiteindelijk vond ze een gebouw met een posthoorn erop en ze liep naar binnen. Ze probeerde te ontdekken of iemand haar raar aankeek, of dat mensen elkaar waakzame blikken toewierpen. Maar iedereen had het te druk met zichzelf. De vrouw achter haar was ongeduldig en zuchtte luid. De twee voor haar kwebbelden aan één stuk door met elkaar tot ze werden geholpen. Toen Dorte aan de beurt was, was ze alle Noorse woorden vergeten die ze had geoefend. Haar hele lichaam zat in één klap onder het zweet. Ook haar gezicht. Maar de vrouw achter het loket nam gewoon de rekening en Toms geld aan, zette een stempel en gaf haar wisselgeld terug, zonder haar een blik waardig te keuren.

Toen ze weer buiten stond, was ze zo opgelucht dat ze verdwaalde. Plotseling liep ze in een straat die ze niet kende. Op het moment dat ze tegen een muur leunde om de plattegrond tevoorschijn te halen, reed er een politieauto langs de stoeprand. Dorte verstijfde als een ree die door een schijnwerper wordt verrast. De sirene werd aangezet en Dorte voelde de greep rond haar arm al en verwachtte de auto in gesleurd te worden. Maar de auto reed met gierende banden weg zonder haar mee te nemen.

Ze dwong zichzelf kalm te blijven en de kaart uit te vouwen. Maar de letters kropen bij elkaar en maakten zichzelf onleesbaar. Met trillende handen duwde ze de plattegrond in haar rode laktas en liep op goed geluk verder. Na een poosje doken de torenspitsen van de kerk als vanzelf op en glinsterde de rivier voor haar. Ze was zo opgelucht dat ze op een trap ging zitten en de heilige eed zwoer nooit meer de moed op te geven.

Het hotel was groot en lag aan de rivier. De bar lag op een plateau halverwege de brede trap. Drie eenzame mannen zaten elk aan een tafeltje. 'Vergeet niet dat jij de prinses bent! Zíj daar – zij zijn niets meer dan een stelletje zielige dwergen!' Dat waren Lara's afscheidswoorden geweest.

En net zoals Lara zou hebben gedaan, ging zij aan het tafeltje naast de man zitten die het best gekleed was. Ze vouwde een Noorse krant open en deed alsof ze las. Eerst sloeg hij geen acht op haar. Speelde met de toetsen van zijn mobieltje. Iedereen was met mobieltjes in de weer. Toen hij opkeek, probeerde ze zo te glimlachen als ze dacht dat Lara gewild zou hebben.

Eerst keek hij lichtelijk verbaasd, alsof hij zich afvroeg of hij haar ergens van moest kennen, toen glimlachte hij wat onzeker terug. Ze stak haar benen naar voren en voelde dat het zweet op haar gezicht stond. Ze veegde snel haar bovenlip en voorhoofd af om er niet al te onappetijtelijk uit te zien. Na nog een paar blikken boog hij zich naar haar toe en zei iets wat ze niet verstond. Ze schudde haar hoofd en glimlachte nogmaals.

'Ik spreek niet zo goed Noors', fluisterde ze.

Toen hij weer iets zei, gokte ze erop dat hij vroeg of ze op zo'n mooie avond alleen zat.

'Ja', zei ze en ze wist niets beters te bedenken dan weer te glimlachen.

Hij zei iets, snel en gejaagd, en omdat Lara haar zo'n beetje verteld had hoe dit in zijn werk ging, gokte ze dat hij haar iets te drinken aanbood.

'Een glas melk, alstublieft!' antwoordde ze zo opgewekt mogelijk.

Hij liep naar de bar en kwam terug met twee glazen. In het ene zat ongetwijfeld bier en in het andere sinaasappelsap, geen melk. Hij keek haar vragend aan en gebaarde dat hij bij haar aan tafel wilde komen zitten. Ze knikte. Hij zette de glazen neer en ging zitten.

'Logeer je in het hotel?' vroeg hij, en Dorte verstond tot haar opluchting wat hij zei.

'Nee. Wacht op vriend. Niet gekomen.' Ze schudde verwoed haar hoofd.

Hij zei een aantal zinnen vreselijk snel achter elkaar. Maar toen hij begreep dat ze die niet verstond, lachte hij wat beschaamd. Hij had sproeten op zijn gezicht en lichte ogen. Zijn huid was rossig met diepe rimpels. Het was moeilijk te zien hoe oud hij was, maar hij was ouder dan Tom. Toen hij zijn glas ophief, deed zij hetzelfde. Zo dronken ze in zekere zin samen.

'Je komt niet uit Noorwegen?' vroeg hij.

'Nee. Uit Rusland. Praat Russisch. Beetje Noors.'

'Geen Engels?'

'Beetje.'

'Jammer, want ik spreek geen Russisch.'

'Jij spreekt Noors langzaam, ik versta', stelde ze voor.

'Goed. Leuk je te ontmoeten!'

'Dank je. Leuk je te ontmoeten! Jij woont hier?' vroeg ze driest, terwijl ze om zich heen keek.

'Ja, in kamer 300, mocht je me nodig hebben', zei hij glimlachend.

'Ik kom daarnaartoe?'

Hij keek meteen op, een beetje van zijn stuk misschien, toen leek hij een besluit te nemen, hij keek gejaagd om zich heen en knikte een paar keer.

'Nu?' vroeg hij.

'Ja!'

Ze hoorde hem ook iets anders vragen, maar slaagde er niet in te begrijpen wat hij zei. Ik moet zeggen dat het tweeduizend kronen kost, dacht ze en ze voelde dat haar gezicht helemaal rood was. Ik moet het zeggen voordat we naar boven gaan. Maar ze kon het niet. Er stonden gele en bruine vlinders op zijn stropdas. Zijn overhemd was crèmekleurig. Lara zou tevreden geweest zijn over zijn kledij. Zijn pak was donker, met bijna onzichtbare grijze strepen. Ze nam hem vluchtig in ogenschouw vanwege Lara, maar kon het niet opbrengen zijn blik te ontmoeten. Uiteindelijk was hij degene die het zei.

'Hoeveel?'

Ze keek naar de tafel en schraapte haar keel.

'Tweeduizend kronen!'

'Dat is veel geld?' fluisterde hij terwijl hij op zijn hoede om zich heen keek.

'Voor mamma', fluisterde ze terug terwijl ze hem in de ogen keek.

'En waar is... mamma?' hoorde ze.

'Ver weg...' zei ze vaag, met Lara's waarschuwingen nog nagalmend in haar oren.

'Grote familie?' vroeg hij terwijl hij zijn hand op de hare legde. Die was warm en een beetje vochtig. Maar niet onaangenaam. Nog niet.

'Nee. Moeder. Zus. Geen werk', hoorde ze zichzelf zeggen. Ze had nog nooit gesprekken met hen gevoerd. Eigenlijk was het wel prettig, al stonden Lara's waarschuwingen haar helder voor ogen. Het was zo'n opluchting om begrepen te worden. Misschien dacht hij dat ze dit gewoon verzon om zo veel mogelijk geld te krijgen, maar dat maakte niet uit.

'Kamer 300. In de rode vleugel. Ik ga eerst. Jij komt straks?' zei hij terwijl hij haar vragend aankeek.

Ze herhaalde woordelijk wat hij had gezegd, en hij stond op en liep de trap af.

32

Hij had zijn jasje uitgetrokken en zijn stropdas afgedaan en deed
snel de deur achter hen dicht.

'Ik ben hier niet zo bedreven in', zei hij.

'Bedreven?'

'Ja. Het gebeurt niet zo vaak dat ik... betaal', zei hij haastig
terwijl hij naar het geld wees dat op tafel lag. Vier briefjes van
vijfhonderd, keurig in een waaier geschikt.

Dorte bedankte hem twee keer, liet het geld in haar tas glijden
en bleef staan. De kamer was niet groot en had ramen in de
hoeken. Onder een van de ramen stond een soort smalle bank
tegen het kozijn. Hij bleef staan bij een kastje met een televisie
erop. Het was alsof hij zich moest vermannen. Maar het volgende
moment haalde hij flessen en glazen uit het kastje en zette die op
tafel. Toen wees hij met een weids gebaar naar een stoel. Ze kon zo
op de rivier uitkijken. Die was glad als zilverpapier. Met rode en
witte strepen. De huizen langs de oever wiegden op het wateroppervlak. Ondersteboven. Een spitse toren wees als een omge-
keerd ijsje naar de hemel. Een grijze brug en vele boten spiegelden
zich in het water dat bedaard langsstroomde.

Nikolai had zijn schoenen en sokken uitgedaan en zijn broek
opgerold. Hij stond tot zijn knieën in de rivier. Hij had meel
op zijn gezicht en lichte sproeten boven zijn neus. Zijn bruine
krullen vingen de zon. Het was langgeleden dat hij zo duidelijk
was geweest. Hij hief zijn hand op en riep iets tegen haar. Toen
steeg het water en begon hij te drijven. Steeds verder weg.

De man in het crèmekleurige overhemd had de stropdas met de
vlinders over de stoel gehangen.

'Wijn?'

'Nee, dank je!'

Hij pakte een fles water en schonk haar glas vol. Bier voor
zichzelf.

'Ben je hier allang? In het land?' Hij ging op het bed zitten zodat het tafeltje tussen hen in stond. Zijn benen staken ver uit zijn lichaam, alsof hij een langpootmug was. Een bescheiden buikje liet zijn overhemd spannen bij de knopen.

Ze schudde haar hoofd.

'Je bent jong? Hoe oud ben je?' vroeg hij terwijl hij zijn schoenen uittrok en ze onder het bed schoof.

'Ochttien', loog ze en ze vroeg zich af of ze het wel goed uitsprak.

'Achttien? Je ziet er jonger uit', zei hij weifelend.

'Ik weet het', gaf ze toe terwijl ze naar haar handen keek.

'En nu wil je naar bed met mij, een man van vijftig', zei hij – alsof hij het niet helemaal geloofde. Zijn hals was een beetje roodgevlekt.

'Ja. Jij betaalt', verontschuldigde ze zich. Ze hield haar tasje stijf vast, met twee handen. Dit was heel anders dan ze gewend was. Ze probeerde zich koortsachtig voor te stellen wat Lara in haar plaats gedaan zou hebben.

'Ik douchen?' vroeg ze uiteindelijk.

'Als je dat wilt, goed, maar voor mij hoeft het niet.'

'Misschien... erna?'

'Ja, natuurlijk.'

Hij schraapte zijn keel. Daarna was het stil.

'Ik kleren uit?' vroeg ze met een heel klein stemmetje.

'Als je wilt.' Hij schraapte verwoed zijn keel en schonk de rest van het bier in zijn glas.

'Jij hebt betaald', fluisterde ze.

Hij boog zich naar haar toe en wilde haar blik vangen. Ze kon niet ontsnappen. Zijn wimpers waren dik en vuurrood. In het wit van zijn rechteroog was een adertje gesprongen. Maar misschien voelde hij dat niet.

'Niet aan denken... Vergeet dat!' fluisterde hij terug, alsof hij er nu al spijt van had.

'Ik gaan?' vroeg ze.

'Nee!' zei hij snel terwijl hij zijn lange benen nog verder uitstak, alsof hij haar wilde tegenhouden. Zijn armen reikten tot haar kant van de tafel. Zijn wangen waren enigszins hol. Hij had een beetje flaporen. Zijn moeder was niet zo oplettend geweest als de hare – had zijn oren 's winters niet platgedrukt onder zijn muts. Lara zou nu misschien even geglimlacht hebben. Maar dit was anders dan in *de kamer*. De man gedroeg zich zo vreemd, alsof hij een normaal mens was.

'Leuk dat je me gezelschap wilt houden', zei hij aarzelend. 'Leuk voor mij!' herhaalde hij.

'Dankjewel!' antwoordde ze en ze wilde weer zeggen dat hij had betaald, maar slikte het in.

'Zou je willen blijven slapen?' Hij knikte naar het bed.

Eerst was ze alleen maar opgelucht omdat ze de hele zin begreep, toen herinnerde ze zich hoeveel uren een nacht was en schudde ze haar hoofd.

'Waar woon je?' vroeg hij.

Ze deed alsof ze hem niet verstond en hij vroeg het niet nog een keer. Hij stond op en trok haar uit de stoel. Trok aarzelend haar jack uit. Daarna haar truitje. Hij bestudeerde haar stukje bij beetje, alsof hij niet goed wist wat hij moest doen. Het kostte tijd. Toch begreep ze dat hij zijn besluit genomen had en ze bukte zich om het condoom te pakken dat ze in haar tas had. Toen ze hem dat aanreikte, schudde hij zijn hoofd en keek een andere kant op. Ze dacht snel dat het ook wel goed zou gaan zonder. Hij was vast niet besmettelijk.

Toen ze uit de badkamer kwam waar ze zich met glijmiddel had ingesmeerd, legde ze haar kousen, slipje en tas op de stoel, trok haar rok uit en ging op bed liggen. Hij deed het licht uit en begon zich uit te kleden. Stond als een donkere schaduw afgetekend tegen het raam dat op een kiertje stond. Er kwam een merkwaardige zoute lucht naar binnen. Er waren twee soorten gordijnen. Een stel zware geelbruine en een witte doorzichtige, als een bruidssluier. Hij ging met zijn rug naar haar toe liggen en probeerde blijkbaar toch het condoom om te doen. Ze wist niet goed of hem dat lukte. Toch spreidde ze haar benen zodat hij erbij kon als hij zich omdraaide. Dan ging het sneller. Maar hij bleef op zijn rug liggen hijgen, met zijn armen op zijn buik. Misschien leek hij op de oude man. Ze greep zijn zaakje vast en voelde. Voorzichtig. Er zat geen condoom omheen en toen het groeide, zuchtte hij. Was blijkbaar blij.

Hij rook naar wasverzachter en bier, en ze duwde haar onderlichaam naar hem toe om aardig te zijn. Hij legde zijn mond tegen haar hals en drong kreunend in haar. Begon niet zoals ze gewoonlijk deden hard te stoten, maar wiegde ritmisch heen en weer, heel rustig. Alsof hij van plan was de hele nacht bezig te blijven. Maar plotseling werd hij hectisch, alsof hij bang werd dat ze zou vertrekken voordat hij klaargekomen was. Na een paar trillende stoten was het voorbij. Hij bleef stil en zwaar op haar liggen, alsof hij sliep.

Net toen ze dacht dat zijn naakte huid veel te warm en te dichtbij was, rolde hij van haar af. Met een verlegen beweging draaide hij zich naar haar toe, deed het licht naast het bed aan en wilde haar in de ogen kijken. Vertwijfeld vond ze een punt op zijn voorhoofd. Dat was roodgevlekt met piepkleine zweetdruppeltjes tussen de wenkbrauwen.

Hij ging op zijn rug liggen en begon te praten. Zijn stem begaf het af en toe. Maar ze begreep dat hij blij was – ja, dat hij haar bedankte, alsof ze het gratis had gedaan. Ze wilde hem er nog een keer aan herinneren dat hij betaald had, want dat leek hij vergeten te zijn. Maar in plaats daarvan probeerde ze te glimlachen. Het was een wonderlijk gevoel. Ze had nog nooit tegen een klant geglimlacht.

Hij kuste haar borsten en hield haar vast. Wiegde haar. Kuste haar schouders. Het was te intiem, maar toch trok ze zich niet terug. Hij was immers alleen maar blij.

Na een poosje kon ze opstaan. Ze pakte haar tas en haar kleren en liep naar de badkamer. Het stroomde uit haar, maar het was niet zo weerzinwekkend als anders. Ze was vandaag weer begonnen de pil te slikken. Ze leende een handdoek en waste haar kruis. Met douchen zou ze wachten tot ze in Lara's appartement was. Toen ze uit de badkamer kwam, had hij zijn broek en overhemd al aan.

'Kan ik je bellen?' vroeg hij terwijl hij een arm om haar heen sloeg.

Ze schudde haar hoofd en trok haar jack aan.

'Maar kan ik je nog een keer zien? Je weer zien?' herhaalde hij.

'Wanneer?' vroeg ze.

Hij liep naar het bureau en zocht iets op in een notitieboekje terwijl hij een paar keer een hand door zijn warrige haar haalde.

'Eens even kijken… 31 mei, om zes uur hier in de bar?' Hij keek haar bijna smekend aan. Toen ze knikte, boog hij zich ijverig naar beneden en krabbelde datum en tijdstip op het schrijfblokje van het hotel. Ze nam het aan, stak het in haar zak en nam beleefd afscheid. Toen ze door de gang liep, besefte ze dat ze nog nooit afscheid had genomen van een klant.

33

Soms werd ze 's nachts wakker omdat ze dacht dat er iemand het huis binnendrong om haar te grazen te nemen. Maar het was altijd een droom, of lawaai van buiten. Overdag kon ze zich minutenlang achter elkaar inbeelden dat alles normaal was. Ze had geoefend wat ze zou zeggen als ze iemand op de trap tegenkwam die vroeg wie ze was. 'Lara op vakantie. Ik Anna, leen appartement.' Ze nam zich voor om niet zo bang te worden dat ze vergat hen een hand te geven. Als ze verder vroegen, kon ze gewoon glimlachen en doen alsof ze het niet begreep. Ze moest vooral geen onvriendelijke indruk maken of hun het idee geven dat ze iets te verbergen had.

Nu het buiten warmer werd, wilde ze graag op het balkon zitten, maar ze durfde niet verder te gaan dan de deuropening. Ze had gecontroleerd dat ze niet van de straat te zien was als ze niet helemaal bij de balustrade ging zitten. De zielige bloemen van de vorige zomer had ze weggegooid. De vuilniszakken die ze uit Toms appartement hadden meegenomen, had ze uitgezocht. Alles wat uit *de kamer* kwam had ze weggegooid, behalve het glijmiddel.

Het weer was vaak grijs, maar op mooie dagen stroomde het zonlicht over de daken en door de balkondeur naar binnen. Dan zat ze in de deuropening en bedacht dat dit dezelfde zon was als thuis. De bomen hulden zich in een groene sluier en overal doken vogeltjes op met hun geluiden. Ze begonnen 's ochtends vroeg en werden pas weer stil als de avond alles in paars zijdepapier inpakte.

Als ze niet naar de televisie keek of Noorse woorden en uitdrukkingen nazei van de oude cassetterecorder, las ze Lara's Russische boeken en Noorse tijdschriften. Af en toe haalde ze haar tekenspullen tevoorschijn, maar dan begon ze alleen maar te huilen. *Anna Karenina* lag nog steeds in de lege koffer onder het bed. Elke keer dat ze in de verleiding kwam het boek eruit te halen, schoot haar te binnen dat Lara had gezegd dat het boek ongeluk bracht. Dat haar vader gezegd had dat het een van de boeken was die elk beschaafd mens gelezen hoorde te hebben, was niet meer dan een vage gedachte. Ze herinnerde zich niet veel meer van de inhoud. Behalve dat mensen zeiden dat ze van elkaar hielden, maar het volgende moment praatten alsof ze elkaar haatten. Dat ze rijk waren maar niet blij en dat ze zich druk maakten over futiliteiten en zich verveelden. Haar vader noemde het een meesterwerk over de psyche van de liefde. Maar zij herinnerde zich de droefheid, en die kon ze nu niet gebruiken. Alleen de naam 'Anna', als iemand haar daarnaar vroeg.

Ze kwam zelden zo ver dat iemand vroeg hoe ze heette. Maar ze maakte een lijst van winkels en cafés. Eerst liep ze er gewoon langs, of loerde ze naar binnen. Vaak duurde het wel een dag voordat ze zo beleefd mogelijk durfde te vragen: 'Hebben jullie hulp nodig?' Ze varieerde zelfs de woorden. Vond zelf dat ze de zinnen die ze had geoefend goed kon onthouden. Vaak schudden ze alleen maar hun hoofd en gingen ze verder met waar ze mee bezig waren. Sommigen wilden weten wie ze was, waar ze vandaan kwam en wat ze hiervoor had gedaan. Of ze wilden een paspoort en papieren zien.

Als ze ergens geweest was, streepte ze dat adres van de lijst. De tiende keer dat ze nul op het rekest kreeg, huilde ze niet toen ze weer buiten stond. Ging alleen maar rustig naar het volgende adres.

Op een ochtend begreep ze dat ze ziek was geworden van alle vernederingen. Ze gaf over. Het was belachelijk om moeite te doen om aan geld voor eten te komen als je dat toch weer gewoon uitspuugde.

Niemand liep meer in een donsjack. Het jack dat ze thuis in de tweedehandswinkel had gekocht, was te dun, en haar lange jas zag er niet uit. Ze had er vroeger nooit bij stilgestaan, maar hier was hij ronduit lachwekkend. Bovendien viel hij op. In Lara's klerenkast hingen rijen kleren, maar die waren te groot. Ze paste een spijkerjasje dat maar goed genoeg moest zijn. Lara's elegante panty's kon ze ook gebruiken. Ze koos er een uit die eruitzag als zwart kant, en vond een geel truitje en een halsdoekje in dezelfde kleur. Voor de spiegel in de hal zag ze dat het jasje haar goed zou staan, als het een maatje kleiner was geweest. Maar het moest maar voldoende zijn dat ze de knoop verzette, ook al trok het daardoor wat scheef.

In het grote winkelcentrum hingen de winkels vol spullen die ze graag zou willen hebben. Na een poosje werd ze zo moedig dat ze de kleren aanraakte en deed alsof ze ze wilde kopen, net als iedereen. Er waren altijd veel mensen, vooral rond het beeld van een olifant. Ze kreeg de indruk dat niet iedereen die hier kwam iets wilde kopen. Veel mensen leken alleen op iemand te wachten. De meesten hadden iemand om mee te praten.

Op een middag zag ze een meisje dat de indruk wekte dat ze ook het eigendom van iemand anders was. Haar spijkerbroek zat zo strak dat het lastig moest zijn hem snel uit te trekken als ze een klant kreeg. Dorte weerstond de neiging om iets tegen haar te zeggen, maar ze moest nu wél aan geld zien te komen.

Op een avond maakte ze haar ogen en lippen op en ging ze naar een van de andere hotels die op de kaart stonden aangegeven. In de bar zaten twee mannen en twee vrouwen, als stelletjes. Ze bestelde een glas jus en deed alsof ze de krant las die op tafel lag. Er kwamen geen mannen alleen en toen ze het gevoel had dat de ober haar raar aankeek, dronk ze zo snel mogelijk haar glas leeg.

Toen ze voor het hotel stond, stapte er een grote man uit een taxi. Hij slingerde een beetje, maar zag er netjes uit. Ook al herinnerde ze zich dat Lara had gezegd dat ze dronken mannen moest mijden, deed ze alsof ze per ongeluk tegen hem op botste. Hij brabbelde een verontschuldiging in het Engels, maar greep haar stevig beet. De taxi reed weg en ze zei zo duidelijk mogelijk 'Tweeduizend kronen!' Hij stonk naar drank en zijn gezicht leek op een opgedroogd moeras. Maar hij zei een paar keer *'Oh, yes!'* en nam haar mee naar binnen. Toen ze langs de receptioniste liepen, bulderde hij iets in het Engels, alsof hij zich verontschuldigde dat hij een afspraak vergeten was.

Hij was ruw en het deed pijn, maar het was snel gebeurd.

Toen ze naderhand uit de badkamer kwam, lag hij op zijn rug te snurken. Zijn mond hing open en de huid van zijn nek trilde, die was een paar maatjes te groot, net als Lara's jack. Zijn haar lag als grijze distels op het kussen. Hij had zijn overhemd niet uitgetrokken, alleen zijn broek. Zijn zaakje lag als het uiteinde van een geschilde banaan op de binnenkant van zijn dijbeen. Zijn portefeuille lag op tafel. Ze had haar tweeduizend kronen gekregen en weerstond de verleiding. De receptioniste van het hotel keek even op toen ze langs haar liep, maar zei niets.

Ze besloot duizend kronen naar haar moeder te sturen. Ze was dagenlang bang dat de bankbediende naar haar paspoort zou vragen als ze het geld ging wisselen. Ze had het geld altijd bij zich als ze de deur uitging. Eerst in haar make-uptasje. Daarna naaide ze met Lara's naaispullen een zakje aan de binnenkant van haar broekzak. Ze zorgde er ook voor dat ze het geld in de zoom van haar rok kon verstoppen. Ze probeerde haar patent uit toen ze in Lara's stoel zat. Ze voelde de bankbiljetten tegen haar dij, als een vriend bijna.

De man van de bank vroeg niet naar haar paspoort, hij zei alleen maar dat hij helaas niet voor duizend kronen litas had. Het duurde even voordat ze het probleem begreep. Toen glimlachte ze en zei: 'Hartelijk bedankt', nam alle litas die hij had aan en zweefde bijna de lentezon in.

Ze wist dat het verboden was om geld per post te versturen. Maar thuisgekomen wikkelde ze een paar lagen aluminiumfolie rond de bankbiljetten en stopte ze in een dikke envelop die ze in Lara's kastje had gevonden. Ze schreef een kort, maar opgewekt briefje aan haar moeder en Vera. De weg naar de brievenbus en weer terug voelde aan als een geheime triomftocht. Ze keek de mensen die ze tegenkwam aan, maalde er niet om dat ze haar niet eens opmerkten.

Op een dag lag er een brief met een Russische postzegel en Lara's handschrift in de brievenbus. Dorte rende de trap op en vergat helemaal ervoor te zorgen dat niemand haar hoorde. Eenmaal in het appartement ging ze in de luie stoel zitten en scheurde de envelop open.

'Mijn lieve vriendin!
Het gaat goed met me en ik zal hier de komende tijd nog wel even blijven. Ik hoop dat alles goed met je is? Onze gemeenschappelijke vriend verwacht binnenkort te horen hoelang hij in zijn huidige onderkomen moet blijven. Misschien staat er iets over hem in de krant? Over de man die je alleen maar als naam kent, hoef je je geen zorgen te maken, hij is in het buitenland en komt waarschijnlijk niet meer terug in de stad. Ik hoop dat je veel geld verdient. Als je vertrekt voordat ik terugkom, moet je ervoor zorgen dat je de laatste elektriciteitsrekening en de huur hebt betaald, anders kom ik in de problemen. Verbrand deze brief als je hem gelezen hebt.
Je trouwe en toegenegen vriendin.'

Ze had niet veel kranten gelezen. Die waren zo duur. Ze had er een paar doorgebladerd die in de cafés op tafel lagen of was blijven staan om ze stiekem te lezen in het rek van de bruine man als ze boodschappen deed. Maar ze had niets over Tom zien staan.

Ze zat nog met de brief in haar handen, toen er een geluid tot haar doordrong. Dat paste niet in de werkelijkheid. De bel beneden bij de voordeur! Haar hersenen maakten kortsluiting. Ze verroerde zich niet. Geen sprake van. Na drie keer werd het stil. Ze bleef zitten wachten tot degene die had aangebeld de trap op kwam stommelen om de deur open te breken. Ze moest net doen of ze niet begreep wat hij zei. Vooral als hij een uniform droeg. Dan zou hij naar papieren vragen. Haar paspoort.

De brief van Lara! Die had ze niet verbrand! Het was nu stil, maar de druk in haar hoofd maakte elke handeling onmogelijk. Misschien kwam hij terug. Of wachtte hij tot ze zichzelf zou verraden. Toen ze eindelijk door het raam naar buiten durfde te kijken, was daar niemand. Ze sloop op haar tenen naar de hal en luisterde. Alles was stil. Ze bleef een poosje met haar oor tegen de voordeur staan. Toen ze zeker wist dat er niemand was, pakte ze Lara's brief, liep naar de kachel en pakte het doosje lucifers dat op de rand lag. Over het vuur gebogen wachtte ze tot het vel papier vlam vatte en verschrompelde tot een grijsgele flikkering, als de vleugels van een mot. Ze veegde de resten met een nat stuk toiletpapier bij elkaar en spoelde alles door de wc.

Toen ze weer uit het raam keek, stond een man met zijn rug naar haar toe bij de afvalcontainer. Een paar kinderen waren met een bal aan het stuiteren. Misschien had de man niet aangebeld, maar hadden de kinderen dat gedaan, als pesterijtje? De bal hield op met stuiteren en de man liep de straat uit. Het was helemaal stil, afgezien van het verre geroezemoes van de stad en het sijpelen van het fonteintje met de prinses. Maar Lara's appartement was niet veilig meer. Waar moest ze naartoe? Als ze een grotere tas had gehad, had ze voor een paar dagen spullen mee kunnen nemen.

Ze sjokte door de straten. Een plotselinge windvlaag wilde haar het spijkerjack van haar lijf rukken. Ze had er spijt van dat ze toch niet haar warme donsjack had aangetrokken.

Voor een cafeetje stonden stoelen en tafels buiten. Op een van de stoelen lag een blauwe plaid. Eerst was ze van plan te gaan zitten, maar ze was bang dat ze niet stil kon blijven zitten onder de deken. Uiteindelijk griste ze hem mee en zette het op een lopen. Ze zou willen dat ze een plastic zak had waarin ze hem kon verstoppen. Weer besloot ze dat ze een grotere tas moest hebben.

Ze liep rond zonder erbij na te denken waar ze naartoe ging. Elke stap voerde haar verder weg van Lara's appartement. Het was niet moeilijk om de rivier te vinden. Ze bleef er tijdens het lopen naar kijken. Een rollende kartonnen beker met colareclame en een rietje, een verfrommeld pakje sigaretten en een overreden lichtblauw kinderschoentje lagen op de grond. Een worstelend geel bloempje stak zijn kopje op uit een hoopje vertrapt oud loof. Als ze op weg was geweest naar het appartement, had ze het kunnen meenemen.

De mensen die ze tegenkwam liepen gejaagd langs, alsof ze in een film meededen en daarom onbenaderbaar waren. Na een poosje kwam ze niemand meer tegen. Ze was hier nog nooit geweest. Grote villa's. Bomen en tuinhekken. Twijgjes kraakten en ze gleed uit op bladeren van vorig jaar. De geur van eeuwen- oude bosgrond. Rotting. Een paar eenden dobberden vlak bij de oever. Hun staartje stak recht omhoog als ze iets van de bodem oppikten. Net als thuis. Ze wikkelde de deken om zich heen en ging zo dicht mogelijk bij het water zitten. Toen ze zich vooroverboog, zag ze een treurig kronkelend spiegelbeeld van een meisje met verwaaide haren.

Opeens was die gedachte er, de gedachte dat ze eigenlijk niet bestond, behalve als een spiegelbeeld in het water. Dat alles waar ze moeite voor deed, alles waar ze bang voor was, tevergeefs was. Misschien was dit het begin – van de dood? Dat je een toestand binnentrad waarin je lichaam een last was die je hier op aarde moest meezeulen, voordat je er los van kon komen. Als ze zich nu in dat stadium bevond, moest ze waarschijnlijk zelf de laatste stap zetten.

Een geur van sparren – zonder vuur. Maar ijskoude rook. Als in de sauna. Toch raakte ze niet in paniek. Ze voelde alleen hoe moe ze was. Er prikten een paar twijgjes in haar wang. Ze draaide haar hoofd een beetje weg. De plaid deed zijn werk, bedekte haar helemaal. Minuscule, dicht opeen vallende druppels maakten er een borduursel op. Maar het regende niet echt.

Hij stond over haar heen gebogen te kwijlen. Een penetrante stank uit een bek met witte scherpe tanden. Ogen die gemeen gloeiden. Het gegrom was niet mis te verstaan. Hij had haar eindelijk gevonden. Ver weg riep een man iets. De hond wendde zijn kop af en luisterde, keek haar toen weer aan met zijn bloeddoorlopen ogen. Hij zou ook wel doodsbang zijn, wist dat hij klappen kreeg als hij er niet in slaagde haar te pakken. Grommend beet hij in haar mouw en begon te trekken.

Iemand gooide water in haar gezicht. De geur van mensen. Schoensmeer en sigaretten.

'Godzijdank! Ze leeft nog', hoorde ze. Maar ze deed haar ogen niet open. De hond stond vlak naast haar te hijgen.

'Voel je je niet goed?' vroeg een vrouwenstem.

Dorte gaf geen antwoord, maar deed haar ogen open en ging zitten. Iemand stak haar een hand toe en hielp haar. Een vrouw met grijs haar en een groen windjack. De vreemde hand was nat en koud, alsof hij dagenlang buiten had gelegen. Of misschien was het haar eigen kou wel. Er viel een gestaag motregentje. Ze snapte niet dat ze zomaar in slaap was gevallen.

'Ben je ziek?' vroeg de vrouw nogmaals. Ze had moeite om de grote hond in toom te houden. Die jankte en was nu aangelijnd. Een man met kaplaarzen en een windjack kwam erbij staan en nam de hond over.

'Zit!' zei hij op scherpe toon. De hond ging met tegenzin zitten. Wiegde wat heen en weer als een oude man op een wiebelige stoel.

Dorte schudde haar hoofd, zonder iets te zeggen. Vlak bij de plek waar ze had gelegen groeiden boterbloemen. Alsof die opgekomen waren terwijl ze daar lag. Ze ging staan en trok de plaid met zich mee. Hoopte dat ze niet doorhadden dat ze die had gestolen. De blik van de vrouw was niet onvriendelijk, maar vroeg om een verklaring.

'Heb je hulp nodig?'

'Nee, dank u', zei Dorte zo beleefd mogelijk.

'Zeker weten?'

'Zeker weten!' aapte ze na en ze trok haar mondhoeken op in de hoop dat het op een glimlach leek.

Toen ze tussen de bomen door wankelde, voelde ze hun ogen in haar rug. Vooral die van de hond. Eigenlijk wist ze niet hoe ze moest lopen om de weg terug te vinden. Ze strompelde. Nu kwamen ze achter haar aan. Ze hoorde de vrouw iets roepen. Het had geen zin om antwoord te geven. Ze moest gewoon maken dat ze wegkwam. Haar adem schuurde in haar keel toen ze probeerde te rennen. Ze moest een pad of zo vinden dat omhoogvoerde. Weg van de rivier. Dat was belangrijk. Na een poosje verdween de smaak van lood. Ze had het vreselijk warm en haar tasje bonkte tegen haar heup.

Toen de avond de stad probeerde te verbergen en de regen haar kleren doorweekt had, begreep ze dat ze moest kiezen. Het risico nemen terug te gaan naar Lara's appartement, of buiten slapen onder de gestolen deken. Die was zwaar van het water, en een vrouw met een paraplu keek haar strak aan van onder secuur getekende wenkbrauwen toen ze haar passeerde. Dorte koos voor het appartement.

Het huis zag er vredig uit. Ze maakte de deur van de portiek open. De jonge moeder had de kinderwagen naast de trap gezet. Dortes ogen gleden over de brievenbussen en ze zag dat de klep openstond. Ze tilde haar hand op om hem dicht te doen, maar ontdekte toen een gele envelop zonder postzegel. Ze pakte hem en zag dat er met blokletters 'Lara' op geschreven stond. Met trillende handen stopte ze de envelop in haar tasje en liep naar boven.

Ze bleef voor de deur staan luisteren, maar stak na een paar minuten de sleutel in het slot en stapte naar binnen. Duwde de deur dicht, sloot af, en deed de ketting erop. Luisterde weer. Maar het was stil. Ze liep door alle kamers, zonder eerst haar schoenen uit te trekken. Als een dief. Ze keek in het berghok en de kasten. Overal. Liep terug naar de hal en trok haar natte schoenen uit. De geur van de natte deken deed haar denken aan de boer voor wie ze vaak had gewerkt. Ze liet hem bij de voordeur liggen en liep weer naar de woonkamer.

Er was niets veranderd sinds ze het huis had verlaten. Of toch? Het glazen deurtje van de kachel stond op een kier! Had zij dat dichtgedaan? Waarschijnlijk niet. Ze rook de geur van koude as. Beelden van haar moeder en Vera die paddenstoelen gingen plukken, met picknickspullen en een kampvuur. Ze inspecteerde nogmaals het berghok, deed het dicht en keek weer onder het bed. Toen ging ze in Lara's stoel zitten en gaf zich over aan een vermoeidheid die zo intens was dat ze zich afvroeg hoe ze de rest van haar kleren uit moest krijgen.

Door het raam waren de wolken te zien die over de daken joegen. Ze zag de vrouw met het grijze haar en het bezorgde gezicht weer voor zich. Zouden ze haar naar de politie gebracht hebben als ze gezegd had dat ze alleen was en hulp nodig had? Wat zou haar vader gedaan hebben? Was er een oplossing, of was zij alleen maar zo kinderachtig dat ze daarop hoopte? De hond had haar in ieder geval losgelaten. Ze herinnerde zich niet of hij zwart of bruin was geweest.

Het regende nu echt. Maar zij was tenminste binnen. Wat deden de vogels nu? Ze wist haar jack uit te trekken en hing dat over de stoel om hem te laten drogen. In de badkamer kleedde ze zich uit. Zette de douche aan en bleef onder het warme water staan. Probeerde te denken dat het goed met haar ging en dat de veiligheidsketting op de deur zat.

Maar gedachten zijn niet te vertrouwen. Toen ze zich had afgedroogd, waren ze plotseling giftige slangen geworden die fel toesloegen. De deur was ongetwijfeld gemakkelijk open te breken als je een koevoet had. Ze kon zich niet meer herinneren wanneer ze voor het laatst had gebeden. God was er niet voor mensen zoals zij. Waarschijnlijk hielp Hij haar moeder ook niet.

Toen ze wat melk had opgewarmd, herinnerde ze zich de brief van Lara. Ze nam de mok mee naar de luie stoel en pakte haar handtas van de grond. Die was nog steeds doorweekt. Viste met twee vingers de envelop eruit. Lara had gezegd dat ze haar post moest openmaken. Maar dit leek zo persoonlijk, zonder postzegel. Misschien kwam hij van de bewonersvereniging waar Lara het over had gehad. Iets over werkzaamheden. Aarzelend wurmde ze met haar wijsvinger de envelop open. En terwijl ze dat deed, voelde ze plotseling wat het was. Haar paspoort! Er stond alleen maar Lara op de envelop. Konden die blokletters door Tom geschreven zijn? Ze leken niet op de knoestige letters op de gele briefjes.

Ze dacht snel na. Probeerde althans snel na te denken. Degene die aangebeld had, zou dat iemand geweest zijn die haar haar paspoort had willen geven? Hoe was hij dan de portiek binnengekomen om de brief in de brievenbus te stoppen? Had hij bij iemand anders aangebeld, of was hij met iemand mee naar binnen gelopen, had hij de brief in de bus gedaan en was hij weer vertrokken? Had Tom hem gestuurd?

Na een poosje drong het tot haar door dat ze haar paspoort weer had. Lara had gezegd dat ze zevenduizend kronen nodig had voor de terugreis. Dat geld zou ze wel bij elkaar krijgen!

34

Op 31 mei had ze Lara's wekker in haar tas om niet te laat te komen. De man was in zekere zin een bekende. Ze hadden een echte afspraak. Hij had zelfs gezegd dat hij niet gewend was meisjes te kopen. Dat maakte haar ook minder vies. Onderweg naar het hotel dacht ze er de hele tijd aan hoe ze hem iets extra's kon laten betalen.

Ze hield zichzelf voor dat dit werk was. En binnenkort zou het afgelopen zijn. Ze ging naar huis! Liudvikas en Makar hadden het recht niet om haar te komen halen. Tom had immers betaald. Misschien waren ze haar allang vergeten.

Nu ze de grote zwarte tas had gekocht, was bijna al haar geld op. Maar het gaf haar een veiliger gevoel. Ze had nu plaats voor alles wat ze mee moest nemen als ze naar buiten ging. Ze wist nooit zeker of het veilig was om terug te gaan naar het appartement. Ze probeerde zichzelf ervan te overtuigen dat degene die aangebeld had, dezelfde was als degene die haar paspoort had gebracht. Maar ze bleef altijd even voor de deur staan luisteren voordat ze hem opendeed. Tom zat waarschijnlijk in zijn cel. Of zouden ze hem vrijgelaten hebben? Was hij hier geweest? In de kranten die ze had gelezen, had ze er niets over zien staan. Stel dat hij haar probeerde te vinden? Ze besefte dat ze hem niet vertrouwde. Hij moest haar nu niet vinden. Ze ging naar huis!

In de bar zaten twee mannen en een vrouw, en haar klant. Hij had een ander pak aan, maar was toch gemakkelijk te herkennen. Hij stond op toen ze binnenkwam. Leek te wachten tot zij genoeg moed had verzameld. Zijn gezicht zag eruit alsof hij veel buiten in de zon was geweest. Misschien ergens waar de zomer al verder gevorderd was. Hij gaf haar een hand, alsof ze oude bekenden waren. Geen goede bekenden, want dan zou hij haar misschien omhelsd hebben.

'Leuk je weer te zien!' zei hij zachtjes en een beetje nerveus, alsof de muren ogen en oren hadden.

'Leuk je weer te zien', antwoordde ze terwijl ze zijn hand schudde. Alsof ze aan een toneelstuk meededen en een ander langgeleden al had bepaald wat er gezegd en gedaan moest worden.

'Je jas?'

Ze hield hem stijf dicht om te laten zien dat ze die aan wilde houden. Hij trok een stoel voor haar naar achter en ze ging zitten, op het puntje, haar knieën tegen elkaar.

'Wil je met me uit eten? Ik weet een goed restaurant buiten de stad.' Zijn ogen vroegen ook.

Eerst begreep ze het niet. Wilde hij haar eten geven in plaats van geld? Toen ze probeerde uit te leggen dat ze geld moest hebben, kwam ze er niet meer uit. Ze slikte en probeerde zich voor te stellen wat Lara gedaan zou hebben.

'Geld? En eten?' fluisterde ze ademloos.

Zijn zonverbrande gezicht werd een tikkeltje roder. Hij boog zich naar haar toe en glimlachte, fluisterde, heel zachtjes: 'Ja! Loon – en eten! Allebei.'

Tweeduizend kronen! Vannacht was ze wakker geworden van de buikpijn. Ze had gedroomd dat ze te veel van haar moeders cepelinai met vlees en ui had gegeten.

'Zullen we?' vroeg hij. Hij keek op zijn horloge en stond op, alsof hij plotseling in tijdnood kwam. Zij stond ook op, maar zei niets.

Hij kreeg opeens iets paniekerigs en keek naar de ingang. Er kwam een stel mensen binnen.

'Ik zie je buiten!' zei hij en hij liep snel voor haar uit de trap af. Ze bleef even staan en liep toen achter hem aan. Hij groette een man bij de uitgang. Die spreidde zijn armen en gaf hem een vriendschappelijke mep, met een luide hartelijke lach. Hij bleef staan en liet de woordenstroom en gebaren van de ander over zich heen komen. Ze praatten zo snel dat Dorte er geen woord van verstond. Ze liep langs hen heen naar de deur, alsof ze helemaal geen afspraak hadden. Op dat moment hoorde ze de onbekende man zeggen: 'Eet je met ons mee?'

Ze liep naar buiten en stak de parkeerplaats over, terwijl ze zich voorbereidde op een boterham als avondeten. Toen hoorde ze snelle voetstappen achter zich. Hij kwam naast haar lopen.

'Dankjewel!'

Ze gaf geen antwoord, wist niet goed wat ze zou moeten zeggen. Lara zou vast iets luchtigs en grappigs hebben gezegd, maar alle Noorse woorden waren verdwenen.

'We nemen de auto! Ik haal hem even uit de garage.'

Eerst begreep ze het niet helemaal, keek hem alleen maar aan.

'Auto. In de garage', zei hij terwijl hij naar de grond wees. 'Wacht je? Hier?'

Ze knikte en bleef staan, haar nieuwe tas onder haar arm geklemd. Rekte haar hals een beetje alsof ze ergens naartoe onderweg was. Maar ze bleef staan om de punten van haar schoenen en een peuk met gebroken filter te inspecteren.

Zijn auto was grijs, groot en glimmend. Binnenin rook het naar leer en gelapte ramen. Ze lag half in de zachte stoel. Deze auto was mooier dan die van Tom.

'Doe je gordel om', zei hij zachtjes terwijl hij een hand op haar knie legde. Zijn stem klonk rustig, alsof hij zich in de auto veiliger voelde.

Ze deed wat hij zei. Toen ze zich omdraaide om de gordel vast te klikken, gleed haar rok tot halverwege haar dijen omhoog. Ze trok hem een stukje naar beneden. Binnenkort zou ze geld in de plooi-en van die rok voelen. Dorte had nog nooit in een vliegtuig gezeten, maar ze dacht dat het zo moest voelen, vliegen. Misschien kon ze het vliegtuig naar huis nemen? De motor bromde, toen reden ze weg.

'O', zei ze en ze deed haar ogen dicht. Hij lachte zachtjes en legde zijn hand weer neer. Deze keer op de binnenkant van haar dij. Het plan om meer geld te vragen had stevig postgevat. Ze dwong zichzelf hem aan te kijken, haar hoofd schuin te houden en te glimlachen. Dacht ondertussen aan het reisbureau dat ze had gevonden.

'Dat was een collega, die ik tegenkwam. We moeten morgen naar dezelfde vergadering. Hij was ook een dag eerder gekomen… Heel slim van je om te doen alsof er niets aan de hand was', zei hij.

Dorte gaf geen antwoord, ook al begreep ze wat hij zei. Ze glimlachte alleen maar.

'Ik zei dat ik een afspraak had. En dat is toch ook zo', lachte hij een beetje verlegen. Alsof hij haar iets toevertrouwde, of dat ze samen een geheim hadden.

'Is het ver… waar we naartoe gaan?'

'Nee, we zijn er bijna.'

De laatste zonnestralen probeerden zich te verbergen achter een treurberk die net zijn blaadjes had ontvouwd en op een enorme roze paraplu leek. Toen maakte de auto een abrupte bocht en verdween alles achter een rij huizen. Thuis is het echt zomer, dacht ze en ze kneep haar ogen dicht. De tulpen waren allang uitgebloeid. Net als de fruitbomen. Ze had in deze stad nog geen enkele fruitboom gezien. Plotseling kreeg ze zin om de man naar dat soort alledaagse dingen te vragen. Het was zo lang geleden dat ze met Lara had gepraat.

Dorte zat helemaal vol en toch lag de helft van het vlees nog op haar bord. Dat moest ze op de een of andere manier zien te mee te smokkelen. Als hij naar de wc ging, kon zij het linnen servet stelen en het vlees daarin wikkelen. Dan spaarde ze geld voor eten uit. Maar goed dat ze die grote tas had. In zekere zin woonde ze daar nu in. Een fles water, schoon slipje, trui en panty. Glijmiddel, condooms. Tandenborstel, gezichtscrème en het make-uptasje dat Lara haar had gegeven. En allerlei andere kleine dingetjes. Het blok met de gele papiertjes. Balpen. Haar paspoort had ze verstopt tussen de voering en het stuk karton dat de bodem verstevigde. Ja, ze woonde er bijna in. Ze bedacht dat ze in zekere zin dezelfde relatie met haar tas had als de man met zijn auto.

'Ik heb een hond! Mag ik dit hebben?' vroeg ze plotseling toen de ober haar bord wilde afruimen. Ze hield het met beide handen vast. De ober stopte beleefd, dacht even na en zei toen: 'Natuurlijk! Ik zal het voor je inpakken.'

'Alles!' zei ze ijverig en ze liet hem het bord wegnemen, argwanend.

'Alles!' zei de ober vrolijk.

'Mijn nichtje wil graag het beste dessert dat jullie hebben', zei de man glimlachend. 'Zelf neem ik koffie.'

'Heb je een hond?' vroeg hij verbaasd toen de ober weg was.

'Nee', bekende ze. 'Maar elke dag honger.'

De man staarde haar aan en kreeg weer die uitdijende blos op zijn gezicht, toen sloeg hij zijn ogen neer. Hij boog zich naar haar toe, gaf haar een klopje op haar hand en keek even om zich heen.

'Ik heet Ivar. Dat had ik geloof ik nog niet gezegd?' fluisterde hij.

'Ivar! Echt Ivar?' vroeg ze.

'Echt Ivar!' zei hij glimlachend.

Ze knikte en herhaalde zijn naam.

'En jij?'

'Anna', zei ze automatisch.

'Echt Anna?' vroeg hij glimlachend.

Ze kruiste haar vingers onder de tafel, glimlachte en knikte.

De ober kwam een plastic doosje brengen. Ze nam het doosje aan en bedankte hem. Het voelde lekker lauw en zwaar aan. Ze zag al voor zich hoe ze het vlees in een pan opwarmde en hoe de geur zich door het appartement verspreidde. Misschien was het zelfs wel genoeg voor twee maaltijden, als ze een beetje zuinig was? Ze zou het liefst de doos hebben opengemaakt om te controleren of de ober haar niet bedonderd had, maar dat zou onbeleefd lijken. Ze stopte de doos voorzichtig onder in haar tas, zodat hij stevig zou staan.

Toen ze weggingen, hielp de ober haar in haar spijkerjasje en zei tegen Ivar: 'Uw nichtje is erg mooi!'

'Ja, vindt u ook niet?' zei Ivar en hij zag er bijna trots uit.

'Wat is "nichtje"?' vroeg ze toen ze in de auto zaten.

'Wat? O! Nichtje – dat is de dochter van je broer of zus. Iemand van wie je de oom bent.'

'Naar bed gaan met iemand van wie je oom bent?' vroeg ze.

'Liever niet, dan krijg je problemen', zei Ivar terwijl hij de weg opdraaide.

'Waarom zei je dat?'

'Ik weet het niet. Uit lafheid, waarschijnlijk.'

'Lafheid?'

'Ja. Durfde niet... Ik wilde niet dat hij zou denken dat ik een kinderlokker ben.'

'Kinderlokker?'

'Dat ik kleine meisjes oppik om mee naar bed te gaan', mompelde hij.

'Sorry!' zei ze.

'Jij hoeft toch geen sorry te zeggen. Dat zou ik moeten doen!' zei hij. Dat maakte haar onrustig. En toen hij verder niets meer zei, begon ze te geloven dat hij misschien van gedachten veranderd was en haar gewoon af zou zetten als ze bij het hotel aankwamen. Maar na een poosje vroeg hij: 'Kunnen we niet naar jouw huis gaan? Er zijn vanavond zoveel bekenden in het hotel.'

'Nee, dank je', antwoordde ze beleefd.

'Ik had me er zo op verheugd', zei hij bijna nederig. 'Maar het geld krijg je sowieso.'

'Voor niets?'

'Afspraak is afspraak.'

'Wat afspraak?'

'Ik heb het beloofd. Jij hebt het geld nodig.'

'Jij bent rijk?' flapte ze eruit.

'Ik mag niet klagen', gaf hij toe.

'Jij hebt geluk!'

'Ik heb er bijna dertig jaar voor geploeterd', verdedigde hij zich een beetje gepikeerd.

'Geploeterd?'

'Hard gewerkt!'

De motor snorde, het gesprek stokte.

'Sorry!' zei ze na een poosje. 'We kunnen het... in auto doen? Wil je?'

'Weet jij waar we kunnen parkeren?'

'Parkeren? Nee.'

Om de een of andere reden vond ze het sneu voor hem. Het was aardig van hem dat hij haar tweeduizend kronen wilde geven, voor niets. Omdat afspraak afspraak was. Waarschijnlijk was hij een beter mens dan zij.

'Jij geeft mij sleutel en nummer? Ik ga hotel binnen. Jij parkeert auto. Ik ben daar als jij komt.'

'Wil je dat?' vroeg hij hoopvol.

'Ja!' zei ze resoluut.

Hij lag half over haar heen, met afgewend gezicht. De kamer was schemerdonker. Maar de gordijnen zeefden avondlicht over de vloer. Ergens had iemand een televisie luid aangezet. Zijn hart bonkte tegen haar ribben alsof het naar binnen wilde. Hij rook naar onrust, vers zweet en aftershave.

'Je hebt niet alles in de hand', zei hij met iets wat op een lachje moest lijken – en hij vouwde haar hand rond zijn zaakje. Haar hand was meteen gevuld en toch hing de helft er nog buiten. Zijn huid voelde aan als de arm van de baby van de buren waar ze af en toe op had gepast.

'Het spijt me!' zei hij met schorre stem. Hij bleef tegen haar aan liggen. Waarschijnlijk zou hij niet boos worden als ze zich nu probeerde te bevrijden. Maar om de een of andere reden was dat niet nodig. Na een poosje begon hij onbeholpen haar rug en billen te strelen.

'Wil je iets drinken?'

'Ja, graag', zei ze tegen zijn borstkas. Het was alsof ze in een bontvel praatte. Toen hij opstond en het licht naast het bed aandeed, trok ze snel de deken over zich heen. Hij deed het raam open en net als de vorige keer stroomde zilte lucht de kamer binnen.

De mensen die de televisie zo hard aan hadden staan, zetten die uit. Het was opeens erg stil. Hij trok met zijn rug naar haar toe zijn onderbroek aan. De diepe spleet en het haar boven zijn middel vormde een merkwaardig landschap. Hij was een poosje bezig bij het koelkastje, met veel flessengerinkel, en schonk in het schemerdonker jus en bier in. Gaf haar een glas, alsof hij een bediende was, zonder haar aan te kijken.

'Ik heb vandaag mijn dag blijkbaar niet', zei hij met de stem van iemand die zijn deel van de afspraak niet is nagekomen.

Ze wist niet wat ze moest antwoorden. Het geld zat al in haar tas. Er liepen mensen door de gang. Gelach en rinkelende glazen. Daarna werd het erg stil, alsof de wanden hen zelfs verboden adem te halen. Ze nam een slokje, toen stak ze haar hand uit naar haar kleren.

'Moet je echt weg?'

'Ja...'

'Het is zo fijn om met je te praten.'

'Ik praat slecht Noors', zei ze verbaasd.

'Helemaal niet', protesteerde hij terwijl hij haar hand greep.

'Jij praten met man die jij kent? Toch?'

'Met wie?'

'De man die mij niet mag zien.'

Hij schudde zijn hoofd en keek haar bijna smekend aan. Alsof hij haar iets probeerde te laten begrijpen wat hij niet onder woorden kon brengen.

'Ik praat niet zo vaak... met mensen', zei hij terwijl hij zijn bier weer pakte.

'Echtgenote?' Het woord dook op, ook al had Lara gezegd dat het taboe was. Ze kende het van de taalcursus.

Hij schudde zijn hoofd en dronk zijn glas leeg.

'Heeft een ander gevonden', zei hij met een soort lachje.

Dorte gaf geen antwoord, ook al verstond ze de woorden. Na een poosje begreep ze dat hij verwachtte dat ze iets zou zeggen. Ze kreeg zin om te vertellen over Nikolai, die vertrokken was om banketbakker te worden.

'Kinderen?' vroeg ze.

'Nee, gelukkig niet!' riep hij zo fel dat ze dacht dat hij misschien het tegenovergestelde bedoelde.

Ze bleef nog even zitten en voelde dat er een leegte tussen hen ontstaan was, toen zei ze: 'Ik moet gaan.'

Hij zette het glas snel neer en sloeg zijn armen om haar heen. Niet dreigend, alleen zo onverwacht. Hij was vast van gedachten veranderd en wilde toch bij haar binnendringen.

'Raak me aan!' fluisterde hij in haar oor. 'Raak me alsjeblieft aan!'

Eerst dacht Dorte dat hij bedoelde dat ze hem moest aftrekken, zoals klanten af en toe wilden. Maar hij legde haar armen om zijn nek. Ze opende haar handen. Legde ze op zijn rug en streelde hem op goed geluk. Na een poosje begon hij wat tegen haar aan te hangen. Hij zuchtte diep en hield haar nog steviger vast. Het was niet naar en al helemaal niet pijnlijk. Alleen vreemd. Ze streelde hem tot ze op het bed vielen. Bleef maar strelen. Onder op zijn rug, waar het wollige landschap zich bevond, over de gladde spleet waar zijn ruggengraat zich verstopte, over de hoge bergen naar zijn schouder en nek. Hij voelde gelukkig niet klam aan, zoals bij andere mannen vaak het geval was. Na een poosje draaide hij zich om en bleef hij met gesloten ogen languit op zijn rug liggen, terwijl zij zijn borst en armen streelde, zijn schouders en zijn hals. Langzaam, met vlakke handen. Ten slotte hoorde ze aan zijn ademhaling dat hij sliep.

Ze stond voorzichtig op en nam haar kleren en tas mee naar de badkamer. Toen ze de kamer weer in kwam, stond hij voor het raam met zijn broek aan. Ze trok haar jasje aan en liep naar de deur. Hij was in twee grote stappen bij haar.

'Ik vind je aardig!' zei hij terwijl hij zijn arm om haar heen sloeg.

'Dank je. Ik vind jou aardig!' antwoordde ze.

'Jammer dat je zo jong bent', zei hij terwijl hij haar haren optilde.

'Dat geeft niet.'

'Kunnen we nog eens afspreken? We kunnen samen eten. Praten, en misschien...'

'Wanneer?'

'Ik weet niet wanneer ik weer in de stad ben. Hoe kan ik je bereiken? Telefoon?'

Ze schudde haar hoofd. Toen schoot haar iets te binnen. Ze pakte de blocnote die op het nachtkastje lag, schreef 'poste restante Anna Karenina' op en de naam van de straat waar het postkantoor lag van waaruit ze geld naar haar moeder had gestuurd.

'Anna Karenina?' zei hij verbaasd, alsof hij zich probeerde te herinneren waar hij die naam van kende.

35

De hemel liet al zijn regen in één keer los. De bomen op de helling schudden woedend in de windstoten. Alles was groensluierig grijs, ook al was het zomer. De televisie daarentegen werd plotseling zwart. Ze drukte een paar keer op de afstandsbediening en op de knoppen van de tv zelf. Maar er verscheen zelfs geen geflikker. Het apparaat was dood!

Ze wilde niet te veel geld aan eten verspillen, maar moest wel in leven blijven tot ze genoeg geld had verdiend voor de terugreis. Ze had zelden honger. 's Ochtends was ze misselijk, maar ze wende zich aan om in de loop van de dag een beetje te eten, langzaam. Maar melk moest ze wel hebben.

Ze trotseerde Lara die had gezegd dat *Anna Karenina* ongeluk bracht en haalde het boek uit haar koffer. Terwijl de regen op het balkon kletterde, troostte ze zichzelf met de Russische woorden, een gestolen aardappel en drie stukjes oud knäckebröd die naar karton smaakten. De derde dag wierp Anna Karenina zich voor de trein. Eigenlijk was Dorte al uitgeput voordat het zover was. Ze wist niet meer aan wiens kant ze stond. In zekere zin begreep ze Vronski, en dat hij haar in de steek liet. Waarschijnlijk had hij nooit van Anna gehouden, had dat alleen graag gewild. In Lara's stoel leken de woorden holler dan thuis. Misschien had ze nog nooit volwassenen ontmoet die van elkaar hielden, behalve haar ouders.

's Nachts werd ze wakker omdat ze haar vader met een spiegel op zijn hoofd sloeg. Dat was zo beangstigend dat ze opstond en de grote spiegel in de gang omdraaide. Ze herinnerde zich niet waarom ze zo boos op haar vader was geweest en ze wist ook niet goed of ze dat wel wilde weten. Het was alsof de droom werkelijker was dan het ontwaken. Ze was niet alleen boos op hem geweest, ze had hem ook geslagen, ook al wist ze dat hij dood was.

Ze bleef heen en weer lopen tussen de balkondeur en Lara's ijzeren bed, zonder zich erom te bekommeren hoe laat het was, of het ochtend of avond was. En toen ze eindelijk kon gaan zitten, besefte ze dat ze al een hele poos de dagen niet had afgestreept.

'Je gaat daar niet naartoe!' zei haar moeder en ze verborg haar gezicht in haar zakdoek.

'Je begrijpt het verkeerd, liefje! Ze komt uit mijn vaderland en ik help haar alleen maar Russisch te leren', antwoordde haar vader wat neerbuigend.

'De buurman maakte er gisteren een opmerking over. Dat was zo vernederend...'

'Wat dan?'

'Dat jij van jonge vrouwen houdt.'

Haar vader snoof verachtelijk, toen legde hij zijn hoed neer en sloeg zijn armen om haar moeder heen. Wiegde haar heen en weer, net zoals hij met Vera deed als die opstandig was. Haar moeder probeerde zich los te maken, maar wilde dat eigenlijk ook weer niet.

'Jazeker! Ik hou van mijn jonge mooie echtgenote! Dat zal ik tegen iedereen zeggen die ik tegenkom. Ook tegen de buren.'

'Je moet er geen grapjes over maken!'

'Ik maak geen grapjes. Ik ben bloedserieus. Jij hebt alles achtergelaten om met mij te trouwen, hoe kan ik daar grapjes over maken? Hoe kun je denken dat ik zo'n offer ooit op het spel zou willen zetten?'

'Mannen zijn zo vluchtig...'

'Je beledigt me diep. Ik vergeef het je niet als je mij vluchtig noemt. Daar heb je geen enkele reden toe! Je weet dat ik vóór jou maar één iemand heb liefgehad, en zij is dood.'

Haar moeder keek op uit haar zakdoek en wilde glimlachen, maar het werd niet meer dan een grimas. Geen van beiden bekommerde zich erom dat Vera en Dorte op de trap zaten en elk woord konden horen.

'Wat moet ik dan doen?' vroeg haar moeder terwijl ze naar de tafel liep. Daar begon ze de takken van de appelboom te schikken die ze had afgesneden om in een vaas uit te laten komen.

'Dat weet ik niet. Maar als jij het er zo moeilijk mee hebt, moet ik er maar niet meer naartoe gaan.'

Haar moeder zette de tak veel te hard in de dunne glazen vaas. Het was een wonder dat hij niet brak.

'Dan snapt iedereen dat je dat doet omdat je een jaloerse onredelijke vrouw hebt.'

'Wat mensen snappen of niet snappen, heeft er niets mee te maken. Maar ik moet leven met hoe jij je voelt.'

'Maar vind je dat ik me aanstel?'

'Nee! Maar ik begrijp dat ik er niet in geslaagd ben je in mijn liefde te laten geloven.'

'Vind je dan dat we even goed zijn?' vroeg haar moeder terwijl ze het tafelkleed met twee handen gladstreek, zonder daar echt in te slagen.

'Nee! Jij bent de beste van ons. Maar ik kan beter praten.'

'Kijk! Er drupt nectar uit de knoppen, ook al zijn ze nog niet open', zei haar moeder dromerig terwijl ze de tak aanraakte. Toen deed ze haar ogen dicht en stopte haar vinger in haar mond.

Haar vader liep naar haar toe en mocht ook proeven. Plotseling leek hem iets te binnen te schieten. Het volgende moment had hij zich in zijn stoel geïnstalleerd, met zijn been op een krukje. Hij begon te kreunen alsof hij gewond was.

'Vera! Loop naar de kleine Vanja en zeg dat ik met mijn voet op een krukje zit en niet kan komen, en dat zij dus hier moet komen!'

'Moet ik liegen?' vroeg Vera verbaasd.

'Je ziet me toch? Is het gelogen dat ik met mijn voet op een krukje zit?'

'Nee, maar dat is de waarheid omzeilen.'

Haar vader dacht na en haalde zijn vingers over zijn snor voordat hij antwoordde.

'Je hebt ons gehoord, Vera? Wat denk jij dat de waarheid is? Is het – als je het vanuit mamma's standpunt bekijkt – niet waar dat ik daar niet naartoe kan gaan?'

'Ja, maar…' mompelde Vera tegenstribbelend terwijl ze een snelle blik op haar moeder wierp.

Toen sprong Dorte van de trap en holde naar de deur.

'Pappa! Voor mij is het waar. Ik ga het wel zeggen!'

Dorte liep door een straat waar groenten op straat stonden uitgestald. Daar was ze vaker geweest, er stond zelden iemand om op de uitgestalde waar te letten. Als ze rustig en geconcentreerd was, lukte het haar wel. Er zat veel voeding in grote aardappels. Sommige ervan, de grootste, waren in aluminiumfolie gewikkeld. Tomaten en appels kon je gemakkelijk in je tas stoppen. Bananen waren lastiger, die zaten vast aan grote trossen. Vandaag was ze zo sloom dat ze alleen maar een bloemkooltje en twee appels wist mee te nemen.

Goed en wel in het appartement had ze er spijt van dat ze niet fanatieker geprobeerd had om aan brood en melk te komen. Maar die etenswaren stonden altijd binnen in de winkel. Ze herinnerde zich vol schaamte de keer dat ze in een winkeltje was geweest dat meer op een kiosk leek, waar de melk in een koelkast voor de toonbank stond. Alle hoofden hadden zich naar haar omgedraaid toen de harde stem van de verkoopster door de winkel schalde: 'Als je iets wilt hebben, moet je het meenemen naar de toonbank!'

Dat was de laatste keer dat ze daar geweest was. Brood proberen te bemachtigen zonder te betalen was bijna helemaal hopeloos. Het rook alleen maar zo lekker om mensen te pesten. Ze had de afgelopen tijd zó hard geprobeerd het bestaan van brood te vergeten, dat het bijna onmogelijk was ergens anders zin in te hebben. De bruine man had alleen kranten buiten staan. Maar daar zou ze sowieso niets gestolen hebben. Het was alsof ze een afspraak hadden dat zij de kranten in het rek mocht bekijken. Hij zei er tenminste nooit wat van, ook al stond de deur open en zag hij haar. Hij zei er ook niets van dat ze alleen maar melk kocht.

Maar deze avond genoot Dorte van haar soep. De fraaie kleine bloemkoolroosjes dobberden in het warme, licht gezouten water. Ze at zo langzaam mogelijk om alles binnen te houden. Het was zinloos jezelf tot dief te maken als je alles toch weer uitbraakte.

Ze had drie keer nul op het rekest gekregen, ook al kon ze haar paspoort laten zien. Ze moest op een wonder vertrouwen, óf ze moest zorgen dat ze klanten kreeg. Ondertussen teerde ze in op haar reisgeld. Alle namen op de lijst met cafés en winkels waren doorgestreept. Haar laatste poging was bij een grote kiosk geweest. Daar hadden ze niet eens iemand nodig om schoon te maken. Het meisje achter de toonbank beweerde dat een schoonmaakbedrijf dat deed. Daarna had ze haar schouders opgehaald en zich tot een klant gewend. Dorte had de onbedwingbare lust gekregen om haar in haar gezicht te slaan. Lara zou gezegd hebben dat het erg dom was om het op te geven – in een stad met zo veel eten, geld en mannen. Als ze niet moedig was, moest ze ervoor zorgen dat ze dat werd.

Ze trok een rok aan, het gele truitje, het spijkerjasje en de kanten kousen, en maakte zich op zoals Lara haar dat geleerd had. Toen ging ze in de rij staan voor een nachtclub, ook al wist ze dat je moest betalen om binnen te komen. Liet een verliefd stelletje dat stond te zoenen haar plaats in de rij innemen omdat ze zag dat achter hen twee jongemannen stonden. De ene was dronken en hing over het dranghek. De andere, die er erg aardig uitzag, vroeg hem zich een beetje te gedragen, anders kwamen ze er niet in.

'Jij trakteren?' vroeg ze terwijl ze tegen hem glimlachte.

'Kun je zelf niet betalen?' vroeg hij verbluft.

'Heb geen geld', zei ze terwijl ze tegen hem aan leunde.

'Weet je moeder wel dat je hier bent?' vroeg de zatlap honend.

'Hou je kop!' schold de andere. Hij draaide zich om naar Dorte. 'Oké, maar dan blijf je wel bij mij.'

'Oké', antwoordde Dorte en ze ging naast hem staan alsof ze een stelletje waren. Hij ving de koude wind voor haar op. Maar haar voeten bevonden zich in de gevarenzone. De zomer was erg onbetrouwbaar in dit land. Ze trappelde om warm te blijven.

De rij bewoog zich met een slakkengang naar voren. De man sloeg zijn arm om haar heen en wilde weten hoe ze heette, waar ze woonde en nog iets anders wat ze niet begreep, omdat hij zo snel praatte. Ze antwoordde dat ze Anna heette.

'Ik ben Arthur!' riep hij in haar oor. Ze waren nu bij de portier aangeland, die vond dat Dorte te jong was om binnen te mogen.

'Doe niet zo flauw! Ze is mijn vriendin, ze is bijna twintig!' zei Arthur galant terwijl hij haar naar de deur duwde. Op dat moment kotste zijn vriend bijna op de schoenen van de portier. Dat veroorzaakte een heleboel gedoe en geschreeuw, waardoor Dorte en Arthur naar binnen konden glippen.

'Hij zoekt het maar uit! Ik heb geen zin om die zatlap op sleeptouw te nemen', zei hij vol afschuw terwijl hij haar door een muur van dreunende bassen en hysterische gitaren trok. Er was geen band te zien. Het geluid kwam uit luidsprekers.

Alle tafels en stoelen waren meer dan bezet. Mensen stonden met klotsende bierglazen en open mond over elkaar heen gebogen. Er was vrijwel niemand ouder dan dertig.

Het stonk er naar iets wat op pis leek, of braaksel. Arthur ontdekte een bekende en duwde haar voor zich uit naar een jongeman die eruitzag als een filmster. Ze riepen allebei iets wat ze niet verstond.

'Sveinung! Ik heb een meisje gevonden. Kijk eens hoe mooi! Anna!' brulde hij, terwijl hij de ander met een glas bier tegen zijn borstkas stompte.

'Verdomd grote tas heb jij bij je! Heb je dope per kilo in de aanbieding?' zei Sveinung hautain.

Gelukkig kon je niet praten bij zo veel lawaai. Ze dacht niet dat ze begrepen hadden dat ze geen Noorse was. Ze moest gewoon haar mondhoeken ver genoeg omhoogtrekken en wachten. Waarop, dat wist ze niet goed. Ze zag nergens eten. Alleen maar bakjes pinda's op de tafels. Chips lagen als doorweekte minibootjes in plassen bier, of waren door sloffende voeten in de vloer gewreven.

Bij de bar duwde een jong meisje met een glinsterende riem en een spijkerbroek die laag op haar heupen hing haar lichaam tegen een jongeman aan. Haar hele buik was bloot. Haar borsten hingen half uit haar minuscule topje, alsof ze al bezig was met haar eerste klant. Maar iets in haar lichaamstaal vertelde Dorte dat als dit meisje een hoer was, ze er geen geld voor vroeg. De dansvloer stond zo vol dat je je niet kon bewegen zonder verpletterd of onder de voet gelopen te worden. Gelukkig probeerden ze het niet eens.

'Stomme tent! Wat een rotherrie!' riep Sveinung na een poosje. 'We peren 'm!

Arthur protesteerde brullend. Vond blijkbaar dat hij moest

blijven omdat hij betaald had om binnen te komen. Er volgde wat gebekvecht, maar toen Sveinung gewoon zijn schouders ophaalde en aanstalten maakte om te vertrekken, dronk Arthur zijn glas leeg, duwde Dorte voor zich uit en liep achter hem aan naar de uitgang.

36

Sveinung stond enigszins slingerend karbonaadjes te braden. Zijn ouders waren op vakantie in Frankrijk. De mannen hadden net elk een pil genomen en die weggespoeld met bier. Dorte had geluk, want ze bleken ook honger te hebben. Arthur was hier duidelijk vaker geweest. Wist dat er zowel boven als beneden een wc was. Deed zijn behoeften met de deur open, zodat ze hem een paar kamers verder konden horen. Het huis was enorm groot. Ze was nog nooit in een huis geweest met zoveel spullen en meubels. Lampen, snuisterijen, schilderijen, kandelaars, spiegels, vergulde lijsten, kroonluchters, reusachtige potplanten – zelfs op de vloer van de grote ruimte die ze als gang gebruikten, stond een plant ter grootte van een uit de kluiten gewassen struik. Alles leek doortrokken te zijn van iets bedwelmends – parfum of wierook.

Sveinung sneed dikke sneden brood af voor bij de karbonades. Ze gingen rond de grote tafel in de keuken zitten. Het rook er naar baklucht en bier en nog iets. Waarschijnlijk afval dat te lang in de emmer in de hoek had gelegen. Dorte voelde zich opeens ziek. Maar ze doopte het brood in het vet en probeerde langzaam te eten. Ze had al een hele poos geen warm eten meer gehad. Ze voelde de honger 's nachts het ergst. De slaappillen waren allang op.

Nu had ze zin in melk, ook al voelde ze zich niet lekker. Ze zei het woord 'melk'. Het klonk als de zucht van een tandeloos besje. Maar Sveinung begreep het, haalde een pak melk uit de enorme koelkast en zette dat met een klap op tafel. Dorte kon nog net zien dat de witte verlichte buik van de koelkast uitpuilde van allerlei soorten eten. Ze dronk een glas melk en probeerde haar karbonade op te eten terwijl ze de voortdurende buikkrampen onderdrukte. Het leek alsof er daarbinnen een knaagdier zat dat haar beval meer te eten en dat naar haar darmen hapte als ze niet snel genoeg at.

Sveinung en Arthur dronken bier en gingen naar de wc, steeds weer. Toen het bier op was, baalde Arthur. Sveinung ging ergens anders in huis drank halen.

'Mijn pa wordt hysterisch, want dit is duur spul!' verklaarde hij onverschillig. De kurk wipte er met een korte kreun af. Ze bedankte toen hij haar ook wilde inschenken.

'Drink jij alleen melk?' Arthur brulde van het lachen.

'Ja, melk!' zei ze.

Sveinung had het niet meer en bonkte met zijn vuist op tafel vanwege zoiets ongehoords en belachelijks. Dorte trok haar mondhoeken omhoog en deed alsof er niets aan de hand was. Maar hij gaf zich niet gewonnen, duwde het glas in haar gezicht en beval haar te drinken.

'Laat haar toch', vond Arthur.

'Truttige meiden zijn shit!' Sveinung pakte haar kin beet en dwong haar haar mond open te doen, terwijl hij een luide boer liet.

De stank van halfverteerd spek en bier kwam rechtstreeks naar binnen – samen met de sterke bittere drank. Haar gezicht vertrok. Ze hoestte, maar slikte het door, in de hoop dat hij zou gaan zitten en haar zou vergeten. Dan zou ze zeggen dat ze naar de wc moest. Met de grote hal tussen hen in kon ze vluchten. Naar buiten. Lara zou haar uitgelachen hebben omdat ze zo stom was geweest om zich met zulke kerels in te laten. Ze was zo misselijk dat ze er niets eens aan moest denken om de resten mee naar huis te nemen. Ze had het gevoel dat ze nooit meer zin in eten zou hebben. Maar ze gaven het niet op, ze moest met hen proosten en ze moest drinken. Ze probeerde te doen alsof, maar Sveinung merkte het.

'Noem je dat drinken? Zuip eens door!' riep hij opgewonden en hij controleerde of ze het wel echt doorslikte.

'Laat haar met rust! Ze is dat niet gewend.' Arthur gaf de ander een schouderduw.

De misselijkheid bereikte opeens haar mondholte, ze probeerde op te staan, maar Sveinung ving haar op en zette haar op zijn knie. In haar maag vond een worstelwedstrijd plaats tussen het eten en het bittere drankje. Sveinung werd moe van het haar vasthouden en liet haar als een zandzak weer op haar stoel vallen. Ze jongleerde met de misselijkheid door afwisselend voorover te buigen en rechtop te gaan zitten, maar het hielp niet.

'Ons meisje kan niet stil blijven zitten.' Sveinung duwde met zijn onderarm zijn vettige bord weg, zodat het wegschoot. Het afgekloven bot belandde op tafel en liet een duidelijk spoor achter. Daarna trok hij met een ruk Dorte met stoel en al naar zich toe.

'Ben je een beetje geil of hoe zit dat?' zei hij met dubbele tong, lachend.

'Verbeeld je maar niks!' zei Arthur. 'Het kind is lam.'

'Lam? Waarvan dan? Een liter melk en twee druppels drank?'

Arthur richtte zich rechtstreeks tot haar en zei een paar zinnen die ze niet verstond. De laatste herhaalde hij.

'Je hebt verdomme al urenlang geen boe of ba gezegd! Waar kom je vandaan?'

'Rusland', zei Dorte en ze had er meteen spijt van. Maar het leek geen enkel verschil te maken.

'Wat doe je hier? Ben je op bezoek of zo?' vroeg Sveinung met ogen die bijna in zijn hoofd verdwenen.

Dorte knikte.

'Om geld te verdienen?' vroeg Arthur, vriendelijk bijna.

'Geld te verdienen?' vroeg Sveinung verbijsterd en hij staarde haar aan alsof hij haar nu pas echt zag.

'Dat dacht ik meteen al toen ik je zag!' stelde Arthur vast.

Dorte gaf geen antwoord, sloeg haar ogen neer en greep de zitting van haar stoel vast. Het werd stil, afgezien van de radio die de hele tijd ergens in huis had aangestaan. Er klonk nu popmuziek – afgewisseld met een mannenstem die iets onverstaanbaars riep. Dorte stond op.

'Wc?'

'De trap op, of de eerste deur links', neuzelde Sveinung alsof het een lesje was dat hij honderden keren had opgedreund. Zijn ogen waren nu iets beter zichtbaar. 'Dat is verdomme toch…!' hoorde ze hem zeggen toen ze op de gang stond.

Ze liep de trap op en bleef daar een poosje zitten, met de deur op slot. Nu het eindelijk kon, lukte het toch niet om over te geven. Dat Arthur had geraden waarom ze hier was, maakte het er niet beter op. Ze moest zorgen dat ze ongezien wegkwam. Eigenlijk hoefde ze alleen maar weg te rennen. Misschien zouden ze haar niet eens proberen tegen te houden. Toen ze uit de wc kwam, stond Sveinung haar met een grote grijns op te wachten. Het schoot door haar heen dat niemand er zo afschrikwekkend uit kon zien als mooie mensen.

'Hoeveel vraag je?'

'Vijftienhonderd', zei ze met nadruk op elke lettergreep.

'Wat een onzin! Tweehonderd? We zijn immers vrienden.'

Ze schudde haar hoofd en wilde langs hem heen lopen. Arthur stond onder aan de trap naar hen te kijken.

'Nee!' zei ze en ze begon de trap af te lopen.

'Vijfhonderd van elk van ons!' pingelde Sveinung.

Ze kwamen van beide kanten op haar af. Uiteindelijk stond ze tussen hen in geklemd, met haar tas tegen zich aangedrukt. Hier midden op de trap was het ver naar de voordeur.

'We nemen haar allebei! Tegelijk! Wat jij?' Sveinungs stem weerkaatste tegen alle wanden.

'Nee, donder op! Ik wil haar voor mezelf hebben', lachte Arthur terwijl hij aan Lara's truitje trok. Ze probeerde zich los te rukken, maar ze waren met zijn tweeën. Klam en hard als stenen muren.

'Het geld… Nu!' piepte ze. Ze brulden van het lachen.

Ze trokken haar tussen hen in mee naar een kamer met een groot bed en deden het licht aan. Terwijl ze haar de kleren van het lijf rukten, daalde de schaamte neer vanuit drie porseleinen lampenkappen aan het plafond. Uiteindelijk lag ze naakt in het vreemde bed. Sveinung had haar slipje om zijn arm geschoven en haar tas was bij de deur neergesmeten. Ze probeerde na te denken. Wat zou Lara gedaan hebben?

'Vijftienhonderd!' huilde ze.

'Verdomme! Ordinaire slet!' Sveinung maakte een hand vrij om in haar kruis te graven. 'Hoer!' hijgde hij verrukt terwijl hij zijn vingers in haar boorde. Ze gaf een gil en probeerde haar knieën op te trekken om zichzelf te beschermen.

'Niet zo ruig! Rustig aan, geile bok!' hijgde Arthur. 'Zie je niet dat ze jankt?'

'Je bent hier toch gekomen om jezelf te verkopen, verdomme! Je hebt eten en drank gehad!' schreeuwde Sveinung terwijl hij zijn gulp openritste. 'Ik wist niet dat ik een snolletje voor een feestje uitnodigde, maar nu je hier toch bent!' lachte hij snuivend terwijl hij in haar graaide.

'Een beetje kalm aan!' zei Arthur.

'Mooi niet! Ik ga…'

'Condoom!' schreeuwde ze hees, maar ze leken niet te weten wat dat was.

En toen was het te laat. Sveinung had zich van zijn broek bevrijd en was in haar, met harde wilde stoten. Zijn vuist hield haar borst vast terwijl hij tegelijkertijd op haar leunde alsof ze een gymnastiekmat was. Maar hij was nog niet helemaal tevreden, want plotseling greep hij haar dijen stevig beet en vouwde haar dubbel. Stootte met enorme kracht toe zodat ze gilde van de pijn en ze haar maag in haar keel voelde.

Over zijn schouder hing Arthurs gezicht, als een koude zon. Met geregelde tussenpozen stak hij het puntje van zijn tong uit zijn mondhoek en vertrok hij zijn gezicht in een verbaasde grimas, alsof hij niet verwacht had dat zijn vriend dit kon. Na een poosje sloeg hij zijn armen over elkaar en ging hij wijdbeens staan.

Dorte staarde hem recht in zijn gezicht. Gebruikte haar ogen als speren. Het was het enige wapen dat ze had.

Op een gegeven moment kwamen alle geluiden en beelden terug. Er zaten mannen in alle leunstoelen. Veel meer dan ze kon zien. Ze had het gevoel dat haar darmen door haar keel geperst werden. Ze klemde haar kaken op elkaar. Eindelijk kwam het gekreun dat haar vertelde dat het snel voorbij zou zijn.

'Overgeven…' wist ze tussen opeengeklemde tanden door uit te brengen. Waar had ze dat woord geleerd?

Hij hoorde niets. Pas toen ze haar hoofd opzij gooide om hem niet midden in zijn gezicht te raken, schoot hij overeind. Het volgende moment stond hij met een druipend zaakje midden in de kamer. Arthur moest hartelijk lachen. De porseleinen lampen aan het plafond vloeiden in elkaar over tot een lichtgevende drie-eenheid. Ze leunde over de rand van het bed en liet het allemaal komen. De stank kwam meteen. Zaad en braaksel.

'Godverdomme!' Sveinung was duidelijk geschokt.

Ze lag op haar knieën, over de toiletpot gebogen. Zij stonden voor de deur te bakkeleien. De wetenschap dat hij geen condoom had gebruikt, was erger dan de misselijkheid. De condooms zaten ongebruikt in haar tasje. Ze herinnerde zich niet meer wanneer ze zonder pillen was komen te zitten.

'Ze moet die rotzooi zelf opruimen!' brulde Sveinung voor de deur.

'Stel je niet aan! Ik neem haar mee. Zag je niet dat ze zich beroerd voelde! Je kunt er niet zomaar op die manier op los rammen, ook al is ze een hoer.'

'Wie moet die rommel van haar dan opruimen?'

'Dat moet je zelf maar doen. Of huur iemand in! Dat kun je vast wel betalen.'

'Je bent gewoon pissig omdat jij haar niet als eerste hebt gehad!'

'Doe niet zo stom!'

'Ik dacht dat jij zo'n beetje in die branche zat? Waar haal je anders je dope vandaan?'

'Hou je kop of je krijgt een mep! Ik heb daar niets meer mee te maken! Hoor je me? Niets mee te maken! Maar jij! Teert op de zak van je ouders! Nou? Behandelt vrouwen als vee!'

Dorte wist niet of het alles nog erger maakte of dat het in haar voordeel was dat ze ruziemaakten. De stemmen verwijderden zich, al bleven ze schreeuwen. Vooral Sveinung. Ze gebruikte de handdoek om haar kruis en haar buik te wassen voordat ze zich aankleedde. Poetste haar tanden. De grote tas was haar vriend. Het gezicht in de spiegel was niet van haar. Ze moest naar buiten. Weg! Naar het geld kon ze fluiten en het eten was er weer uitgekomen. Maar ze wist welke kant ze op moest om Lara's appartement terug te vinden. Ze was bijna bij de deur, toen Arthur haar inhaalde en haar pols vastgreep.

'Wacht! Sveinung wil vijfhonderd kronen betalen voordat we gaan.'

'Helemaal niet!' riep Sveinung.

'Jawel! Anders sla ik je helemaal verrot!' siste Arthur. 'Dit was een verkrachting!' voegde hij eraan toe terwijl hij dreigend in de richting van Sveinung liep, Dorte bij haar pols achter zich aan slepend.

'Ze begon te kotsen voordat ik klaar was!' klaagde Sveinung.

'Wie zijn fout is het dat jij zo'n trage neuker bent? Van ons soms?'

'Je praat alsof je haar pooier bent! Ik ben blut!' gilde Sveinung terwijl hij op zijn kontzak klopte.

'Je bent haar vijfhonderd ballen schuldig! Ik zal er persoonlijk voor zorgen dat je betaalt! Anders regel ik nooit meer dope voor je! Hoor je me!' Arthur klonk nu dreigend. Ging zo dicht bij hem staan dat Sveinung vanwege de speekselspetters met zijn ogen knipperde als een kip onder een lichtpeertje. Hij haalde met tegenzin vijfhonderd kronen tevoorschijn. Arthur plukte het briefje uit de lucht en had duidelijk schoon genoeg van de hele affaire.

'Kom!' zei hij en hij trok Dorte mee.

Ze struikelden naar buiten. De tuinen waren gifgroen en de vogels begonnen al te kwetteren. De nacht was bijna voorbij. Dorte wilde niets liever dan alleen zijn in Lara's appartement. Maar Arthur had andere plannen.

'Ik heb je van Sveinung gered, dan kun je me daar toch wel netjes voor bedanken met een wip', vond hij. Ze begreep niet alle woorden, wel de strekking. Maar zijn stem klonk niet meer zo stoer.

'Moet geld hebben! Voor eten', zei ze bijna streng.

'Oké, je krijgt tweehonderd voor eten en ik ga met je mee naar huis', zei hij vriendelijk.

'Niet naar huis', zei ze vastbesloten.

'Waar doe je het verdomme dan?'

'Buiten', beweerde ze botweg.

'Je liegt!'

Ze gaf geen antwoord, schudde alleen maar haar hoofd.

'Oké, dan gaan we naar mijn huis!' besloot hij terwijl hij de andere kant opliep.

Het was ver en ze voelde zich ellendig. Uiteindelijk maakte hij de deur van een bouwvallig huisje open, met een stuk karton in het raampje van de gang. De gevlekte gordijnen waren half dichtgetrokken. In de gang rook het naar gekookte kool en ongewassen kleren. Ze liepen een krakende trap op, naar een hok met een smal bed, een nachtkastje en een stoel.

Hij begon onmiddellijk aan haar kleren te rukken, zonder iets te zeggen.

'Geld?' zei ze terwijl ze haar jasje voor haar borst bijeenkneep. 'Vijfhonderd voor Sveinung', zei ze met Lara's stem.

'Mooi niet!' zei hij terwijl hij haar vastpakte.

'Overgeven!' dreigde ze en ze deed haar mond open, concentreerde zich op die gedachte.

Hij tilde zijn hand op alsof hij wilde slaan, maar ze ontweek hem, snel als een kat. Bij de deur haalde hij haar in.

'Alsjeblieft! Niet weggaan!' vroeg hij haar met een schorre jongensstem. Ze viel uit Lara's vastberaden rol en bleef staan terwijl hij de vijfhonderd kronen opdiepte. Ze hield haar hand al op. Het geld wisselde zo snel van eigenaar dat hij geen tijd had om zijn mond dicht te doen. Ze voelde het warme papier in haar hand en toen hij zich omdraaide, liet ze het geld in de plooi van haar rok glijden. Daarna trok ze haar jas en panty uit. Sveinung had haar slipje gehouden. Hij had opgeschept dat hij er bijna vierhonderd in zijn la had liggen.

Er liep iemand op pantoffels langs de deur. Even was het stil, toen klonk er een krakerige stem.

'Meneer Ekløv! Is dat lekkertje te leen?'

'Nee, ze is verlegen!' grinnikte Arthur vanuit het bed.

Na diep en intens gerochel ging het sloffen verder, alsof iemand een dood lichaam over de vloer sleepte.

'Wie is dat?'

'De oude man van wie dit huis is.' Arthur probeerde zijn arm om haar heen te leggen, maar miste, zijn vuist raakte haar ribben. Toen neuzelde hij iets met een gedwee stemmetje. Eén woord begreep ze: 'Alleen.'

Hij ging op zijn rug liggen, zonder broek. Ze pakte zijn zaakje beet en begon hem af te trekken, zo aardig als ze kon, na alles wat er gebeurd was. Het was dezelfde beweging als wanneer ze thuis de spijlen van de trap schoonmaakte. Dat was haar taak geweest. Ze liet altijd de buitendeur openstaan zodat de geur van zeep zich met de frisse lucht vermengde. Maar hier ademde ze huisvuil en schimmel in, bezwete huid – en het woord 'alleen' – terwijl ze de beweging met het zeemleer maakte.

De weg naar huis was lang. Er was geen denken aan dat ze langs de rivier zou lopen. Ze had blaren op beide hielen. In de etalage van een klokkenwinkel wees een klok half negen aan. Dat klopte met het feit dat de mensen uit hun huizen stroomden. Velen van hen hadden vermoeide gezichten en wazige blikken. Sommigen roken fris gedoucht als ze langs haar liepen. En sommigen keken bijna blij. Alsof ze zich erop verheugden de wereld tegemoet te treden.

Dorte was opgehouden onrustig achterom te kijken uit angst dat Arthur haar volgde om erachter te komen waar ze woonde. Maar ze hadden de volgende dag om vijf uur afgesproken voor de grote kerk. Hij dacht dat hij haar wel een paar klanten kon bezorgen voordat hij weer naar Oslo ging. Maar daar wilde ze nu niet aan denken.

Ze kocht eten in de buurt van het appartement. Melk, geurend vers brood, boter, kaas, ham en eieren. En toen ze de deur van het appartement openmaakte, voelde ze zich bijna rijk en zorgeloos. Ze wrong zich uit haar kleren en liep naar de douche. Liet het water stromen terwijl ze zich grondig inzeepte. Probeerde niet te denken aan wat er gebeurd was, maar aan het feit dat ze haar panty en Lara's gele trui in het plastic teiltje moest leggen en dat vol water moest laten lopen zodat Lara's wonderwasmiddel het vuil eruit kon trekken terwijl zij zichzelf insmeerde met de bodylotion. Dan zou ze de kraan zo ver mogelijk opendraaien om het wasgoed uit te spoelen zodat ze het pas hoefde aan te raken als het water helemaal helder was. Daarna zou ze haar badjas aantrekken en het brood snijden dat naar Nikolai rook. Maar toen ze zich aan het afdrogen was en de herinnering aan haar moeders cepelinai bezit nam van haar zintuigen, begon ze toch te huilen.

37

'Ik kan je best een paar klanten bezorgen, maar dit is geen leven voor je', zei hij en hij boorde zijn smalle donkere ogen in haar.

Dorte gaf geen antwoord, bracht de kartonnen beker met cola naar haar mond. Arthur trakteerde haar in een café waar Lara vast nooit naar binnen gegaan zou zijn. Morsige mannen hingen langs de muren. Ze waren verre van nuchter, ook al was het nog maar middag. Arthurs donkere haar hing voor zijn gezicht en zijn ogen waren waterig. Zijn baardstoppels leken op prikkeldraad in oude grauwe sneeuw. Toch was ze niet bang voor hem. Hij had het woord 'alleen' nu al vier keer genoemd, maar verder had ze alleen maar losse woorden verstaan.

'Ik spaar geld. Ga naar huis!' zei ze.

'Jij en ik hebben het gezellig met zijn tweetjes, toch? Ik help je naar Oslo te komen als ik daar geld voor heb. Ik kan je een baantje bezorgen.'

'Een baantje? Wat voor baantje?'

'Kantine. Achter de toonbank of in de keuken.'

'Waar?'

'Bij Aannemers BV, waar ik zelf ook werk', zei hij trots.

'Wat doen die?'

'Oude huizen opknappen. Bouwen en zo… Ik woon in een van hun huizen. Groot, mooi. Erg goede buurt.'

Ze vroeg of ze zich zowel met kantines als met huizen bouwen bezighielden.

'De bouwvakkers moeten eten. Die komen uit Polen en God mag weten waar verder nog vandaan', legde hij uit.

'Litouwen?'

'Misschien. Waarom vraag je dat? Je was toch Russisch?'

'Ja. Rusland en Litouwen.'

'Vanuit Oslo is het niet ver naar Litouwen', zei hij terwijl hij tegen een van de stoelen van de naburige tafel schopte. Die schoof met een schrapend geluid over de vloer.

'Over de Oostzee.'

'Ja, dat klopt. Kom naar Oslo!' Hij keek haar enthousiast aan.

'Dank je. Waarom wil jij helpen?'

Hij keek naar de tafel en krabde wat in zijn haar, glimlachte scheef en beweerde dat hij haar aardig vond. Toen begon hij er beschaamd over te praten dat Sveinung een pappa's kindje en een rotzak was en dat hij haar daar niet mee naartoe had moeten nemen.

'Hij is zo verslaafd aan de dope dat hij volkomen ontoerekeningsvatbaar is', zei hij ten slotte. Hij stak zijn lange armen over de tafel heen en trok haar hoofd naar zich toe. Ze was bang dat hij haar een kopstoot zou geven, maar hij had de afstand precies berekend.

'Weet je wat, nu gaan we samen iets leuks doen', riep hij terwijl hij in haar wang kneep.

Hij nam haar mee naar een groot plein waar mensen in de rij stonden voor draaimolens en een rad-van-fortuin. Bij een kraam schoten mannen en jongens met een soort speelgoedgeweren op schietschijven. Er stonden rijen teddyberen en knuffeldieren uitgestald. Bij zijn derde poging won Arthur een enorm bruin exemplaar dat hij haar met een trotse buiging wilde overhandigen.

Dorte aarzelde. Maar plotseling borrelde er een lach op – ondanks alles. Een merkwaardig droevig geluid. Ze zag aan Arthur dat er iets niet klopte. Mensen die langs hen liepen keken naar hen.

'Ben je gek geworden?' Arthur was beledigd.

'Sorry', zei ze en ze stak haar handen uit naar het beest. Maar hij rukte de beer uit haar handen en gooide hem op de toonbank, tussen de geweren.

'Het brengt ongeluk als je je prijs niet meeneemt', riep het meisje hem na.

Dorte keek even in de glazen ogen van de beer. Toen griste ze hem mee. Met de beer onder haar ene arm en haar tas onder de andere holde ze achter Arthur aan.

'Sorry…' probeerde ze.

Hij draafde weg zonder zich om te draaien. Ze hobbelde achter hem aan. Door de mensenmassa heen, naar de uitgang. Het was blijkbaar afgelopen met iets leuks doen. Maar toen ze de kermis hadden verlaten, draaide hij zich bruusk om, greep de beer en stak die onder zijn arm.

Haar vader greep de twee paraplu's van haar moeder, legde ze over zijn schouder en beende ermee weg alsof ze een deel van hemzelf waren. De kraag van zijn windjack werd platgedrukt en de verschoten stof schuurde in zijn nek, maar daar bekommerde hij zich niet om. Toen ze langs de school liepen waar de meester achter het raam stond, hief hij bij wijze van groet zijn vrije hand op. Zijn bewegingen waren bedaard en hij liep met lange nonchalante passen. Haar moeder, Vera en Dorte sjokten er achteraan, alsof de discussie over de paraplu's nooit had plaatsgevonden.

'Oké!' zei Arthur verzoenend en hij pakte haar met zijn vrije hand beet.

Ze had het gevoel dat ze iets terug moest doen. Ze kneep in zijn hand en zei ernstig: 'Dank je, Arthur!'

Hij bleef staan en keek haar aan. Richtte zijn blik tussen haar ogen, of ergens op haar voorhoofd. Toen slikte hij en haalde snuivend adem door zijn neus. Ze hoorde een onduidelijk 'Poe!' maar begreep niet wat hij bedoelde. Maar zijn gezicht veranderde gaandeweg in een zonsopgang. Hij liep zo dicht bij haar als de beer tussen hen in toestond, boog zich eroverheen, bleef staan en ademde in haar haren. Heel rustig. Toen hij zijn armen om haar heen probeerde te slaan, gleed de beer naar beneden, daarom gaf hij het op en kuste haar in plaats daarvan op haar neus.

Ze bleven wat rondlopen, hand in hand, hij met de beer zeulend en zij met haar tas. Toen ze bij de grote kerk kwamen, ging hij naar binnen omdat zij dat wilde. Er waren bijna geen mensen binnen, alleen de echo van eeuwenoude voetstappen. Ze zetten de beer tussen zich in. Het was bijna plechtig, dus hoefden ze niet veel te zeggen. Maar toen ze weer buiten stonden, zei hij bruusk dat hij haar heel erg aardig vond. Het klonk alsof het smeltwater in de lente het ijs in de rivier bij oom Josefs huis in stukken brak.

Ze gingen op een bankje zitten. Ze probeerde woorden te

vinden zodat ze samen konden praten. Maar het enige wat ze kon bedenken was naar zijn familie vragen. Hij lachte hard.

'Nee, ben je gek?'

'Gek?'

'Ik heb geen familie', zei hij luchtig terwijl hij met een groezelige sportschoen in de gifgroene graspollen schopte.

'Dood?' vroeg ze.

'Tja, waarom niet', mompelde hij terwijl hij recht voor zich uit keek. Wat waarschijnlijk moest betekenen dat hij er niet over wilde praten.

'Mijn vader is dood', vertrouwde ze hem toe.

'Ach ja', zei hij luchtig. 'Ik bel je als ik reisgeld heb weten te ritselen.'

'Ik heb geen telefoon', zei ze.

Dat kon hij blijkbaar nauwelijks geloven, maar uiteindelijk haalde hij zijn schouders op, gaf haar zijn mobiele nummer en zei dat ze vanuit een telefooncel kon bellen. Ze bleven een poosje zwijgend zitten. Hij keek erg bezorgd. Alsof iets zó aan hem vrat dat hij het bijna niet meer uithield. Toen hij merkte dat ze hem gadesloeg, porde hij haar in haar zij en vroeg: 'Weet je hoe oud ik ben?'

'Oud? Nee!' antwoordde ze een beetje verbaasd.

'Achtentwintig!' zei hij moedeloos.

'Hoezo?'

Hij pakte een stokje en schreef het getal in het grind.

'Dat is oud – bij jou vergeleken. Hoe oud ben jij, Anna?'

'Zestien!' Ze keek naar haar handen en dacht na over het feit dat hij geloofde dat ze Anna heette. Haar vingers bewogen onrustig en doelloos heen en weer.

Hij keek haar bezorgd aan. Toen besloot hij kennelijk dat hij alles maar gewoon moest nemen zoals het was. Met een lachje propte hij de beer stevig onder zijn oksel.

'We gaan naar mijn huis, iets gezelligs doen!' verklaarde hij terwijl hij haar van de bank omhoogtrok.

'Vijfhonderd!' zei ze ernstig terwijl ze hem recht aankeek.

Hij bleef staan en liet haar los.

'Luister eens! Als je wilt dat ik je help, dan moet je verdomme ophouden met de hoer spelen!'

Ze klemde haar tas stijf onder haar arm.

'Eten!' zei ze terwijl ze zijn blik probeerde te vangen.

'Oké! Oké! Ik begrijp de hint! Maar dan verkoop je jezelf niet aan anderen! Hm?' zuchtte hij. Hij haalde zijn portefeuille tevoorschijn en gaf haar de vier honderdjes die hij had.

'Oké?' vroeg hij chagrijnig.

Ze gaf geen antwoord en stak het geld in haar zak. Na een poosje sloeg hij zijn arm weer om haar heen.

'Je kunt bij mij wonen. Misschien heb ik mijn nieuwe appartement al als je komt. Je moet weg uit deze business! Je bent nu mijn vriendinnetje. Toch?'

Dorte knikte. Het was beter om iemands vriendinnetje te zijn, dan iemands bezit. Als ze aan genoeg geld wist te komen voordat Arthur haar een treinkaartje stuurde, dan ging ze niet naar Oslo, maar linea recta naar huis!

Het was zomer! De geuren. De bladeren. Het stof als de auto's langsreden. De groene emaille ton onder de regenpijp bij de kerk stond droog. De vogelhuisjes in de wilgen achter het huis staken als zwarte silhouetten af tegen de avondhemel. Met schuine dakjes en lege stokjes. De jonkies waren uitgevlogen. Achter de omheiningen lagen de akkers. Binnenkort zouden dat geurige schuilplaatsen zijn. De bermen waren droog, maar het gras verbloemde alle rommel die de mensen uit de autoraampjes gooiden. Oom Josef zat in de serre te dommelen, met de ramen dicht. De afgebladderde windveren zagen er bijna mooi uit met hun sierzaagwerk. Haar moeder was bij de dominee en maakte zich geen zorgen. Na een poosje pakte Nikolai haar hand. 'Ik blijf de hele zomer thuis', fluisterde hij tegen haar wang.

38

Toen ze Arthurs nummer vanuit een telefooncel had gebeld en wederom te horen had gekregen dat het niet in gebruik was, of niet bereikbaar, gaf ze het op. Het was drie weken geleden sinds ze afscheid hadden genomen. Ze moest onder ogen zien dat hij haar bedonderd had. Ze voelde de hele dag dat ze gevoelloos werd. In haar hoofd. In haar lichaam. Het kwam niet alleen door Arthur, maar door haarzelf. Door de dingen die ze niet wilde weten. Lara zou gezegd hebben dat het dom was je zorgen te maken over dingen die je niet zeker wist.

Ze was een paar keer langs het café gelopen en had naar binnen geloerd. Het had niet op haar verlanglijstje gestaan, maar misschien zou ze er juist daarom werk kunnen krijgen. Op dit tijdstip was er bijna niemand. Ze liep naar de bar en een glimlachend jong meisje met een heleboel blonde krullen vroeg wat ze wilde hebben.

'Ik zoek werk? Hebben jullie iets?' vroeg Dorte zacht, maar duidelijk.

Het meisje achter de bar keek haar aan met een blik alsof ze nog nooit een ander mens had gezien. Toen barstte ze uit in een stortvloed van onbegrijpelijke woorden. Op de glazen toonbank stond een schaal met stukken worteltaart. Oranje. De geur gaf haar moed. Dorte herhaalde haar lesje en het meisje riep door een halfopen deur iets tegen een man. Hij leek op een hert. Zijn ogen althans. Toen Dorte haar vraag herhaalde, gaf hij niet meteen antwoord maar keek hij haar aan met een gezicht alsof hij op straat een kat had gevonden, tussen de auto's. Toen wenkte hij haar mee naar de ruimte waar hij net vandaan kwam. Ze voelde dat ze moest gaan zitten. Gelukkig stond er een stoel vlak bij haar. Het maakte geen goede indruk wanneer je ging zitten als je werk zocht, maar daar was niets aan te doen.

Ja, hij had op zich wel hulp nodig, begreep ze, al zei hij dat niet met zo veel woorden. Hij wilde weten wie ze was, waar ze vandaan kwam, wat voor werk ze eerder had gedaan, of ze getuigschriften had. Daar was ze op voorbereid. Dus liet ze hem haar paspoort zien. Hij wierp er een vluchtige blik op en wilde weten of ze kon bedienen.

'Ja. Ook keuken. Kan goed schoonmaken. Getuigschrift, nee', zei ze zo duidelijk mogelijk.

Hij bleef maar vragen wat ze zou kunnen doen. Ze probeerde antwoord te geven, ook al had ze zich niet op de woorden voorbereid.

'Je spreekt niet zo goed Noors?' zei hij na een poosje.

Ze sloeg haar ogen neer. Voelde hoe de blos zich verspreidde, niet alleen over haar gezicht, maar over grote delen van haar lichaam.

'Ik hoef niet veel loon', fluisterde ze.

Zijn hertenogen knipperden met waaiers van wimpers. Een paar keer.

'Ik geloof dat je hulp nodig hebt!' Zijn stem klonk honingzoet toen hij de hoorn van de haak nam en een nummer begon in te toetsen.

Ze schoot overeind van de stoel. Er was niemand in het café toen ze erdoorheen rende. Misschien was het meisje naar de wc. Plotseling voelde Dorte precies hoe Vera's razernij werkte. Het papieren servet met alle stukken worteltaart verdween bliksemsnel in haar zwarte tas.

Toen ze met haar jas en schoenen nog aan op de vloer van Lara's hal zat, had ze het gevoel dat ze was ontsnapt. Van onderaf gezien was de dwerg nog kleiner dan anders. Er lag een dun laagje stof op Sneeuwwitjes schouders en kroon. De waterdruppels zweefden even voordat ze in het bassin plensden.

Ze haalde het servet met de stukken worteltaart tevoorschijn. Het ene na het andere stuk gleed naar binnen. Alsof ze aan een onzichtbaar snoer geregen waren. Ze was geen heer en meester over haar lichaam. Er lag daarbinnen een slang die aan haar vrat. Die zou haar wel helemaal opeten. Als ze geen oplossing vond. Maar nu ze de stukken taart toch al gepikt had, kon ze ze net zo goed opeten. Tot de misselijkheid haar vertelde dat het tijd werd om alles er weer uit te gooien.

'Kun je je legitimeren?' vroeg de vrouw achter het loket in het postkantoor met een merkwaardige glimlach, nadat ze gekeken had of er een brief was gekomen.

Dorte schoof met trillende handen haar paspoort naar haar toe. De vrouw bestudeerde het en keek toen op.

'Is dit jouw paspoort?' vroeg ze terwijl ze Dortes naam uitsprak alsof ze net had leren lezen.

'Ja', zei Dorte.

'Maar de brief is voor Anna Karenina?'

'Dat ben ik!'

De vrouw bekeek haar met kleine waakzame ogen, schoof het paspoort over de balie en haalde haar schouders op.

'Het spijt me! Ik kan de post alleen afgeven aan mensen die de juiste legitimatie bij zich hebben.'

Dorte verstond niet alle woorden, maar ze begreep wel dat de brief van Ivar voor altijd op dit postkantoor zou blijven liggen, omdat Anna Karenina geen paspoort had.

Ze wist dat ze iets moest doen. Maar haar vader liet zich niet zien. De werkelijkheid was niet meer dan een flikkering op de balustrade van Lara's balkon. Sommige dagen waren volkomen zwart, ook al scheen de zon. Ze suste zichzelf door te geloven dat als ze maar sliep of op bed lag, alles was zoals het hoorde te zijn. Er was geen verschil tussen dag of nacht. Het maakte niet uit wanneer ze haar ogen opendeed of sloot. Haar gedachten werden erg rustig. Cirkelden alleen maar rond willekeurige voorwerpen in de kamer. De nepbloemen aan het plafond. De vogels die op het balkon rondhipten. De prinses onder het fonteintje.

Nikolai bood haar taart aan. Maar ze kon niet eten. De spieren van zijn arm beefden. Zijn ogen gingen schuil achter meel dat als droog wit poeder van zijn gezicht dwarrelde.

'Eet!' zei hij terwijl hij glimlachend op haar neerkeek, een beetje schuin, zoals altijd. Maar eten, dat kon ze niet. Hij boog zich over haar heen om haar uit een cocon te trekken die haar voor haar gevoel dreigde te verstikken. Ze wilde hem aanraken, maar hij dwarrelde als het ware weg, omdat hij niet kon bevatten wat zij moest vertellen.

'Pappa!' hoorde ze zichzelf roepen. 'Pappa, wat moet ik doen?'

Ze kon hem niet zien, maar wist dat hij er was. Wilde dat hij er was!

'Ssst, niet zo schreeuwen!' zei hij kalm. 'Geen medelijden met jezelf hebben. Je weet heel goed wat er gedaan moet worden.'

Dorte haalde haar benen uit de beugels. Het was dezelfde bank als waarop ze gelegen had toen ze aan elkaar werd genaaid. Dezelfde vrouw. Zodra ze weer rechtop stond, hield de hond op met janken en verdween de Hondenman. Toen ze zich had aangekleed, kwam ze achter het scherm vandaan en bleef staan, haar armen slap langs haar lichaam en haar tas over haar schouder.

De vrouwelijke dokter had haar handschoenen uitgetrokken en wees op een stoel bij het bureau. Voordat ze Dorte onderzocht, had ze al gevraagd hoe ze heette en wanneer ze geboren was. Toen ze 'Anna' mompelde, keek de dokter verbaasd en tikte iets in op haar computer. Misschien herinnerde ze zich haar nog van de vorige keer en begreep ze dat Dorte loog? Maar ze onderzocht haar toch.

'Je moet me helpen? Het weghalen?' zei Dorte zodra ze was gaan zitten, en ze hield haar blik vast.

'Daar is het veel te laat voor', zei de vrouw in het wit ernstig, alsof het om duizenden jaren ging.

'Kost geld?' Dorte had als het ware niet genoeg adem.

'Daar gaat het niet om. Maar het is meer dan twaalf weken oud!' antwoordde ze zo vriendelijk dat Dorte begreep dat het geld niet het struikelblok was.

'Jij kent andere mensen? Helpen? Alsjeblieft!' zei Dorte met Vera's stem.

'Nee! Dat is verboden', antwoordde de witte vrouw rustig, maar nog net zo gedecideerd. 'Maar we kunnen erover praten. Heb je een dak boven je hoofd? De vader van het kind, waar is die?' Het klonk als het zoemen van een grote vlieg. Dorte haalde het briefje van tweehonderd kronen uit haar jaszak en schoof dat over de tafel terwijl ze de dokter met haar ogen probeerde te hypnotiseren.

'Betalen doe je bij de balie. Maar ik loop met je mee, dan hoeft dat niet', zei de witte vrouw terwijl ze het geld terugschoof.

'Jij wilt meer hebben?' vroeg Dorte zwetend terwijl duizeligheid en misselijkheid elkaar afwisselden.

De vrouw schudde haar hoofd en stak haar hand over de tafel alsof ze haar wilde strelen.

'Je begrijpt hopelijk dat ik verplicht ben je te registreren, ook al wil je de naam van de vader niet opgeven – of je eigen naam?'

'Registreren? Politie?' hijgde Dorte terwijl haar kuitspieren zich opmaakten voor de vlucht.

'Nee, in het dossier. Je hebt niets verkeerds gedaan. Het is niet strafbaar om zwanger te raken! Begrijp je wat ik zeg?' zei de witte vrouw met een vluchtige glimlach.

'Dossier?' Dorte stak het bankbiljet aarzelend in haar zak.

'Dat moet nou eenmaal!' De dokter speelde peinzend met een balpen die op tafel lag. 'Ben je illegaal in het land?'

'Nee! Toerist.'

'Het is meer dan drie maanden geleden dat je hier de vorige keer was. Je bent niet alleen zwanger, maar hebt ook nog andere problemen? Toch?'

Dorte gaf geen antwoord. Er stond een miniboompje op het bureau. Een rimpelig oranje vruchtje hing met enkele spaarzame blaadjes aan een tak. De andere lagen netjes om het bakje heen.

'Ik kan iemand bellen die je kan opvangen', zei de dokter vriendelijk. Té vriendelijk.

'Dank je', zei Dorte ademloos en voor ze het wist stond ze overeind. De ander stond ook op.

'Wacht nou! Wij zijn hier om je te helpen!'

Dorte beende de kamer uit, met de witte vrouw op haar hielen. Ze hoorde haar iets zeggen tegen de vrouw achter de balie en voelde de ogen van beiden in haar nek toen ze naar buiten stiefelde. Ze dacht hun ogen te voelen toen ze langs de huizen holde.

Mensen botsten tegen haar aan, of liepen zonder het te merken door haar heen. Een groepje lachende meisjes in zomerkleren. Hun navels waren bloot onder korte truitjes en jasjes. Hun rokken waren kort en hun monden stonden halfopen, als bij vissen in een aquarium. Haren die wapperden in de wind. Van haar leeftijd. Ze lachten, en lachten, en lachten...

39

De geuren hadden iets naakts. Vooral als ze stilzat op bankjes die ze toevallig tegenkwam. Het was niet zo belangrijk waar ze was, als ze maar even kon rusten. De hele stad – de huizen, de auto's, de bomen en de hemel – was van blauw glas. Haar ogen konden het niet vasthouden. Na een poosje boog een magere maan zich over het geheel.

Nadat ze het had opgegeven om bij een hotel contact met iemand te maken, liep ze naar een parkeerterrein in de buurt. Lara zou het 'gore mazzel' hebben genoemd dat een man in een keurig gewassen, dure auto zijn raampje naar beneden draaide en vroeg of ze een ritje wilde maken. Goed in de kleren en niet oud.

Ze zei 'vijftienhonderd' met een stem die naar ze hoopte op die van Lara leek en stapte in. Hij knikte alleen maar en reed weg zonder verder nog iets te vragen. Ze deed haar ogen dicht en dacht eraan dat ze melk zou gaan kopen bij de bruine man. Na afloop. Misschien kon hij haar ergens in de buurt afzetten, dan hoefde ze niet zo ver te lopen. Toen ze haar ogen weer opendeed, had hij bij de rivier geparkeerd, goed verscholen tussen de bomen. Hij mompelde dat hij de stoel in de slaapstand kon zetten, maar dan moest ze even uitstappen. Ze pakte haar tas en deed wat hij zei. Was blijkbaar verwend omdat ze zo lekker gezeten had, want ze had moeite met rechtop staan.

Toen ze zich omdraaide, zag ze dat het water miljoenen vriendelijke ogen had. Dicht opeen. Een wirwar van sterren. Ze deed een paar stappen en gleed uit op de natte bladeren. Toen ze haar evenwicht terugvond, voelde ze zich ongelooflijk licht. Alsof alles voorbij was, achter de rug. Alsof het werk gedaan was en ze geen nieuwe klanten hoefde te zoeken. Alsof het niet meer nodig was om eten te stelen. Alsof het wachten op een brief van Lara alleen in haar verbeelding bestond. Net als de gele briefjes. Alsof elk verstandig mens wist dat Anna Karenina geen paspoort nodig had, daar waar zij zich bevond. Want ze hoefde geen geld te sparen om naar huis te kunnen. Alles was al betaald!

Eindelijk! Ze deed nog een paar passen terwijl ze vaag hoorde hoe de man met de stoelen in de weer was. Haar voeten droegen haar zonder dat het haar kracht kostte. Insecten vlogen in dichte zwermen boven het water. De maansikkel dreef als een reddingsboei in de glinstering. Ergens was een fraai groen licht te zien boven een boomstronk. Alsof het door een stuk kant scheen.

Toen ze bij de oever kwam, leek alles zo vanzelfsprekend. Goed bijna. Alsof je examen had gedaan en je wist dat het niet uitmaakte hoe het gegaan was, omdat je zeker was van een studieplaats. Ze snapte niet waarom ze die zware schoudertas altijd meesleepte. Altijd. Ze liet hem gewoon vallen, spreidde haar armen en liep verder.

Het water was ijskoud tegen haar kuiten, maar dat gaf niet. Het probleem was kopje-onder te gaan. Je over te geven. Niet te spartelen of te zwemmen. Gewoon een willekeurig voorwerp zijn dat met de stroom meedreef. De kou verdween. Ze voelde geen grond meer onder haar voeten.

Ze moest aas vinden voor haar vader. Het soort wormen dat zich in de zandbodem verstopte. Die dennennaalden en strootjes aan zichzelf vastplakte om zich onzichtbaar te maken. Ze moest de rivier in waden en met haar voeten voelen of ze die cocons van stro in de diepte kon vinden. Snoeken waren er gek op.

Haar vader zat in zijn stoel zijn roestige vishaken te schuren. Hij maakte een vermoeide indruk, dus wilde ze hem niet storen. Het water kwam tot zijn kuiten, maar dat leek hij niet te merken. Om hem heen dreven boeken, met hun rug naar boven, de kaften uitgespreid als vleugels. Veel van de echt kostbare boeken begonnen uit elkaar te vallen. Daar lag de *Geïllustreerde geschiedenis van Europa*! De leren rug was gevlekt en de omslag was eraf. En daar dobberde het boek dat die laatste ochtend op zijn nachtkastje had gelegen, met de naam *Czestaw* erop.

'Pappa, moet je je boeken niet redden?' riep ze. Hij gaf geen antwoord.

'Moet je het boek niet pakken dat je niet meer uit hebt kunnen lezen?' riep ze vertwijfeld. Maar hij bleef gewoon zitten en merkte niet dat ze er was.

Er stond een man over haar heen gebogen, met een natte broek. Hij stompte haar en wilde blijkbaar dat ze overgaf. Ze kotste gehoorzaam een paar keer. Iemand klappertandde. Nee, het waren twee mensen. De man viel om in het gras. Stond op, deed een paar passen. Ademde zwaar en staarde haar aan. Boog zich over haar heen en zei iets wat ze niet begreep. Sjorde aan haar en probeerde haar overeind te hijsen. Leek te willen dat ze met hem meekwam.

Het was niet gelukt. Ergens buiten haar zwol een schreeuw aan. Ze wist niet waar die vandaan kwam of waar hij naartoe ging. Hij sneed door de lucht als een sirene die niet afgezet kon worden. Ze hoorde dat hij haar vroeg op te houden. Voelde zijn krachteloze tikjes tegen haar wang, terwijl hij haar beloofde dat hij haar niets zou doen. Hoorde hem zeggen dat hij zich over haar tas had ontfermd. Ze hoorde hem door de schreeuw heen die niet gestopt kon worden.

Hij droeg haar. Wankelde. Hijgde. Vouwde haar in de auto. De leren bekleding kreeg donkere vlekken. Zijn colbertje droop van het water toen hij tegen de auto leunde en met iemand belde. Ondertussen stroomde de schreeuw uit haar, op haar natte dijen.

Hij maakte haar gordel vast en stapte aan zijn kant in. Zijn telefoon in een houder. Zijn handen beefden. Een volwassen man met trillende handen. Hij belde. Vroeg iemand iets. Wachtte. Herhaalde. Ten slotte zei hij: 'We komen er nu aan! Meteen!'

Een man in het achteruitkijkspiegeltje. Baardstoppeltjes bij zijn mondhoek. Als doornen op een pannenkoek. Zijn haar werd dunner bij zijn slapen. Ogen die heen en weer schoten tussen de telefoon en haar, naar het stuur, naar iets daarbuiten. Hij zou wel niet weten dat zijn ogen rondrenden. Ondertussen smeekte hij haar op te houden met gillen. Dreigde haar uit de auto te gooien als ze niet ophield. Alsof het haar schuld was.

Een vrouw in een witte jas pakte haar arm beet en stak er een naald in. Het laatste wat ze zich herinnerde was de schreeuw, niet dat die ophield.

Toen ze weer bijkwam, was haar keel een brandwond. Van binnen. Ze had geen stem meer toen ze de witte schaduw om iets te drinken wilde vragen.

Haar moeder vertelde God dingen die ze strikt genomen niet kon weten. Ze zat bij haar op het bed en was veel kleiner dan ze zich herinnerde. Was niet meer dan een kleine pop. Haar stem klonk zo wonderlijk, zo anders dan anders. Haar moeder schaamde zich voor haar. Ze vertelde God over Lara, die naar Moskou was vertrokken om een pension te beginnen. Maar niet over Tom die in de gevangenis zat. Elke keer dat ze de naald voelde, hield haar moeder op met bidden. Daardoor kreeg ze niet altijd de kans om alle mensen op te sommen waar ze God altijd vroeg om voor te zorgen. Haar moeder was niet dezelfde als vroeger. Ze leek de ernst van de situatie niet te begrijpen. Er hadden tenslotte leren stoelen in de auto gezeten. Leer gaat kapot van zo veel water. Als het opdroogt, wordt het hard als karton, daarna verpulvert het. Absoluut. Het zou veel klanten kosten om dat te herstellen. Eindelijk leek haar moeder het op te geven om God een rad voor ogen te draaien.

'Lieve Maria, Moeder van God', zei haar moeder, die nu Maria aanriep. 'Je weet toch dat het moeilijk is om goede klanten te vinden, nietwaar? Daarom zou het fijn zijn als jij hem kunt vertellen dat wij de leren bekleding niet kunnen vergoeden. Nee, hij was niet vervelend, dat is juist de reden dat ik je vraag hem een hand boven het hoofd te houden. Zijn handen trilden en hij had zich slordig geschoren. Hij was heel beleefd.'

De maan baadde in de rivier. Ze zocht naar iets in het gras, herinnerde zich eerst niet meer wat het was. Toen rook ze de geur van banketbakkersroom en poedersuiker. Er stroomde iets warms voorbij. Nikolai legde Lara in een schoenendoos om haar in het zand te begraven. Ze lag er mooi bij, met gesloten ogen en met

Sneeuwwitjes kroon op haar hoofd. Het gouden ringetje glinsterde in haar navel.

'Lara! Ben je dood?' Dorte wilde haar aanraken om haar wakker te maken. Maar Nikolais gezicht werd zo bleek dat ze begreep dat het volkomen verkeerd zou zijn om haar te wekken. Het volgende ogenblik was hij verdwenen, met doos en al. Het landschap dreef ondersteboven in de rivier, met het profiel van de knikkende maan.

'Hoe gaat het?'

Dorte opende haar ogen in een onbarmhartig licht. Een witte gedaante stond achter een standaard, of een kleine metalen galg. Daar hing een doorzichtig zakje met een slangetje aan. Degene die iets tegen haar zei was een vrouw. Ze kwam dichterbij. Haar gezicht vloeide uit, als gips dat niet wilde drogen, en twee knikkers met een onbestemde kleur rolden erin heen en weer.

Dorte bewoog haar lippen, maar haar kaken wilden zich niet verroeren. Er drupte iets uit het zakje, door het slangetje. Ze kreeg dorst als ze ernaar keek. Ze hadden haar blijkbaar met rubberen slangen aan het bed vastgebonden. De galg zat vast aan haar hand en daar beneden was iets naar binnen gestoken. Het deed pijn als ze zich bewoog. Er kwam een slang onder de deken vandaan, die liep naar een zak die aan het bed hing.

Het had geen enkele zin te proberen zich te herinneren hoe ze hier gekomen was, of welke klanten ze gehad had. Als de vrouw wegging, moest ze maar proberen te voelen hoe gewond ze was en of ze zou kunnen opstaan.

Ze wist niet goed of dit de werkelijkheid was, of iets anders. Het licht drong door haar oogleden heen. Door een kraaiennest van gloeiende adertjes zag ze het druppelende zakje. Dit zou wel een ziekenhuis zijn.

Er klonk geschraap op de vloer en een lichaam bonkte zo hard tegen haar bed dat ze heen en weer schudde. Er werd een stoel over de vloer getrokken en vlak bij haar neergezet. Druk op haar pols. Een heel klein pijntje waar ze niet bij stil hoefde te staan. Ze voelde dat iemand haar vrije hand pakte. Warmte van een vreemde droge huid omsloot de hare. Toen ze opkeek, zat de vrouw op haar horloge te kijken.

'Je hoeft niet veel te zeggen. We willen alleen maar weten hoe het met je gaat.'

Maar Dorte liet zich niet bedotten, ze gaf geen antwoord. Deed haar ogen dicht en probeerde te slikken. Haar keel voelde aan alsof die door haar moeders Poolse rauwkostmolen was gehaald.

'We vroegen ons af of je vandaag misschien wilt proberen om zelf te eten?'

Dorte gaf geen antwoord. Had alleen maar dorst. Moest die loodsmaak kwijt zien te raken. Ze liet voorzichtig het puntje van haar tong over lippen van droog grof schuurpapier glijden. Iemand had haar uitgewrongen en boven de gaskachel te drogen gehangen.

'We vragen ons natuurlijk ook af hoe je heet... Kun je ons helpen?'

Dorte deed haar mond open om zo mogelijk iets te drinken te krijgen, of iets om haar lippen mee in te smeren. De verpleegster toonde geen enkele interesse, ze was klaar met op haar horloge kijken en noteerde iets op een blocnote.

'De man die je gebracht heeft, beweerde dat je Noors sprak...'

Het was verleidelijk om te antwoorden of met haar hoofd te schudden, alleen maar om iets te drinken te krijgen. Maar toen voelde ze een tocht in de kamer, alsof iemand twee ramen tegen elkaar had opengezet. Dat was zo'n prettig gevoel dat ze weg-doezelde. Ze hoorde een paar keer mensen praten, zonder te weten of ze echt waren of niet.

Het daglicht deed pijn. Het had geen zin hun te laten merken dat ze wakker was. Dan begonnen ze alleen maar weer te vragen. Haar tas! Die lag nog steeds op het nachtkastje. Het bed naast haar was nog altijd leeg. Het was vreemd dat ze niet naar de wc hoefde. Ze had er over nagedacht hoe ze dat zou moeten doen. Plotseling viel haar op dat ze een hemd droeg dat op de pyjama van haar vader leek. Dat maakte haar aan het huilen. Ze legde de hand met het slangetje wat beter neer en sloot haar ogen. Na een poosje drupte het alleen nog maar een beetje, als een kraan met een versleten leertje.

Ze had geen idee van de tijd, want ze had Lara's wekker niet bij zich. Iemand had haar vaders horloge van haar pols gehaald en op het nachtkastje gelegd. Dat was er ongetwijfeld niet beter op geworden nu het in de rivier was gedompeld.

Er kwam iemand binnen, boog zich over haar heen. Ze waren met zijn tweeën en praatten alsof zij dood was, of onzichtbaar.

'Die man beweerde dat ze Noors sprak! Maar niets wijst daarop. Dan hadden we wel contact met haar gekregen', zei de verpleeg-ster.

'Wat was zijn rol eigenlijk?' vroeg een zware vrouwenstem.

'Dat weet ik niet, ik heb haar niet opgenomen.'

'Ik bedoel, was hij familie? Een kennis? Vriend?'

'Hij heeft haar afgeleverd zonder zich voor te stellen. Hij zei dat hij zou terugkomen als hij de auto had geparkeerd, maar ze hebben hem niet meer gezien. Dat is alles wat ik van de opname weet. Ze was uitgedroogd, nat en er behoorlijk slecht aan toe toen ze binnen werd gebracht. Schreeuwde de hele tijd. We hebben haar iets kalmerends gegeven. Het leek op een zenuwinstorting. Ik geloof dat het nu beter gaat. Die man wilde waarschijnlijk van haar af. Ze is zwanger. Ik weet niet uit wat voor milieu ze komt, maar ze heeft zowel een discman met Bach als een tube glijmiddel in haar tas.'

'Hallo!' zei de diepe stem, zo dichtbij dat Dorte haar adem tegen haar gezicht voelde. Maar ze gaf geen antwoord. Ook niet toen iemand haar hand streelde.

'Het was extreem slordig om hem zomaar te laten vertrekken, zonder naam of adres!'

'Moet je niet tegen mij zeggen! Ik heb haar niet opgenomen. Maar we moesten het natuurlijk wel aan jullie melden, zolang we haar identiteit niet kunnen vaststellen. Ik bedoel, we hebben de capaciteit niet om haar op te nemen. Dit is een ziekenhuis, geen opvang voor…'

'Het lijkt me overduidelijk dat ze verpleging nodig heeft', onderbrak de zware vrouwenstem haar. 'Bij de politie kunnen we niets beginnen met dergelijke gevallen, tenzij ze iets verkeerds heeft gedaan. Iemand moet haar toch kennen.'

'Ja, toch? Misschien is ze iets voor de afdeling Psychiatrie?'

'Heeft ze hoofdletsel?'

'Ik geloof het niet... Dat staat niet in het dossier.'

'Kan ik met de dokter praten en haar dossier inzien? Dan kan ik eventueel een onderzoek opstarten.'

Twee paar voeten liepen over de vloer. Een paar op kurkzolen die een beetje klepperden. De andere voeten droegen degelijke schoenen met rubberen zolen. De deur gleed dicht en Dorte was alleen.

De politie! Nu kwamen ze haar halen! Ze zouden haar dwingen te praten. Als ze dat niet wilde, zouden ze haar verhoren tot ze doorsloeg. Over Lara vertelde. Tom! Dan moest ze de rest van haar leven onderduiken. Ze zag het al voor zich. De Litouwse politie? Hoer! Zwanger. Haar moeder zou alles te horen krijgen. Dat zou haar dood betekenen, zelfs als Dorte weer de rivier in liep. En als ze niet de rivier in liep en ze Tom niet verlinkte, dan nog zou het niets uitmaken dat Tom haar had gekocht. Makar en Liudvikas zouden haar vinden.

40

Ze trok het slangetje dat aan haar arm vastzat eruit en voelde een felle pijn toen ze dat wat in haar onderlichaam gestoken was, losrukte. Ze had het gevoel alsof haar hoofd niet helemaal op zijn plaats zat en de binnenkant van haar keel voelde aan als oud leer. Ze vond haar kleren in de kast, kreukelig, maar droog. Ze verspilde geen tijd met het uittrekken van haar pyjama, trok gewoon haar spijkerjasje erover heen aan en propte het katoenen truitje in haar tas. Trok haar rok over de lubberende ziekenhuisonderbroek en controleerde of haar paspoort nog tussen de voering en de bodem van de tas zat. Dat hadden ze niet gevonden! Geld had ze niet. Het briefje van tweehonderd had ze verspild aan eten, er zaten nog twee munten van tien kronen in de zak van haar spijkerjasje.

In de lange gang hingen verlichte borden met 'exit' erop. Er scheen niemand op wacht te staan om haar tegen te houden, maar dat wist je natuurlijk nooit zeker. Haar hoofd was een bonkend blik. Haar hart was daarnaartoe verhuisd. Ze passeerde mensen in het wit die misschien naar haar op weg waren. Mensen met bleke of vlakke gezichten dreven voorbij. Die moesten waarschijnlijk genezen worden van de een of andere ziekte. Het was niet verstandig om hun ogen te ontmoeten. Misschien zagen ze haar niet. Een vrouw die helemaal in doeken gehuld was, staarde haar met doodsbange ogen aan. Maar leek absoluut geen bedreiging. Ze hoefde alleen maar door te lopen, snel en vastberaden, zonder te rennen.

Toen ze eenmaal door de draaideuren was, trof de lucht haar als de vleugels van een vlinder. Nadat ze een paar passen gelopen had, ging ze op een bankje zitten om bij te komen. Haar kruis deed pijn vanwege het slangetje. Ze probeerde haar gedachten te ordenen, had niet het gevoel dat ze hier ooit eerder geweest was. Misschien ging je op een andere plek naar buiten als waar je binnenkwam. Taxi's reden af en aan. Mensen met bloemen en tassen. Kon ze maar een taxi naar Lara's appartement nemen! Voor twintig kronen.

Terwijl ze haar hoofd op haar knieën liet rusten, overviel de paniek haar, alsof die uit een zak was ontsnapt. Ze zochten haar! Ze greep zich aan de bank vast en dwong de lucht door haar droge keel naar binnen. Toen stond ze op en verliet ze het ziekenhuisterrein. Ze stak de straat over. Vond een weg zonder mensen. Liep op goed geluk verder en hield zich vast aan hagen en tuinhekken. Met knieën van gelei en gevoelloze voeten.

Een jongen met een krantenkarretje achter zijn fiets keek naar haar. Misschien denkt hij dat ik dronken ben, of aan de drugs, dacht ze terwijl ze probeerde zich te vermannen. Dat was niet zo gemakkelijk. Toen hij zijn kranten bezorgd had en terugkwam, remde hij en zette zijn voet aan de grond.

'Gaat het niet helemaal lekker?'

Ze deed alsof ze hem niet hoorde, deed een stap opzij en liep door zonder zich aan het hek vast te houden.

'Sorry, hoor! Ik dacht gewoon dat je hulp nodig had. De mazzel!' hoorde ze achter zich.

Toen zag ze alleen nog het krantenkarretje, zijn rug en zijn achterwiel. Honkbalpetje en gestreepte trui. Weg. Alsof verscholen draden in de toppen van de bomen hem door blauwzwarte flikkerende schaduwen trokken. Krantenbezorger op de fiets? Misschien zou zij ook zo'n baantje kunnen krijgen? Daar hoefde je vast niet goed Noors voor te kunnen spreken. Ze had hem moeten vragen hoeveel hij verdiende.

Ze leek een eeuwigheid gelopen te hebben toen ze plotseling de torens van de grote kerk in het oog kreeg. Toen kon ze zich oriënteren en Lara's appartement terugvinden. Ze had het gevoel dat ze rondjes gelopen had. Op een gegeven moment kwam ze bij trappen en een bankje. Ze ging even zitten. Boog zich voorover, over haar knieën, deels om zich te verbergen, deels om niet te vallen. Plotseling hoorde ze het monotone geroezemoes van verkeer en mensen. Alsof iemand opeens het geluid van de televisie harder zette. Het geluid was er ongetwijfeld al die tijd geweest, maar ze kon zich niet herinneren dat ze het gehoord had. Toen ze haar voet bewoog, schopte ze tegen een halfvolle fles water aan. Ze draaide de dop eraf en rook eraan. Proefde. Ja hoor, het was water. Ze zette de fles aan haar mond en dronk gulzig. Maar hield op. Een zo ondraaglijke dorst kon niet gelest worden, hoeveel ze ook dronk. Dus moest ze sparen. Ze was niet ziek. Ze had alleen maar dorst! Ze stopte de fles in haar tas en liep verder. Zou hem op de eerste plek waar dat kon bijvullen. De rivier?

Het lawaai van auto's en mensen werd te erg, alsof het water haar zintuigen weer tot leven had gewekt. Maar ze moest wel blijven lopen, anders kwam ze niet bij Lara's appartement. Haar enkels waren dorre strootjes. De zon geselde haar gezicht tot zwetens toe. Ze zou haar jasje uit willen trekken. Maar omdat ze zo dom was geweest haar pyjama aan te houden, kon ze dat maar beter laten. Je kon je niet op straat vertonen in de pyjama van je vader. Dan zouden ze denken dat ze gek was. Was ze dat?

Ze kreeg zin om de grote kerk binnen te gaan. Misschien een poosje in een bank blijven zitten en aan Lara's fonteintje denken. Dat leek haar een goed plan. Toen bedacht ze dat de zware deur haar dat zou belemmeren. Bovendien was het een enorme omweg. Toch zag ze zichzelf naar het dichtstbijzijnde altaar lopen. Haar hoofd op de stoel ervoor leggen en op haar knieën zakken. Dit was het moment waarop ze zou moeten bidden. Maar het enige waar ze aan kon denken was dat Lara's kamerplant waarschijnlijk verdord was. De lange zwaardvormige bladeren met de witte vlekken zouden wel verworden zijn tot bruine slierten.

Ze moest niet vergeten dat ze niemand tegen mocht komen als ze zich de trappen op sleepte. De blikken die haar op straat waren toegeworpen, vertelden haar dat de voorbijgangers haar verdacht vonden. De pleister met gestold bloed zat nog op de rug van haar hand toen ze probeerde de deur open te maken. Het lukte niet en ze dacht dat ze helemaal verleerd was met sleutels om te gaan. Ze deugde nergens meer voor, alleen maar omdat ze in het ziekenhuis had gelegen. Ze draaide de sleutel om en stak hem weer in het slot, maar wist eigenlijk al dat het niet zou helpen. Toen begreep ze dat de enige reden waarom ze de deur niet open kreeg, was dat er een sleutel aan de binnenkant in het slot zat. Ze deinsde achteruit naar de trap, liep twee treden naar beneden om zich te kunnen verstoppen en bleef tegen de muur gedrukt staan. Na een poosje liep ze de trap af en keek in de brievenbus, zonder goed te weten wat ze zocht. Die was leeg. Weinig dingen zijn zo hol als een lege brievenbus.

Een hommel was per ongeluk door het open raam van de portiek naar binnen gevlogen. Wanhopig en met een lawaai alsof hij dacht dat hij een beer was, bestookte hij het glas om weer naar buiten te komen. Nadat ze een poosje in de hal gezeten had, wankelde ze de trap weer op. Halverwege hoorde ze de buitendeur dichtslaan, en toen snelle voetstappen onder zich. Vlak daarna liep er een man met bruine schoenen en de vage geur van oud papier langs haar heen. Ze had hem al eerder gezien, vanaf het balkon. Hij zei niets, liep alleen vlak langs haar en ging ergens op de eerste verdieping naar binnen. Toch duurde het een hele poos voordat haar hart weer geland was.

Deze keer luisterde ze eerst. Ze drukte haar oor tegen de deur en hoorde het fonteintje. Verder was het stil. Ze haalde diep adem, wachtte even, belde toen aan. Ze schrok van het merkwaardige hese gezoem van de bel. Maar er gebeurde niets. Na de derde keer aanbellen hoorde ze een vaag geluid, naast dat van de fontein. Iemand trok aan de binnenkant de sleutel eruit. Dorte wachtte even, stak toen haar sleutel in het slot en draaide hem om.

Het volgende moment werd ze aan haar nekvel de hal in gesleurd.

41

'Waarom zei je niet wie je was!' siste iemand en er werden twee armen om haar heen geslagen.

'Ik kon toch niet weten wie hier was', bracht Dorte uit terwijl ze zich aan Lara's zachte lichaam vastklampte.

'Waar ben je geweest? Je ziet er niet uit!' Lara hield haar een stukje van zich af en bekeek haar vol ongeloof. Zag de hand met de bebloede pleister en gaf een gil.

'Je spuit verdomme toch niet? En dan daar nog wel! Idioot!'

De kamer begon te draaien. Dorte werd een verre vibrerende toon binnengezogen. Daarna lag ze in een soort uitgevouwen houding op de grond. Boven haar bewoog Lara's mond, als twee sappige rozenblaadjes, langzaam.

'En ze gaven Hem te drinken.' Haar moeders stem klonk nederig, maar kristalhelder. In de Bijbel was er voortdurend iemand die iets te drinken kreeg. Lara's handen hielden het ribbelige glas vast en ze berekende precies onder welke hoek ze het moest houden zodat Dorte de tijd kreeg het water door te slikken. Ze lag met haar hoofd in Lara's schoot en keek naar haar zwartgelakte teennagels. Ze leken een beetje op overrijpe kersen. Dorte slikte een paar keer.

Na een poosje kon ze overeind komen en de bank bereiken. Lara trok haar schoenen en haar jasje uit.

'Wat is dat voor een uitdossing!' riep ze uit. 'Dat hemd! Je hebt in het ziekenhuis gelegen! Wat moest je daar in hemelsnaam?'

'Niets…' mompelde Dorte vol schaamte.

'Niets? Niemand ligt voor niets in het ziekenhuis!'

'Een klant heeft…'

'Je geslagen?' vroeg Lara vermoeid.

'Nee! Me uit de rivier getrokken en…'

'Wat voor een idioot gooit jou in de rivier?'

'Niemand…'

'Wat had je verdomme dan in de rivier te zoeken?' krijste Lara.

'Ik weet het niet meer… Alsjeblieft… Niet boos zijn!'

Lara liet zich zo plotseling op de bank vallen dat Dortes haren klem kwamen te zitten. Ze kneep haar ogen dicht van de pijn en prikte krachteloos in Lara's arm. Lara tilde haar billen even op en trok Dortes haar onder zich vandaan alsof het een streng wol was.

'Ik ben niet boos! Ik ben woedend! Dat ik een meisje moest achterlaten dat zo dom is dat ze zichzelf wil verdrinken!'

Daar viel niet veel op te zeggen.

'Je ziet eruit als een uitgeteerd benenpakhuis! Ik ga theezetten!' verklaarde Lara op dreigende toon. Ze liep naar het aanrecht en begon met van alles te rammelen.

Dorte wist de wc te bereiken. Terwijl ze daar zat voelde ze zich zó opgelucht dat Lara terug was, dat ze begon te huilen. En toen ze haar gezicht en handen had gewassen en de pleister had weggegooid, wist ze niet hoe snel ze bij het aanrecht moest komen waar Lara een boterham met kaas stond te maken. Ze ging achter haar staan en klampte zich vast aan haar rug terwijl ze snikte en piepte: 'Lara! Je bent een prinses! Ik wil je dwerg zijn.'

'Hou je mond! Je moet nooit vergeten dat jíj de prinses bent! Zíj – zij zijn dwergen. Ze hebben rattenhersens', schold Lara. Ze zette alles op een blad, droeg dat naar de kamer en zette het met een klap op tafel. Toen plofte ze zo hard neer dat de bank jammerde.

'Je weet dat je het niet mag opgeven? Nooit!'

'Waarom niet?'

'Je hebt dit leven gekregen om jezelf te bewijzen dat je bestáát! En dat je hier niet tevergeefs bent. Begrijp je?' Lara nam een grote hap van haar boterham en kauwde alsof ze de woorden tot waarheid moest vermalen.

'Ik heb het geprobeerd', mompelde Dorte en ze keek naar haar eigen boterham. Het was niet dat ze geen honger had. Maar het was blijkbaar te laat. Ze had zichzelf geleerd dat honger er niet altijd is. Die komt en gaat. Duikt 's nachts op in nachtmerries, of als je langs een bakkerij loopt. Af en toe word je er moe van. Uiteindelijk is het niet meer dan een loodsmaak en het knagende gevoel dat je een hamster in je buik hebt.

'Je moet in jezelf geloven, zei ik toch! Je moet trots zijn. Bovendien ga je ooit weer terug naar je moeder. Of niet soms?'

Dorte wist geen antwoord te geven, knikte alleen maar om aan te geven dat ze in ieder geval luisterde.

'Natuurlijk ga je naar huis! Heb je je paspoort gekregen?'

'Ja! Maar daar had ik niet veel aan. Ik had geen geld voor de reis. Wie heeft het in de bus gestopt?'

'Iemand die ik ken. Maar daar hoef jij je het hoofd niet over te breken. Je hebt het gekregen, daar gaat het om. Heb je hem gesproken?'

'Het lag in de brievenbus. Werkt hij voor Tom?' Dorte kauwde op een stuk brood en probeerde het door te slikken.

'Geen vragen stellen!'

'Heeft Tom hem het paspoort gegeven?'

'Geen vragen stellen, zeg ik toch! Maar waarom ging het zo slecht met je? Heb je niet gedaan wat ik zei?'

'Ik weet het niet. Ik heb een man met rood haar ontmoet die erg aardig was. En eentje die Arthur heette en die wilde dat ik naar Oslo kwam. Hij kon me een baantje in een kantine bezorgen. Maar hij neemt zijn telefoon niet op. Ik heb geprobeerd om werk in een café te krijgen, maar daar waren alleen maar stukken worteltaart', zei ze terwijl ze haar ogen afveegde.

'Hou daar mee op! Snuit je neus!' zei Lara. 'Hou je bij wat je kunt. Je bent zo goed... en aantrekkelijk! Ik durf te wedden dat je gewoon vol zelfmedelijden bij de pakken neer bent gaan zitten in plaats van op je tanden te bijten en een oplossing te verzinnen. Denk je dat ik nog in leven zou zijn als ik net zo gevoelig en lui als jij was geweest? Echt niet!'

'Je weet niet alles, Lara. Begrijp je het niet? Ik kan het niet!' Dorte legde de boterham waar ze een hap uit had genomen op het bordje en veegde haar neus af.

'Dit is niet iets wat je kunt of niet kunt. Het is iets wat ervoor zorgt dat je je onderdak en eten kunt betalen. Er zijn zo veel mensen die een bloedhekel hebben aan hun werk, hun baas... aan alles! Maar die hebben tenminste de wil om vooruit te komen. Toch? Zo zijn wij ook! Jij en ik, Dorte, wij willen vooruitkomen.

Wij zullen verdomme niet wegrotten in een rivier. Hoor je me!' Lara kauwde nog sneller.

'Hoe heb jíj het gehad?' vroeg Dorte, om van gespreksonderwerp te veranderen. Ze nam een grote slok uit haar mok. De thee smaakte naar honing en citroen. Net als Lara. Sterk en zoet en bitter tegelijk. Te vertrouwen – zolang het duurde.

'Och!' Lara sloeg haar ogen ten hemel. 'Niet echt bijzonder. Ik heb bij een kennis gelogeerd. De branche is door en door rot geworden. Iedereen denkt aan zichzelf, ook in Rusland', zuchtte ze terwijl ze met smaak verder at. 'Maar jij bent hier net uit een rivier getrokken, opgestaan uit de dood en… Hebben ze je eruit gegooid, trouwens? Uit het ziekenhuis?'

'Nee, ze hadden het erover dat de politie me moest overnemen. Ik heb de slangen eruit gerukt en ben vertrokken.'

'Slangen?'

'Een in mijn hand en een hier.' Dorte wees met haar hand naar haar kruis.

'Godallemachtig! Twee stuks! Was je zo ziek? En in plaats van blij te zijn dat je nog leeft, heb je niet eens zin om te eten, ook al duw ik het je bij wijze van spreken door je strot!' schold ze, toen hield ze plotseling in en zei: 'Ik zou je kunnen vertellen over die keer in een kelder in Moskou, toen ik met een enorme uitgemergelde rat heb moeten vechten – om een stuk brood.'

'Je hebt niet met een rat gevochten!'

'O jawel. Dat was in een winter dat het extreem koud was, zelfs in de riolen. Daar vroor je natuurlijk niet dood, maar je moest goed letten op het weinige eten dat je wist te bemachtigen. Het beste was om het op je lichaam verstoppen en doen alsof je niets had. Omdat ik altijd wel aan eten wist te komen, daar was ik vrij goed in, gaf ik soms wat weg zodat ze me met rust zouden laten. Ik was nog maar een jonkie. Het enige wapen dat ik had waren mijn tanden. Die zijn altijd een vriend in nood geweest. De meesten hadden het drukker met aan lijm komen dan aan eten.'

'Lijm?' vroeg Dorte moe.

'Een beetje plezier moet je toch hebben. Als je lijm had, dan kon je in je vodden gaan liggen snuiven tot je wegvloog. Maar sommigen werden er behoorlijk gek van. Ik bedoel, gevaarlijk. Sodeju! Vooral eentje die zich nooit waste of genoeg kleren stal om zich een keer te kunnen verschonen. Hij stonk erger dan het riool zelf. Als hij naar je toe kwam voor een potje bruinwerken, dan had je geen schijn van kans. Je werd gewoonweg bewusteloos geslagen door de stank.'

'Bruinwerken?'

'Ja, dat had hij blijkbaar geleerd van de mannen aan wie hij zich verkocht. Misschien was hij homo? Weet ik veel. In ieder geval... Soms verdween het eten als ik sliep. Vaak at ik met mijn jas over mijn hoofd als de 'buren' sliepen. Maar de geur van brood, zelfs oud beschimmeld brood, zorgde ervoor dat mensen in hun slaap begonnen te snuffelen, dwars door de strontlucht heen, en opeens wakker werden. Dan brak de hel los. Als je niet vrijwillig weggaf wat je had, dan pakten ze zowel je eten als je gat. De sterkste jongens hadden een ongelooflijke honger, in alles. Waren net apen. Ze zaten zich in een hoekje af te trekken, gewoon om iedereen te ergeren. Sommigen hadden altijd energie over voor dat soort dingen, hoe hongerig of van de wereld ze ook waren.'

'Dat is niet waar!'

De oorvijg zong om Dortes hoofd voordat ze besefte wat er gebeurde.

'Waag het niet te zeggen dat ik lieg! Hoor je me! Ik lieg alleen om mijn leven te redden, of om belangrijke mensen te beschermen. Niet om futiliteiten, tegen vrienden.'

'Ben ik je vriend, Lara?' fluisterde Dorte terwijl ze haar hand tegen haar suizende oor hield.

'Natuurlijk! Ik werd zo bang, toen ik terugkwam en jij weg was. Ik dacht dat je misschien gepakt was. Ja, ik geef toe dat ik me ook zorgen om mezelf maakte, dat je me verraden zou hebben. Zo denkt iemand die altijd heeft moeten knokken. Maar eigenlijk geloofde ik het niet, dat jij mij verlinkt had. Ik was bang dat er iets met je gebeurd was. Begrijp je dat? Je bent wel dapper, maar nogal dom. Iemand die zo'n veilige goede jeugd heeft gehad als jij, met een moeder en zo, is eigenlijk niet in staat om te overleven. Maar je leert snel. Begrijp je?'

Er hing een broodkruimeltje in Lara's mondhoek. Het trilde daar eventjes, toen voelde ze dat er iets zat en haalde ze het met de punt van haar tong weg.

'Lara, er is iets…'

'Balen dat ze Tom hebben gepakt, zodat we ondergronds moesten gaan. Ik besef nu dat Tom een van de weinigen is die je kunt vertrouwen! Hij heeft niets gezegd. Anders hadden ze mij wel gepakt. En de anderen. Ik weet gelukkig niet waar ze zijn. Luister! Stel dat ze me gaan verhoren, dan ken ik alleen jou. Wij tweeën zijn de enigen. We werken voor onszelf, zonder pooier. Dat is niet verboden in dit land. Blijf bij dat verhaal! Maar ik hoop dat Tom niet veroordeeld wordt. Heb je de krant gezien?'

'Nee. Nog niet.'

'Er staan geen namen of foto's bij. Maar het verhaal… Dat is hij! Ze proberen hem voor mensenhandel te veroordelen! Wat een onzin! Hij heeft jou in feite het leven gered, toch? Maar hij is blijkbaar een grotere jongen in deze branche dan ik dacht. Indrukwekkend! Wat heb je trouwens met de tv gedaan?' vroeg ze terwijl ze naar de krant zocht.

'Die werd vanzelf zo. Misschien door de regen…'

'Idioot! Die wordt heus niet zwart door de regen', viel ze uit. Ze vond de krant en mompelde iets van dat het een oude tv was.

'Het OM eist vijf jaar! Ze denken dat er nog meer mensen achter hem staan', zei ze. Ze vouwde de pagina's open en begon het artikel in het Russisch te vertalen.

'"De mannen achter de schermen hebben alle macht. Ze controleren het dagelijks leven van de meisjes met geweld, intimidatie en bedreigingen en ontnemen hun hun waardigheid. De strafmaat voor gewone mensenhandel is volgens paragraaf 224 van het Wetboek van Strafrecht slechts vijf jaar gevangenisstraf. De meisjes leven in een moderne vorm van slavernij. Ze worden misbruikt en geslagen. De angst voor uitzetting of wraakacties zorgt ervoor dat veel meisjes de mannen niet durven aan te geven." De kop is "Vleesmarkt".'

Lara smeet de krant op tafel en bleef met wijdopen ogen en mond zitten.

'Ze maken Tom kapot. Dit kan faliekant verkeerd aflopen, voor ons allemaal', zei ze moedeloos.

Dorte pakte de krant en probeerde te lezen. Maar alles werd wazig als in een bevroren mist. Vleesmarkt.

'Gaat dit over Tom? Over ons?' stamelde ze.

'Je kent Tom niet, mocht iemand je dat vragen! Je hebt nog nooit van hem gehoord. Dan heb je een vriend voor het leven. Als je hem aangeeft, dan breekt hij je nek zodra hij vrijkomt. Of hij laat iemand anders dat nu meteen doen!'

'Hoe kun je zeggen dat Tom te vertrouwen is, als hij onze nek wil breken?'

'Als we hem verlinken, zijn wíj de verraders, niet hij! Daarom! En ik zal je vertellen, kleine truttebol, dat ik niet terug kan naar Rusland. Dan ga ik liever een paar maanden een Noorse cel in! Als ze me pakken, dan zweer ik dat ik Tom niet ken, dat ik hem alleen weleens in een bar heb ontmoet en zo. Ik heb geen idee wat hij allemaal doet. En jij ook niet! Jij werkt voor jezelf! Heb je dat begrepen?'

'Hoe ben ik hier gekomen?'

'Je hebt een lift gekregen, maar je weet niet meer hoe die man heette. Ik heb je in de bar van een of ander hotel ontmoet. Ik weet het niet meer zo goed, zeg ik. Ik noem dan zo'n beetje de datum dat je in Toms appartement kwam wonen. Wanneer was dat?'

Dorte schudde haar hoofd.

'Zie je nou wel. Mensen vergeten zo gemakkelijk. De mensen die zich nog precies herinneren op welke dag en welk tijdstip ze waar met wie waren, die zijn pas echt verdacht', zei ze zuchtend.

Dorte ontdekte een draad die aan de mouw van haar ziekenhuishemd hing. Eigenlijk had ze dat graag uit willen trekken. Maar dat leek zo'n enorme klus. Haar hand werkte niet. Haar ogen wilden alleen maar dichtvallen. Ze had het gevoel alsof haar armen en benen geen contact hadden met de rest van haar lichaam. Lara's stem kwam uit een lege wachtruimte met stenen muren aan alle kanten.

42

'Hij was aardig en het lukte hem niet het condoom om te krijgen.'

'Maar je pillen?'

'Ik zou immers gewoon werk zoeken… Maar ik had er die dag een genomen.'

'Die dag! Mijn god!' riep Lara uit en ze duwde de hele rol wc-papier in Dortes gezicht, ook al was ze nog niet klaar met overgeven.

Daarna veegde ze haar mond af en trok door. Ze poetste haar tanden en liep naar de woonkamer. Lara zat aan tafel met haar hoofd in haar handen. Dorte trok voorzichtig een stoel bij en ging naast haar zitten.

'Je moet naar een dokter! Je moet het laten weghalen!'

'Ze kan niet… Het is te oud', stelde Dorte vast. 'Bovendien zou mijn moeder doodgaan van verdriet!'

'Nou moet je eens goed naar me luisteren! Wat is erger: dat je moeder sterft van verdriet omdat jij zwanger raakt voordat je goed en wel droog achter je oren bent, of dat ze sterft van verdriet omdat je het laat weghalen?'

'Ik weet het niet…'

'Zie je wel! Waar ben je geweest? Wie heeft gezegd dat het te laat was?'

'De vrouw die me aan elkaar genaaid heeft.'

Lara zuchtte en trok haar mond samen. Ze dacht duidelijk na.

'Je weet natuurlijk niet hoe je die man kunt bereiken?' mompelde Lara, vooral tegen zichzelf. 'Wie heeft er nog meer geen condoom gebruikt? Wie heb je ontmoet?'

'Dat heb ik je al verteld… Arthur, de man die me meenam uit dat huis… En Sveinung.'

'Denk na! Is dat de man die je zijn mobiele nummer gaf? Die de telefoon niet opneemt? Wie was dat Arthur of Sveinung?'

'Arthur…'

Lara kneep haar ogen dicht. 'Heb je zijn nummer nog?'

'Ja.'

'Weet hij het?'

'Wat?'

'Het kind!'

'Nee! Ik wist het immers zelf nog niet.'

Lara's neusgaten waren opengesperd, haar mond was bijeen-gesnoerd tot een rood propje.

'En hij heeft je uitgenodigd om bij hem te komen wonen?'

'Dat zal hij wel niet gemeend hebben. Hij neemt de telefoon niet op.'

'Weet je zijn achternaam?'

Dorte dacht na. Er schoot haar iets te binnen.

'Sveinung, of was het de man op de gang, noemde hem "me-neer Ekløv", geloof ik, maar misschien was dat alleen maar voor de grap.'

'Arthur Ekløv! Klinkt goed! Ik ga hem bellen.'

'Dat nummer geeft geen gehoor.'

'We kunnen zijn nummer wel achterhalen. Inlichtingen. Ik zeg dat jij doodgaat van liefdesverdriet.'

'Nee! Hij weet niet eens hoe ik echt heet. Jij zei immers dat ik Anna moest zeggen.'

'Is ook zo. Ik zal hem alles uitleggen, maar ik zeg niks over het kind. Je gaat bij hem wonen!'

'Ik wil bij jou blijven tot ik naar huis ga', jammerde Dorte.

'Of je gaat naar Arthur, of we moeten aan geld zien te komen zodat je naar je moeder kunt gaan om het kind daar te krijgen.'

'Nee, zo kan ik niet thuiskomen!'

'Oké, dan is deze Arthur je enige kans. Hij heeft je immers beloofd dat hij je een baantje kan bezorgen.'

'Ik ken hem nauwelijks. Kan ik niet hier blijven?' vroeg Dorte kleintjes.

Lara stond op en begon om de tafel heen te lopen. Eerst zei ze niets. Dat was een beetje eng, Dorte moest haar hoofd en haar hele lichaam meedraaien om de wandeling te kunnen volgen.

'Ik heb een paar telefoontjes gehad van iemand die probeert me af te persen. Hij wil bepaalde diensten... Zegt dat hij alles weet.

Misschien moet ik voor hem gaan werken, zodat hij me niet kan aangeven', zuchtte ze. 'Ik kan jou daar niet bij betrekken. Ik begin je een beetje te kennen. Wil het niet op mijn geweten hebben dat je als visvoer in de rivier eindigt... Zonder Tom is alles hopeloos. Ik kan het me niet veroorloven om in dit appartement te blijven. Moet misschien een klein kamertje zoeken. Snap je?'

Er rees een berg tussen hen op. Dorte kon het niet bevatten. Dat kon niet waar zijn! De tranen begonnen te stromen. Lara was een poosje ongewoon stil, toen legde ze haar hand op Dortes arm.

'Stel je niet aan als een kind. Je wordt moeder', zei ze zacht. 'Ik neem contact op met die Arthur en zeg dat je naar Oslo wilt komen.'

'Ik ken Arthur niet... Ik heb een vriendje thuis, Nikolai', huilde Dorte nu luidkeels.

Lara wapperde met haar hand voor haar gezicht alsof ze een mug wegjoeg. 'Als je nou nog één woord zegt, begin ik ook te janken!' brulde ze.

Dorte zei een hele poos niets meer.

'Hoe doe je dat met kinderen?' snikte ze uiteindelijk.

'Weet ik veel. Maar ze komen vanzelf als ze er klaar voor zijn. Daarna is het jouw verantwoordelijkheid dat het kind niet in verlaten parken op zoek moet gaan naar oude kerels, als het een meisje is!'

'Is het in dit land een schande om een kind te hebben als je geen man hebt?'

'Absoluut niet! In dit land is een kind een mens. In ieder geval zolang iemand ervoor kan zorgen', antwoordde Lara en ze liep met grote stappen door de kamer om de lucifers te pakken die boven de kachel lagen.

'Weet je wat! Ik steek een kaarsje voor je op, meisje! Dichter dan dit zal ik niet bij het moederschap komen, snap je.'

'Hoezo?'

'Banaal verhaal, maar niet zo stom als dat van jou!'

Ze stak de twee rode kaarsen op tafel aan en ging weer zitten.

'Het was een van die lijmsnuivers', begon ze. 'Eigenlijk worden je hersenen gatenkaas van Lynol, maar bij hem was nog zo veel van zijn brein intact dat hij me hielp het weg te halen. Met een ijzeren staaf van een kapot winkelkarretje, gedoopt in brandspiritus. Maar dat moet jij niet doen! Het had heel verkeerd kunnen aflopen. Ik heb nog wekenlang gebloed als een rund. Maar het kwam er wel uit. Pas tien jaar later, in Noorwegen, vertelde een gynaecoloog me dat ik helemaal kapot was van binnen en dat ik niet aan kinderen krijgen hoefde te denken. Nu dacht ik daar op dat moment ook niet aan. Maar het had leuk kunnen zijn, dat is duidelijk.'

'Ik zou willen dat jij gynaecoloog was, dat was handig voor mij geweest', zei Dorte. Toen draaide Lara zich met al haar felle woede naar haar om. Haar handen schoten naar haar heupen en haar gezicht vertrok tot een onherkenbare knoop.

'Wanneer hou jij eens op alleen aan jezelf te denken!' riep ze. Toen zakte ze een beetje in en ging verder: 'Ik zou jaren van dat rotleven van me hebben willen geven om op een ochtend wakker te kunnen worden als gynaecoloog met een vast inkomen – in plaats van mijn eigen kut en die van anderen aan herseloze idioten te verkopen!'

Er was iets met Lara. Ze had een soort loodzware lichtheid, als van een os voor de ploeg. Ze bleef maar trekken, terwijl de aarde spleet en achter haar in voren veranderde. Steeds op weg, vooruit, tot het einde van de akker. Daar keerde ze zich resoluut om en baande zich een nieuwe parallelle weg terug.

43

'Nee, ze zal er niet dood aan gaan', zei haar vader en hij glimlachte tegen haar. Hij zat in de stoel tegenover haar in zijn verwassen gevlekte kakibroek. Die krulde altijd op bij zijn enkels en was dan te kort. Nu hij zo met opgetrokken knieën zat, leek hij er helemaal uit te zijn gegroeid, maar hij scheen het niet te merken.

'Ze schaamt zich voor me... tegenover God.'

'Ik ken haar. Ze zal nooit doodgaan van schaamte. Dan zou ze mij niet gekozen hebben – zo ver weg van haar eigen mensen. Zie je, je moeder heeft altijd een vader gemist. Daarom praat ze met Onze-Lieve-Heer.'

De trein helde over, op volle snelheid, en Dorte verkaste naar de lege plek naast haar vader, zodat ze zich aan hem kon vasthouden. Ze wilde zijn hand vastpakken, maar iets belette haar dat. Misschien was ze daar nu te groot voor. Het raam slokte de toppen van de dennenbomen op en spuugde ze achter hen weer uit, en de wolken rollebolden over elkaar heen alsof ze een wedstrijdje deden. Onder haar zongen de ijzeren wielen een lied over heimwee. Rammelden haar door elkaar, lieten haar omvallen, wilden haar aan het verstand brengen dat ze geen toekomst had. Ze had net in *Anna Karenina* zitten lezen. Anna was er niet meer en Vronski wilde de oorlog in omdat hij medelijden met zichzelf had. Het einde was een eindeloze saaie verhandeling over mensen van wie ze zich niet meer kon herinneren wie ze waren en over een klein kind dat naar men vreesde voorgoed gebroken was.

'Mamma heeft zulke strikte ideeën over hoe alles hoort. Hoe Vera en ik moeten leven.'

'Je moet haar gewoon wat tijd gunnen. Toen ze jong was, kon het haar weinig schelen wat de mensen zeiden en dachten. Naarmate jij ouder werd, zul je ook wel het een en ander begrepen hebben. Wij waren ook geen heiligen, hoor.'

'Maar mamma... Ze weet niet eens wat een hoer is?'

'Natuurlijk weet ze dat wel. Ze heeft het er alleen nooit over, om

Vera en jou te beschermen. Bovendien is het niets voor haar om zulke woorden te gebruiken. Maar we hebben wel over zulke dingen gediscussieerd, weet je nog?'

'Over hoeren?'

'Nee, over waar we jullie voor moesten beschermen. Je herinnert je toch nog wel dat ze niet wilde dat jullie hoorden dat Anna Karenina ruzie kreeg met Vronski en zich voor de trein wierp. Achteraf moest ik haar gelijk geven. Jullie waren te jong. Maar destijds was ik het niet met haar eens en dus las ik het gewoon voor.'

'Ben jij daar ooit geweest, pappa? Bij hoeren? Voor je mamma tegenkwam, omdat je eenzaam was...'

Zodra ze het gevraagd had, begreep ze dat dat de eigenlijke reden was dat ze naast hem was gaan zitten. Ze zou hem niet in de ogen kunnen kijken als hij antwoord gaf. Het werd doodstil. Alleen de wielen beukten in de maat.

'Wil je je vader alsjeblieft niet met dergelijke vragen vernederen?' zei hij en hij zweeg even. 'Maar ik heb ook zo mijn zonden, waarvoor ik me zal moeten verantwoorden. En jij kunt ook rekenen, ook al ben je niet zo goed in dat soort dingen als Vera.'

'Wat bedoel je?'

'Weet je nog dat we een gat moesten graven om de waterleiding in het huis aan te leggen? Dat de muur van de woonkamer een poosje in de lucht kwam te hangen, voordat we hem konden ondersteunen en dat onze trouwfoto van de muur viel en kapot was?'

Dat herinnerde Dorte zich nog. Haar moeder dacht dat het ongeluk betekende en haar vader moest een nieuw stuk glas snijden en dat in het lijstje zetten.

'En dat Vera de datum las die de fotograaf op de achterkant had geschreven en ze ons vroeg waarom de foto maanden na onze bruiloft was genomen?'

'Ja...'

'Nou. Ik weet niet meer wat mamma antwoordde, maar ik was in ieder geval zo laf dat ik deed alsof ik de vraag niet hoorde. Zie je... Vera zat niet alleen op die foto met de paraplu in je moeders buik, ze zat daar al bijna vier maanden toen wij eindelijk trouwden.'

'Was grootmoeder daarom zo kwaad op jou?'

'Ja, natuurlijk. Dat was de reden dat ze zich gewonnen moest geven. En ze had, zoals je weet, andere plannen.'

'De vrouw die Dorte heette, was die toen al dood?'

'Ja! We waren nog zo jong. Ze zou op bezoek gaan bij familie in Denemarken, toen de auto waarin ze zat bij een botsing betrokken raakte... Maar dat heb ik toch al eens verteld?'

'Jawel, maar ik wil weten waarom ik die naam heb gekregen, en niet Vera.'

'Het is van begin af aan jóúw naam geweest. Misschien heb ik haar daarom ontmoet?'

Plotseling rezen de bergen recht omhoog en stortten een grote waterval uit over de rotsen. Onverwacht en dreigend. Alleen de werkelijkheid kon zo overdreven zijn.

'Zou je met mamma getrouwd zijn als ze een hoer was geweest?' Ze durfde het bijna niet te vragen.

'Ja, natuurlijk. Ik zou ook met haar getrouwd zijn als ze de Maagd Maria was geweest. Dat deed Jozef immers, ook al kreeg hij het daar later moeilijk mee.'

'Maar Vera was toch zeker jouw kind?'

'Daar ben ik blij om! Maar dat is niet doorslaggevend. Je bezit kinderen niet, je hebt alleen het geluk dat je hun wat genen kunt meegeven om zich verder te ontwikkelen.'

'Dus dan kun je hoeren ook niet bezitten, ook al staat dat in de krant?'

'Nee! Dat is een poging om iemand anders te vernederen en kapot te maken. Er zijn zelfs mensen die denken dat je anderen kunt verkopen zonder ook jezelf kapot te maken.'

'Niet iedereen komt in de gevangenis, zoals Tom. Veel mensen worden er rijk van.'

'Rijk worden is niet hetzelfde als aan de vernietiging ontsnappen. Eerder het tegenovergestelde. Je kunt je ziel niet kopen.'

'Nu praat je net als mamma.'

'Je moeder is verstandig, ik ben er trots op dat ik het een en ander van haar geleerd heb.'

Ze zwegen en Dorte vroeg zich af hij wilde dat ze nu hun eten tevoorschijn haalden. Of de fles water.

'Bedoel je dat Tom geen ziel heeft?'

'Ik laat het aan hem zelf over om daar over na te denken – waar hij nu is.'

'Weten mensen wanneer ze hun ziel verliezen?

'Ik kan alleen voor mezelf praten. En ik wist het!'

'Wanneer?' fluisterde ze.

'Toen ik uit Litouwen vertrok en oom Josef en tante Anna achterliet. De laatste familieleden die ik nog had. Hun zoon was ook al vertrokken. Ik kon niet meer tegen al het verdriet en alle treurnis. Alle herinneringen aan mijn overleden ouders.'

'Ik weet bijna niets van hen.'

'Nee, dat was mijn typische lafheid, dat ik gemakkelijker over literatuur praatte dan over het echte leven. Maar ik geloof dat ik je verteld heb dat mijn familie twee verschillende takken vormde aan een gemeenschappelijke boom. De ene tak verkocht klokken en goud. Mijn vader was de oudste en erfde de klokkenwinkel in Vilnius. De andere tak groef in de aarde. Oom Josef heeft zijn erfenis gebruikt om een boerderij te kopen.'

'Aan wat voor boom zaten die takken?'

'Het Jodendom. Ik zag het als een vloek die ons allemaal inhaalde. Alles werd ons afgenomen. Dankzij goede vrienden in Vilnius werden mijn ouders niet opgepakt. Maar mijn vader voelde zich schuldig omdat hij was ontkomen. Dat mijn moeder overleed toen ik geboren werd, was ook een vloek die aan mij bleef kleven. Dat begreep ik eigenlijk pas toen je moeder vragen begon te stellen en ik antwoord moest geven. Ik geloof dat mijn vader het ter wille van mij achttien jaar heeft volgehouden. Daarna heeft hij alle deuren en ramen dichtgedaan en de gaskraan opengedraaid. Ook al probeerde oom Josef het me uit mijn hoofd te praten, ik moest weg. Naar Leningrad. Met als enige bagage het horloge dat jij nu hebt, een paar boeken, sokken en ondergoed. Ik had meer geluk dan jij. Ik ontmoette je moeder. Dat was het beste wat me ooit is overkomen. Ik kon niet de rest van mijn leven gaan zitten treuren. Dat moet jij ook niet doen. Sta op! Ga verder!'

'Denk je dat dat kan?'

'Dat kan! Je moet gewoon die beslissing nemen. En elke dag aan die beslissing werken, tot het vanzelf gaat. Het is trouwens vreemd, Dorte, dat je vrijer wordt, of meer vrijuit praat, als je op reis bent', zei haar vader met een lachje. 'Hier zit ik met je over dingen te praten die ik langgeleden al had moeten zeggen. Ik heb geleefd alsof literatuur het belangrijkst was. Bovendien was ik te laf om het te vertellen.'

'Wat?'

'Dat het mijn schuld was dat je moeder met haar familie heeft gebroken.'

'Ik heb altijd gedacht dat ze dat vooral zelf wilde.'

'Dat zal ik nooit weten. We waren denk ik allebei even gek. Maar ik beïnvloedde haar.'

'Mamma was in zekere zin nog maar een half iemand na die ochtend dat je... Als liefde inhoudt dat je nog maar een half iemand bent als de ander weg is, dan weet ik niet of ik er wel geschikt voor ben. En voor Vera lijkt het me helemaal onmogelijk. Zij zou nooit de helft van zichzelf voor iemand opofferen.'

Haar vader glimlachte en streelde haar hand. 'Je hebt het niet goed begrepen. Niemand wordt een half mens als er iemand doodgaat.'

'Nee?'

'Je bent alleen een half iemand als je beseft dat je nooit in staat bent geweest om lief te hebben.'

Dorte dacht na en moest toen gewoon vragen: 'Denk je dat er een gezonde helft van mij bij Nikolai is? Een deel dat geen hoer is? En dat dat bij hem is als ik terugkom?'

'Ja, Dorte, dat denk ik! En als Nikolai het niet begrijpt, dan zul je iemand anders tegenkomen. Niemand kan jou de slechtheid van anderen verwijten.'

'Maar mamma zal vinden dat ik geschonden ben – voor altijd.'

Haar vader gaf gelukkig niet meteen antwoord, hij dacht goed na, anders zou ze gedacht hebben dat hij alleen maar antwoord gaf om haar te troosten.

'Weet je nog dat ze terugkwam van de begrafenis van je grootmoeder en ik haar vroeg of ze had kunnen huilen? "Alle rivieren kunnen droogvallen", antwoordde ze.'

'Ja, en toen zei ze: "Het is moeilijk van iemand te houden die zichzelf haat" ', voegde Dorte eraan toe.

'Precies! En als jij thuiskomt, over niet al te lange tijd, dan zal ze ongetwijfeld denken: ik kan niet haten, ook al heb ik Dorte niet kunnen beschermen. Ik moet samen met haar verder.'

De trein minderde vaart en reed langzaam een station binnen. Dorte sloot haar ogen en leunde tegen haar vader aan terwijl ze probeerde te raden wat de geluiden betekenden. Deuren die opengingen en weer dicht. Mensen die kwamen en gingen. Die bagage verplaatsten en zachtjes met elkaar praatten. Het konden er niet veel zijn. Na een poosje hoorde ze vlak bij haar iemand kuchen.

'Ik geloof dat jij op mijn plek zit, maar dat geeft niet, als ik op de jouwe mag zitten?'

Ze keek op. Een man tilde zijn bagage op en zette die neer naast de doos met Lara's afscheidscadeau, het fonteintje. Lara was mee naar binnen gelopen en had de minuten voordat de trein vertrok naast haar gezeten. Toen was het opeens voorbij. Zo ging het altijd met Lara.

De man had dik blond haar dat naar één kant was gekamd, als de manen van een paard. Hij keek haar glimlachend aan en ging toen zitten waar haar vader gezeten had. Na een poosje pakte hij een krant. De trein reed weg van het perron. Toen ze haar lunch-pakketje tevoorschijn haalde en begon te eten, keek hij over de rand van zijn krant en glimlachte weer. Ze voelde zich kinder-achtig omdat ze eten meegenomen had. Hij vouwde zijn krant op, ging koffie halen en pakte een grote reep chocolade. Ze aten een poosje en keken uit het raam.

'Ga je naar Oslo, of...?' vroeg hij opeens terwijl hij zich naar haar toedraaide.

'Ja', antwoordde ze.

Hij zei een paar lange zinnen die ze niet begreep. Ze slikte, schraapte haar keel en probeerde zich te verontschuldigen omdat ze niet zo goed Noors sprak. Eind van het liedje was dat hij te horen kreeg dat ze uit Litouwen kwam en dat ze nog nooit in Oslo was geweest. Dat ze al maandenlang Noors probeerde te leren, maar geen tijd had gehad om zo vaak te oefenen als ze zou willen. Toen hij vroeg wat ze dan deed als ze het zo druk had, kruiste ze haar vingers onder de lauwe fles water en deed alsof ze niet het juiste Noorse woord kon vinden. En toen hij vroeg wat ze in Oslo ging doen, antwoordde ze tamelijk nerveus dat ze in een kantine ging werken.

'Ik werk bij een krant', zei hij en hij hield lachend de krant omhoog.

'Jij schrijft?'

'Ja, journalist', zei hij, plus een heleboel woorden die ze niet begreep. Ze knikte alleen maar en keek weer uit het raam.

'Al lang in Noorwegen?' vroeg hij na een poosje.

'Nee… niet lang.'

'En waar ga je in Oslo wonen?'

'Bij een vriend', zei ze en ze mompelde het adres dat Lara haar uit haar hoofd had laten leren. Achteraf had ze er spijt van dat ze zo openhartig tegen een vreemde praatte, ze frunnikte aan de mouw van haar truitje en voelde dat ze zweette. Er was iets aan de manier waarop hij haar bekeek waardoor ze dacht dat hij wel doorhad dat ze niet alles wilde vertellen.

'Dat is een heel goede buurt. Ik woon er zelf vlakbij', zei hij. Hij vroeg niet verder. Na een poosje haalde hij de overgebleven chocolade tevoorschijn en bood haar dat aan.

'Dankjewel!' zei ze terwijl ze een stukje afbrak. Hij spoorde haar aan een groter stuk te nemen, at de rest zelf op en verfrommelde het papier tot een harde bal die hij in zijn zak stopte. Alsof hij daar toevallig iets vond, haalde hij een visitekaartje tevoorschijn dat hij aan haar gaf.

'Voor het geval je een vriend nodig hebt die de stad kent', glimlachte hij. Hij trok zijn mondhoek aan één kant verder naar binnen, zodat er een lachkuiltje ontstond. Het was vreemd om zo naar een man te kijken, ook al was het maar van opzij.

'Dankjewel', zei ze terwijl ze hem een hand toestak.

Hij leek even verbaasd, toen pakte hij haar hand beet. 'Graag gedaan! We kunnen wel samen een taxi nemen als niemand je van het station komt afhalen?'

'Vriend haalt me af', zei ze snel.

'Oké, maar aarzel niet contact met me op te nemen. Je hoeft niet bang te zijn dat ik bij je op de stoep sta, ook al weet ik ongeveer waar je woont', voegde hij eraan toe en liet het lachkuiltje weer zien.

Dorte keek naar het kaartje voordat ze het in haar tas stopte. Olav Steinbakk-Eriksen, journalist, stond er.

'Er staan twee telefoonnummers bij. Die kun je allebei gebruiken, maar het ene is van mijn werk.'

'Ik heb geen telefoon.'

Hij keek haar weer verbaasd aan, maar herstelde zich snel.

'Tja. Een mobieltje is handig, maar zonder is natuurlijk een stuk rustiger. De stad is ervan vergeven. Mensen lopen overal maar voor zich uit te praten, als een stel gekken.'

'Kost veel geld?'

'Nee, alleen als je veel belt. Heb je nog nooit een telefoon gehad?'

Dorte schudde haar hoofd en hij vroeg niet verder. Hij sloeg zijn armen over elkaar en deed zijn ogen dicht. Hij was niet zo oud als ze eerst had gedacht. Nu zijn ogen gesloten waren zag hij er bijna net zo jong uit als Nikolai. Hij had de mond van een meisje en een profiel dat niet misstaan had op een Romeinse munt.

Ze haalde haar discman tevoorschijn en deed de dopjes in haar oren. Door Bach moest ze eerst aan Toms ziel denken. Maar na een poosje stelde ze zich voor dat de trein haar rechtstreeks naar Litouwen bracht. Door het herfstlandschap, door bergen en langs meren, terwijl ze met haar vader praatte over dingen waar ze tot nu toe geen tijd voor hadden gehad. En naast haar zat een man die haar niet wilde kopen.

Ze moest ingedut zijn, want plotseling voelde ze de ogen van de vreemde op zich gericht en meteen was ze klaarwakker. Toen hun blikken elkaar ontmoetten, zag ze iets zachts en onzekers in zijn ogen, alsof híj net wakker was geworden.

'Waar luister je naar?'

'O, sorry! Bach... Ik storen?'

'Helemaal niet! Ik hou meer van jazz, maar Bach is ook goed, hoor.'

44

'Ik heb aan je gedacht, liefje!' zei Arthur terwijl hij haar een por in haar zij gaf. 'Waarom zei je dat je Anna heette? Dorte is veel mooier. Aparter.'

Ze gaf geen antwoord. Hij was niet helemaal zoals ze zich hem herinnerde. Zijn smalle ogen gleden schokkerig over haar heen en leken wat afwezig. Maar hij was niet boos, zoals ze had gevreesd, alleen wat onbeholpen. Hij kneep zijn ogen een beetje dicht, waardoor het leek alsof hij haar monsterde. Hij vertrok zijn mondhoeken af en toe even, heel kort, tot een soort glimlach. Zijn donkere korte kapsel was langer geworden en hing wat over naar één kant. Zijn spierballen en schouders waren groter dan ze zich herinnerde. Het zag eruit alsof iemand hem met vulling had volgepropt zonder er rekening mee te houden of het wel bij zijn onderlichaam paste.

'Wie was die man die je met je bagage hielp?'

'Ik ken hem niet. In trein ontmoet', legde ze uit, zonder het visitekaartje te noemen dat hij haar had gegeven.

Het was avond en de hemel leek uitgeblust. Maar de stad glinsterde in de regen. Met mooie kleuren. Ze liepen door een lange brede straat vol mensen en auto's. De gebouwen leken nogal dreigend, tot ze op een kleine heuvel kwamen en een lang stuk straat met aan weerszijden bomen voor zich zagen. Arthur had een oude fiets bij zich en haar koffer gleed voortdurend van de bagagedrager. De fiets was trouwens niet zo heel erg oud, alleen maar afgeragd. De grote doos met het fonteintje bungelde aan het stuur. Dorte hoopte dat die wat kon hebben, want Arthur was niet erg voorzichtig en de doos slingerde vervaarlijk heen en weer. Hij begon te praten over hoe fijn alles zou worden nu Dorte er was. Hij repte er met geen woord over dat ze hem geld schuldig was voor het treinkaartje. Af en toe wees hij iets aan en noemde hij de namen van straten en gebouwen.

Hij droeg hetzelfde spijkerjasje als destijds, maar een andere trui. Zijn spijkerbroek was tamelijk vuil, net als toen. En zo lang dat hij over de grond schuurde. Dat leverde bij elke stap een soort gejammer op. Het regende niet hard. Toch was de wijde jas die Lara haar had gegeven zodat ze iets had om in te groeien al snel doorweekt. Net als haar schoenen, die geen rubberen zolen hadden. Ze had nu al natte voeten. Maar misschien was het warm in zijn appartement.

'Nog ver?' vroeg ze toen ze een groot, geel gebouw zag dat helemaal alleen op een heuvel stond.

'Nee! Het Koninklijk Paleis!' wees hij en hij laveerde tussen de auto's door om de overkant van de straat te bereiken. Dorte probeerde hem bij te houden.

Plotseling stond er een man in een leren jack voor hen met een grote zwarte hond aan de lijn. Dorte liet haar koffer vallen zodat die met een doffe klap op de straatstenen viel. De hond sprong opzij en gromde. Toen hief hij blaffend zijn kop. De man met het leren jack keek haar met priemende ogen aan. Ze begreep niet goed wat er gebeurde – pas achteraf. Toen ze zich omdraaide, was Arthur een zwaaiende gedaante aan de andere kant van de straat. De man met de hond was verdwenen.

'Wat was er nou? Ben je bang voor honden?' riep Arthur geïrriteerd toen hij weer naast haar stond.

Ze gaf geen antwoord, liep verder de heuvel op terwijl struiken en bomen groene schaduwen op hen wierpen. Ze moest de beelden uit de nachtmerries kwijt zien te raken. Die verpestten de werkelijkheid en stonken naar bloed en rotte eieren.

Het huis leek op een paleis met torens en hoge ramen. Hij maakte een stevige deur aan de achterkant open en ze stapten een schemerige hal met veel deuren en een brede trap binnen. Ze moesten naar beneden. Dorte wist niet wat ze verwacht had, maar een kelder zeker niet. Hij hoefde de deur niet eens van het slot te doen, liep zo naar binnen en zette haar koffer op de grond. Toen spreidde hij zijn armen alsof hij haar het achtste wereldwonder liet zien. Ze bleef in de deuropening staan.

Hoog in de tegenoverliggende muur was een raam met een

neergelaten rolgordijn. De schaduw van tralies en van een boomstam stonden op het perkamentgele vlak geschetst. Evenals de
kuiten van een man en een vrouw die langsliepen. Gehaast. Misschien gingen ze naar huis. In korte tijd wisselden steeds nieuwe
kuiten elkaar af. Alsof het raam een vage film over benen vertoonde.

De kamer was vrij groot. De meubels pasten niet bij elkaar. Een
geruite bank met vlekken. Op een sleetse salontafel van donker
hout lag een kleedje met een verschoten aardbeienmotief. Er
stonden twee verschillende fauteuils naast, bij de ene stak een veer
door de bekleding, de andere was wat solider en van bruin rib-
fluweel. In de hoek stond een tamelijk brede onopgemaakte slaapbank. Tegen de andere muur stond een oude koelkast naast een
gootsteen met een kraan. Er was ook een rommelige aanrechtje
met een kookplaat, en er stonden een paar keukenstoelen rond een
kleine eettafel met een formica blad en stalen poten. De kamer
telde twee deuren, de deur waar ze nu in stond en een kleinere,
naar een kast of een hok.

'Ja, dit is het dus! Ga zitten!' zei Arthur terwijl hij zijn jas
uittrok.

'Zijn we helemaal in de… hoe heet dit?' vroeg ze, ze zette de
doos met het fonteintje neer en deed de deur dicht.

'De kelder. Ja. Het is maar tijdelijk, tot mijn appartement klaar
is. Weet je nog dat ik je over het appartement op de bovenverdieping vertelde?' vroeg hij terwijl hij naar het plafond wees. Daar
hing een plafonnière met dode vliegen erin. 'Dat duurt alleen nog
even. Werklui, weet je', voegde hij eraan toe. Hij liep naar het
aanrecht waar een plastic tasje met flessen stond. Toen leek hem
iets te binnen te schieten, hij was met twee grote stappen bij haar.
Gebruikte zijn armen alsof het spaghettitangen waren en hield
haar gevangen. Ze begreep dat hij gewoon blij was, dus bleef ze
staan.

'Doe je jas toch uit, verdorie! Je bent er!' beval hij goeiig, hij liet
haar los en liep terug naar de flessen op het aanrecht.

Aarzelend deed ze wat hij zei en ze hing haar jas aan een van de
twee haakjes naast de deur. Arthur pakte een fles wijn uit het tasje,

rommelde wat in een la, vond uiteindelijk een kurkentrekker. Zijn rug kromde zich en zijn hoofd slingerde een paar keer ongeduldig van links naar rechts. Toen de kurk losschoot, zuchtte hij diep.

Dorte bekeek zichzelf, nu ze haar jas niet meer aanhad. Haar lichaam was veranderd. Haar kleren zaten nu strak. Maar haar vestje hing vrij ruim om haar heen op de plek waar ze haar spijkerbroek bijna niet meer dicht kon krijgen. In de trein had ze de rits opengelaten onder haar jas. Ze dacht aan alle vrouwen die ze had gezien met een reusachtige vormeloze buik en wankelende tred. Eigenlijk kon ze niet geloven dat dit haar overkwam. Het was alsof God dit alleen maar gedaan had om haar even bang te maken, maar dat Hij tot inkeer zou komen en het stilletjes uit haar lichaam zou trekken als ze sliep. Iets anders zou té onnatuurlijk zijn.

Arthur pakte twee vieze waterglazen van het aanrecht, spoelde ze om en schonk er rode wijn in met een gezicht alsof hij een echte man van de wereld was.

'Ik drink geen wijn', mompelde ze.

'O? Maar dit is een bijzondere gelegenheid!' Hij zette de fles neer en gaf haar het ene glas.

'Nee, dank je', zei ze, maar ze nam het glas wel aan om te voorkomen dat het viel.

'Onzin! Alle vrouwen houden van wijn! Proost!' zei hij terwijl hij haar meetrok naar de bank. Daarna haalde hij de fles, smakte en grijnsde breed en nam een slok.

Dorte bracht het glas naar haar mond, maar dronk niet.

'Het lijkt wel sprookje dat je hier nu bent! Knijp eens in mijn arm, of knijp in mijn kont, dan geloof ik het pas!' zei hij terwijl hij haar tegen zich aantrok. Hij dronk zijn halfvolle glas in één teug leeg. Liet haar los om het weer vol te schenken.

'Appartement? Daarboven? Kan ik dat zien?'

'Nu? Nee, maar later… Dat moet wel te regelen zijn.'

'Hoe is het?' vroeg ze en ze probeerde niet om zich heen te kijken.

'Mooi! Gezellig… Wat zal ik ervan zeggen?'

'Veel kamers?'

'Ja! Meerdere kamers! Hier is er maar eentje…'

'Badkamer? Eigen badkamer?'

'Natuurlijk is er een badkamer! Tegels! Ligbad! De hele mik-mak. Ja, nou! Het wordt nu opgeknapt. Dat wordt een heel verschil met dit!'

'Wonen hier veel?'

'Hier in huis? Nog niet. Maar die komen hier straks allemaal, weet je. Natuurlijk. Goede buurt... Veilig. Proost!'

'Veilig?' Dorte bracht het glas naar haar mond maar dronk niet.

'Ja, voor vrouwen, om op straat te lopen, bedoel ik', zei hij met het lachje van iemand die niet goed weet wat hij moet zeggen.

'Mannen? Buiten? Met honden?' vroeg ze zonder dat ze dat van plan was geweest.

'Honden en mannen zijn overal', lachte hij. 'Niks om je druk over te maken. Ben je bang voor honden?'

'Weet ik niet.'

'Je moet je er niks van aantrekken. Ze zijn niet gevaarlijk.'

'Rivier? Kan ik rivier zien, boven?' vroeg ze terwijl ze naar het plafond wees.

'Rivier? Nee, dat geloof ik niet. Maar de fjord, misschien.'

'Ik hoor iets? Water?' Ze legde haar hand als een trechter achter haar oor en hoopte dat hij haar begreep. Het was vermoeiend om Noors te praten. Maar ze moest erdoorheen. Oefenen. Dat wist ze heel goed.

'Neeee... dat zal het verkeer zijn dat je hoort', zei hij terwijl hij haar met een merkwaardige blik aankeek. Toen stond hij op en trok met een ruk het rolgordijn omhoog. Hij duwde het raam zo ver mogelijk open, tegen de tralies aan, draaide zich naar haar om en luisterde. Dorte liep ook naar het raam. Hij had gelijk. Het was gewoon het regelmatige roezemoezen van verkeer. Rubberen banden op nat asfalt. Geklak van schoenen.

'Waarom?' zei ze, naar de tralies wijzend.

'O, dat... Dat zal wel zijn zodat er niemand binnen kan komen. Dat is anders zo gebeurd. Zo vlak bij de grond. Nou ja, het is niet mooi, als je dat bedoelt? Maar veilig. Verdomde veilig!' zei Arthur tevreden en hij trok het raam met een klap weer dicht.

'Waarom?' vroeg ze en ze wees op het rolgordijn.

'Een beetje privacy moet je toch hebben. Maar boven kun je rondhopsen in je onderbroek', zei hij terwijl hij het gordijn naar beneden trok. 'Kom weer zitten!' Hij trok haar mee naar de bank.

'Wanneer kan ik in de kantine beginnen?' vroeg ze.

'Dat komt later wel', zei hij snel terwijl hij haar een aai over haar wang gaf.

'Maar je zei!'

'Ja, ja! Maar je bent eerder gekomen dan ik had verwacht, weet je.'

'Moet werken. Snap je?'

'Ja, natuurlijk!' zei hij en hij aaide over haar wang alsof ze een kussen op de bank was.

'Jezelf niet verliezen', mompelde ze voor zich uit, ze wist niet waar ze die Noorse woorden vandaan haalde.

'Hoe bedoel je?'

'Anderen willen... Hoe heet dat? Willen dat ik... En dan ten slotte – ik ben niemand. Hoe heet dat?' fluisterde ze wanhopig.

'Tja, weet ik veel. Praat maar door! Dan begrijp ik het uiteindelijk vast wel.'

'Ik word gewoon een díng!' riep ze opeens.

Arthur lachte. Maar ze hoorde dat hij haar niet uitlachte, hij lachte omdat hij eindelijk begreep wat ze probeerde te zeggen. Ze draaide zich naar hem toe en probeerde te glimlachen. Ze zou hem graag aardig gevonden hebben, maar dat lukte haar niet. Toen hij zijn arm om haar heen sloeg en haar tegen zich aantrok, ervoer ze de warmte van zijn lichaam als iets vreemds, iets hinderlijks bijna. Na een poosje liet hij haar weer los, pakte zijn glas en dronk dat in één teug leeg. Ze bracht haar glas naar haar mond om hem niet te ergeren, maar hij keek niet naar haar, vulde gewoon zijn eigen glas weer bij.

'Vind je de wijn niet lekker? Ik koop niet elke dag wijn.'

'Ik kan niet tegen.'

'Waar kun je dan wel tegen?'

'Een glas melk, alsjeblieft!'

Hij legde zijn hoofd in zijn nek en lachte luid.

'Dat heb ik niet. Je kunt toch wel tegen een klein glaasje wijn?'

'Nee!' antwoordde ze snel en zonder erbij na te denken ging ze verder: 'Ik in ziekenhuis geweest.'

'Opgenomen? Ben je alcoholist?'

'Alcoholist?'

'Ja, zuip je je de hele tijd klem?' vroeg hij verbaasd, met respect in zijn stem.

'Nee! Ik probeer... een einde maken... aan alles.'

'Einde? Jezelf van kant maken?'

Ze wist niet wat ze moest antwoorden. De woorden die ze nodig had bestonden blijkbaar alleen in het Litouws.

'Sodeju! Hoe heb je het gedaan?'

'Rivier.'

'Heb je geprobeerd jezelf te verdrinken!' riep hij plechtig uit. Hij huiverde en dronk snel.

Eigenlijk maakte het Dorte niet veel uit waar ze het over hadden. Het belangrijkste was dat ze begrepen werd.

'Wat zei je moeder toen je de rivier inliep?'

'Weet niet. Ze is in Litouwen.'

'Ik dacht dat je uit Rusland kwam?'

'Rusland en Litouwen', legde ze uit. 'Mamma kan niet tegen dat pappa dood is. Vera, mijn zus, geen werk heeft.'

'Het is "heeft geen werk"! Je keert de volgorde om', zei hij behulpzaam. Ging toen verder: 'Waarom heeft ze geen werk?'

'Klein dorp. Moeten vertrekken – weg.'

'Weet je? Ik krijg steeds meer respect voor je, je bent niet alleen mooi, je bent zelfs opgenomen geweest en je hebt geprobeerd jezelf van kant te maken! Waarom deed je dat eigenlijk?' vroeg hij terwijl hij een hand onder zijn neus langs haalde.

Ze sloeg haar ogen neer en nipte van het glas, aarzelde en zette het neer terwijl ze de woorden probeerde te vinden.

'Een gat? Ja! Een zwart gat! Tot slot, ik ben alleen maar een laken... Ik me wassen en wassen. Maar het helpte niet. Alles vies. En donker. Toen ik... ik kon niet meer.'

'Wat gebeurde er? Ik bedoel – toen het je te veel werd?' vroeg hij ademloos, alsof iemand hem voorlas of een spannend verhaal vertelde. Daarom zocht ze naar nog meer woorden. Ze wrong ze binnenstebuiten. Probeerde ze, of verwierp ze. Begon opnieuw. Arthur luisterde aandachtig. Af en toe verbeterde hij haar, zette de woorden in de juiste volgorde. Of hij hielp haar betere woorden te vinden. Het werd een soort spelletje. Iets wat ze samen deden.

Ze wist hem uit te leggen dat de avond dat het gebeurde zo mooi was geweest. Door het autoraampje had ze een stelletje gezien dat elkaar vasthield en er gelukkig uitzag. Eerst wilde hij niet geloven dat je zo jaloers kon worden dat je de rivier in liep en je jezelf wilde verdrinken, toen begreep hij het alsnog. Dat ze gezien had dat mensen om elkaar gaven. Elkaar hadden. Terwijl zij alleen was.

Ze ging verder met haar verhaal. Over de man met de auto en dat die oké was, dat hij de auto in de bosjes bij de rivier had geparkeerd. Arthur hielp haar bij het vinden van het woord 'parkeerplaats'. En ze vertelde over de schreeuw. Ze kon het zich niet meer precies herinneren, maar het was een harde schreeuw geweest. Ze kon het schreeuwen 's nachts nog horen. Maar misschien waren dat andere kreten...

'Wat deed die viespeuk toen?' vroeg Arthur met open mond. Een van zijn voortanden was gebroken. Het resterende stukje was een beetje verkleurd. Dat was haar nog niet eerder opgevallen en ze wilde hem vragen hoe dat was gebeurd. Maar dat moest maar even wachten. Het was al moeilijk genoeg om de woorden te vinden voor het verhaal waar ze mee bezig was. Ze vertelde dat ze de auto uit gevlucht was zonder zelfs geld te hebben gekregen. Ze wilde alleen maar weg. Eruit stappen. Het was inmiddels vrij donker, maar ze hoorde het geluid van de rivier. Het was alsof ze op weg was naar huis, naar Litouwen, wist ze hem uit te leggen. En terwijl ze praatte, leek het alsof het over iemand anders ging – niet over haar.

'Arm kind! Wat een klootzak!'

Dus moest ze uitleggen dat de man haar juist uit het water had gered, dat ze hier anders niet gezeten zou hebben. Ze dacht dat hij rijk moest zijn. Want zijn auto was groot en glimmend en had lederen bekleding. Alles was nat. Haar kleren en zij. Toch had hij haar naar een plek gereden waar ze haar opvingen en een spuitje gaven. En dat werd tijd ook, want haar keel was helemaal kapot

van het schreeuwen. Ze had het gevoel gehad of ze een keelont-
steking had. Maar de volgende dag, of zoiets, ze herinnerde het
zich niet zo goed meer, toen moest ze weg, iemand anders had haar
bed nodig.

'Ja! En wat gebeurde er toen?' vroeg hij vol vuur toen ze ophield.

Ze besloot een verhaal te vertellen dat ze in hun medicijnkast
had ingebroken om pillen te zoeken om er een einde aan te maken.
Zo was het niet gegaan, maar hij luisterde zo aandachtig dat ze
geloofde dat het zo geweest zou kunnen zijn. Arthur zat met open
mond te knikken of hielp haar de woorden te vinden die nodig
waren om het verhaal te vertellen. Artsen, consternatie en maag-
pompen. Als ze het niet meer wist, kwam hij met een voorstel hoe
het had kunnen zijn. In zekere zin deden ze het samen. Hij kwam
met verschillende alternatieven en grinnikte als het in het verhaal
paste. Maar hij vond het 'stom' dat ze er uiteindelijk vandoor gegaan was.

'En die vent?'

Ze moest uitleggen dat hij oké was. Hij had haar ook gewoon in
het water kunnen laten liggen en kunnen wegrijden. Niemand zou
hem iets gevraagd hebben. En hij zou haar toch nooit meer gezien
hebben.

'Je hebt het nu allemaal achter je gelaten! Het is niet belangrijk
meer! Voor mij ben je zo rein als een engel. Ik ben erg ruimdenkend, weet je. Ik weet zelf immers hoe het leven kan zijn. Je moet
iets verzinnen als het tegenzit. Maar de rivier… Nee, godallemachtig! Ik zal voor je zorgen! Ik ben het huis uitgegaan toen ik vijftien
was! Sindsdien heb ik mezelf moeten redden… min of meer', zei
hij trots terwijl hij zijn armen uitsloeg.

'Waarom ben je het huis uitgegaan?'

'Ik ben eruit gegooid! Als een oude schoen.'

'Waarom?'

'Weet je wat? Nu gaan we vieren dat jij er bent, in plaats van in
de stront te graven. Het kan me geen donder schelen waarom ik
eruit gegooid ben. Het is langgeleden. Ik ben het vergeten… met
opzet', zei hij zo snel dat ze moeite had alles te verstaan.

'Sorry!' zei ze en ze schikte haar vestje zodat het losjes om haar heen viel. Ze was het helemaal vergeten toen ze naar alle woorden zocht. 'Ik ook boos als ik me schaam.'

'Ik schaam me verdomme niet! Waarom zou ik me schamen? Het was mijn fout niet!'

'Nee, nee...'

'Ze was stapel, knettergek!'

'Ze?'

'Mijn moeder, natuurlijk.'

'Hoezo?'

'Het heeft geen zin om die oude ellende op te rakelen!' zei hij kwaad.

'Sorry!'

'Ik ben in ieder geval niet zoals mijn moeder!'

'Hoezo?'

'Ik heb mijn zoon niet op straat gezet zodat ik rustig met wildvreemde mannen kan neuken! Ik heb mijn kind niet gevraagd om naar zijn vader te gaan om geld voor de huur te vragen! Mijn moeder was een takkewijf!'

'Takkewijf?'

'Een stomme oude koe. Ze heeft zich gelukkig doodgedronken... Ik heb een koffer van haar geërfd, vol gevlekte jurken en oude schoenen', zei hij met vertrokken gezicht.

'Maar jij huilen?'

'Huilen? Nee!'

'Waar is je vader?'

'Weet ik veel? Hij was niet op de begrafenis.' Arthur begon opeens te giechelen. 'Ik was er als enige. Ja, en een oude tante. En de dominee, natuurlijk. Hij maakte gelukkig niet veel woorden vuil aan haar.'

'Maar jij... was er?'

'Ze was ten slotte mijn moeder', zei hij verontschuldigend. Hij zweeg even, ging toen verder: 'Ik herinner me nog heel goed hoe de dominee eruitzag... toen hij me een hand gaf en me condoleerde. Hij had een erg smalle neus... en een smalle hand...'

'Smal?'

'Ja… Net alsof hij daar niet goed durfde te zijn, dat hij dit werk eigenlijk niet wilde doen. Dat hij te schoon was voor deze wereld. Ik bleef maar naar zijn neus kijken, zodat het allemaal niet zo vreselijk serieus werd. Serieuze dingen zijn belachelijk, vind je niet? Mensen worden dan zo anders…. Iets ergers bestaat er niet!'

45

Ik heb de hele nacht naast een man geslapen in een kelder met een deur die niet op slot kan en met tralies voor de ramen, dacht ze en ze voelde zich ziek. Maar ze wist in ieder geval waar de wc was, in de gang, in een hok zonder ramen.

Het daglicht was duidelijk zichtbaar door het gele rolgordijn, mooi bijna. Takken van een struik vormden een onrustig patroon. De geluiden op straat leken dichtbij, en vlak voor het raam hezen mannen schreeuwend spullen langs de muur omhoog. Daarna klonk het alsof iemand zware bakstenen in een ijzeren container liet vallen.

Arthur rook zurig. Hij lag op zijn rug en snurkte af en toe. Hij was eerst op de bank gaan liggen, toen had hij gesmeekt of hij bij haar mocht komen slapen. Dat was nadat hij boos was geworden omdat ze hem niet in zich wilde hebben en ze had overgegeven. Toen hij in het donker 'Dorte!' zei en hij aan kwam lopen met de deken achter zich aan, wist ze dat ze niet kon protesteren. En toen hij tegen haar rug aan kwam liggen, hield ze zichzelf voor dat Vera daar lag en dat ze thuis was. Natuurlijk rook Vera niet zo. En ze maakte ook niet zo veel geluid en was niet zo warm. Maar het hielp dat Dorte haar grootste T-shirt en een slipje aanhad. Uiteindelijk was ze in slaap gevallen.

Toen ze elkaar eerder die avond verhalen hadden verteld, was alles in orde geweest. Ze vergat dat ze in een kelder zat en dat hij nog geen baantje voor haar had geregeld. Ze had zelfs wat wijn met hem gedronken, al smaakte het nog zo zuur. Maar opeens begon hij zich als een klant te gedragen. Ze kon weinig doen, behalve hem te vragen eerst het licht uit te doen. Bovendien wist ze hem aan het verstand te brengen dat het op de bank moest gebeuren, niet in het bed. Hij mompelde iets van dat hij het leuk vond dat ze wat dikker was geworden, en dat hij haar had gemist.

'Bij mij ben je volkomen veilig', zei hij trots en hij zette de stoel voor de deur, zoals ze gevraagd had.

Maar toen hij bezig was, verloor ze de controle over wat ze altijd deed om het te doorstaan en ze begon te huilen. Het klonk als de roestige fiets waarmee hij haar had afgehaald. Eerst bleef hij met zijn vuist tussen haar benen liggen zonder verder iets te doen. Toen streelde hij houterig haar rug.

'Ik dacht dat jij ook wilde... Nu we alleen zijn... Vorige keer was je gewillig genoeg. Weet je nog? Wat heeft het anders voor zin dat je gekomen bent?'

Ze snikte dat hij beloofd had dat ze geen klanten zou hoeven te ontvangen, maar in een kantine zou werken.

'Zeg! Ik ben verdomme geen "klant"! Mooi niet! Verbeeld je maar niet dat deze jongen ergens om gaat smeken! Maar het is wel wat vreemd, vind je niet, ik heb tenslotte je treinkaartje betaald en zo. Ik dacht dat we verkering hadden!'

'Ik dacht... Hoe heet dat?' mompelde ze toen hij opstond.

'Moet je mij niet vragen! Ik kan niet weten "hoe dat heet"', bauwde hij haar na en hij begon te ijsberen.

Toen hij een paar keer met zijn vuist op tafel sloeg, moest ze naar de gootsteen lopen. Er viel niet veel over te geven. Ze draaide de kraan open en liet het water stromen tot de zielige geluiden ophielden.

'Ben je vaak ziek?' vroeg hij verbaasd, maar niet meer zo boos. 'Waarom zei je niet dat je misselijk was?' Hij kwam naar haar toe en gaf haar de handdoek die op het aanrecht lag. Toen deed hij het scheef hangende lampje aan de muur aan.

'Ik dacht dat je wel wat *action* gewend was. Maar hé, laat maar zitten! Ik kan wachten', zei hij. Hij liep naar de tafel om nog wat wijn in te schenken, maar de fles was leeg. Hij beende naar de koelkast en keek erin, sloeg toen vloekend de deur weer dicht.

'Er zou nog bier moeten zijn! Dat heeft die ellendige Bjarne...'

'Bjarne?' vroeg Dorte met haar gezicht in de handdoek.

'Ja, die is hier af en toe, als het zo uitkomt.'

Ze had niets meer gezegd, alleen haar tanden gepoetst. Toen ze klaar was, was ze op de bank gaan liggen, onder de deken. Ze was van plan geweest te wachten tot hij sliep, maar toen hij welterusten zei, nam ze toch de gok en ging ze in het bed liggen. En toen hij later achter haar aan kwam, met de deken als een onrustige vacht achter zich aan, kon ze niet veel doen.

Oslo was meer dan halverwege naar huis. Het was belangrijk dat ze naar huis durfde te gaan, daar moest ze zich op voorbereiden. Tot het zover was, moest ze overal maar het beste van maken. Arthur had een rood plastic teiltje gevonden voordat hij wegging om eten, melk en bier te kopen. Ze schoof de stoel voor de deur, waste zich en droogde zich af met haar T-shirt. Daarna begon ze de kamer op te ruimen. Het aanrecht, de tafel, het bed. Deed de aanrechtkastjes open, haalde de spullen eruit en hield ze tegen het licht. Waste ze af en zette ze terug. Precies zoals haar moeder gedaan zou hebben, ongeacht hoe kort of hoelang ze hier ook zou blijven.

Ten slotte liep ze naar de andere deur, die ze tijdens het opruimen nog niet had onderzocht. Een lawine van voorwerpen kletterde met veel lawaai van overvolle planken. Lege bierblikjes en drankflessen rolden over de vloer. Er kwam een doos videobanden en een elektrische boor naar beneden. Op een plank lagen tussen rommel en lege dozen in een mobiele telefoon in een doosje, een videocamera – en iets wat eruitzag als drie hele kleine camera's. Ze haalde het mobieltje uit het doosje en drukte wat willekeurige cijfers in, maar er gebeurde niets. Toen schoot haar te binnen dat ze een echt nummer had, op het visitekaartje dat de man in de trein haar had gegeven. Ze kon gewoon haar mond houden als hij de telefoon opnam. Ze pakte het kaartje en toetste de cijfers in. Er gebeurde niets. Ze kreeg geen verbinding, of ze begreep niet hoe je dit ding aan de praat moest krijgen. Hij heette Olav…

Ze aarzelde even en verstopte de telefoon toen onder de voering in haar tas, bij haar paspoort. Ze verzamelde alle lege blikjes en flessen in een plastic zak. Daarna vulde ze een glas met water en dronk dat met gesloten ogen leeg. Gulzig, alsof ze net uit de woestijn kwam. Ze liet het glas nogmaals vollopen, ging op de bank zitten, onder de deken en dronk verder. Na een poosje vond ze dat de kamer er heel anders uitzag. Bijna gezellig.

Ze werd wakker van een luide mannenstem, ergens in het huis. Een rauwe lach. Voetstappen. Een man riep iets in een vreemde taal. Er rende iemand de trap af en een vrouw schreeuwde. Een paar tellen lang dacht ze dat het zich allemaal in haar hoofd afspeelde. In een droom. Dat had ze soms. Toen hoorde ze een man zó hard schreeuwen dat ze begreep dat het hier in huis moest zijn. Vlakbij. Harde geluiden, als van schoppen of klappen, werden gevolgd door een nieuwe kreet van pijn. Arthur was nog steeds niet terug. Het moest al middag zijn.

Dorte stond zo snel op dat de deken op de grond viel. Ze moest een plek vinden om zich te verstoppen. De kreten van de vrouw klonken nu verder weg. Dorte schoof de stoel voor de deur en ging weer zitten, met haar handen tegen haar oren. Het duurde maar even, maar het voelde aan als een lange treinreis. Ze staarde naar de deur, alsof ze zou kunnen zien wat er aan de andere kant gebeurde. Ze voelde dat ze moest plassen, maar durfde niet de gang op te gaan.

Toen knalde er een deur dicht en werd alles stil. Alleen de geluiden van de straat drongen de kamer binnen. Het geklak van naaldhakken. Rubberen zolen, leren zolen. Ze kon aan het geluid horen wat ze droegen, de voeten die schaduwen op het gordijn wierpen. Ze liep moeizaam naar de gootsteen, trok de strakke broek naar beneden en duwde haar billen zo goed en zo kwaad als het ging over de rand. Plaste snel, bleef luisteren. Daarna haalde ze de stoel voor de deur weg, ging onder de deken op de bank zitten en vouwde haar handen.

'Lieve Maria! Vergeef me dat ik niet zo vaak gebeden heb als ik had beloofd. Ik ben er nu uitgestapt, nietwaar? Laat het niet zijn wat ik denk, maar iets heel anders. Ik moet op weg naar huis zijn, anders kan ik niet leven. Vergeef me dat ik zo denk! Help me om het goede te geloven, over Arthur, bijvoorbeeld. Niet boos zijn omdat ik die telefoon heb gepakt, die doet het toch niet. En zorg voor mamma en Vera. Ik schaam me zo verschrikkelijk. Laat niemand thuis erachter komen…'

Er werd hard op de deur gebonkt, Dorte kromp ineen, richtte zich weer op. Een hoofd met roodgeverfd haar verscheen tussen de deur en de deurpost. Toen kwam de hele vrouw tevoorschijn. Een lang pezig lichaam dat op een grote aangeklede schaar leek die iemand op zijn punten in de deuropening had neergezet. Haar blouse spande over haar borsten en ze droeg een korte rok met splitten. Haar leeftijd was moeilijk te schatten, maar misschien was ze net zo oud als Dortes moeder.

'Ik dacht al dat ik iemand hoorde praten. Wat doe jij hier?' vroeg ze met schorre stem.

'Ik... ik woon hier', antwoordde Dorte terwijl ze probeerde kalm en heel Noors over te komen.

'Sinds wanneer dan, als ik vragen mag?' De Schaar wachtte niet op antwoord maar liep de kamer in en boorde haar grote bruine ogen in die van Dorte. 'Waar is Arthur – die je hiernaartoe heeft gesleept zonder dat tegen mij te zeggen?'

'Weg. Eten kopen.'

De Schaar stelde zich niet voor, maar begon over Arthur te klagen. Hij had een week geleden de huur al moeten betalen, maar nu zou ze er verdorie voor zorgen dat ze het geld kreeg. Ze had nog veel meer dingen op haar lever, die Dorte niet verstond. Het kwam erop neer dat ze niet van lucht kon leven. Dat wist Dorte ook wel.

'Jouw huis?' vroeg Dorte.

Maar de Schaar vond het bezitten van een huis iets verachtelijks en verzekerde Dorte bij hoog en bij laag dat dit huis niet van haar was. Zij was de 'Conciërge'. Wat waarschijnlijk eerder een functie-omschrijving dan een naam was.

'Ik heb de ondankbare taak om al die gekken hier in bedwang te houden. Hen van lakens en handdoeken te voorzien, de huur op te halen en de rotzooi op te ruimen.'

'Koffie?' vroeg Dorte onzeker terwijl ze opstond van de bank.

'Koffie? Heeft hij iets gekocht waarmee je koffie kunt kan maken?'

Dorte wist dat de Conciërge gelijk had. Er was geen koffie en ook geen thee. Of iets om water in te koken, behalve een grote pan met één handvat.

'Hij drinkt alleen maar drank en bier! Waar kom jij vandaan? En hoe ben je hier verzeild geraakt?'

'We gaan boven wonen. Opknappen', zei Dorte terwijl ze naar het plafond wees.

De Conciërge staarde haar even aan, toen sloeg ze haar ogen ten hemel en zei: 'Hoe dom ben jij?'

Dorte haalde diep adem en rechtte haar rug. 'Dat mag je niet zeggen!'

'Ik zeg wat ik wil!' snoof de Conciërge. 'Maar ik begin echt medelijden met je te krijgen. Wat heeft hij je wijsgemaakt? In dit huis wonen de meisjes niet bij de mannen. Daar komt alleen maar gedonder van!'

'Wonen samen', probeerde Dorte, maar de ander bleef gewoon doorpraten over Arthur die mensen mee naar huis nam zonder dat zij dat wist. Ten slotte wees ze met trillende vinger op Dorte en zei dat het dubbel zo duur was om hier met zijn tweeën te wonen, en: 'Pas maar op dat de Aannemer je niet ziet!'

Dorte keek naar de doos met het fonteintje, die ze nog niet had uitgepakt. Maar goed ook, want ze zou hier wel weg moeten. De Conciërge bleef een stortvloed van woorden over haar uitstorten die ze slechts gedeeltelijk begreep. Ze wilde duizend kronen hebben voor Arthur en haar samen. Of dat per week of per maand was, werd niet duidelijk. Alleen maar dat het erg goedkoop was voor zo'n dure buurt. En dat ze misschien niet tegen de Aannemer zou zeggen dat Dorte hier was, als ze betaalden. Dat Dorte geen geld had, leek haar niet te deren.

'Zorg maar dat je eraan komt!' zei ze streng terwijl ze Dorte van top tot teen opnam.

'Weet jij werk?' vroeg Dorte. 'Ik bedienen… in café. Winkel? Schoonmaken?'

'Denk je dat dit een arbeidsbureau is? Je kunt je natuurlijk bij de Aannemer melden. Ben je gezond?'

'Gezond?'

'Ja, iedereen die hier werkt moet gezond zijn.' De Conciërge plofte neer op een stoel en zag er plotseling vriendelijk uit. 'Luister eens! Ik zal je helpen, je mag de gangen en trappen schoonmaken en zo een gedeelte verdienen. Maar dan moet je het wel goed doen!'

'Oké! Wanneer?'

'Dat hoor je nog wel', zei ze terwijl ze naar de deur liep. 'Doe Arthur de groeten en zeg dat ik hem niet vergeten ben!'

46

Arthur werd niet boos omdat ze 'het systeem van zijn berghok overhoop had gegooid', zoals hij het noemde. Integendeel, hij beweerde dat dat elke keer dat hij de deur opendeed ook gebeurde en dat hij van plan was geweest nog wat planken te maken. Voor de Conciërge was hij blijkbaar niet bang, maar toen Dorte vertelde dat die gezegd had dat Dorte zich aan de Aannemer moest voorstellen, blafte hij: 'Ellendig rotwijf!' Hij was wel erg tevreden over het feit dat Dorte het trappenhuis zou schoonmaken. Maar toen ze vertelde dat ze iemand had horen schreeuwen, werd hij onrustig en dacht na.

'Dat zal Julia wel geweest zijn. Die heeft altijd ruzie met iedereen. Maar daar hoef je je geen zorgen over te maken.'

Toen Dorte hem probeerde uit te leggen dat er een woedende man was geweest die klappen had uitgedeeld, schudde hij zijn hoofd en wilde hij er niets meer over horen. Hij pakte een pilsje en ging op de bank liggen.

Ze haalde de afhaalpizza uit de doos en zette hem op tafel. Toen vroeg ze voorzichtig waarom hij maar liefst drie camera's in zijn hok bewaarde.

'Dat zijn Bjarnes spullen', legde hij uit. Hij leek niet te weten wat er allemaal lag, dus zei ze niets over het mobieltje.

Na het eten wilde hij weten wat er in de doos onder de tafel zat en toen ze uitlegde dat het een fonteintje was, wilde hij dat absoluut uitpakken en voor haar installeren. Toen hij het uit de doos tilde, was hij opeens in een goed humeur en wilde hij nog een pilsje hebben. Dat haalde ze terwijl hij op zijn knieën lag en Sneeuwwitje uit het papier wikkelde. Ze waren het erover eens dat het ding op de formicatafel moest staan, zodat het snoer het stopcontact haalde en zodat ze er vooral ook de hele tijd naar konden kijken. Hij onderzocht hoe Sneeuwwitje geïnstalleerd moest worden, daarna moest zij water halen zodat hij het reservoir kon vullen. Ten slotte hoefden ze alleen nog maar op het knopje te drukken. Toen het water over Sneeuwwitje en de kleinste dwerg begon te sijpelen, sloeg hij zich op zijn dijen, lachte en zei een paar keer: 'Krijg nou wat!' Hij trok een stoel bij de tafel en Dorte moest nog een pilsje halen. Af en toe glimlachte hij en duwde hij vergenoegd zijn tong in zijn mondhoek, alsof het fonteintje van hem was.

Ze vroeg waarom Bjarnes spullen in zijn kast lagen, maar hij haalde zijn schouders op en mompelde dat Bjarne vaak geen vaste plek om te wonen had.

'Maar maak je daar maar geen zorgen over. Hij moet van tevoren melden dat hij komt, nu jij hier bent.'

'Vriend?'

'Vriend? Tja... Hij duikt hier in ieder geval regelmatig op... Maar een vriend? Wie heeft er verdomme vrienden? Dat moeten mensen zijn die dat kunnen betalen.'

Dorte zette Sneeuwwitjes kroon recht en verschikte het boeket in haar handen. Dat was een beetje platgedrukt tijdens het transport.

'Ik moet iets vertellen', zei ze plompverloren en zonder van tevoren over de woorden nagedacht te hebben.

'O?'

'Jij misschien zien?'

'Wat?' vroeg hij. Hij zette het fonteintje steeds uit en weer aan omdat hij had ontdekt dat de eerste waterstraal groter was dan de watervalletjes die erna kwamen.

Dorte rechtte haar rug en legde haar handen op haar buik: 'Zwanger!'

Arthur liet Sneeuwwitje los met zijn ogen en staarde haar aan. 'Dat is verdomme...!' Na een poosje deed hij zijn mond dicht, die open was blijven staan. En nog weer later vroeg hij: 'Wie...' zonder de zin af te maken.

'Jij!' zei ze terwijl ze haar vingers op haar buik kruiste.

'Weet je dat zeker?'

Dorte knikte.

'Waarom heb je dat niet... eerder gezegd? Aan de telefoon?'

'Dan je mij misschien niet meer willen.'

Arthur was Sneeuwwitje vergeten. Hij legde zijn handen op zijn knieën, keek naar de vloer en zuchtte.

'Dat is het probleem niet. Ik bedoel, ze zullen hier geen baby in huis accepteren.'

'Ze?'

'De Aannemer. De Opzichter', zei hij terwijl hij haar lichaam bestudeerde alsof hij het voor het eerst zag. 'Hoe ver ben je heen?'

'Jij weet. Vier, vijf.'

'Hebben we geen kapotje gebruikt?' Arthur kneep zijn ogen dicht tot achterdochtige spleetjes.

Dorte schudde haar hoofd en slikte. Een paar keer. Hij bekeek haar een poosje, trok haar toen mee naar de bank en legde zijn hoofd op haar schouder. Toen hij ontdekte dat ze haar ogen afveegde, sloeg hij zijn arm om haar heen en mompelde iets over Sveinung. Ze schudde zo hard haar hoofd dat haar voorhoofd tegen zijn borst bonkte en toen begon ze echt te huilen.

'Luister! Het zal me worst wezen wie de vader is. Het kan me verdomme niks schelen wie de vader is! Toen ik je tegenkwam – toen begreep ik wel dat je al een poosje in het vak zat. Ik ben erg ruimdenkend, zal ik je vertellen. Maar laten we praktisch blijven. We laten het weghalen!'

'Veel te oud!' zei ze geschokt en ze wilde zich losrukken.

'De Opzichter kent wel iemand die dat doet… maakt niet uit in welke maand.'

Ze gaf geen antwoord, stond bruusk op en liep naar het raam. Bleef daar staan met haar armen langs haar lichaam.

'Je hoeft niet zo beledigd te doen! Ik probeer alleen maar een oplossing te vinden.'

Soms moet je gewoon een besluit nemen, dacht ze en ze wierp een blik op het fonteintje. Toen draaide ze zich om, pakte haar tas op om te zien of alles erin zat, haalde haar koffer die bij het bed stond, maakte hem dicht en zette hem onder het haakje waar haar jas hing.

'Waar ga jij naartoe?'

'Weet ik niet. Weg!'

'Doe niet zo dom! Ik zal je natuurlijk niet dwingen. Niemand zal je dwingen. Oké! Oké! Ga maar weer zitten. Niemand zal er met zijn tengels aankomen. Erewoord!'

Dorte bleef even staan, trok toen haar jas aan. Arthur sprong op en ging tussen haar en de deur in staan terwijl hij herhaalde dat ze niet zo vreselijk snel op haar teentjes getrapt moest zijn, dat niemand haar zou dwingen, dat hij al aan het idee begon te wennen, hoe meer hij eraan dacht, hoe meer hij aan het idee wende, en misschien hoefde de Aannemer er niets van te weten. Hij trok haar jas uit en verfrommelde hem tot een prop die hij tussen zijn handen heen en weer gooide. Ze rukte de jas uit zijn handen en wilde de deur opendoen.

'Je kunt er niet uit!' zei hij kwaad.

'Niet uit?'

'Je hebt geen sleutel.'

'Sleutel? Kom bínnen met sleutel.'

'Hier moet je ook een sleutel hebben om naar buiten te gaan!'

'Jij hebt sleutel?' vroeg ze terwijl ze hem recht aankeek. Hij begon te praten over het geld dat hij van de Aannemer geleend had en dat ze dat terug moest betalen voordat ze vertrok.

Dorte kon haar oren niet geloven. Misschien had ze het verkeerd verstaan.

'Ik denk jij hélpt…'

'Natuurlijk! Maak je niet druk! Maar de Aannemer heeft me het geld geleend.'

'Ik moet weg!' zei ze resoluut en ze wilde langs hem heen lopen.

'Nee! Hier gaat geen enkele vrouw weg zonder toestemming van de Aannemer!'

Ze staarde hem vol ongeloof aan, toen stortte ze zich op de deur en wist naar buiten te komen. Ze holde met haar koffer en tas in haar handen de trap naar de buitendeur op. Pas toen ze een draaiknop voor het slot probeerde te vinden en ze een hele poos aan de degelijke deurklink had staan schudden, begreep ze dat hij gelijk had. De deur ging niet open.

47

Dorte wrong de dweil uit en zette hem vast in de klem van de trekker. Daarna haalde ze de dweil over de plek waar ze net had schoongemaakt. De roet- en vuilstrepen waren bijna weg. In ieder geval de strepen die zich lieten verwijderen. Ze dacht aan de rode handen van haar moeder en had graag een paar huishoudhandschoenen gehad. Maar de Conciërge had gezegd dat dat niet nodig was voor zo'n klein klusje.

De gang was vrij donker ook al hingen er drie enorme ronde bollen aan een metalen plaat aan het plafond. Het daglicht kwam alleen naar binnen door de restanten van een hoog glas-in-loodraam in het trappenhuis. Het plafond was zo hoog als in een kerk. Aan beide zijden van de gang waren drie deuren. Dorte wist achter welke deur de Conciërge woonde, maar ze had nog nooit iemand uit een van de andere deuren zien komen.

Geschreeuw, geluiden en een glimp van mannen die rechts van haar raam stonden te roken vertelden haar dat de werklui in een andere deel van de kelder woonden en dat ze een ingang op kelderniveau gebruikten. Als ze zich uitrekte en door de tralies keek, kon ze een stenen trap zien. Daar zouden ze wel zitten als ze hen hoorde praten en lachen.

Aan de uiteinden van de gang waren deuren die naar buiten voerden, de deur die het verst van de trappen verwijderd was, kwam uit op de achterkant. Dat was de deur waardoor Arthur en zij binnen waren gekomen. Aan het andere uiteinde was een fraaie oude deur met een glas-in-loodraam erboven. Die ging ook niet open. Ze nam aan dat die op straat uitkwam.

Haar buik stak naar voren en zat in de weg als ze aan het werk was. Het rommelde daarbinnen. Vooral 's nachts. Ze was opgehouden te wachten tot het zou verdwijnen. Arthur had haar een ruime joggingbroek gegeven en gezegd dat ze haar buik 'voor zich moest houden'. Daar bedoelde hij mee dat ze aan niemand moest laten zien dat ze een kind verwachtte, want dan zouden ze 'gekke dingen' kunnen doen.

Opeens hoorde ze iemand met lichte tred de trap afkomen. Ze had ze wel vaker gehoord, de meisjes die op de tweede verdieping woonden, maar ze had ze nog nooit gezien. Nu kwam er een meisje naar beneden gerend. Haar gezicht was bleek en haar ogen waren groot van angst. Ze keek strak voor zich uit en zag Dorte en de emmer die onder aan de trap stond niet. Toen Dorte een gil gaf, was het al gebeurd. De emmer viel om, het meisje gilde en viel languit op de grond.

'O, sorry!' Dorte probeerde haar overeind te helpen. Toen ontdekte ze pas dat het meisje een onderjurk of een nachthemd droeg. Het was koud in de gang. Op het moment dat de ander opstond, zag Dorte dat ze blote voeten had. Lange tenen kromden zich alsof ze zich wilden vastgrijpen aan de vloer. Dorte pakte de natte rok van het meisje beet en probeerde die stuntelig uit te wringen. Toen gebeurde er iets. Ze wist niet zeker of het echt gebeurde of dat ze het zich alleen verbeeldde. Het klonk als muziek. Veel mooier dan Bach.

'Wie zet er nou een emmer onder aan de trap! Idioot!' klonk het schril boven haar hoofd – in het Litouws.

'Ik zal je helpen', antwoordde Dorte in dezelfde taal terwijl ze de hand van de ander vastpakte.

Ze staarden elkaar even aan, het andere meisje nog steeds kwaad. Toen keek ze snel om zich heen alsof ze verwachtte dat iemand haar weg zou jagen.

'Litouws? Wanneer ben jij gekomen?' fluisterde de onbekende.

'Ja! Begin oktober. Ik heet Dorte.'

'Julia', mompelde de ander terwijl ze vol ongeloof naar Dortes buik keek. 'Laten ze je het echt zo lang houden? Ben jij het liefje van de Opzichter, of van de duivel zelf?'

'Nee hoor! Ik woon hier beneden, met Arthur.'

'Ze laten je schoonmaken omdat je een kind verwacht? Of zoiets? De dokter durft het niet weg te halen omdat hij bang is dat jij ook het loodje legt?'

Waarom praatte Julia zo? Waarom gebruikte ze het Litouws op zo'n manier?

338

'Heb je een sleutel?' Julia trok haar nachthemd omhoog. Dat plakte aan haar benen.

Dorte schudde haar hoofd en vertelde dat Arthur boodschappen aan het doen was.

'Niemand mag naar buiten. Ik weet niet met hoeveel meisjes we hier zijn, maar het zijn er meer dan drie. Ik ben hier nu twee maanden. Werk de hele tijd. Een hel... Waar hebben ze jou gevonden?' Julia praatte als een waterval.

'Op de vorige plek waar ik was... Maar nu komt alles goed.'

Julia greep haar schouders beet en zei met klem: 'Luister naar me! Zorg dat je zijn sleutel te pakken krijgt! En vergeet mij niet! Ik woon boven, waar "Eden" op de deur staat. Al lijkt het niet erg op het paradijs', zei ze met iets wat een lachje moest voorstellen.

Plotseling stond de Conciërge naast hen. Ze had ongetwijfeld staan luisteren, want ze leek niet erg verbaasd.

'Julia! *Get ready! To the room!* En jij, Dorte! Maak dat je in de kelder komt! Ik wil geen werksters in de gangen zien als er bezoek komt. Je moet niet 's avonds schoonmaken, maar alleen 's ochtends!'

Dorte probeerde uit te leggen dat ze nu wilde werken omdat ze zich 's ochtends vaak te beroerd voelde, maar ze kon de juiste woorden niet vinden.

'Maak dat je wegkomt!' zei de Conciërge geprikkeld, ze zeilde de gang door en verdween in een kamer. Om vervolgens haar hoofd om de deur te steken en te roepen: 'Wegwezen!'

'Waarom is ze zo boos?' fluisterde Dorte.

'Het bevalt haar niet dat wij elkaar verstaan en zij niet kan controleren wat we zeggen. Probeer die sleutel te pakken te krijgen. Zodra je je kind hebt, moet je weer aan het werk. Zeker weten! En vergeet mij niet!' zei ze terwijl ze de trap opliep en verdween.

Dorte bleef haar staan nakijken, toen maakte ze de vloer droog en raapte haar schoonmaakspullen bij elkaar. Halverwege de kelder hoorde ze de Conciërge telefoneren terwijl ze naar de voordeur liep. Haar stem was honingzoet. Ze liet blijkbaar Julia's klant binnen, want Dorte hoorde haar zeggen dat hij haar moest bellen als hij weer naar buiten wilde. De deur werd op slot gedaan.

Daarna voetstappen over de tegelvloer.

Dorte ging een tree hoger staan en zag een man in een blauw jasje die een beetje verloren met zijn rug naar haar toe stond. Maar alsof hij instinctief voelde dat hij werd gadegeslagen, draaide hij zich snel om en zag hij haar. Ze dook naar beneden en zette haar schoonmaakspullen in de hoek bij de wc. Opeens stond hij naast haar. Ze hoorde 'Wacht!' toen ze naar haar kamer wilde lopen. Haar mond was droog en haar hart sloeg over. Híj was het! Olav uit de trein betaalde de Conciërge om naar Julia te mogen! De vloer opende zich voor haar voeten. Het was alsof hij in een andere wereld stond. Zijn blonde haar was naar één kant gekamd, net zoals ze het zich herinnerde. Maar hij was gewoon een klant.

'Hallo! Dat ik jou nu als eerste moet tegenkomen!' zei hij buiten adem, alsof hij hard gewerkt had. Toen kwam hij naar haar toe. Kwam heel dichtbij.

'Nee, je moet naar Julia!' perste ze eruit terwijl ze haar handen voor zich uit stak.

'Kan ik niet eerst even met jou praten?'

'Wat praten?'

Hij glipte achter haar aan toen ze de kamer binnenliep. En toen hij de deur dichtdeed en ervoor bleef staan, zat ze gevangen. Ze luisterden allebei of ze iets op de gang hoorden. Zijn ogen waren onnatuurlijk blauw onder het schelle licht.

'Mag ik gaan zitten?'

Ze knikte.

'Werk je hier?'

'Schoonmaken.'

Hij wilde gaan zitten in de stoel waar een veer uitstak, maar ze waarschuwde hem met een kort: 'Nee.' Hij ging in de andere stoel zitten. Zij rechtte haar rug en bleef staan.

'Ik heb er vaak aan gedacht hoe het met jou zou gaan', zei hij simpel. Maar ze liet zich niet bedotten en hield haar mond.

'Rustig maar! Ik sta aan jouw kant. Ik heb besloten dat ik wil proberen jullie te helpen', zei hij zacht terwijl hij naar de deur keek.

Ze liet niet merken dat ze had begrepen wat hij zei, bleef gewoon staan. Haar ene voet was nat. De zool van haar schoen piepte als ze zich bewoog. Daarom bleef ze heel stil staan.

'Ben je zwanger?'

Ze schaamde zich opeens. Voelde de schaamte vooral in haar gezicht. Het werd moeilijk om zo te blijven staan als hij naar haar keek. En alsof hij dat begreep, stond hij op en kwam hij naar haar toe. Hij was vast niet veel ouder dan Nikolai. Zijn mond was niet hetzelfde als de vorige keer. Was harder. Hij zou wel denken dat ze zich gemakkelijk om de tuin liet leiden. Zijn ogen keken wat slaperig, behalve wanneer hij haar recht aankeek. Dan leken ze naakt, smekend. Hij droeg een spijkerbroek en zijn jas was versleten, met een ribfluwelen kraag. Ze herkende de grijze sjaal van de vorige keer, die was lang en hij had hem paar keer om zijn nek gewikkeld.

'Je kunt me vertrouwen', zei hij toen ze geen antwoord gaf.

'Ik ontvang geen klanten. Jij moet naar Julia!' zei ze resoluut.

Hij maakte een wanhopig gebaar en vertelde dat hij hier al eens eerder was geweest maar dat hij Dorte toen niet had gezien, en dat hij verderop in de straat woonde. Het leek bijna alsof hij de hele dag voor het raam zat om te kijken wie het huis in en uit ging, net als de buren thuis.

'Ben je bang?' vroeg hij ten slotte.

Bang! Hij gebruikte een Noors woord dat ze begreep zonder dat ze dat bij haar weten ooit had geleerd. Ze kaatste het woord naar hem terug alsof ze niet wist wat ze ermee aan moest. 'Bang?' Dat was ze. Hoe kon iemand zo lang bang zijn?

'Je bent hier opgesloten, of niet soms?'

'Arthur heeft sleutel.'

'De man die je met zijn fiets kwam afhalen?'

Ze knikte en zocht naar de woorden die ze nodig had.

'Jij gaat tegen politie zeggen dat ze ons moeten oppakken?'

'Nee! Niet jullie, maar de mannen!'

Ze schudde haar hoofd en probeerde hem uit te leggen dat het altijd de meisjes waren die gepakt werden. Dat was te moeilijk, ze wist niet zeker of hij het begreep.

'Heb je nog steeds geen mobieltje?' vroeg hij gejaagd terwijl hij naar de deur keek.

Ze slikte en vroeg zich af of hij wist dat ze iets uit Bjarnes magazijn had gestolen. Toen nam ze een besluit. Ze haalde snel de telefoon uit haar tas en probeerde uit te leggen dat die het niet deed.

'Dit is een nieuwe. Je hebt een simkaart en een accu nodig. Dat is misschien te moeilijk... Ik regel het wel. Heb je mijn nummer?'

Ze knikte.

'Verstop dat ergens! En dat mobieltje ook. Woon je hier alleen?'

'Arthur ook. Soms.'

'Weet hij dat je een telefoon hebt?'

Toen ze haar hoofd schudde, glimlachte hij met zijn hele gezicht en zei hij: 'Mooi zo! Mooi zo!' Hij liep met grote passen naar het raam en ontdekte dat je dat open kon maken. Hij stak zijn hand naar buiten en rukte aan de tralies alsof hij echt dacht dat er beweging in te krijgen was.

'Ik klop voorzichtig op het raam. Als hij er is, doe je alsof je het niet merkt. Ik klop maar één keer. Begrepen?'

'Waarom? Jij schrijft in krant? Politie komt?'

'Nee! Ik wil je helpen – en de anderen ook. Vertrouw me nou maar! Hoe heet je eigenlijk?' fluisterde hij.

'Dorte.'

'Dorte', herhaalde hij en hij glimlachte, ook met zijn ogen.

Op dat moment sloeg de buitendeur dicht. De stem van de Conciërge kraakte, en sloffende, maar doelbewuste voetstappen kwamen dichterbij. Olav stond in een oogwenk buiten en zij liet het mobieltje onder de bodem van haar tas verdwijnen. Ze zag door de open deur dat hij Arthur op de trap tegenkwam.

'Wie ben jij verdomme?' hoorde Dorte hem zeggen.

'Sorry! Ik nam de trap naar beneden in plaats van omhoog en belandde hier. Dat kan gebeuren. Maar de dame daar heeft me duidelijk te kennen gegeven dat ik verkeerd was! Het spijt me!'

Het volgende moment was hij verdwenen. Arthur greep haar arm stevig beet. Ze hield zichzelf voor dat ze niet bang hoefde te zijn voor Arthur. Maar alles was opeens zo vreemd, alsof ze elk aan een andere kant stonden.

'Wie was dat? Volgens mij heb ik hem al eens eerder gezien', snauwde Arthur.

'Weet ik niet.'

'Is hij hier al eens eerder geweest? Nou? Geef antwoord!'

Dorte schudde haar hoofd, jammerde en probeerde zich los te trekken.

'Ellendige... stomme trut!'

'Alsjeblieft!'smeekte ze.

Arthur liet haar los en duwde haar van zich af. Er was iets met hem aan de hand. Ze had het eigenlijk eerder ook al gezien, maar vandaag was het heel duidelijk. Zijn ogen. Hij had niet alleen bier gedronken, hij leek op Makar. Ze voelde nu pas dat dat niet alleen haar schoenen nat waren, haar joggingbroek hing ook slap en koud om haar enkels. Er kwam altijd een koude tocht door de ijskoude gang als de deur open bleef staan, al was het maar heel even. Ze had Arthur willen vragen of het mogelijk was er nog een kacheltje bij te zetten. Maar niet nu.

Hij trok zijn gehavende leren jasje uit en plofte neer met het laatste blikje bier. De versleten bank kreunde. Toen verdween hij voor haar ogen, zat alleen maar met een holle blik voor zich uit te staren. Ze deed de natte joggingbroek uit en trok een andere aan, pakte ook droge sokken en haar badjas. Toen rolde ze zich op in het bed, onder de stugge wattendeken.

Arthur bleef gewoon zitten. Het bierblikje was leeg. Het gevoel van onbehagen werd steeds groter. Uiteindelijk moest ze het onder woorden brengen om te kunnen ademen. Ze moest hem vragen waarom hij eruitzag alsof hij totaal van de wereld was. Maar dat viel helemaal verkeerd. Eerst gaf hij geen antwoord, hij kromde alleen zijn rug alsof hij zichzelf oplaadde of zich klaarmaakte om een enorme klap uit te delen. Als ze dat voor mogelijk gehouden had, zou ze gedacht hebben dat hij bijna huilde.

'Ik van de wereld! Kijk naar jezelf! Sloof!'

Dorte wist niet wat 'sloof' betekende, maar fraai was het ongetwijfeld niet. Het zou prettig geweest zijn als ze nu kon huilen. Ze hadden samen kunnen huilen en zouden dan op een bepaalde manier vrienden zijn geweest. Haar gezicht stond strak van oud zweet. Haar haren waren losgeraakt uit het elastiekje in haar nek. De enige manier om helder te blijven denken, was zich te concentreren op het mobieltje in haar tas.

Hij bleef de hele dag thuis. De afgelopen weken was hij alleen maar overdag langsgekomen om iets te halen of bier te drinken dat volgens hem altijd in de koelkast moest staan. Nu lag hij met gesloten ogen en open mond op de bank. Ze wist niet of hij sliep, maar probeerde zo stil mogelijk te zijn om hem niet te ergeren. Denken kon ze zonder dat hij het merkte. Alles was tegelijk gebeurd. Julia en Olav.

De volgende keer dat Arthur de deur uitging, zou ze naar Julia gaan. Praten. Al was het maar heel even. Vragen of Olav een klant was. Ze had gezien dat hij de Conciërge betaalde, maar dat moest hij natuurlijk wel doen om binnen te komen. Had ze het de hele tijd al geweten, sinds ze het geschreeuw had gehoord? Dat Arthur haar naar zo'n huis had meegenomen? Er moest iets mis met haar zijn, dat ze altijd zulke mannen tegenkwam. Dit land zat er blijkbaar vol mee. Ze zag hen voor zich als kikkers in modderpoelen in de lente. Slijm en gekwaak.

Toen het zo donker was dat ze het licht aan moest doen om brood te kunnen snijden, stond Arthur op en begon zó te schreeuwen dat ze het weer uitdeed. Toen hij weer gekalmeerd was, wist ze toch een paar boterhammen te snijden. Ze nam het eten mee naar bed om warm te blijven. Het had geen enkele zin om te proberen iets te doen, dus kon ze net zo goed proberen te slapen. Omdat hij in de kamer was, had ze zin om welterusten te zeggen, maar dat leek haar niet verstandig.

Ze werd wakker omdat Arthur vloekte en schold tegen mensen die ze niet kon zien. Toen ze het licht boven het bed aandeed, zag ze dat hij als een opgerold hoopje mens aan het uiteinde van de bank lag. Hij scheen niet te weten waar hij was. Het was eng, maar ze was te moe om bang te zijn. Ze zei zijn naam, maar toen hij niet reageerde, stond ze op en ging naast hem zitten. Ze raakte voorzichtig zijn schouder aan en zei: 'Ssst, stil maar, ssst', zonder resultaat. Plotseling klampte hij zich aan haar vast terwijl hij schold op zijn vader die niets van hem wilde weten en op zijn dode moeder die een hoer in de hel was. De hele wereld was een hoerenkast, beweerde hij. Daar kon ze niets tegenin brengen.

Het was ijskoud in de kamer. Ze haalde de deken van het bed, kroop tegen hem aan en trok de plaid en de deken om hen heen om hen warm te houden. Toen begon ze in het Russisch tegen hem te praten over alles wat er maar bij haar opkwam – en waar ze hem in het Noors niet mee wilde lastigvallen. Hij huilde zo heftig dat de arm die ze om hem heen geslagen had, schokte. Na een poosje was de voorkant van de badjas nat omdat hij met zijn neus tegen haar borst lag. Te midden van dat alles vroeg ze zich af of Lara Olav vertrouwd zou hebben. Vast niet. Het schepsel in haar buik was ook stil. Doodstil.

48

'Zie je hem?'

'Wie? Waar?' Ze ging zitten en begreep dat het nog steeds nacht was, want het raam was donker en de werklui waren nog niet begonnen puin in de container te storten.

'Daar! Buiten! Er werd geklopt!' zei hij hees terwijl naar het raam wees.

Dorte liep naar het raam en probeerde naar buiten te kijken, maar zag niemand.

'Niets!' zei ze resoluut.

'Kom hier, verdomme. Sta daar niet zodat hij je kan zien! Hij zit te wachten tot je dat kind eruit perst, snap je! Die ellendige… Opzichter! Die zit de hele tijd achter me aan. Dat rolgordijn is niet dik genoeg. Iedereen kan naar binnen kijken', brieste Arthur.

Dorte keek om zich heen, pakte het tafelkleed, trok een stoel naar het raam en klom erop om het kleed over het gordijn te hangen. Dat lukte niet.

'Helpen! Niet alleen maar zitten!' zei ze.

Arthur liep wankelend door de kamer, haalde de andere keukenstoel en klom erop. Samen, en nogal wiebelig, lukte het hun het tafelkleed voor het raam te hangen. Daarna gingen ze op de bank zitten om hun werk te bewonderen.

'Nu niet niemand naar binnen kijken', zei ze.

'Nu kan niemand naar binnen kijken', verbeterde hij haar goedmoedig terwijl hij met zijn mouw zijn neus afveegde.

Ze deed het kacheltje aan, hoewel het nog veel te vroeg was. Toen ze probeerde hem zover te krijgen dat hij vertelde wat de Opzichter had gezegd, wilde hij eerst weer gaan slapen. Maar na een poosje werd duidelijk dat hij zijn schuld niet had kunnen terugbetalen en dat hij een waarschuwing had gekregen. Ze wilden klanten naar haar toe sturen. Beweerden dat ze wel kon pijpen en masseren ook al had ze een dikke buik. Daarom was hij zo boos geworden toen hij de man op de trap zag.

'Boos? Op mij?' vroeg ze. De neiging om hem een klap in zijn gezicht te geven was zó groot dat ze met beide vuisten de deken vastgreep. 'Klanten? Nee! Je moet de deur van het slot doen! Ik moet weg!' hijgde ze.

'Ze hebben me mijn sleutel afgepakt', zei Arthur moedeloos. Hij staarde naar zijn handen.

'Jij liegt! Waarom jij liegt?'

'Ik lieg niet!' zei hij, met het gezicht van iemand die de hele winter op straat had gezworven.

Dorte stond op en begon te ijsberen, met haar buik als een ploeg voor zich uit. Ze deed het licht boven het aanrecht aan en pakte een glas melk uit de koelkast.

'Wil jij melk?' vroeg ze.

'Nee, hou op zeg!' antwoordde hij met afschuw in zijn stem.

Ze dronk het glas leeg, met haar rug tegen het aanrecht. Arthur stond op en kwam naar haar toe. Slingerend als een lantaarnpaal in drijfzand.

'Jij bent van mij! Alleen van mij! Ik heb nog nooit een meisje helemaal alleen voor mezelf gehad. Nog nooit! Er is altijd wel iemand die...'

Dorte staarde hem even aan, toen kwam er een koppige rust over haar en ze verklaarde dat ze samen moesten nadenken. Ze kwam er zelfs op wat het Noorse woord voor 'plannen maken' was.

'Twee zijn sterk!' zei ze gedecideerd en stond op het punt om hem te vertellen dat ze met Julia had gepraat, maar iets hield haar tegen.

'Ze hebben me naar de werklui overgeplaatst. Ik kwam alleen maar kleren halen en... De Opzichter zegt dat ze de regels moeten aanscherpen.'

Dorte zette haar glas neer. Zonder erbij na te denken flapte ze eruit: 'Opzichter geeft jou drugs?'

'Hoe kom je daar verdomme bij?'

Dorte keek hem recht in de ogen. Hij had pupillen als een dode slang. Dat was al eerder gebeurd. Misschien wel heel vaak, maar ze had het niet willen zien. De blik van iemand die drugs moest hebben.

'Jij niet jezelf', zei ze.

Met een trage beweging sloeg hij haar met de vlakke hand in het gezicht. Hij wachtte even, maar toen ze geen kik gaf, sloeg hij nog een paar keer. Ze voelde geen pijn. Niet echt. Voelde alleen Vera's woede. Er druppelde bloed tussen haar vingers door toen ze haar hand voor haar mond hield. Ze pakte een handdoek en veegde zonder in de spiegel te kijken haar gezicht af. Ze wist niet wat ze met haar woede aan moest, daarom bukte ze en stak de stekker van Sneeuwwitje in het stopcontact. Het water had vervangen moeten worden, de figuurtjes afgestoft. Maar het geluid klonk fris, dus ging ze zitten om naar de onregelmatige waterzuil te kijken. Het licht op de bodem zorgde voor een flets kleurenspel in de druppels.

Even later voelde ze zijn handen op haar schouders. Ze beefden en voelden hulpeloos en klam aan.

'Eh... dat was niet de bedoeling, verdomme... Ik werd alleen zo kwaad. Jij kunt een steen kwaad maken. Weet je dat? En dat kind? Dat is toch niet van mij?'

Ze had niets te zeggen. Niet nu.

'Mannen weten dat nooit zeker. Mijn vader wist het ook niet zeker. Had het er altijd over dat ik niet van hem was. God heeft een kapitale fout gemaakt toen Hij het zo regelde dat alleen de ene, in het gunstigste geval, het zeker weet. Hm? Daar komt veel ellende van, zal ik je vertellen', zei hij ten slotte, helemaal uitgeput door zo'n lang verhaal.

Dorte keek omhoog, naar het raam. Misschien had Olav vannacht aangeklopt. Op dat moment rinkelde er iets in Arthurs zak, luid en schel. Hij pakte zijn mobieltje liep snel naar de deur. Hij leunde tegen de deurpost terwijl hij met ongeruste onderdanige stem praatte. Ze begreep dat hij zei dat hij meteen zou komen. Hij liep naar het berghok en griste er een paar kleren uit die hij in een tas stopte. Voorovergebogen, niet helemaal vast ter been, wijdbeens probeerde hij met één hand zijn tas in te pakken terwijl hij met de andere zijn mobieltje vasthield. Af en toe duwde of schopte hij iets terug wat hij niet wilde meenemen.

'De Conciërge? Ja! Iemand moet haar toch helpen als het kind komt. En ze moet eten hebben en zo… Nee, ik weet dat dat niet jouw probleem is. Maar… Ja, ik kom er meteen aan!' sloot hij het gesprek af. Hij stak het mobieltje in zijn zak en staarde voor zich uit. Het leek alsof zijn ogen elk een andere kant op keken.

'Zeg! Ik ga tijdelijk even ergens anders wonen. Als ik terugkom, komt alles goed. Alles komt goed!'

Dorte had net de douche op de begane grond gebruikt en zat met een handdoek om haar hoofd aan tafel toen ze iemand aan hoorde komen. Ze verwachtte dat de Conciërge haar hoofd om de deur zou steken, maar in plaats daarvan stond er opeens een reusachtige onbekende man in de kamer. Hij had een kaalgeschoren hoofd en tatoeages in zijn nek. Zijn schoenen leken wel roeiboten en de sigarettenrook hing als een grasbrand om hem heen.

'Kijk eens aan? Zijn hier mensen?' zei hij terwijl hij nog verder de kamer in liep.

'Klop je niet aan?'

'Wat zeg je? Sinds wanneer bepaalt Arthurs hoer de regels hier in huis? Aankloppen!'

'Ik had geen kleren aan kunnen hebben…'

'Nee, maar, schatje, denk je dat ik nog nooit dikke buiken en goed ingereden kutten heb gezien?' De man deed de deur dicht en nam haar op alsof ze een gammel meubelstuk was. Toen ging hij ongevraagd zitten en stak hij met de vorige peuk een nieuwe sigaret op.

'Waar zijn mijn spullen? Arthur zei dat jij die zou klaarzetten.'

Dit is Bjarne, dacht ze, ze knikte naar de kast en wist 'daar' te zeggen.

'Haal jij ze maar!' beval hij.

Ze had het tafelkleed voor het raam weggehaald en het rolgordijn omhooggetrokken. Er liep een schoolklas over straat. Hun benen hadden verschillende lengtes. Twee dunne meisjeskuiten in een rode broek struikelden ergens over en vielen bijna. Er drong een meerstemmig gelach naar binnen.

'Hoor je wat ik zeg? Drilboor, video, cassettes, camera's en mobieltje!'

Dorte liep naar het hok, maakte het open en bukte met moeite om de spullen te pakken die Arthur onder bierblikjes en schoenen had bedolven. De handdoek die ze om haar hoofd gewikkeld had ging los en haar natte haren vielen koud in haar nek.

'Ik hoef Arthurs rommel niet, alleen maar het echte spul. Ik verzamel geen lege flessen!' verklaarde de man terwijl hij op haar af kwam. Hij bleef staan en blies rookwolken in haar richting, liet de as gewoon op de vloer vallen.

Dorte stopte de spullen in een plastic tasje. Kwam overeind en duwde een hand tegen haar onderrug. De drilboor was zo groot dat ze die met haar voet over de vloer schoof. Ze deed de deur van het hok dicht en gaf hem de plastic zak.

'Er hoort ook een mobieltje bij te zitten', zei hij dreigend toen hij de inhoud had bestudeerd.

Dorte maakte de deur van het hok weer open en deed alsof ze de rommel daarbinnen grondig doorzocht. Haar hart bonsde in haar buik en haar keel.

'Geen mobieltje. Jij zien!' zei ze zonder zich om te draaien.

Hij duwde haar weg en tilde een roestig blik op dat naar het gerammel te oordelen spijkers of schroeven bevatte, toen draaide hij zich om en keek haar met samengeknepen ogen aan.

'Heb je Arthur onlangs met een nieuw mobieltje gezien?'

Dorte schudde haar hoofd.

'Heb jíj hem gejat?' snauwde hij terwijl hij haar stevig in haar kruis greep. 'Niet gek, niet gek! Alleen jammer dat je zo kapot-geneukt en uitgedijd bent.'

'Nee! Wat doe ik met kapotte mobieltje?' Het was eruit voordat ze het besefte.

'Die is verdomme niet kapot! Die is nog nieuw! Dat is meer dan ik van jou kan zeggen!' zei hij met een reeks scheldwoorden die ze gelukkig niet verstond. Hij duwde haar weg en bestudeerde de kamer. Het volgende moment greep hij haar tas die onder de plaid vandaan stak, keerde hem om en kieperde de inhoud op de vloer. Twee munten van twintig kronen, een lippenstift en mascara die nog nooit gebruikt waren, een tube crème, een balpen, een tandenborstel en een nagelschaartje, een doosje met aquarelkrijtjes, een schetsblok, de discman en een bijna leeg schrijfblok – en een boel andere kleine dingen waar je nooit aan denkt, tot je ze nodig hebt. Met een rappe klauw greep hij de twee munten en stak die in zijn zak. Hij bekeek de discman en stopte die in het plastic tasje. Als hij maar niet op de bodem van haar tas voelde!

Toen hij de tas wegsmeet, klonk er een zachte bonk. Het volgende moment hield hij de telefoon in zijn handen. Ze verwachtte dat hij haar paspoort ook zou vinden. Maar dat gebeurde niet. Met een kille grijns liet hij de telefoon in het plastic tasje vallen, liet haar tas los en draaide zich triomfantelijk grommend naar haar om. Hij greep haar in haar kruis terwijl hij zo hard aan haar wollen vestje rukte dat de knopen eraf spatten. Toen hij haar bovenlichaam ontbloot had, hield hij haar ene borst in een ijzeren greep terwijl hij zijn gulp openritste. Hij ademde hijgend en snuivend terwijl hij haar op haar knieën dwong en haar gezicht naar zich toe trok. Toen ze haar hoofd probeerde weg te draaien, legde hij zijn handen om haar nek en begon te knijpen.

'Pijpen, verdomme! Of ik neuk je aan flarden. Steek m'n hele arm in je, ruk dat kind eruit en pers hem door het raam!' kreunde hij. Het volgende moment stikte ze in keiharde resten stinkend slachtafval.

Haar vader zat in de zon op de trap zijn verzameling kunstvliegen te ordenen. Hij had zijn vissershoedje afgezet en uitgewrongen zodat het kon drogen. Het was nu laat in de herfst. Er zaten piepkleine ijskristallen in zijn baard. Binnenkort zou het meer dichtvriezen. Ze liep over de koude vloer van de serre en kwam dichterbij zonder te weten hoe ze hem dit moest vertellen.

'Ik hoor je wel', zei hij en hij maakte plaats voor haar.

'Alles is smerig van binnen', zei ze moedeloos terwijl ze haar handen om haar knieën vouwde.

'Van binnenuit komt nooit iets smerigs, dat weet je best.'

'Ik ben kapot. Kan niet meer zo schoon worden dat ik thuis kan komen.'

Hij draaide zijn gezicht naar haar toe terwijl hij zijn vingers over een vlieg met een gevlekt rood veertje boven het haakje liet glijden.

'Heb je er wel bij stilgestaan dat een kind op zichzelf al een loutering is?'

'Maar de schande?'

'Een kind is geen schande. Een kind heeft nergens om gevraagd, niets verkeerd gedaan. Integendeel. Het is de enige hoop die de wereld heeft.'

'Maar het zal van alles vragen...'

'Tegen die tijd heb je je kunnen voorbereiden op wat je wilt antwoorden. Bovendien word je zelf ook ouder en zul je alles anders zien.'

'Schaam jij je voor me, pappa?'

Hij legde de vlieg voorzichtig terug in het kistje en deed de deksel dicht. De koperen scharnieren maakten hetzelfde knarsende geluid als altijd.

'Nee! Niet voor jou! Ik schaam me voor het feit dat ik een man ben. De mensheid is op alle gebieden zo ver gekomen, je zou toch van ons kunnen verlangen dat we ons niet laten leiden door de hersenen van een beest. De beschaving staat of valt ermee dat ook de man zich als mens gedraagt.'

'Maar dat doe jij, pappa!'

'Dankjewel! Maar ik ben bang dat dat niet veel helpt', zei hij. Plotseling zag ze hoe moe hij was.

'Het helpt mij heel erg te kunnen denken dat niet iedereen zo is als...'

'Maar je moet nu praktisch denken, niet aan hoe ik ben.'

'Hoe bedoel je?'

'Je moet iets ondernemen. Je hebt de laatste tijd niet eens je Noorse woorden geoefend, ook al had je elke dag met de Conciërge kunnen praten. Zij heeft vast ook niet veel aanspraak. En de tekeningen? Wanneer heb je je aquarelkrijtjes voor het laatst gebruikt?'

'Weet ik niet...'

'Zie je wel! Als je mogelijkheden hebt, moet je die aangrijpen, en niet onder een deken blijven liggen! Je kunt de Conciërge ook vragen of ze iets te lezen heeft.'

'Ik geloof niet dat ze leest.'

'Natuurlijk leest ze wel, in elk geval weekbladen en zo. Net als Vera. Dat is een prima taaltraining, weet je.'

'Pappa! Ik kan het niet, ik ben bang!'

'Weet je waar je bang voor bent?'

'Voor alles! Dat ze me klanten sturen. Het kind.'

'Fijn dat je dat woord gebruikt. Het "kind". Je moet ophouden het als een schandelijk ding te zien. Het is je vijand niet, ook al had je er niet op gerekend dat het zou komen. Het is goed dat je zo veel melk drinkt, maar je moet ook eten, zodat het kind kan groeien en er als een gezonde levenslustige baby uitkomt. En je moet positief over de toekomst denken.'

'Maar pappa, ik kan niet denken in deze kelder.'

'Toen oom Josef in het concentratiekamp zat, maakte hij plannen hoe hij de moestuin zou aanleggen waar tante Anna hem al jaren om gevraagd had, als hij maar bleef leven. Dan zou jij toch in deze kelder kleine dingen moeten kunnen plannen?'

'Hoe dan?' mokte ze en ze wilde dat hij zijn armen om haar heen zou slaan. Maar dat deed hij niet.

'Je moet ervoor zorgen dat iemand je helpt als het komt. Iemand die je eruit kan laten en je naar het ziekenhuis kan brengen. De Conciërge, bijvoorbeeld, dat heeft ze immers beloofd. Pap met haar aan.'

'Was Lara maar hier...'

'Lara is hier niet, dus moet je genoegen nemen met wat je hebt.'

'Pappa! Vertel liever over vroeger, of over dingen die je gelezen hebt! Ik wil niet over de toekomst praten. Ik geloof er niet in! Ik wil bij jou zijn, waar je nu bent...'

'Maar ik wil je hier niet hebben! En dat zou oneerlijk zijn tegenover het kind. Dat heeft nog niet de kans gekregen om op eigen benen te staan.'

'Het heeft niks aan een moeder zoals ik. Ik kan het niet...'

'Natuurlijk kun je het! Je weet alleen nog niet precies wat je moet doen. Maar als je thuiskomt, helpt mamma je. Bovendien heb je Nikolai.'

'Die zal wel niets meer van me willen weten. Een hoer kun je niet eens meenemen naar een dansfeest.'

'Ik moet zeggen dat je taalgebruik me op dit moment helemaal niet bevalt. Daar word ik niet echt vrolijk van. Dat zal mamma ook zeggen. Dus wat je ook mee naar huis neemt, neem dat woord niet mee! En: rug recht! Kin omhoog!'

49

Ze zat naast het fonteintje en tekende de boom van Nikolai en haar na, uit haar hoofd. Probeerde na te denken hoe het licht viel, toen ze plotseling boven lawaai hoorde. Alsof iemand van de trap viel en daarna over de vloer werd gesleept. Dorte stond op, legde het potlood weg en luisterde. Het geluid naderde haar deur. Toen hoorde ze gefluister.

Ze deed open. Julia lag op haar knieën, zich vastklampend aan de deurpost. Haar haren zaten onder het bloed en haar fraaie peignoir met volanten en kant was gescheurd en roodgevlekt. Haar gezicht scheef en opgezwollen. Dorte nam haar uit de donkere gang mee naar binnen en deed de deur dicht. In het licht zag Julia er nog erger uit. Kapotgeslagen, met een aantal open wonden, alsof ze met een mes gestoken was. In haar gezicht, haar armen, haar borst en haar hals. Haar mascara liep in strepen over haar gezicht.

Dorte voelde dat ze bijna flauwviel. Dat moest niet gebeuren, dus joeg ze haar vuist in de bek van de zwarte hond en blafte hem woedend af, terwijl ze een trui onder Julia's hoofd legde.

'Wie heeft dit gedaan?' Ze herkende haar eigen stem niet.

'Bjarne.'

'Waarom?'

'Ik wil er… niet over praten.'

Dorte liet water in het rode plastic teiltje lopen en pakte een doekje. Probeerde voorzichtig het bloed weg te wassen. Het was lastig om op haar knieën voor de bank te zitten, haar buik zat in de weg. Ze wist niet wie van hen beiden jammerde, misschien deden ze het wel allebei.

'Je zou haast denken dat jij in elkaar geslagen was', mompelde Julia en ze probeerde te lachen.

'Stil maar, stil maar, alles komt goed…' suste Dorte. Ze hoorde zelf hoe hol het klonk.

'Ik geloof dat hij iets kapotgeschopt heeft. Ik ben zo misselijk…'

Dorte haalde een emmer en Julia boog zich erover heen, jankend. Uiteindelijk wist ze zich in een liggende houding te manoeuvreren en vroeg ze om water. Dorte hield het glas vast terwijl Julia Bjarne tussen de slokken door vervloekte.

'Ik maak hem nog een keer dood... Dood! Ik ga er veertien dagen over doen om hem dood te maken... langzaam. Ik zal zijn darmen langzaam uit hem trekken. Zijn pik afhakken! Met een bot mes. Nee, een nagelvijl. Zijn pik in zijn strot duwen en hem dwingen hem door te slikken! Langzaam. Jezusmaria, wat zal het heerlijk zijn om dat te doen!'

'Laat Jezus erbuiten! Blijf maar rustig liggen, dan komt alles goed', zei Dorte terwijl ze bedacht dat ze de Conciërge om pleisters moest vragen, verband en iets om de wonden schoon te maken.

Eerst deed niemand open, toen verscheen de Conciërge in de deuropening met een kapsel als een zwabber met krullen.

'Je moet helpen!' hijgde Dorte.

'Het kind? Komt dat nu al?'

'Nee, Julia...'

Toen de Conciërge de kamer binnenkwam, staarde ze Julia aan. Even zag het ernaar uit dat ze meteen weer weg zou gaan, maar toen bedacht ze zich, ze ging op haar hurken zitten en legde haar hand op Julia's arm.

'Ik wist niet dat hij zo gewelddadig was. Je had zo hard moeten schreeuwen dat ik het hoorde. Zulke klanten kunnen we niet hebben. Hij komt er nooit meer in!'

'Geen klant. Bjarne', zei Dorte, want Julia zou de woordenstroom van de Conciërge wel niet begrijpen.

'Wie heeft die in hemelsnaam binnengelaten? Ik heb nog zo tegen de Opzichter gezegd dat... Maar ik heb het ook tegen jou gezegd', gispte ze Julia. 'Je moet Bjarne niet boos maken. Hij is onberekenbaar. Maar zoiets vreselijks... Heb je iets gebroken?'

Het was een vreemd gesprek. Het was alsof de Conciërge en Julia elk op een andere planeet zaten en Dorte ademloos tussen hen heen en weer pendelde om te vertellen wat de ander zei.

De Conciërge wierp een blik op de inhoud van de emmer,

zuchtte en vertrok haar gezicht. Zag er triest uit.

'Waarom werd hij zo kwaad?' vroeg de Conciërge in het Engels.

'Ik kon het niet... dat vieze slijm van hem doorslikken... Dit is de hel!' kreunde Julia, en Dorte vond alle woorden in het Noors.

'Ik kan wel horen waarom jij op je donder krijgt!' zei de Conciërge en ze vertrok om verbandmateriaal te halen.

'Rotwijf!' zei Julia klaaglijk toen de deur achter haar dichtviel.

'We hebben haar nodig!' bracht Dorte daar tegenin.

Even later kwam de Conciërge weer binnenzeilen en zette ze met een klap een plastic zak met verbandmateriaal, pleisters, ontsmettingsmiddel en pillen op tafel.

'Besef je wel dat je vanavond nog een klant hebt? Hoe ga je dat doen?'

Julia lag met gesloten ogen, naar de kleur van haar gezicht te oordelen, zou ze al dood kunnen zijn.

'Ze kan geen klant hebben', zei Dorte terwijl ze de Conciërge smekend aankeek.

'Mijn god, wat een toestand! Je snapt toch wel dat je nog afhankelijker van Bjarne wordt als je alweer niet kunt werken?' verzuchtte de Conciërge, en ze vertrok.

Dorte vertaalde een aangepaste variant, toch bezwoer Julia weer dat ze Bjarne zou vermoorden – terwijl Dorte iets antiseptisch op de open vleeswond in haar schouder drukte.

'Hij had een stiletto. Kan ik een paar van die pillen krijgen, misschien dat ik dan kan slapen?'

Dorte hielp haar naar het bed, legde de deken over haar heen en gaf haar een glas water en twee pillen. Toen ze de plukken haar wegveegde die voor haar gezicht hingen, begon Julia te huilen. Bijna zonder geluid.

'Ik dacht dat het maar voor een maand zou zijn. Ze zeiden dat ik meer zou verdienen dan in vijf jaar in de wasserij thuis', zei ze terwijl ze de hand die niet verbonden was onder haar neus langs haalde. 'Dat is nu bijna een half jaar geleden, en ik heb nog steeds geen geld, en het gaat maar door. Ik ben zo moe... Ik heb een ontsteking, of zoiets... Daarbeneden', zei ze terwijl ze krachteloos naar haar kruis wees. 'Alles doet pijn. Zitten, liggen, staan, piesen', zei ze terwijl ze haar mond vertrok. 'En nu, na dit laatste akkefietje, doet het zelfs pijn als ik lach.'

Het was niet meer dan gekrabbel aan het ruitje. Toch wist Dorte meteen wat het was. Ze rende de kamer door en trok voorzichtig het rolgordijn omhoog. Buiten zat een donkere gedaante op zijn knieën. Olav. Voorzichtig, om Julia niet wakker te maken, zette ze een stoel onder het raam en maakte ze het open. Een ijskoude windvlaag omsloot haar bonzende hart. Hij zei niets, stak alleen een envelop door de spleet.

'Bjarne telefoon gepakt', fluisterde ze, maar ze nam de envelop toch aan.

'Oké!' hoorde ze en ze voelde even zijn adem door het tralie-werk, toen werd hij opgeslokt door de duisternis. Alleen de snij-dende kou en de geur van sneeuw en oud loof bleven achter. En de envelop. Ze deed het raam zo geruisloos mogelijk dicht en klom van de stoel.

'Was dat Bjarne?' Julia's stem was heel kleintjes.

'Nee, Olav. Ik dacht dat hij me vergeten was. Maar nu is het te laat. Bjarne heeft de telefoon gepakt', zei ze terwijl ze de envelop meenam naar het bed. In het schijnsel van de straatlantaarn leken de meubels net slapende wezens. Met trillende vingers scheurde ze de envelop open. Er zaten geen simkaart en een accu in, zoals ze had verwacht, maar een mobieltje!

'Welke Olav?' vroeg Julia terwijl ze overeind probeerde te komen, maar dat gaf ze jammerend op.

'De man die hier was op de dag dat je over mijn emmer strui-kelde.'

'Er zijn er die dag zo veel geweest.'

'Hij kwam vlak daarna.'

'Die moet je niet vertrouwen!' riep Julia uit. 'Die wil niet neuken, alleen maar praten. Gelukkig ben ik niet zo goed in Engels. Hij wilde dat ik hem alles vertelde. Hij wilde me gewoon gebruiken, net als de anderen. Zulke snuffelaars zijn niet geïnte-resseerd in ons, ze willen alleen maar bewijzen hoe goed ze zijn.'

'Ik geloof dat hij ons wil helpen.'

'Doe niet zo stom! Precies hetzelfde is gebeurd met een meisje dat hier zat toen ik kwam. Ze vertelde dat ze ergens anders in de stad was opgepakt. Een man betaalde haar en beweerde dat hij haar wilde helpen. Hij had een vriendin, of een kennis, bij de politie die ook wilde helpen. Ze begrepen zogenaamd hoe slecht we het hadden, vooral zij, omdat ze een "vrouw" was', deed Julia honend na. 'En hij voelde zo met haar mee dat… En hij betaalde, dus zij wilde wel praten. Daar heeft ze voor moeten boeten. Er kwam een razzia en de politie nam haar en twee andere meisjes mee. De mannen waren er niet, dus die gingen vrijuit. Ze durfde geen woord tegen de politie te zeggen en ze had geen paspoort of verblijfsvergunning, dus werd ze linea recta naar huis gestuurd. Ze werd door twee mannen weer opgehaald. Toen ze weigerde mee terug te gaan naar Noorwegen, dreigden ze haar zoontje te kidnappen, zijn tong af te snijden en die per post naar haar toe te sturen. Reken maar dat ze meeging!'

Julia leek wat op te knappen tijdens het verhaal, maar Dorte voelde zich ellendig, alsof ze weken diarree had gehad. En Julia ging maar door.

'Een ander meisje, dat in de kamer naast me woont, vertelde dat ze in het vorige huis waar ze zat door de politie in de boeien werd geslagen toen ze haar oppakte. Meteen terug naar Litouwen. Na drie dagen werd zij ook opgehaald, door dezelfde kerels. Dat eindigde met een gebroken kaak en een kapotgesneden onderlichaam omdat ze beweerden dat zij gekletst had. Toen ze weer op haar benen kon staan, stonden ze met zijn vijven klaar om haar te verkrachten, daarna brachten ze haar op een vals paspoort hierheen. Rechtstreeks naar de tweede verdieping hier, en achter slot en grendel.'

'Waarom ging ze mee?'

'Heb jíj weleens geprobeerd nee te zeggen als ze voor je deur staan?'

'Nee, maar…'

'Ze dreigden een poster op te hangen zodat de hele buurt zou weten dat ze een hoer was. Dreigden het huis van haar ouders in brand te steken, de nagels van haar broertje uit te trekken en haar drie zussen te verkrachten. Luister! De mensen die je zogenaamd willen helpen, die zijn het gevaarlijkst! Want je moet niet denken dat ze je helpen om hier fatsoenlijk werk te krijgen of dat ze ervoor zorgen dat je in het land mag blijven! Ze willen alleen maar dat je in de rechtszaal getuigt, waar keurige burgers je aan zitten te staren terwijl jij tot in detail vertelt wat een hoer moet doen. Ze filmen je en nemen het geluid op zodat ze daar lol mee kunnen hebben als ze jou naar huis hebben gestuurd!'

'Ik heb hem in de trein ontmoet', zei Dorte, eigenlijk vooral om ervoor te zorgen dat Julia haar mond hield.

'Hoe naïef ben jij eigenlijk? Ben je een hoer, of ben je hier gewoon per ongeluk beland?'

'Zeg dat woord niet! Dat doe ik niet meer!'

'Zo, zo, kijk aan. Dus dat doe jij niet meer? Zwanger en opgesloten in een kelder. Waarom denk je dat ze je hier dat kind laten uitbroeden, in plaats van je naar huis te sturen? Juist! Om jullie allebei te verkopen. Er zijn mensen die veel geld betalen voor een baby.'

Dorte bleef met de telefoon in haar handen zitten. Julia's verhalen waren gruwelijker dan die van Lara. Plotseling miste ze Lara zo erg dat ze tranen in haar ogen kreeg. Ze miste de Russische vloeken en de gesprekken. Miste het schelden en het lachen. En dat er iemand was die een uitweg uit de chaos vond. Als ze Lara's telefoonnummer gehad had, dan zou ze haar kunnen bellen. Ze hield het mobieltje stijf vast.

'Weet jij hoe zo'n ding werkt?'

'Ik geloof het wel. Ik had er een, maar dat hebben ze afgepakt', mompelde Julia terwijl ze haar hand uitstak. 'Laat eens zien! Ik heb een beetje meer licht nodig.'

Dorte deed het wandlampje boven het bed aan. Het geruite kapje vertoonde vuilgele vlekken, alsof iemand er bier overheen gegooid had.

'Denk je dat het je lukt?' vroeg ze na een poosje.

'Zeur niet zo!' zei Julia terwijl ze op de toetsen drukte. De korte klikjes klonken als een magisch bericht uit het heelal.

Ze hoorden een geluid op de gang, Julia deed het licht uit en verstopte het mobieltje bliksemsnel onder het kussen. De sloffende voeten kwamen dichterbij. De deur ging open en de slungelige gedaante van de Conciërge werd zichtbaar in het licht van de straatlantaarn.

'Hoe gaat het?'

'Wij slapen...' mompelde Dorte.

'Er sloop een vent om het huis heen. Ik dacht dat het een late klant was, maar hij belde niet aan. Zal zich wel bedacht hebben. Sommigen durven het op het laatste moment toch niet aan. Nou ja, vanavond hoef je sowieso niet!' zei ze op een toon die waarschijnlijk vriendelijk bedoeld was.

'Dankjewel!' antwoordde Dorte, alsof het om haar ging. Julia zei niets, het was moeilijk te zeggen hoeveel ze verstond. De Conciërge leek zich er niet om te bekommeren of iemand haar verstond of niet, ze praatte toch wel.

'Blijf uit de buurt van dat raam! Ik wil hier geen gesluip en geklop hebben! Welterusten!'

'Welterusten!' zei Dorte opgelucht; Julia stootte een slaperig geluid uit dat van alles kon betekenen.

De Conciërge deed de deur dicht, het geluid van haar voetstappen verwijderde zich en verdween.

'Wat een rotwijf!' siste Julia.

'Ze valt wel mee, als ze wil...'

'Nee, als ze er maar voor betaald krijgt. Als ik haar de huur zou kunnen betalen, in plaats van aan Bjarne, dan zou hij niets over me te zeggen hebben', zei Julia terwijl ze het lampje aandeed.

Na een poosje liet ze een verbazingwekkend opgewekt lachje horen.

'Ik kan het! Wie kun je midden in de nacht bellen?'

Dorte stond op, deed haar badjas aan en liep rillend naar Julia toe met haar tas in haar hand.

'Je lijkt op een oud boerenvrouwtje op bezoek in de stad!' zei Julia, de snee in haar lip trok haar glimlach scheef.

Dorte gaf geen antwoord. Ze haalde het visitekaartje van Olav tevoorschijn.

'Ik bel om te zeggen dat het ons gelukt is.'

'Nee! Ik wil niet nog een keer in elkaar geslagen worden. Ik wil hier gewoon weg, ver weg. Het probleem is hier uit te komen – en een dak boven je hoofd te vinden.'

Dorte zat op de rand van het bed te rillen, met haar armen om zich heen. Haar adem kwam als mist uit haar mond.

'Ik móét hem bellen om dat te zeggen. Laat zien hoe het moet!'

'Als je echt zo stom wil zijn, hou mij er dan buiten! Toets zijn nummer in!' zei Julia met tegenzin. Ze leerde Dorte nummers op te slaan en te bellen, terwijl ze haar hand tegen haar mondhoek drukte. Ze had zo veel gepraat dat de snee weer was gaan bloeden. Er liep een rood straaltje over haar kin.

Toen Dorte Olavs stem hoorde, wist ze niet wat ze moest zeggen. En toen ze eindelijk 'Hallo' wist uit te brengen, hoorde ze hem zeggen dat hij de telefoon nu niet op kon nemen en dat ze een bericht moest achterlaten.

'Hij praatte niet zelf', zei ze moedeloos terwijl ze de telefoon dichtklapte.

'Wie dan?'

'Zijn telefoonstem, die vroeg me een bericht achter te laten.'

'Nou ja, zeg!' zei Julia minachtend. Ze ging weer liggen en zuchtte. 'Ik ben helemaal kapot! Als ik familie had gehad, dan zou ik naar huis gebeld hebben, gewoon om iemand te horen praten. Heb jij familie?'

Dorte stak haar handen in de mouwen van haar badjas en begon over haar moeder en Vera te vertellen. Haar vader. En terwijl ze dat vertelde, kwam alles zo duidelijk boven. Hun gezichten. Hun stemmen. Haar moeder die haar haren vlocht en er haarspelden in stak. Vera's mokkende gezicht als ze 's ochtends opstond. Maar ze vertelde niets over de beelden die aan haar voorbijtrokken, vertelde alleen over dingen die een vreemde kon begrijpen. Bijvoorbeeld dat ze geen geld hadden.

'Weten ze van het kind?'

'Nee! Mamma is zo gevoelig. Soms lijkt het wel of er hier iets kapot is gegaan', zei Dorte terwijl ze op haar hoofd wees. Ze wist dat het verkeerd van haar was om haar moeder zo uit te leveren aan een vreemde. Maar het was nu al gebeurd. 'Ze zegt altijd: "God zal

362

wel een oplossing vinden'', ging ze verder.

'En God vond een oplossing en maakte een hoer van je!' zei Julia hard.

'Zeg dat niet! Zulke dingen doet God niet!'

'Wie dan?' snoof Julia.

De hoop die Dorte had gevoeld toen ze de envelop van Olav aanpakte, verdween als een vis die al bijna wilde toehappen maar toen ontdekte dat daar weinig toekomst in zat.

'God zal wel vinden dat ik het eigenlijk zelf heb gedaan. Omdat ik snel geld wilde verdienen, zodat mamma trots op me zou zijn. Maar nu weet ik niet meer wie zijn schuld het is', zei Dorte terwijl ze haar gezicht in haar handen verborg.

Julia liet haar met rust. Er viel een diepe stilte. Op straat was het ook nacht. Er liep niemand meer langs.

'Kun je leven zonder ergens in te geloven?' fluisterde Dorte.

'Ik blijf in leven om wraak te kunnen nemen. Om ze kapot te maken! Ze zullen nooit weten wat ik denk, tot ik toesla. Daar geloof ik in. Snap je?'

'Nee. Ik ben niet goed in dat soort dingen.'

50

Julia mocht tot de volgende dag bij haar blijven, maar niet langer. En Olav was alleen maar een telefoonstem die haar wilde laten praten. Dat durfde ze niet. Ten slotte gaf ze het op. Het was nu een paar dagen geleden dat ze het voor het laatst had geprobeerd. Het horloge van haar vader stond nog steeds stil, toch droeg ze het elke dag. Maar het vierkante klokje met de deksel voor de wijzerplaat dat de Conciërge haar geleend had, kwam goed van pas. Dat stond nu op zeven uur. Ze moest opstaan en de trappen boenen waar ze gisteren niet aan toegekomen was, omdat de klanten begonnen te komen. De Conciërge was niet meer zó streng, ze mocht schoonmaken wanneer ze dat zelf wilde, zolang er geen klanten verwacht werden.

Ze had een paar keer gezegd: 'Ik laat je eruit zodat je naar het ziekenhuis kunt, maar Arthur of iemand anders moet maar voor je zorgen!' Alsof Dorte daar iets aan kon doen. De Conciërge noteerde de uitgaven voor melk en eten in een kladblok met ezelsoren. Dorte snapte niet hoe ze dat ooit moest terugbetalen en Arthur had nooit geld. Dat zei hij althans.

Niet alleen haar buik groeide, ook de leegte in haar hoofd werd steeds groter. Die duwde als het ware alles opzij, bijvoorbeeld de Noorse woorden. Ze miste Toms discman. Het was een nare gedachte dat Bjarne nu de dopjes in zijn oren stopte. Ze had een paar keer de krijtjes en het schetsblok tevoorschijn gehaald om prettige gedachten te tekenen. Maar het einde van het liedje was altijd dat ze begon te huilen, dus dat had geen zin. Haar enige troost was het literpak melk dat de Conciërge om de dag bracht. Daar keek ze naar uit alsof het een bijzondere gebeurtenis was. Het was bijna iets plechtigs om het nieuwe pak open te maken en haar glas vol te schenken. De rode bloemen op de verpakking zagen er fris uit, ongeacht hoe vaak ze de flappen openduwde en ze het pak uit de koelkast haalde en weer terugzette. Ze nam haar glas altijd mee naar de bank en dronk het daar op met de plaid om haar buik

364

en benen gewikkeld. Maar vandaag was het zo koud dat ze haar glas in bed opdronk, onder de deken.

De Conciërge had haar verboden om 's nachts het kacheltje aan te doen. Ze kwam soms langs om dat te controleren, dus het had geen zin om het stiekem toch te doen. Ze mocht ook het fonteintje niet de hele tijd laten lopen. Maar omdat de Conciërge het sijpelen niet tot in haar kamer horen, stak Dorte toch gewoon de stekker in het stopcontact. Sneeuwwitje was hier iemand anders dan in Lara's appartement. Tegenwoordig was bijna niet meer te zien dat ze glimlachte.

Haar konijnenpantoffels waren niet warm genoeg voor deze koude vloeren, maar ze had een paar dikke sokken van Arthur gevonden die ze 's nachts aan kon trekken. Ze wist hoe belachelijk het was, maar soms vond ze het jammer dat hij niet meer kwam. Ook al was hij bijna altijd laat in de avond gekomen om bier te drinken en tot halverwege de volgende dag op de bank te slapen. Hij liet altijd een rare lucht in de kamer achter, die deed denken aan rottend eten. De laatste keren had hij gelukkig niet geprobeerd in haar te komen. En soms praatte hij over alledaagse dingen met haar.

Wanneer hij er niet was, stonk de wc niet, en was die alleen van haar. De werklui woonden niet in dit gedeelte van de kelder. Het was fijn dat ze 's nachts geen mannen hoefde tegen te komen. Ze had met de Conciërge afgesproken dat ze te horen kreeg wanneer de laatste klant vertrokken was, zodat ze rustig kon slapen.

Toen kwam Arthur toch langs, op een moment dat ze hem het minst verwachtte. Hij stond plotseling in de kamer, met een klein plastic kerstboompje dat uit zijn tas stak. Hij deed het grote licht aan, smeet de tas op de grond en bleef midden in de kamer staan, wijdbeens, terwijl hij haar vol haat aanstaarde.

'Je hebt gelogen! Je hebt de hele tijd mannen ontvangen!' Hij zakte op het bed neer, met zijn hoofd in zijn handen.

'Nee!' zei ze terwijl ze haar buik vastpakte.

'Bjarne beweert dat ik grof aan je verdien! En nu roepen de werklui het me ook al na. In het Engels!'

Het zou niet slim zijn hem tegen te spreken, dus schudde ze alleen haar hoofd. Hij zei nog meer dingen, die ze niet helemaal verstond. Ten slotte herinnerde hij haar er weer aan dat hij haar reis had betaald. Ze luisterde een poosje, stopte toen het brood weer in de plastic zak. De boterham op het plankje wilde al voordat hij gegeten was weer naar boven.

'Ze zeggen dat ze zich alleen maar voor het raam hoeven te laten zien, dan geef jij hun groen licht. Ze lopen over de droogzolder en maken een nummertje. Als ze maar betalen.'

'Droogzolder? Waar?' vroeg ze snel.

'Weet ik verdomme veel! Waar is het geld?'

'Ik heb geen geld. Moet de Conciërge veel geld betalen.'

'Je liegt!' beweerde hij en hij sloeg haar met de vlakke hand op haar wang. Er zat geen kracht achter en ze wist hem af te weren.

'We moeten elkaar steunen, jij en ik', zei ze zo duidelijk als maar mogelijk was met haar hoofd diep weggedoken tussen haar armen. En toen ze hem smekend aankeek, hield hij op en bleef hij staan, wankelend.

'Hoe ben je binnengekomen?' vroeg ze onvoorzichtig.

'Door de deur, natuurlijk!' zei hij met dubbele tong.

'Heb je een sleutel?'

'Dat gaat je geen donder aan!' Zijn hand schoot omhoog, maar hij liet hem weer zakken. Alsof hij zich niet meer kon herinneren waarom hij wilde slaan.

'Zal ik de stekker erin doen? Zullen we samen naar Sneeuwwitje kijken?' vroeg ze en ze deed alsof ze niet doorhad hoe kwaad hij was.

'Heb je bier?'

Ze schuifelde zonder antwoord te geven weg van zijn vuisten.

'Ik vroeg of je bier had!' zei Arthur terwijl hij in de koelkast keek. 'Shit!' vloekte hij toen hij niets vond. Hij draaide zich met een hulpeloze blik om en sjokte door de kamer.

'De mazzel! Ik wil je klant niet zijn', zei hij. Hij pakte zijn tas en wilde vertrekken.

'Je weet nog jij over je moeder praten? Zo zou jij nooit worden. Zoals je vader? Hij ging weg', zei ze.

Arthur draaide zich als door een wesp gestoken in de deuropening om en bleef staan alsof hij iets vergeten was. Toen liet hij de tas vallen en kwam met gebogen hoofd naar haar toe. Hij gaf haar zo'n harde duw dat ze over de tafel viel en daarna op de grond. Hij bleef even naar haar staan kijken, alsof hij niet goed begreep wat er daar voor zijn voeten lag.

Opeens voelde ze het. Haar lichaam wilde niet meer. Ze bleef gewoon liggen terwijl er doffe sterrenregens langs haar ogen dwarrelden. Als een laatste poging om te ontsnappen, keek ze hem vol haat aan, en toen bundelde ze al haar kracht in de gedachte: sla dan! Durf het dan! Sla me dood! Maar Arthur kon geen gedachten lezen.

'Daar moet jij verdomme niet tegen mij over beginnen. Dat moet jij nodig zeggen! Hoer!' hijgde hij. Toen pakte hij zijn tas en keek naar de kerstboom die eruit stak.

Vanuit haar vloerperspectief kon Dorte recht in zijn gezicht kijken. In zijn ogen, die langzaam volliepen terwijl hij besluiteloos bleef staan. Plotseling trok hij in één ruk de kerstboom uit zijn tas. Er landde een zilverkleurige glazen bal op de vloer. Die ging niet kapot, maar rolde weg en verdween onder het bed. De boom trilde met zijn plastic naalden vlak bij haar hoofd.

'Wat ben ik ook een idioot! Om een kerstboom en zo te kopen! Hou die maar! Prettig Kerstfeest!'

Toen hij vertrokken was, stond ze op en zette de kerstboom in de hoek bij het raam.

Ze besloot bij Julia aan te kloppen voordat ze ging schoonmaken. Julia's kamer was klein, maar het was er warmer dan beneden in de kelder. Eigenlijk mochten ze niet zonder toestemming van de Conciërge met elkaar praten, maar dat risico wilde ze wel nemen. Het duurde even voordat ze voetstappen in de kamer hoorde.

'Ik ben het, Dorte', fluisterde ze.

'Ik kan niet opendoen, ik ben opgesloten.' Julia klonk alsof ze de hele nacht niet geslapen had.

'Waarom?'

'Ik was zo kwaad. Ik kan geen twaalf klanten op een dag aan. Ik ben ziek!'

'Wie heeft je opgesloten?'

'Weet ik niet. De deur was gewoon op slot. Ik mag niet eens naar de wc, ik moet het op een emmer doen.'

Dorte zei dingen tegen haar die ze zelf niet geloofde. Zoals: 'Je komt hier binnenkort uit! Erewoord! Ik zal de Conciërge vragen de deur open te doen.' Het drong tot haar door dat haar moeder op dezelfde manier met God praatte. Dat ze zichzelf troostte.

'Ga niet weg!' snikte Julia. Maar Dorte hoorde de Conciërge beneden hoesten en durfde geen antwoord te geven. Vlak daarna klonken er voetstappen op de trap. Dorte holde geruisloos de donkere trap naar de bovenste etage op. Daar had ze nog nooit schoongemaakt. Dat hoefde niet, want er woonde niemand. Had Arthur niet iets over een droogzolder gezegd?

Het was er donker. Ze hield zich vast aan de leuning, haar tas in haar hand. Die durfde ze nooit achter te laten. Ze hoopte alleen maar dat de Conciërge het niet vreemd zou vinden dat haar zwabber en emmer op de tweede verdieping stonden terwijl zij nergens te bekennen was. De trap eindigde bij een muur met een deur erin. Ze luisterde of ze de Conciërge hoorde, maar alles was stil. Ze duwde de deurklink naar beneden en de deur gleed zachtjes kreunend open.

Kou en vonkend licht stortten zich op haar. Ze stond op een besneeuwde vlakte met een balustrade. Het terras was enorm. De schoorstenen staken als zuilen met sneeuwhoedjes omhoog, en overal stonden tv-antennes op de daken. Ze had het gevoel dat ze in een ruimteschip stond. Als ik nu naar buiten ga en voetsporen maak, kan iemand zien dat ik een open deur gevonden heb, dacht ze mat en ze bleef staan. Maar waarom zou je zo'n deur in de winter gebruiken? De grond was vier verdiepingen lager. Maar ze kon naar de hemel kijken en ademhalen. De deur had een slot dat vanzelf dichtviel. Als hij dichtsloeg terwijl zij buiten stond, dan kwam ze er niet meer in.

Na een poosje liep ze weer naar beneden om schoon te maken. Ze hoorde de Conciërge in Julia's kamer praten en vlak daarna kwam ze naar buiten met een emmer in haar hand, vloekend en tierend omdat ze het dienstmeisje voor hoeren moest spelen.

Dorte deed alsof ze het niet hoorde. Maar toen de Conciërge terugkwam, ving ze een glimp op van Julia's grauwe gezicht in de deuropening. De wonden waren nog niet geheeld en toch stuurden ze klanten naar haar toe. De Conciërge schoof de emmer naar binnen en deed de deur op slot terwijl ze mompelde dat het niet haar schuld was, en dat ze het er niet mee eens was dat mensen zo achterlijk behandeld werden.

'Mag ik naar Julia toe?' smeekte Dorte. Maar de Conciërge schudde haar hoofd en wees met trillende vinger naar de emmer met sop.

Ze zwom over de rivier naar de serre van oom Josef, omdat ze beloofd had hem voor te lezen. Ze wist niet waar ze aan land moest gaan en was bang dat daar iemand zou zijn die haar naakt zou zien. Haar kleren zaten in een mand die met een hondenriem aan haar hoofd was vastgebonden. Alles leek heel gewoon, ze hoefde zich alleen maar te laten zinken. Net toen het water over haar hoofd sloeg, deed ze haar ogen open. Het besef dat het een droom was geweest, gaf haar een leeg gevoel. De heimwee strekte zich van haar tenen uit naar haar hoofd. Heimwee was trouwens geen goed woord. Het was eerder een ziekte. Haar mond was droog en haar hele lichaam was klam.

Een hele poos later, toen het licht in duisternis was veranderd – die alweer wat lichter was geworden, kwam het plan bij haar op om op haar buik te gaan liggen en dat wat daarbinnen zat naar buiten te drukken. Ze zei tegen zichzelf dat alles dan beter zou worden. Al wist ze wist wel dat dat niet zo was. Het zou alleen maar erger worden.

De sneeuw zat in een dikke laag tegen het raam geplakt. Het daglicht kwam bijna niet naar binnen. Het geluid van voetstappen drong wel tot haar door, maar doffer dan gewoonlijk. Scherp en zacht tegelijk. Onvast. Ze hoorde dat de werklui buiten stonden te roken, maar ze kon ze niet zien. Hoorde alleen de grove praatjes en het gelach dat aanzwol en wegstierf. Het leek wel alsof ze er altijd stonden, maar dat zou wel gewoon de tijd zijn die verstreek. Een claxon van een auto klonk alsof hij in watten was ingepakt en na een poosje hoorde ze de ritmische klaagzang van de trein die Arthur de tram noemde. Die reed 's nachts niet. Als ze hem 's ochtends vroeg hoorde, zoals nu, wist ze dat de mensen buiten aan een nieuwe dag waren begonnen. Af en toe jammerde hij klagerig, alsof hij waarschuwde dat hij de bocht niet kon halen. En soms krijste en belde hij voortdurend. Dat zou wel zijn als er iets in de weg stond zodat hij niet verder kon. Ze herinnerde zich vaag dat ze een paar keer op een stoel was geklommen en haar gezicht tegen de ruiten had gedrukt als ze hem hoorde komen, om er een glimp van op te vangen. Maar nu niet. Ze was ingesneeuwd.

Zwaar en doorschijnend tegelijk. Haar lichaam was een huis waarin dingen gebeurden die ze niet in de hand had. Waarin iemand woonde die haar eruit wilde gooien om het hele huis voor zichzelf te hebben. Soms schopte het en nu drong het zo aan dat het was alsof ze nodig moest plassen. Plotseling sneed een felle pijn door haar heupen en liezen. Ze stond op en hield met beide handen haar buik vast. Daarna pakte ze de grijze olifant en begon te lopen. Van het bed naar het raam, van het raam naar de deur van het berghok, naar het aanrecht en weer naar het raam. Ze doolde rond door de duisternis en praatte tegen zichzelf. Haar armen wapperden als slappe molenwieken om haar heen en de grijze olifant hing hulpeloos aan zijn slurf.

'Lieve Maria, Moeder van God. Ik geloof dat ik dit niet kan. Ik durf hier niet te blijven. Durf niet te proberen hieruit te komen. Ik durf het kind niet te krijgen. En ik durf het niet in mijn buik te houden.'

'Hallo!' hoorde ze hem zeggen en deze keer was hij het zelf, niet zijn telefoonstem. Ze slikte en probeerde zich de woorden te herinneren waarop ze had geoefend. Begon met dat ze besloten had alles te vertellen wat ze wist. Dat Bjarne sloeg, dat Julia opgesloten en ziek was en niet elke dag twaalf klanten kon hebben. Bovendien was er nog een aantal meisjes, met wie ze nog niet gepraat had. En het kind…' zei ze tot slot, maar ze wist niet of hij het begreep.

Eerst was het doodstil. Toen begon hij haar een beetje gejaagd uit te horen. Maar aangezien ze niet genoeg woorden geoefend had, kwam ze er niet uit.

'Je kunt daar in die kelder geen kind krijgen', zei hij uiteindelijk, alsof zij dat niet wist. Haar woorden waren één chaos van kinderlijke onzin. Het bleef een poosje stil, toen zei hij dat hij haar eruit zou halen. Ze zag zijn blonde manen voor zich, als hij met zijn hoofd schuin de telefoon tegen zijn oor hield.

'Dankjewel! Wees voorzichtig, anders slaan ze ons dood! En het kind…'

'Ik bel je als ik een oplossing heb gevonden.'

'Nee! Iemand kan horen!' zei ze snel.

Toen ze de telefoon in haar tas had verstopt, was de pijn verdwenen. Ze liep naar de koelkast en besloot melk warm te maken. Het gaf niet dat ze geen honing had om erin te doen. Op dat moment greep een scherpe klauw haar onderlichaam beet en vouwde haar dubbel. Ze duwde haar handen hard tegen haar buik en ademde diep in.

Na een poosje ging het weer beter en pakte ze een glas melk. Terwijl ze dat opdronk, voelde ze iets langs haar dijen stromen. Eerst voelde dat lauw aan en was het best uit te houden. Toen bereikte het haar enkels en sijpelde het op de vloer, ijsnaaldjes op haar huid achterlatend. Toen de klauw haar weer vastgreep, zette ze het glas neer.

Het was stil in de gangen en op de trappen. Er liep niemand op straat. Ze nam haar tas mee naar de bank en haalde het mobieltje tevoorschijn, zette het aan en toetste Olavs nummer in. Ze hoorde de telefoon een poosje overgaan, besefte toen dat niemand zou opnemen. Arthurs kerstboom stond in de hoek op een voet in de vorm van een kruis. Ze had het koud. De klauw in haar buik kwam en ging. Tussendoor was het iets minder erg. Ze trok een schoon slipje en een droge joggingbroek aan. Toen toetste ze het nummer weer in. Wachtte. Er gebeurde niets. Ze gaf het op en stopte de telefoon in haar tas. Kroop onder de plaid op de bank.

'Zo gaat het vrijwel altijd. Als je iemand nodig hebt, zijn ze er niet', zei haar vader. Hij ging voordat ze hem had kunnen waarschuwen in de kapotte stoel zitten. Maar hij gaf geen gil, bleef gewoon zitten. 'Diep ademhalen! Rustig blijven!' voegde hij eraan toe.

'Ik kan dit niet, pappa!' jammerde ze en ze wilde hem aanraken, maar hij zat te ver weg.

'We praten ons er wel doorheen. Dat wil zeggen, ik praat en jij kunt gillen als dat moet. Een goed gesprek kan wonderen doen.'

'Pappa, hier weet jij niets vanaf!'

'Ik weet wat ik wil weten. Ik blijf in ieder geval bij je zitten tot je besloten hebt de Conciërge te roepen of de gok waagt dat die Olav de telefoon opneemt. Heb je er trouwens over nagedacht wat hij kan doen? Hij is journalist, geen vroedvrouw.'

'Hij heeft beloofd me hieruit te halen.'

'Maar dat heeft de Conciërge toch ook beloofd?'

'Julia zegt dat de Conciërge de opdracht heeft gekregen het kind te verkopen zodat ze mij als hoer kunnen gebruiken.'

'Ze kunnen niet zomaar een kind uit het ziekenhuis laten verdwijnen.'

'Ik weet het niet... Ik weet niet meer wat ik moet doen.'

'Tja. Dan moet je maar wachten tot hij de telefoon opneemt', zei haar vader terwijl hij onzeker een hand over zijn kin haalde.

De pijn in haar buik nam af en het voelde nu bijna weer normaal aan, dus probeerde ze nogmaals te bellen. Zonder resultaat. Ze nam de tas met de telefoon mee naar het bed, ging onder de deken en het dekbed liggen en probeerde wat op adem te komen.

De sneeuw lag als zwarte wol tussen de tralies en de ruit. De wind had ervoor gezorgd dat de resten van een papieren zak vast kwamen te zitten zodat de vorst er grip op kon krijgen.

'Pappa! Is het nu voorbij?'

'Het is nu zo voorbij! Heel snel!'

'Wat moet ik ermee doen?'

'Wikkel het in een handdoek.'

'Maar daarna? Hoe doe ik dat?'

'Oefen met de grijze olifant. Wikkel de handdoek er netjes omheen en hou het tegen je aan. Denk aan iets zomers!'

'Pappa, jij weet hier ook niks van, of wel?'

'Het hele leven is één eindeloze reeks van dingen waar je niets vanaf weet, maar waar je je toch doorheen moet slaan!'

51

Een plotseling lawaai van boven. Toen sloffende voeten en het misselijkmakende geluid van slagen op een lichaam. Julia's hartverscheurende gegil. Bjarnes gebrul.

'Hou je kop! Of ik vermoord je!'

Waar sloeg hij mee? Een knuppel? De Conciërge moest Julia komen redden! De Conciërge kwam niet. Een dof geluid van iets zwaars en zachts op de vloer. Toen een deur die dichtsloeg – en stilte.

'Lieve Maria, Moeder van God, red Julia! Red ons!' Dorte kroop ineen in het bed en luisterde. Maar ze hoorde alleen wat krachteloos gekreun vlakbij. Dat zou wel uit de handdoek komen die ze tegen haar lichaam drukte. Waar moesten ze zich verstoppen?

Er lagen schaduwen op de vloer. De straatlantaarn probeerde zoals gewoonlijk licht te brengen. Maar dat hielp niet veel. Ze stond op en liep naar het berghok om zich daar te verstoppen. Toen hoorde ze een duidelijk getik tegen het raam en ze staarde naar het rolgordijn. Er werd weer geklopt. Harder. Ze liep er op haar tenen naartoe en bleef tegen de muur gedrukt staan. De schaduw van een hand verscheen voor het raam.

'Doe open!' jammerde Julia buiten.

Dorte klom op een stoel en deed het raam open tot het door het traliewerk werd tegengehouden.

'Ik ben naakt! Kleren! Snel! Bjarne zit achter me aan...'

Dorte sprong van de stoel en liep naar de kast. Vond inderhaast haar rode donsjack, maar gooide het op de grond toen ze besefte dat het niet door de tralies heen kon. Griste Arthurs oude trui en een lange broek mee. Terug bij het raam probeerde ze de kleren naar buiten te duwen. Julia trok zo hard ze kon. Schaduwen van blauwe huid op de sneeuw. Haar knieën, benen en armen bibberden zó erg dat het oversloeg op Dorte. Ze zeiden geen woord, maar hun tanden klapperden tweestemmig en hun adem ging hortend en hijgend aan beide zijden van de tralies. Een bijtende, snerpende kou gaf haar een beetje een vermoeden hoe Julia zich moest voelen. De sneeuw waaide naar binnen en vormde al een hele bult in het raamkozijn.

'Schoenen?' snikte Julia.

Dorte rende naar de kast om haar witte winterschoenen te halen en probeerde die tevergeefs naar buiten te duwen. Maar de opening was te smal, ze moest het opgeven. Na nog een bezoek aan de kast kwam ze terug met Arthurs dikke sokken. Die konden er doorheen. Ze bleef staan wachten tot Julia zich had aangekleed. Het was ijskoud om haar heen en ze meende duidelijk geschrei te horen uit de handdoek die ze op het bed had gelegd.

'Ik bel Olav en vraag hem of hij je komt ophalen.'

'Ja…' jammerde Julia. 'Een kiosk op het pleintje bij het kruispunt. Daar wacht ik achter, als Bjarne niet…' Toen was ze verdwenen.

Hij nam bij haar eerste poging op, maar Dorte kon bijna niet uit haar woorden komen. Nadat hij het een paar keer had nagevraagd, herhaalde hij: '"Julia achter kiosk op kruispunt. Bjarne achter haar aan." Oké, ik weet waar dat is. Jij moet je ook verstoppen! Waar vind ik je?'

Dorte dacht snel na. Het berghok was de eerste plek waar Bjarne zou zoeken.

'Boven aan de trap. Op het dak. Het kind is er nu!' hijgde ze.

'Ik kom zo snel mogelijk met hulp!'

'Eerst Julia!' zei ze, maar hij had al opgehangen.

Toen ze op de overloop naar de bovenverdieping kwam, sloeg de kramp in haar buik toe. Ze zocht steun bij de muur boven een stel emmers verf die ze in het spaarzame licht van beneden nog net kon ontwaren. Haar vader had hardop uit Shakespeare voorgelezen. Ze herinnerde zich niet uit welk toneelstuk. Maar nu stond ze in de nacht op een verlaten bühne. De pijn was niet haar eigen pijn, die hoorde bij het stuk, toch voelde ze het maar al te goed. Ze beet op haar tanden en ademde door mond en neus.

375

Toen de pijn afnam, schuifelde ze langzaam verder terwijl ze de handdoek onder het donsjack tegen zich aan drukte. Gelukkig maar, want toen ze boven kwam en de deur opendeed, sloeg de wind haar tegemoet. Ze had haar konijnenpantoffels moeten verruilen voor winterschoenen. Maar daar was het nu te laat voor. De deur viel met een korte klik achter haar in het slot.

Ze was er niet op voorbereid dat de hemel zó verlicht zou zijn. De maan hield de wacht boven miljoenen glinsterende puntjes. Schoorstenen en daken verrezen achter de balustrade. Hoge huizen met verlichte ramen. Ver geluid van auto's en iets anders, een luid geruis. Iemand scande de lucht met schijnwerpers alsof hij naar een sterrenbeeld zocht. Maar waar was de rivier? Ze stopte de handdoek beter onder haar jack en zei tegen zichzelf dat er geen reden tot bezorgdheid was, ook al kon ze zich niet herinneren waarom ze hier op het dak stond. Alleen maar dat ze hier eerder was geweest.

Toen ze aan de schaduwen was gewend, werden de hemel en de stad nog mooier. Ze bevond zich in het driedimensionale boek dat Vera en zij hadden gekregen toen ze klein waren. Als je dat opensloeg, ontvouwde het landschap zich laag na laag in glanzend karton, met fonkelende kleuren. Als je kartonnen lipjes heen en weer schoof, begonnen de illustraties te bewegen alsof ze leefden. Vanavond had haar vader haar op de bladzijde neergezet die de hemel en de daken bij nacht liet zien. Maar de schoorsteenveger en de zwarte kat die altijd links van de schoorsteen stonden, waren verdwenen. In plaats daarvan waren er drie schoorsteenpijpen, die recht voor haar neus als zuilen omhoogstaken, maar waar geen rook uit kwam. En midden op de sneeuwvlakte lag een stapel kisten die er ook niet hoorde te zijn. Ze trok een kist tot achter de schoorsteen bij de balustrade, zodat ze in de luwte kon zitten. De handdoek was stil, maar de buikkrampen kwamen terug, erger dan ooit. Ze klampte zich aan haar knieën vast en bleef een poosje zo zitten.

Toen de pijn geleidelijk wegebde, schoot door haar heen dat God zat te wachten tot ze zou gaan bidden. Maar de woorden waren zoek. Het kon God niet schelen of ze zich in een boek bevond of in een kelder. Hij was kennelijk meer uitgeput dan iemand vermoedde.

Na verloop van tijd voelde ze haar voeten niet meer en werd alles draaglijk. En plotseling hoorde ze het ruisen van de rivier, zo dichtbij alsof ze een heel stuk gelopen had en niet alleen maar op een kist had gezeten. Opeens kwam de gedachte bij haar op dat ze daarom hier was, om de rivier te vinden. Om de plek vinden waar alles in verandering was. Ze trok de kist met één hand tegen de balustrade aan, met de andere hand voorkwam ze dat de handdoek in de sneeuw viel.

'We vinden wel een uitweg! Erewoord!' fluisterde ze tegen het hoopje. 'Voor alles bestaat een oplossing. Voor het kleinste, en voor het grootste.'

Er klonk geen enkel geluid, alsof het al begreep dat het zich stil moest houden. Dat niemand hen mocht horen. Niemand! Ooit zouden ze samen thuis door de rivier waden. Maar ze moest niet te veel beloven. De rivier was nu, in de winter, bevroren. Natuurlijk. Maar in de zomer en de herfst stroomde hij zo rustig. Op heldere dagen schitterde hij, legde ze uit, en ze stak haar neus tussen het donsjack en de handdoek en blies wat warmte naar binnen. Boog zich eroverheen tot de pijn maakte dat ze als een in tweeën gehakt karkas dubbel klapte over de kist. Ze zakte op haar knieën in de sneeuw. Er stroomde iets warms over haar dijen, en alles was lange tijd ondraaglijk.

Maar het ging weer over. Alsof het allemaal verbeelding was geweest. Ze stond op en greep met haar vrije hand de balustrade beet. Het ruisen daar beneden! Van alle geluiden ter wereld, kende ze dat het best. De rivier!

De deur naar de trap vloog open, als door een enorme windvlaag. Dorte keek om zich heen, zocht een plek om zich te verstoppen. Maar een gedaante in uniform rende razendsnel naar haar toe.

'Hé, jij daar! Rustig aan! Kom hier!' zei een strenge vrouwenstem.

'Het is de rivier maar, die is niet gevaarlijk', verzekerde Dorte haar kalm in het Russisch terwijl ze met beide handen het hoopje boven de balustrade hield. Het maanlicht kleurde de handdoek groen toen ze hem losliet. De handdoek ontvouwde zich een beetje en maakte een flauwe bocht voordat hij begon te dalen. Ze klom snel op de kist en tilde haar ene been over de balustrade, dat ging zo gemakkelijk. Tot een ijzeren klauw haar naar achter trok en een schelle stem tegen de maan zong.

De deur naar de trap vloog weer open, er tuimelden nog meer mensen naar buiten. Nu hadden ze haar. Ze dromden om haar heen, alsof ze een stuk aas was waar ze hun tanden in wilden zetten. Groot genoeg voor hen allemaal. Een heleboel handen pakten haar beet en trokken haar weg van de balustrade. Ze probeerde zich los te rukken, te slaan, te bijten, maar had niets in te brengen tegen zo veel mensen. Een man maakte een bruuske beweging en er ontstond chaos. Toen klikten er handboeien om Dortes polsen. Het metaal voelde aan als blikkerende tanden.

'Rustig! Rustig aan!' hoorde ze terwijl ze haar armen en lichaam stijf vasthielden, alsof ze een dief oppakten.

Opeens begreep ze dat de rivier weg was, of langs was gestroomd. Toen de krampen weer begonnen, kon ze haar benen niet meer vertrouwen, dus liet ze zich tegen een ruw koud uniform vallen. Haar voorhoofd schraapte over een van de glimmende knopen. Het werd heel stil. Bijna aangenaam. Er stond een muur van lichamen om haar heen. De wind kon bijna niet bij haar komen. Misschien kon ze zo dadelijk slapen.

Een man wees naar de sneeuw, boog zich over de balustrade en keek naar beneden.

'Het zit hier onder het bloed! Wat heeft ze naar beneden gegooid?'

Dorte lachte zachtjes. Hoorde zelf dat het roestig en ongebruikt klonk, maar het was desalniettemin een lachje.

'Mozes werd gered in een rieten mandje...' wist ze uit te brengen. De Russische woorden klonken als een gedicht.

Toen ze weer door haar knieën zakte, hesen ze haar overeind. Aan elke kant iemand. En terwijl ze haar naar de deur sleepten, verschenen er nog twee gedaanten op het dak.

'Zijn jullie nou helemaal gek geworden? Zien jullie niet dat ze aan het bevallen is!'

'Wie ben jij?' riep iemand.

'Ik heb jullie gebeld en gevraagd of jullie me konden helpen de meisjes hier uit te krijgen. Een ervan zit in mijn auto.'

Plotseling was er een verblindend fel licht. Toen ze weer iets kon zien, stond Olav met gebogen hoofd achter een man met een flitsende camera.

'Hou daar mee op!' riep iemand, terwijl iemand anders vlak bij haar hoofd brulde dat ze alle uitgangen moesten bewaken zodat niemand kon ontsnappen.

Ze brachten haar naar een loeiende auto. Maar haar handen waren vrij. Ze kon ze warm maken door ze onder haar oksels te steken. Af en toe graaide ze om zich heen om iets te vinden waar ze zich aan kon vasthouden. Ditmaal hielden de krampen niet op. Ze had alles vies gemaakt, maar dat gaf blijkbaar niet. Niemand schold haar uit. Er zat een vrouw bij haar die iets zei wat ze niet verstond. Maar dat maakte niet uit. Ze kon toch geen antwoord geven, ademde alleen maar hijgend in en uit, tussen haar tanden door.

Een hele poos later, toen ze op een brancard een gebouw werd binnengereden en ze een andere lucht inademde, had ze het gevoel alsof haar heupen van haar lichaam werden gerukt. Ze hoorde zichzelf 'Pappa! Pappa!' roepen – maar hij gaf geen antwoord. Iemand in het wit trok haar donsjack en haar kleren uit. Een van haar pantoffels viel uit toen ze met haar door een lange gang renden. Ze kon geen Noorse woorden vinden om vragen te stellen, en alles leek zo zinloos. Want er was helemaal niets voorbij, dat had ze zich alleen maar ingebeeld. De werkelijkheid was niet te vertrouwen. Nooit.

'Rustig! Ademen! Nu!' beval een stem boven haar. Een andere stem beweerde dat ze het kind van een dakterras had gegooid.

'Er is maar één kind, en dat komt nu!' zei de eerste stem geërgerd, terwijl iemand aan haar dijen sjorde.

Haar bovenlichaam lag onder een laken, maar haar onderlijf was in een fel licht blootgesteld aan vreemden. Ze vrat met ver-

wrongen kaken de lucht om zich heen op terwijl witte schone
gedaanten om haar heen bevelen riepen. Af en toe had ze genoeg
lucht om Lara's Russische vloeken af te vuren.

'Spaar je krachten, het gaat goed zo!' zei iemand. Het was niet
de stem van haar vader, maar zijn woorden kwamen wel boven:
'Een kind is nooit een schande, maar een loutering.' Toen pakte ze
een hand beet en vond ze woorden: 'Help me. Laat de Aannemer
het niet meenemen. Hij verkoopt! Ik ben geen hoer!'

Na afloop, toen het zweet als een extra huid op haar lichaam lag,
vroeg een vriendelijke stem of ze iets wilde drinken. En de Noorse
woorden kwamen zo gemakkelijk, alsof ze hadden liggen wachten
tot iemand het zou vragen: 'Een glas melk, alsjeblieft!'

Ze liep te zoeken naar de grijze olifant in de handdoek. De rivier
was overstroomd. Eigenlijk wist ze niet of het de rivier in Tom en
Lara's stad was, of die thuis. Hij zag er vreemd uit, vanwege de
woeste stroomversnellingen. Het leek haar niet verstandig om
ernaartoe te lopen. Overal hing bevroren mist. Het kreupelhout
langs de oever was bedekt met rijm. Toen, opeens, terwijl ze onder
de boom van haar en Nikolai stond, brak de zon door. De warmte
kwam als een schok. Alles begon te smelten. Het ging heel snel
toen het eenmaal was begonnen. Ze probeerde het smeltwater in
haar handen op te vangen, maar dat lukte natuurlijk niet. Water
liet zich niet vangen, het stroomde gewoon weg en vormde een
plasje. Terwijl ze daar stond, ontvouwden de bladeren zich aan de
bomen en werd de grond om haar heen groen. Ze waadde het
lauwe water in. Het was geen rivier, maar een plas smeltwater.
Haar vader zat aan de overkant te vissen. Ze waadde verder het
water in, maar hij riep dat ze moest blijven waar ze was.

'Pappa, ik wil naar jou toe!' riep ze.

'Geen sprake van!' riep hij terwijl hij het water in gleed, zijn
hengel achter zich aan trekkend. De kleurige kunstvliegen dreven
nog een poosje aan de oppervlakte. En waren toen nog slechts een
gedachte.

Nawoord

Naast de redacteur en de lezers van Gyldendal Norsk Forlag, wil ik graag een aantal personen bedanken die me geheel belangeloos geholpen hebben. Mijn hartelijke dank gaat uit naar:

Nils Johnson, Tyra Tønnesen, Johan Borgos, Kjetil Kolsrud, Wenche Lie Giæver, Even Ytterhus, Geir Hustavnes, Tove Smaadahl, Signe Kroknes, Berit Kjærran Norling, Isak Rogde, Olga Drobot, Ieva Uckute, Rasa Ziburkute, Astrid de Vibe, Hilde Wassmo, Bjørn Hulleberg, Laima Ziburkute, Eglè Isganaítytè en de mensen die ik in Litouwen heb ontmoet.

Ik wil in het bijzonder de jonge vrouwen bedanken die het aandurven om tegen hun beulen te getuigen. We zijn hun bescherming, hulp en respect verschuldigd. We moeten alle mogelijke middelen inzetten om een eind te maken aan seksueel misbruik en slavenhandel.

Herbjørg Wassmo

Herbjørg Wassmo bij De Geus

De Dinatrilogie

In *Het boek Dina* veroorzaakt Dina, een kind van vijf, haar moeders dood. Tien jaar later wordt het eigenzinnige meisje uitgehuwelijkt aan een vriend van haar vader, die haar meeneemt naar Reinsnes. Daar, in het barre noorden van Noorwegen, zal Dina haar scepter zwaaien. Haar zoon Benjamin is elf als ook hij getuige is van een tragische gebeurtenis. In *Het boek Benjamin* groeit de jongen op met de vraag of men een getuige schuld kan verwijten. Als Benjamin in Tromsø en later als student medicijnen in Kopenhagen kennismaakt met de liefde, is het steeds Dina naar wie hij op zoek is. Weet zij het antwoord op zijn vragen? In *Het boek Karna* vestigt Benjamin zich met zijn dochtertje Karna op Reinsnes. Het landgoed is in verval geraakt, maar als de sterke Dina uit Berlijn terugkeert, zorgt zij met haar vermogen en haar zakelijk inzicht voor een kordate ommekeer.

De Toratrilogie

In *Het huis met de blinde serre* woont Tora met haar moeder in een Noors vissersdorpje. Ook na de oorlog blijft het meisje voor de kleine gemeenschap 'dat moffenjong'. Thuis wordt de twaalfjarige Tora door haar stiefvader Henrik seksueel misbruikt. Beladen met schuldgevoelens verliest het zwijgzame meisje alle contact met haar omgeving. In *De stille kamer* probeert Tora, vijftien jaar oud, zich aan haar verleden te ontworstelen. Maar ook als het meisje het dorp de rug heeft toegekeerd, blijft Henrik haar achtervolgen: een ongewenste zwangerschap brengt Tora's moeizaam herwonnen evenwicht opnieuw in gevaar. In *Huidloze hemel* accepteert de schuchtere Tora de steun van haar sterke onconventionele tante Rakel. Voorzichtig bouwt ze haar leven weer op en ze durft zelfs Henrik te confronteren met zijn daden.

Het motief

In vier verhalen vertelt Wassmo over vrouwen op de drempel van een nieuwe fase in hun leven. Eenzaamheid, verraad, ziekte en dood bepalen hun bestaan. Ze hebben de keus: hun ervaringen verwerken of eraan ten onder gaan.

De zevende ontmoeting

De wereld van de artistiek begaafde Rut is volkomen tegengesteld aan die van Gorm, een rijkeluiszoon die zich plooit naar de wensen van zijn vader. Eenmaal getrouwd blijft hij een leegte voelen, en hij is ervan overtuigd dat die leegte het meisje is dat hij ooit als negenjarige ontmoette: Rut.

Sanne

Sanne leeft teruggetrokken en schrijft romans die nauwelijks gelezen worden. Dan komt Frank in haar leven. Frank handelt in 'antiek', is gokverslaafd en rommelt verder wat aan. En hij heeft vrouw en kinderen. Maar hij kan ook gevoelig en zorgzaam zijn. Hij geeft Sanne de aandacht die ze altijd gemist heeft. Als hij plotseling een groot bedrag wint op de renbaan en het geld op de rekening van Sanne wil parkeren, begint ze te begrijpen wat ze werkelijk voor hem betekent.